3,—

Mircea Eliade
Der besessene Bibliothekar

Roman

Aus dem Rumänischen von
Richard Reschika

Insel Verlag

Originaltitel:
Lumina ce se stinge (Das verlöschende Licht) (1934)

Erste Auflage 1995

Druck: Wagner GmbH, Nördlingen
Printed in Germany

Der besessene Bibliothekar

I. PROLOG IM HIMMEL

Am Morgen des 28. April klopfte ein unerwarteter Besucher an die Tür des Pförtners Julius. Der Unbekannte war ein hochgewachsener, bleicher junger Mann, der ein wenig verlegen stotterte, was er jedoch mit einer gewissen Künstlichkeit tat. Er stützte sich auf einen grobgeschnitzten Stock, den er mit beiden Händen hinter seinem Rücken hielt. Julius war nur wenige Minuten zuvor eingetroffen, um die Fenster des Lesesaals zu öffnen und den Staub aus dem Kabinett des Direktors zu kehren. Er war ganz allein im Gebäude, denn es war noch zu früh, kaum sechs Uhr dreißig. Natürlich verstimmte ihn der unangemeldete Besucher, um so mehr als dessen holprige Rede viele Geheimnisse barg. So wollte es Julius nicht gelingen, seinen Namen zu erfahren. Jener war fremd, kam gerade vom Bahnhof her. Julius erspähte den Koffer in der Kutsche, die an der Bibliothekspforte auf den Fremden wartete. Nicht einmal den Grund seines Besuches konnte Julius ihm entlocken. Der Unbekannte kam – nach einer kurzen Pause, in der er die Lage seines Stocks veränderte – auf die gleiche, anfangs gestellte Frage zurück:
»Und Sie sind wirklich sicher, daß sich *nichts* in der Bibliothek verändert hat?«
Julius beteuerte ihm beharrlich, daß alles beim alten geblieben wäre, weil es so, wie es war, gut war; warum sollte man es ändern?
»Ist der Bibliothekar hier?«
»Wie sollte er? Herr Cesare kommt um acht und die Bibliothek wird um neun geöffnet. Warum sollte er zu nachtschlafender Zeit kommen?«
»Natürlich, natürlich... Demnach nichts...? Hm! Es ist nicht zu glauben! Waren Sie die Nacht über hier?«
»Nachts bleibt hier niemand, denn am Abend verschließe ich das Tor. Und wie Sie sehen, ist es ziemlich mächtig.«
Er trat aus dem Korridor und deutete auf die einzige Pforte,

die im Gebäude geöffnet wurde, eine massive eisenbeschlagene Tür. Die Bibliothek war früher einmal der Palast eines Fürsten, der sich gegen Ende seines Lebens von Verschwörern verfolgt glaubte. Dies aber lag lange Zeit zurück. Jetzt beherbergte der Palast die wertvollste Bibliothek der Stadt, und die Manie des einstigen Fürsten erleichterte heute ihre Bewachung.

Der Fremde blieb unbefriedigt.

»Waren Sie selbst drinnen?«

»Sicher. Ich habe überall die Fenster geöffnet...«

»Und das Kabinett des Direktors...?«

»Da komme ich gerade her.«

»Hm! Manuel ist verrückt geworden, oder er will uns mit einer schlechten Farce zum Narren halten. Ich gehe jetzt. Dies ist für Sie...«

Bevor Julius protestieren oder sich bedanken konnte, legte der Unbekannte auf das Tischchen neben sich eine Banknote – die er augenscheinlich in der Tasche seines Mantels bereitgehalten hatte –, grüßte verschämt und durchquerte schnellen Schrittes den schmalen Garten. Julius hörte, wie er ein Selbstgespräch führte; in die Kutsche einsteigend, rief jener wütend:

»Zum Bahnhof! Aber schnell...«

Der Pförtner betrachtete das Geld und konnte nicht verstehen, wieso der Unbekannte, obwohl er so unzufrieden war, es ihm gegeben hatte...

Auch konnte er sich nicht erklären, was der Fremde in der Stadt suchte, warum er in aller Herrgottsfrühe zur Bibliothek kam und so schnell wieder verschwand, ohne ihm seinen Namen zu nennen und ohne nach dem Direktor oder Herrn Cesare zu fragen.

All dies hätte man getrost wieder vergessen können, wenn sich nicht eine Reihe von seltsamen Begebenheiten just in dieser Nacht um die Bibliothek und den Bibliothekar gesponnen hätte.

*

Den Lesesaal hatte jener verschrobene Fürst eingeweiht, der vor zwei Jahrhunderten verstorben war. Durch welche Tür der Leser den Raum auch betreten mochte, stets begegnete er der künstlerisch mittelmäßigen, auf einem Säulenstumpf postierten Büste des Fürsten, die feierlich und einsam im Lichtschein stand. Nach einem frivolen, bösartigen Leben war der Fürst von allen vergessen worden. Auf dem Gipsabguß seines Kopfes ruhten nun die Blicke der Jugendlichen mit ihren Schultaschen. Das banale Gesicht des Fürsten strahlte dennoch eine irreale, starke Seriosität aus. Wenngleich die Büste ziemlich verlegen von ihrem erhöhten Platz, den die Bibliotheksleitung ihr zugewiesen hatte, herunterblickte, wirkte sie verblüffend lebensecht. Dem Fürsten, der sich über das Privileg eines Toten ohne Nachkommenschaft zu freuen schien, sollte diese Geschichte gänzlich fremd bleiben. Trotzdem muß sie mit diesem Detail begonnen werden – denn der Name des Fürsten war Emmanuele.
Neben zeitgenössischen Drucken enthielt die dunkle, kalte, von einem staubigen Oleanderduft durchströmte Bibliothek Stöße von Akten, Briefsammlungen und versiegelten Papieren. Die geschmacklosen, geschönten Ölporträts wurden lediglich aus Prestigegründen aufbewahrt. Kein noch so beflissener Gelehrter wäre je auf die Idee gekommen, sich mit ihnen zu beschäftigen. Seit seinem ersten Jahr hier durchstöberte Cesare aufmerksam Dutzende von Kartons und las in Memoiren, die später von anderen veröffentlicht wurden und ihnen Ruhm brachten. Als diplomierter Bibliothekar der École de Chartres ordnete der in kleine Schätze verliebte Cesare nach dem Ritual aller Bibliothekare die Manuskripte, besserte die Kartons aus, ergänzte die abgekürzten Titel und die Gesamtregistratur. Leidenschaftlich begann er sie zu studieren, aber der Gedanke eines »rationellen Katalogs« verführte ihn wie eine langwierige und dennoch leichte und erfrischende Aufgabe. Unerwarteterweise beeinflußte ein ebenso simples wie außergewöhnliches Ereignis seine Existenz als Bibliothekar, zwang ihn zum Umdenken: In einem

teuren, aus rötlichem Holz bestehenden Schrein, dessen handgeschnitzter Griff der Leib einer Sirene formte, entdeckte Cesare das griechische Manuskript *Contra Procli* des Johannes Scholasticus. Es war ein kalligraphisches Wunderwerk, und der Bibliothekar konnte sich – wenngleich er die Lehrjahre an der École de Chartres bereits zu vergessen begonnen hatte – schon bei der ersten Lektüre davon überzeugen, daß es sich hierbei um ein älteres und vollständigeres Manuskript handelte, als jenes, das dem 1551 in Venedig veröffentlichten Buch mit dem Titel *Joannis Grammatici Philoponi Alexandrini contra Proclum de Mundi aeternitate libri XVIII* als Vorlage gedient hatte.

Die Entdeckung war ein philologisches Ereignis und verhalf der Stadt zu neuem Ansehen. Trotzdem war Cesare einer echten Gefühlsregung lediglich am Abend der Entdeckung fähig. Den öden Saal belebten nur die behutsamen Schritte Julius', der die Regale mit den Wörterbüchern abstaubte und die Fenster aus teurem Glas polierte. Die Fenster öffneten sich zum Garten mit dem Springbrunnen und den Zwergpalmen. In einem Blumentopf atmete die frisch aus dem Treibhaus geholte Palme mit der gleichen pflanzlichen Teilnahmslosigkeit, die den Bibliothekar entzückte. Cesare fühlte sich eher zu Pflanzen als zu Statuen oder Frauen hingezogen. Die Palme stellte ein einzigartiges Objekt der Meditation dar, so daß das Pflanzenreich eine erquickende Stütze der Dialektik bildete. Von einfachen Überlegungen angezogen, pflegte der Bibliothekar sich in Gedanken mit der Palme zu identifizieren, und seine Meditation – langsam und analytisch wie ein Selbstgespräch – erlangte den grundlegenden Wert eines anhaltenden Optimismus.

Am Abend der Entdeckung seine ungewohnte Anwesenheit im Haus der Bücher, die gediegene Wollust des Archivars, ohne Qualen und ohne Sehnsüchte: Die Palme befand sich im selben Glashaus, und Cesare arbeitete einsam und bequem in dem Sessel mit der breiten Lehne. Die Einsamkeit erschreckte oder deprimierte ihn nicht. Weder die Dämonen noch Gott und die geheimnisvolle Kreuzigung bedrängten ihn mit ihren Rätseln. Sein Hirn, das sich von der wunderbaren griechischen Lektüre nährte, verstand es, aus diesem Schatz die lebensfähigen Elemente herauszufiltern: die Grammatik, den Rhythmus und die Etymologie. Ideen allein interessierten ihn nicht, weil er ihren Nutzen höchstens eine Stunde am Tag empfand, in dieser Zeit aber genügend eigenen, frischen und unmittelbaren Gedanken nachhing.

Auf dem beweglichen Tischchen, das Julius neben das Fenster gestellt hatte und an dem er arbeitete, lag die Mappe A.Re.3., in der er einige bedeutungslose Kodizes provisorisch aufbewahrte. Cesare lehnte sich faul in den Sessel zurück und betrachtete – seinem Spleen folgend – mit Genugtuung die Palme. Die Gedanken veränderten ihr Tempo, sponnen sich nun um die nackte Pflanze und nahmen eine seltsame, düstere Gestalt an. Dann fiel sein Blick auf den *Codex Pamphilius*. Obwohl es sich um eine spätbyzantinische Kopie handelte, war sie von großer kalligraphischer Schönheit; der Schreiber mußte ein kundiger und bescheidener Scholastiker gewesen sein, ein besessener Purist, der die Tradition des Manuskripts geachtet und unnötige Eingriffe in den Text vermieden hatte. Ein Bibliothekar des Fürsten – ein schon lange unter die Erde gekommener Amtsbruder – hatte ein Vorwort in Vulgärlatein hinzugefügt. Diese auf einem unreinen, mit einem trüben Wasserzeichen versehenen Papier geschriebenen Buchstaben waren wesentlich schwerer zu entziffern. Doch das für den belesenen Cesare abstoßende Latein versuchte den Fürsten davon zu überzeugen, daß das Manuskript lediglich ein einfacher, in allen mittelalterlichen Bibliotheken im Überfluß vorhandener *Protrepticus* war.

Und auf einmal zweifelte Cesare an den wissenschaftlichen Fähigkeiten des fürstlichen Schützlings. Die entscheidende Tatsache der Entdeckung der authentischen Schrift *Contra Procli* verdankte sich also der Meditation über eine Palme. Das war wenigstens Cesares Überzeugung.

Es folgten Tage des Ruhms, Empfänge bei alten Professoren und Briefwechsel durch die Bibliothekszentrale mit Archiven aus Lipsca, wo Gräzisten der Begeisterung Cesares nach der Sammlung aller Kodizes *Contra Procli* den Weg bahnten. Die Jahre vergingen, schnell und trocken – und die von der Akademie unterstützte Herausgabe der Schrift bescherte ihm die langsame Wollust der Korrekturen. Zur Zeit, da diese Geschichte ihren Lauf nahm, bereitete Cesare gerade die kritische Einführung in *Contra Procli* vor und gewöhnte sich daran, lange Gespräche mit einer intelligenten Leserin zu führen, die ein wenig älter war als er und die er »Fräulein« nannte, während sie ihn mit »Cesare« ansprach.

Wahrscheinlich hatte diese sich zur gleichen Zeit wie Melania, die Assistentin des Slawistikprofessors, der Bibliothek angeschlossen. Der Professor konnte unwiderstehliche Anekdoten erzählen, und dies sogar auf Französisch. Unvermittelt, wie angesichts einer leichten Kränkung pflegte er stehenzubleiben und zu fragen:

»Fräulein Melania, wo sind wir gerade in der Polemik gegen Mazzini?«

Die Assistentin beeilte sich ihrerseits, es ihm in einer technisierten, verkürzten und dennoch – wie in dem Ritual eines Puppenspiels – genüßlichen Sprache zu erklären. Dr. Weinrich, der Slawistikprofessor, besuchte die Bibliothek wie zufällig, wenige Minuten vor ihrer Schließung, um in den Aufzeichnungen der Assistentin herumzustöbern und die Kopien der Mappe mit den Briefen Bakunins aus der Zeit der Kampagne gegen Mazzini zu korrigieren. Auch diese Mappe war die Schenkung eines entfernten Mitglieds der Fürstenfamilie. Der Direktor hatte sich ob des höflichen Antrags des wohlbekannten Dr. Weinrich sehr geschmeichelt gezeigt. Er reservierte ihm einen speziellen Tisch und gesellte sich regelmäßig zu ihm in den Saal, um auf Französisch zu plaudern.

Über diesen Professor kursierten in der Stadt sonderbare, zuweilen auch geheimnisvolle und frivole Gerüchte. Die

Stadt sprach von einer allzu intimen Verbindung des Professors mit seiner Assistentin und lobte mit einem giftigen Unterton die Reize Melanias. Dr. Weinrich war ein stattlicher Mann, dessen teuflische Blicke ein häßliches Gesicht beseelten, wobei die länglichen Backenknochen ihm eine unsympathische Symmetrie verliehen, die lediglich durch den kurzgeschnittenen Bart und die zarten, goldumrandeten Brillengläser abgeschwächt wurden. Die Assistentin war eine kalte Schönheit, deren höfliche Oberfläche nur selten von Gefühlen durchbrochen wurde. Sie glich einem unvollendeten, traumhaften Geschöpf, unwirklich wie ein Trugbild, das Gesicht wie aus Porzellan. Die Äußerungen dieser mit der Unsicherheit eines Entwurfs in die Welt gesetzten Gestalt waren so dezent und diskret wie jene eines luxuriösen Roboters. Die ihnen unterstellte Verbindung erschien allen, die Melania kannten, so unmöglich und erschreckend wie eine Offenbarung. Sie konnte, dank des seltenen Privilegs eines auf Eis gelegten Körpers, einen Mann allein aufgrund der Zahl der von ihm gelesenen Bücher bewundern – doch ihre stark ausgeprägte, schamhafte Sensibilität gab ihren Äußerungen einen sterilen, unmenschlichen Inhalt: So konnte das Wort »Lieber« einen Glückwunsch bedeuten, ein bübischer Rippenstoß hingegen die ganze Eifersucht auf einen fleißigeren Lektor ausdrücken. Unter einem günstigen Stern geboren, wies Melania jeden körperlichen Schauder wie auch jede zerebrale Überraschung zurück. Das Leben erschien ihr bescheiden und klar. Die Arbeit kam ihr weder lästig noch angenehm vor – vielmehr als »etwas«, das sie nicht zu formulieren brauchte, von dem sie aber wußte, daß man es bis zum Tod tun mußte. Ihr Fleiß, ihr Mut, alles auf einmal zu verstehen, ohne zurückzuschauen, ihre Sicherheit, mit der sie Hindernisse vermied, und die Einfachheit, mit der sie – gleich allen Verbündeten des Geistes – ihre Wahrheit zur Geltung brachte, halfen ihr, aus der Verwaltungsarbeit auszubrechen und eine Karriere einzuschlagen, welche die Assistentin zwar nicht angestrebt hatte, diese aber auch nicht

ablehnte. Ohne Zweifel dachten die Freunde, daß nur diese seltenen Qualitäten sie zu Dr. Weinrich hinzogen.
Freilich konnte niemand den Slawistikprofessor durchschauen, aber es verspürte auch keiner das Bedürfnis, da Dr. Weinrich ein Mann war, über den sich niemand täuschen konnte. Er legte ein sicheres Auftreten an den Tag, das schon fast etwas Anekdotisches hatte. Er war zu unbeholfen, sich zu verbergen und konnte daher durch die einfachste geborgte Haltung bei den anderen Panik auslösen. Dr. Weinrich war so ganz und ständig er selbst, daß er über jeden Zweifel erhaben wirkte. In einer Zeit, da die Dinge so komplex und widersprüchlich, so geheimnisvoll und unvorhersehbar waren, stellte der Professor die tröstliche Ausnahme eines Menschen dar, wie er sein sollte, das unerschütterliche Selbstbewußtsein eines Insulaners ausstrahlend, jedoch ohne die triefenden Lumpen eines Gestrandeten. Natürlich bedeutete die Beziehung des Slawistikprofessors zu Melania für jene, die ihm nahestanden, nicht mehr und nicht weniger als er selbst bezeugte: eine seltene, privilegierte Verbindung mit einem erstaunlich disziplinierten Gehirn.
Cesare hingegen war derart in seine Arbeit und seine ernsthaften Überlegungen vertieft, daß er nichts bemerkte, weder von den wissenschaftlichen Fähigkeiten Melanias noch von den Intrigen der Stadt gegen Dr. Weinrich, dessen *Prolegomena zu einer Geschichte der panslawistischen Spiritualität* Cesare bereits mit viel Respekt gelesen hatte, als sie in der *Isis* abgedruckt worden waren. Er war dem Professor vorgestellt worden, und wahrscheinlich hatte dieser – ein Universitätsangestellter mit enzyklopädischer Routine – ihm zu seiner Entdeckung gratuliert. Doch Cesare, der jeden Autor nach seinen geschriebenen Büchern beurteilte (die Möglichkeit beziehungsweise den Sinn einer anderen Art der Bewertung zog er gar nicht erst in Betracht) und der die unvergleichliche Eigenschaft besaß, seine Aufmerksamkeit für jemanden, der ihn nicht interessierte, kurzfristig aufzuschieben, hatte diese Begegnung schnell wieder vergessen. Als er jedoch in Marta

seine erste Freundin kennenlernte, hatte er, wenngleich ohne sein Zutun, vage von der Beziehung Melanias zu Dr. Weinrich gehört, die er korrekt und ohne Hintergedanken auffaßte.

Marta war Melanias Freundin und interessierte sich für den Bibliothekar nur in bezug auf das Drama, von dem sie glaubte, es würde sich zwischen Bücherregal und Katheder abspielen. Überall wähnte sie Konflikte und entdeckte seelische Krisen. Der Zustand ihres Geistes glich dem ihrer Jugend: Er befand sich in einem fortwährenden Aufruhr; dünn und unfruchtbar fühlte er sich von jedem Text oder jeder Szene genährt. Marta war besessen vom Nutzlosen, obschon sie sich rühmte, auch die kleinste Nuance wahrzunehmen. Ihr Leben, an dessen Anfang die Flucht aus einem Pensionat gestanden hatte, konnte keine Liebe gebären, brütete jedoch Dutzende von enthusiastischen Ideen und Abenteuern aus. In jeder Entdeckung entdeckte sie sich selbst, und dieser Irrtum der Selbstenthüllung erzeugte eine verführerische Mischung aus einem aphrodisischen Zerebralismus, Libertinismus, Feminismus und D'Annunzionismus. Von ihrer sinnlosen Unruhe nahezu aufgezehrt, nahm sie dort Dramen war, wo gar keine existierten, sondern nur der schreckliche Optimismus des Alltags oder ein inszenierter Widerstreit der Gefühle. Als geübte Schwärmerin begeisterte sie sich für die Existenz Cesares, die sie mit einer wahren Luzidität neu aufrichtete. Turbulenzen und Krisen hätte sie dennoch am liebsten in ein totes Meer versenkt, zumal sie Männlichkeit nicht ohne einen inneren, in einer Aktion gelösten Konflikt verstand, und auch Weiblichkeit nicht ohne Schrullen und Nuancierungen. Da Cesare ein Einzelgänger und Bibliomane war, besaß er kein Wahrnehmungsorgan für den flinken und scharfen Geist seiner neuen Freundin. Ihre Gespräche glichen auf seltsame Weise einem aggressiven und fesselnden Monolog – der jungen Frau, dem verstohlen die mittelmäßigsten und simpelsten Berichtigungen seitens des Freundes folgten. Cesare, der nur allein und nur nach Schlie-

ßung der Bibliothek denken konnte, gelang es noch nicht, sich verständlich zu machen.
Ohne es vielleicht selbst zu wissen, hatte der Bibliothekar eine eigene, solide und umfassende Philosophie entwickelt, die er jedoch nicht verkündete. Im Rahmen dieser Philosophie war das Denken weder anarchistisch noch überflüssig. Eigentlich konnte Cesare nicht verstehen, warum der Mensch immerzu denken mußte, wie er auch nicht verstehen konnte, weshalb er immerzu handeln mußte. Er selbst dachte nur, während er die Palme im Blumentopf oder verschiedene andere Objekte in seiner Nähe betrachtete, und unterbrach seine Gedanken folgerichtig erst dann, wenn Julius ihm eine gute Nacht wünschte. Dies erschien ihm so selbstverständlich wie seine eigene Tatenlosigkeit, seine Gleichgültigkeit gegenüber Ortsveränderungen, Reisen oder künstlich-sentimentalen und religiösen Gefühlen. Was die junge Frau Schüchternheit nannte, war lediglich eine perfekte Anpassung an die Situation, ohne die Sehnsucht nach den im Augenblick unerreichbaren Objekten.
Diese Eigentümlichkeit seines Geistes setzte Cesare unzähligen Mißverständnissen aus. An einem Nachmittag im April vergiftete der Duft des Oleanders den Lesesaal. Durch die Fenster drang eine warme, verspielte, unpassende Brise; von Zeit zu Zeit verirrten sich neugierige Bienen in die grünen Lampenschirme, doch die Invasion der pflanzlichen Wollust und die heruntergekommene Sehnsucht der gefangenen Säugetiere schlossen sich zusammen, um das keusche Innere des Lesesaals zu vergewaltigen. Für einen Augenblick unterbrach Cesare seine Arbeit, nicht aus Müdigkeit, sondern benetzt von der allgemeinen frühlingshaften Betäubung. In seine ernste Seele und in seine gewohnten Gedanken senkte sich nicht die Sehnsucht, die unbestimmte Traurigkeit über das, was gewesen war oder hätte sein können, sondern nur eine menschliche Gefühlsregung der Überraschung und des Widerstands. Er war erstaunt, seinen Arbeitsraum von Hymenopteren (Hautflüglern) und fliehenden Gedanken er-

obert zu sehen; er war verwundert und zugleich begierig, die gedankliche Promiskuität der Lesenden, die sich durch ihre feuchten, schweren und haltlosen Blicke verriet, zu beobachten; er war überrascht und erwartungsvoll, das Geschehen zu verfolgen, und gleichzeitig protestierte in ihm sein ausgeprägtes Ehrgefühl. Nicht Sympathie oder Liebe verbanden Cesare mit der Gemeinschaft, sondern ein durchaus aufrichtiges Gefühl der Würde. Ein Betrunkener, der ihm auf der Straße begegnete, verärgerte ihn ebenso wie eine Idylle während der Arbeitszeit. Ein Mann, der eine Frau schlug, war in seinen Augen genauso unwürdig, wie einer, der sie liebte. Er fühlte sich allein, rühmte sich aber nicht seiner Einsamkeit, weil er wußte, daß diese eine Gabe des Daseins war; doch all jene, die sie nicht ausschöpften, hielt er für ehrlos. Jede Ablenkung kränkte ihn, auch wenn sie sich bei Leuten zeigte, die er gar nicht kannte, die ihn nicht interessierten und die weder seine Blicke, geschweige denn seine Gedanken zu fesseln vermochten. Sein Gemeinschaftsinstinkt entpuppte sich häufig als zusätzliche Zelle des gewaltigen Organismus der Spezies (über die er niemals nachdachte, weil er sie ebenfalls für eine Gabe hielt), sie erwies sich als krankhaft in ihren maßlosen Ausbrüchen von überschüssiger Kraft oder unerlaubter Schwäche. Dieser Instinkt rebellierte beim Betrachten des deprimierenden Spektakels, das einige der durch die Frühlingsdüfte abgelenkten, wehmütigen oder exaltierten Gelehrten boten – als ob der April ein persönliches Geschenk ihrer Herrscher gewesen wäre und kein objektives, gleichgültiges Phänomen wie schon vor zehntausend Jahren und wie es sich noch abspielen wird, nachdem sogar die Festung begraben und vergessen sein würde. Warum diese Kapitulation angesichts einer wohlriechenden Brise, da doch die Bücher ungelesen in ihren Regalen ruhten und das Unvorhergesehene überall lauerte? Cesare brachte den Jahreszeiten die gleiche höfliche Indifferenz entgegen wie den Frauen, wissend, daß es sie *gab*, aber daß sie nicht die seinen waren. Sie zu erobern, sie zu besitzen, sich über ihre Klettenhaftigkeit zu freuen, erschien ihm als ausschweifendes Tun, das nur einer starken Illusion jener entsprang, die die Welt mit sich selbst verwechselten und rechtmäßigen Besitz mit unwürdiger Annäherung.

Paradoxerweise offenbarten sich diese Gedanken in einer Form von Verwirrung, hinter der man sowohl Depressionen als auch eine enttäuschte Neugier vermuten konnte. Ungewollt legte der Bibliothekar dieselbe verlogene Attitüde des In-die-Leere-Schauens oder des Vorbei-Blickens an den Tag, was immer auch der Kern seiner Gedanken sein mochte. Schwerlich hätte man hinter seiner langweiligen, müden Erscheinung einen persönlichen, lebendigen Elan erkennen können; deshalb provozierte ihn Marta, indem sie ihm mit dem Bleistift drohte:

»Wieder sentimental, Cesare...? Du versündigst dich gegen unsere Zunft...«

»Entschuldigung?!« flüsterte der Bibliothekar mit seiner genialen Unfähigkeit, hinterhältig und boshaft zu antworten.

Die Frau erhob sich mit einem bizarren Bücherpaar vom Tisch und näherte sich dem Katheder, den Bleistift anmutig und feierlich wie einen Taktstock tragend. Sie trat an Cesare heran, getrieben von der gleichen grausamen Schaulust, vergiftet von derselben Laszivität, die die Bibliothek vorübergehend überflutet hatte.

»Hast du eine Sekunde Zeit für mich? Ich muß dich immer noch mit dem *Enchiridion* plagen, das Julius dauernd verlegt... Apropos, warum vernachlässigst du dein Haar so? Es macht dich alt, und ich glaube, daß es auch unbequem ist... *Enfin*, ich habe dich gesehen und ich weiß Bescheid...«

»Oh! Fräulein, wie schnell Sie doch in die Seele der Menschen eindringen...«

»Sag, gibt es Besseres zu tun?«

»Aber gibt es etwas Schwereres...?«

»Cesare, deine Antworten sind peinlich und banal. Ich wiederhole: Mit dir kann man unmöglich diskutieren; worüber du auch sprichst, alles wird zum Gemeinplatz, zur

Binsenweisheit, ich weiß gar nicht, wie ich es nennen soll...«

»Sie wissen doch, daß ich ein schweigsamer Mensch bin...«

»Das hat nichts zu bedeuten. Aber dein Schweigen ist unfruchtbar und irritierend. Wenn du wenigstens ein Tagebuch schreiben würdest. Immer habe ich eine solche Lektüre geliebt. Gibt es da vielleicht etwas Tragisches?«

Zwei Wörter verärgerten Cesare: »schreiben« und »tragisch«. Er, der von epischer Sanftmut war, glaubte, daß das Schreiben nur den Griechen vorbehalten bleiben sollte.

»Aber warum soll ich denn schreiben? Weshalb sollte ich etwas anderes schreiben als Beiträge für das Archiv? Verzeihen Sie mir, wie soll ich es ausdrücken?... Ich wehre mich gegen den Mißbrauch, jemanden nach seinen Schriften zu beurteilen, einen Vereinsamten nur zu schätzen, wenn er das Schweigen gebrochen und zum Publikum gesprochen hat.«

»Doch wie willst du jene erkennen, sie verstehen?« protestierte sie, die nach Bekanntschaften gierte.

»Muß man?«

»Cesare, du und ich werden uns niemals verstehen. Wenn du Kommunikation als eine Aufgabe der Menschheit nicht anerkennst...«

»Aber ist sie *immer* notwendig, ist diese Kommunikation obligatorisch? Fräulein, ich rede wenig und schlecht, aber verzeihen Sie mir, ich glaube jetzt das Recht zu haben, mehr zu sagen, nach einer solchen Kritik...«

»Nur zu, nur zu...«

Cesare hustete instinktiv, um die Unterbrechung zu ignorieren.

»Ich möchte nur soviel sagen: daß ich nicht begreife, warum Sie darauf beharren, daß jemand schreiben oder publizieren oder denken oder handeln soll, wenn gar kein Bedarf besteht, wenn es weder die Situation noch die Mitmenschen von ihm verlangen.«

»Aber was sollen sie deiner Meinung nach tun?« fragte Marta und lächelte gereizt.
»Leben sollen sie!« antwortete Cesare, der sich selbst über die Heftigkeit seiner Behauptung wunderte, die plötzlich die Unordnung dieses Gesprächs zerschnitt.
Die Frau konnte ihre Aufregung kaum zügeln. Fast hätte sie ihn umarmt und beglückwünscht, was bei den zwei Deutschen am Ende des Tisches große Empörung auslöste.
»Leben sollen sie, nicht? Natürlich! Das verlange ich auch. Doch lebe, Mensch! Lebe dein Leben, so wie es ist...«
»So wie es ist?« wiederholte Cesare zweifelnd. »Das ist obskur. *Das Leben, so wie es uns gegeben ist.*«
»Genauso.«
»Sehen Sie, wir verstehen uns absolut, perfekt!« entzündete sich Cesare. »Ich bin der pünktlichste Konsument der Existenz, bin ein Enthusiast der Pünktlichkeit...«
»Das nennst du *Leben*, in einer Bibliothek, unter Mäusen, zwischen...? Nein, Cesare, du bist unmöglich! Einfach unheilbar...«
»Jeder muß sein eigenes Leben führen. Ich lebe meines, perfekt, wie es mir gegeben wurde; wenn ich – wie soll ich es ausdrücken – nach mondänen Gefühlen, geschmacklosen Glossen jagen würde, müßte ich meine Berufung verraten und ein fremdes Leben führen, müßte Masken tragen und wäre ein Hanswurst, wäre nicht ich selbst, oder...?«
»Es ist entsetzlich, einfach entsetzlich!« rief Marta amüsiert.
Cesare ließ sich mitreißen. Er entdeckte das erste Gebot: das Primat der Existenz. Auch erkannte er, daß all die von der Freundin Erwähnten oder Beschriebenen nur Gestalten waren, er selbst jedoch lebendig, lebendig und ganz. Er wurde von einem satten, aggressiven Gefühl der eigenen Existenz durchdrungen und erkannte dies als Gesetz und Offenbarung an. Vor diesem Hintergrund blieb sein eigenes Gerede unwichtig. Er wiederholte ein und dieselbe Sache bis zum Überdruß. Die Unterbrechungen Martas ignorierte er gekonnt, was die ältere Freundin angenehm überraschte.

Schließlich gelang es ihm, seinen Standpunkt zu formulieren. Mit prophetischer Eintönigkeit wiederholte er seine Wahrheit, die sich klar und konsistent neben den Ketzereien der anderen definierte. Er selbst zu sein, war seine erste Pflicht, das hieß acht Stunden ein larvenähnliches Leben in der Bibliothek zu führen und weitere fünf zu Hause, eine Stunde zu meditieren und den Rest erschöpft zu schlafen. Jede Einmischung in die Angelegenheiten anderer erschien ihm krankhaft. Jegliche Handlungen waren nutzlos, weil sie weder seinem Stand noch seiner Zeit angehörten, in die er – seiner Bestimmung gemäß – hineingeboren worden war. Er lebte sein Leben voll und ganz, jedoch nicht stürmisch – weil ihm hier weder sein Temperament den Überschwang gestattete noch die Umstände es verlangten. Handlung ohne Motiv nannte er Kopflosigkeit oder Schwäche, beide waren für ihn pathogen. Nur die Neurotiker sehnen sich nach einer Freiheit, die in den ersten Phasen der Existenz fehlt, und die sündhaften Frauen ohne Versuchungen. Mut zu haben bedeutet seinen Weg weiter zu verfolgen, ohne Emphase und ohne Kommentare. Die Schüchternheit ist, im Gegensatz zur ewigen Neugier, unfähig zu leiden; man erwählt sie zögernd oder lehnt sie erbarmungslos ab. Die Schüchternheit verlangt Bekenntnisse, *volte-face*, Bubenstreiche, Ausfallschritte, einen polemischen Geist und vor allem die gewaltsame Aktivierung der Theorie. All dies aus der organischen Unfähigkeit heraus, real und menschlich zu existieren. Jene, die nachts nicht schlafen können, träumen am hellichten Tag. Die Dinge sind einfach, beendete Cesare das erste Manifest seiner Philosophie, die Dinge sind simpel; der Mensch muß in erster Linie leben. Die Aktion oder das Denken sind sekundär. Wenn das Leben es verlangt, werden sie zur Geltung kommen. Andernfalls – »Was sind wir? Schmetterlinge?« – schloß Cesare verwundert, mit den Fingern fragend, die erstarrt in der Luft verharrten wie eine Koralle aus Wachs.

Von der mächtigen Rede des anderen irritiert, gab sich das Fräulein jedoch nicht geschlagen.

»Alles, was du sagst, ist nur dann gültig, wenn man den Ausgangspunkt akzeptiert: Nämlich, daß Leben bedeutet, die eigene Misere zu leben«, betonte sie. »Doch das ist ein Sophismus; die Misere ist nicht immer eine Berufung, und selbst wenn sie es sein sollte, würde sie das Leben nicht ausschöpfen. Sie ist ein Fragment. Das Fundament des Lebens ist jener freie und zügellose Strom der Instinkte, der Erfahrungen und Neugierden, der normalerweise nicht in eine Formel gepreßt werden kann, oder wie soll ich es sonst ausdrücken? Ein wahrer Mensch kann auf Erfahrung und Handlung – ob angeordnet oder aus freien Stücken – nicht verzichten. So versteh' ich den Menschen. Was sind wir anderenfalls? Ameisen?« beendete sie scherzhaft ihre Rede.
Cesare hatte ohne Überzeugung zugehört. Noch viele Abende später überdachte er seine Worte. Er fand keine einzige Übertreibung in dem, was er gesagt hatte. Er hatte ehrlich und klar gesprochen und sich zu Gedanken bekannt, die ihn schon seit langem beschäftigten. Die Gedanken, welche die Frau geäußert hatte, interessierten ihn nicht.
Sie trafen sich seitdem oft, beinahe jeden Tag, in der Bibliothek. Marta sprach über alles, vermied es jedoch, die alte Kontroverse wieder aufzunehmen, die der eigentliche Vorwand und der Nährboden ihrer Freundschaft gewesen war. Melania sah er nur im Vorübergehen; sie sprachen selten miteinander. Sie war mit ihrem Aufsatz über Mazzini und die slawische Welt beschäftigt.
Alle anderen in der Bibliothek blieben dieselben. Sie kamen oder gingen zu den gewohnten Stunden. Einige verabschiedeten sich von Cesare, der ihnen seinerseits ohne Wehmut Glück für ihre Karriere wünschte. Andere, neue tauchten auf und wurden von Julius in das Verwaltungsritual der Kataloge und Ausweise eingeführt.
Im vergangenen Winter hatte sich eine einzige unerwartete Begebenheit zugetragen: Ein Buch war verschwunden, ein großes mongolisch-lateinisches Wörterbuch, das niemand je verlangt hatte und nach dem niemand, soweit man sich erin-

nern konnte, je gefragt hätte. Dieses Ereignis wurde in der Stadt böswillig kommentiert, und ein Gymnasiast widmete ihm sogar eine Ode.

Cesare pflegte die Beziehung mit der etwas Älteren weiterhin. Seine sonstigen Freundschaften waren tot oder im ganzen Land verstreut. Niemals gedachte er ihrer, wünschte es auch nicht. Eine Korrespondenz führte er ausschließlich mit den Gelehrten und den Leitern der Archive.

Abends senkte sich, wie Cesare es formulieren würde, mit einer außergewöhnlichen Pünktlichkeit und seltsamen Gleichgültigkeit ein Wunder in das Dunkel, das die Gedanken des Bibliothekars so häufig an sich zog.

Julius schloß alle Türen im Saal und in der Halle, mit Ausnahme jener im Kabinett des Direktors, aus dem Cesare Stimmen vernahm. Wahrscheinlich hatten sich der Direktor und seine Freunde verspätet. Es waren Leute, die der Bibliothekar niemals zu Gesicht bekommen hatte, weil sie den Lesesaal nicht durchquerten, sondern durch die Vorhalle des ersten Stocks kamen und gingen. Julius aber wußte, daß es sich bei fast allen um Angehörige der Universität oder um Journalisten handelte. Einer von ihnen, mit einem falschen Lachen und mit bleichen Händen, hatte jedoch einen schlechten Ruf in der Stadt. Marta, aufgeregt und neugierig wie sie war, wußte mehr über diesen bösen, jungen Mann. Doch Cesare wollte in seiner ausgeprägten Gleichgültigkeit gegenüber Anekdoten und weltlichen Angelegenheiten nicht auf sie hören. In seiner Zeit an der École de Chartres hatte er eine Gruppe von Schülern gekannt, die sich regelmäßig in einem Café trafen, um eine literarische Revolution vorzubereiten. Cesare hatte sich eines Abends zu ihnen gesellt, weil er hoffte, daß jene Revolution auch einen karthographischen Dienst miteinschließen würde, in dem er viel zu sagen hätte. Doch sobald die Diskussion begonnen hatte, begriff er, daß sein unbedeutender und reeller Standpunkt unvereinbar mit den Richtlinien der jungen Revolutionäre war, und er drückte seine totale Ablehnung einer solchen Revolution da-

durch aus, daß er die ganze Nacht über fette, rote Fische in einem Glasbassin beobachtete.
Seitdem erstaunten ihn junge Leute, die über Explosionen oder Götter schwatzten, nicht mehr. Im Laufe der Jahre kam diesem unbestimmten Ereignis eine klassifikatorische Funktion zu. Cesare ordnete all jene Unzufriedenen und Agitatoren, jene, die sich ihrer Berufung nicht unterwarfen und jene, die eine Reform erwarteten, um ihr eigentliches Leben, ihre wirkliche Arbeit zu beginnen, in dieselbe Klasse der Revolutionäre. Es waren Menschen, die die Unvereinbarkeit der Welt mit ihren eigenen Schwächen und Sehnsüchten überwinden wollten, indem sie die Welt veränderten. Cesare wußte hingegen, daß die Welt eigentlich vollkommen war und daß sie nicht mehr vom Menschen verändert werden mußte. Die Menschen hingegen sollten ihre Umwelt aufmerksam betrachten, ihren eigenen Platz finden und ihre Arbeit bis zum Tod verrichten – dann würden sie glücklich sein, so dachte wenigstens Cesare.
Die Verspätung der Gäste im Kabinett des Direktors störte ihn nicht, da er sie vergessen hatte, sobald Julius gegangen war. Der nächste Tag war ein Sonntag, und die Bibliothek würde geschlossen bleiben. Zuhause in seinem Zimmer, das unpraktischerweise neben dem Kinderzimmer der Hausbesitzerin lag, konnte er nicht arbeiten; die mühselige Durchsicht jener vier Manuskripte und die Unkenntnis des Setzers erforderten einen großen Tisch und eine gespannte Aufmerksamkeit. Er arbeitete mit jener Minimalspannung des Gehirns, bei der er nicht reden konnte. Daher erwachte er von Zeit zu Zeit und konjugierte unregelmäßige griechische Verben. Die Freude an den Korrekturen überwältigte ihn, je weiter die Nacht voranschritt. Dem Heißhunger und der Resignation zufolge, mit der er seine Arbeit beendete, mußten einige Stunden vergangen sein. Obwohl es das erste Mal war, daß er in der Bibliothek noch nach neun Uhr arbeitete, und obwohl die Situation für ihn neu, unerwartet und sonderbar war, fand Cesare in seiner Seele nichts Außergewöhnliches.

Es schien ihm, als ob er zu dieser vorgerückten Stunde in der Bibliothek arbeiten *mußte*, vielleicht weniger um der Korrekturen willen, als um einer Realität außerhalb seiner selbst Genüge zu tun. Obschon Cesare seine abendliche Arbeit aus eigenem Antrieb begonnen hatte und entschlossen war, auch das letzte Heft zu korrigieren, verspürte er in einem undeutlichen Zustand der Müdigkeit und des Hungers das merkwürdige Gefühl, in der Bibliothek festgehalten zu werden. Dies war nur ein Gefühl, das sich einstellte und wieder verging, ohne ihn aufzuregen, gleich all jenen sonderbaren Gedanken und idiotischen Versuchungen, die sich sinnlos dem Menschen nähern, der seine Arbeit verrichtet.
Trotzdem nahm dieser Eindruck beharrlich Gestalt an, kristallisierte sich in Form von unzusammenhängenden Gefühlen, erfüllte den ganzen Saal, umstrickte Cesare, legte sich zwischen Augen und Manuskripte, ihn rufend, ihm in die Ohren brüllend und in den Augen brennend. Cesare rieb sich die Lider und verfluchte gelassen die Lettern aus dem fünfzehnten Jahrhundert im Manuskript B.102. Er wurde so müde, daß sich seine Augen verschleierten. Dann fing er erstaunt zu husten an. Den Blick im Saal umherschweifen lassend, glaubte er Rauchgespenster zu erkennen, die die Wände hochkrochen. Die Gespenster waberten fahl von der Halle und dem Bücherlager herein, schleppten sich zwischen Heizkörper und Bänke und stiegen zu den verriegelten Fenstern hoch. Er sah große Schmetterlinge, die verwirrt gegen Lampen und Fenster schlugen, alsdann hörte er Geräusche und nahm zerknitterte Spukerscheinungen wahr, die sich in den Lichtkreis der Lampen flüchteten, ein weißes Leintuch ins Halbdunkel des Saales werfend. All dies geschah so rasch und entsprang auf so natürliche Weise seiner außergewöhnlichen seelischen Verfassung, daß es ihn nicht einmal verstörte. Er hätte gerne möglichst schnell seinen sonderbaren Gemütszustand, seine vagen, in Träume getauchten Wahrnehmungen aufgeklärt, die ihn sonst niemals durchdrangen. Doch das Seltsame war so eins mit seiner Seele und be-

herrschte ihn derart, daß Cesare sich wunderte und nicht verstehen konnte, wie jener fremde Stachel wohl in sein verborgenstes Nest gekommen war, an den Ort, wo nur Wirklichkeiten zählten. Deshalb betrachtete er leicht verwirrt, aber ohne Furcht die Scharen von Ratten, Schmetterlingen und Gespenstern, die die Winkel besetzten – und hustete bedächtig, sich erneut die Lider reibend.

Cesare wartete ab, ob er glauben könnte oder aufwachen würde. Zweifelsohne erschöpfte ihn seine nächtliche Arbeit mit den wertvollen, unlesbaren Manuskripten. Aber dieser beruhigende Gedanke erschien ihm naiv, denn die Spukerscheinungen fesselten ihn so sehr, daß er der Wirklichkeit überdrüssig wurde.

Er besaß kein richtiges Zeitgefühl mehr. Dennoch zerriß er den Faden der Augenblicke, indem er verbittert vom Katheder herabstieg. Von nun an blieben Zeit und Welt wie versteinert stehen, um ihn zu betrachten. Der Bibliothekar schaltete alle Glühlampen im Lesesaal an und eilte in Richtung Hallentür, wissend, was er ab sofort zu tun hätte. Er erkannte es, ohne zu fragen, ohne zu suchen und ohne zu überlegen. Er behielt das deutliche Gefühl, daß er von Anfang an vom Brand gewußt hatte und daß die Spukerscheinungen lediglich gutgemeinte Täuschungen waren. Anscheinend breiteten sich die Flammen vom Bücherlager her aus, einer wunderbaren Grotte mit eisenbeschlagenen Fenstern zum Garten und mit einer Tür im Korridor, die zur Halle führte. Von dort her erfaßte das Feuer die Möbel in der Halle, und der Flammenteppich erreichte die Tür des Lesesaals. Nur so konnte er sich die Lohe und den stinkenden Rauch erklären, die ihm ins Gesicht schlugen, als er die Tür öffnete. Geblendet stieß er sie wieder zu. Über Bänke springend und auf Tische mit Tintenfässern tretend, flink und sicher wie ein hitziger Gymnasiast, fand er sich neben dem Fenster wieder, von wo aus er die Palme im Garten zu betrachten pflegte. Er öffnete es mit einem einzigen Handgriff, während er sonst auf Julius' Hilfe und die tragbare Leiter angewiesen war.

Seine Muskeln gehorchten ihm prompt und korrekt, indem sie die Gedanken vorwegnahmen. Trotzdem sah er ein, daß auf diesem Wege keine Rettung möglich war. Er schaute in die klare, mondhelle Nacht, ließ die Rauchgespenster durch das geöffnete Fenster entfliehen und sich nach Belieben in der pflanzlichen Trägheit auflösen. Eingeschüchtert von der Gesellschaft jener vier Leipziger Manuskripte, kehrte er an das Katheder zurück. Eigentlich wollte er sie nicht einsammeln, doch instinktiv schleuderte er sie in die Mappe, sprang abermals über Bänke und jagte zur Türe hin. Er hatte sich entschlossen, durch die Hölle der Vorhalle zu gehen, um die Marmortreppen hinunterzusteigen, die nicht brennen konnten. Aber der Anblick der Regale entsetzte ihn. Dort befanden sich Bücher. In Gedanken sah er sie schon in Asche – eine Schwäche ohnegleichen verdüsterte ihn, und sein Herz begann wie verrückt zu rasen. Die Feuerwehr... Doch bis sie das Feuer, das sich versteckt von der Mitte des Gebäudes her ausbreitete, entdecken und erreichen würde... Er suchte nicht lange. Das Gebälk ächzte. Er würde aus dem Kabinett des Direktors telephonieren. Die Bezeichnung »Kabinett des Direktors« erschien ihm jetzt sinnlos, wie das Wort einer toten Sprache, das zwar schön klingt, aber in keinem Taschenwörterbuch zu finden ist. Das »Kabinett des Direktors« vermittelte ihm lediglich eine warme und erquickende Vorstellung von menschlicher Nähe. Von dort her hatte er wenige Stunden zuvor Stimmen gehört; dort hatten sich kräftige und mutige junge Leute versammelt, dort wurden Zigaretten geraucht, dort wurde gelacht. Das Kabinett des Direktors war lebendig, war von unschätzbarem Wert in dem toten, erblindeten, vom Feuer erfaßten Gebäude, das niemand bemerkte. Wann sind die Gäste gegangen? Warum sind sie gegangen? Warum ist er allein zurückgeblieben, ohne Julius?

Die Fragen wühlten ihn auf, doch auf der Türschwelle blieb er wie erstarrt stehen. Dr. Weinrich, mit zerrauften Haaren und Krämpfen in den durchfurchten Kinnbacken, erschien an der Schwelle, groß und zitternd, ohne Weste, ohne Kragen. Das Gesicht Cesares, von den Lampen des Saales erleuchtet und vor Fieber glühend, erschreckte ihn wie die Erscheinung eines bösen Geistes. Fragend flüsterte er »Cesare?« – doch die Furcht vor dem Feuer überwältigte ihn ein zweites Mal, und er schrie, indem er sich wie versteinert gegen die Türe lehnte:

»Melania...! Feuer, überall Feuer!«

Ein nackter, verängstigter Körper kam ohne jede Scham aus dem Kabinett des Direktors, und neben ihm der Schatten eines jungen Mannes, den Cesare sogleich erkannte, obwohl er sich nicht gefragt hatte, wer dies war. Alle drei drückten sich aneinander, schüttelten sich, flehten Cesare an.

Langsam senkte sich in die Seele des Bibliothekars eine grausame Offenbarung. In seinen Ohren dröhnten immer die gleichen Worte: Melania, Melania... Er kannte sie nicht, und sie interessierte ihn auch nicht. Aber es gelang ihm nicht, seiner Verwunderung Herr zu werden, die ihn aus allen Winkeln seines Verstandes und seiner Erinnerung überfiel. Sie? Sie...? Er lehnte es strikt, wie ein Wahnsinniger ab, zu glauben, daß diese drei entblößten Körper, die sich in einem obszönen, unnatürlichen Knäuel zusammenpreßten, tatsächlich jenen Flammen glichen, die sich auf den Dielen der Halle ausbreiteten, jenen Büchern ähnelten, die im Lager stöhnend brannten.

»Ich muß telephonieren... Sofort...«

»Wir werden bei lebendigem Leibe verbrennen, wir werden alle brennen...«, jammerte Melania, sich an Weinrichs Schultern klammernd.

»Wie die Mäuse«, murmelte der andere sinnlos.

Melania schien die Nacktheit ihres weißen Körpers nicht zu stören; sie wirkte wie eine weiße Teufelin im Rauch, der von den Glühbirnen entzündet wurde. Doch erschrockenen Auges entdeckte Cesare ihre bleichen Brüste, die kaum verdeckten Schenkel und ließ dann den Blick auf den wächsernen Schultern dieser Puppe ruhen, ohne zu begreifen, was für

eine unmenschliche, höllische Zeremonie sich zwischen diesem unbefleckten, reinen Körper und jenen zwei bläulichen vollzogen hatte.
Die Gedanken quälten ihn, hielten ihn aber nicht vom Handeln ab. Im Kabinett des Direktors war kein Rauch, lediglich die Ratten schwärmten über den Teppich und stießen an die Möbel.
Auf dem Sofa lagen Kleider, auf dem Teppich kleine Becher, Schachteln und ein Tablett; das war alles, was er im Dunst jenes geheimnisvollen, sorgfältig auf ein Gestell postierten Leuchters zu Gesicht bekam.
Cesare verlangte nicht nach der Telephonnummer, sondern rief klar und deutlich in den Hörer, die Worte ständig wiederholend:
»Feuer in der Bibliothek des Fürsten Emmanuele...! Schnell...! Feuer, großes Feuer...! Schnell, bitte... Schnell!«
Die anderen drei kämpften mit der Tür, die Julius verriegelt hatte. Den Griff der Mappe fest mit der Faust umschließend, näherte sich Cesare verwirrt der Gruppe.
»Es ist sinnlos, es ist Wahnsinn! Diese Tür führt zum Bücherlager...! Die andere Tür!«
Und er stürzte als erster auf diese Tür los, stieß mit den Knien, schob verzweifelt mit den Schultern und stemmte sich mit aller Kraft dagegen. Die anderen, einschließlich der zappelnden Teufelin Melania, behinderten ihn dabei mehr, als daß sie ihm halfen. Der Slawistikprofessor rannte von einer Tür zur nächsten, hämmerte, versuchte fassungslos und jammernd die Klinken herunterzudrücken. Der andere Mann war zum Fenster des Lesesaals geeilt, das Cesare geöffnet hatte. Er schrie und brüllte in die Nacht um Hilfe, indem er die Hände an den Mund hielt. Nur Cesare kämpfte mit dem massiven, beschlagenen Holz, während Melania sich unter Tränen an ihn hängte.
»Cesare, laß mich nicht zurück! Rette mich als erste! Cesare, mein Lieber, ich werde verbrennen!«

»Was für ein Elend!« flüsterte heiser und benommen Dr. Weinrich, »was für ein Elend! Wie die Mäuse zu verbrennen!«

Cesare wollte fluchen, Melania höhnisch beschimpfen und sogar den Professor ohrfeigen. Er war ein neuer, wilder Mensch geworden, der wußte, was zu tun war, wütend auf die anderen beiden, die wie die Schmetterlinge herumwirbelten, statt sich gegen die Hallentür zu stemmen.

Als er sie geöffnet hatte, hielt er schützend seinen Arm vor die Augen und neigte die feuchte Stirn. Die unerträgliche Feuersglut hatte die Halle erreicht. Bilder und Tapeten brannten lichterloh, doch die Flammen suchten, alles aufzehrend, nach einem Ausweg.

Die anderen flüchteten sich entsetzt zum Kristallschrank. Nur Melania weinte, während sie noch immer an ihm hing. Cesare war nahe daran, ihr »Hure!« ins Gesicht zu schreien und – was auch geschehen würde – mit der Mappe zu verschwinden. Doch einen Augenblick später tat er genau das Gegenteil. Die Manuskripte...? Jetzt...? Er wußte nicht, warum ihm jene Schwarten mit den ungeschickt kopierten griechischen Buchstaben *jetzt* so lächerlich erschienen. Möglicherweise, weil er sich die weiße Nacktheit Melanias nicht erklären konnte.

Er schleuderte die Mappe auf den rußbeschmutzten und vom Laster durcheinandergebrachten Bürotisch. Den Körper der jungen Frau packend, stieß er die Tür mit dem Fuß beiseite. Die Glut versengte ihm die Fußknöchel, der Rauch machte ihn blind und die Lohe an den Wänden drohte ihn zu erstikken. Er kannte den Weg und folgte ihm blindlings, geführt von seinen brennenden Füßen und angespornt durch die neue Welt, die sein Hirn quälte.

Der Weg war unendlich lang, und Cesares Gedanken übersprangen die Gräben der Jahre mit einer erstaunlichen Elastizität und Geschmeidigkeit.

Zuerst traf er auf den Cesare aus der Universitätszeit und wunderte sich über dessen Irrealität. Ein Cesare ohne Alter und ohne Versuchungen, einer, der alles verstand, aber entschlossen war, dieses Wissen nur für die Ordnung der mittelalterlichen Archive einzusetzen.

Und dann jener tote Türke mit dem bartlosen Gesicht, der dazu bestimmt war, die Sicherheit der anderen zu stören. Er hatte sich frühzeitig verabschiedet. Der Freund hatte seine paradoxe Existenz solange fortgesetzt, bis er Soldat wurde und starb, irgendwo in den Bergen, so wie Menschen im Krieg eben sterben. Doch Cesare war nicht fortgegangen, ihn, den Waisen, hatte keiner an die Front gerufen. Der Reihe nach sah er die Stationen und Menschen seines jungen Daseins wieder und wunderte sich darüber, daß er es war, der in solch lächerlichen Situationen gesprochen und gedacht hatte. Morgens hatte er Brot gekauft und es unter dem Arm nach Hause getragen. Aber bei Andreis Kaufladen mußte er den Blick heben und »guten Morgen« wünschen. Ein Passant scherzte eines Tages, indem er ihn fragte: »Guten? Woher weißt du das...?« Er hatte den sinnlosen Witz bald wieder vergessen. Er hatte ihm nicht antworten können, denn er hatte nie darüber nachgedacht, wieso der Morgen gut sein sollte. Er war normal, war so, wie er sein mußte, perfekt, also *gut*. Doch jetzt wußte er, daß das Unsinn war. Nichts ist gut. Alles ist so, wie die Menschen es sehen. Einige sehen, die anderen nicht. So war es auch mit *Contra Procli*. Er war verrückt, er war blind, und Marta hatte recht. Die Intuition und Intelligenz des Fräuleins verblüfften ihn. Was würde er morgen bloß sagen...? Und wo würde er noch arbeiten können, und die Manuskripte – wie könnte er sich ihrer bewußt werden...?

Wieder ein mürrischer und nachdenklicher Cesare, der sich dem Rauch hingab wie die Gespenster des Saales. Bestimmt hatte jemand Feuer gelegt. Aber warum? Und wieso hatten die anderen drei nichts von seiner Gegenwart nebenan bemerkt? Wie hatte Melania den Mut aufbringen können, sich vor den anderen zu entblößen? Und warum hatte absolut niemand in den Lesesaal geschaut, in dem er ausnahmsweise nachts arbeitete? Es gab zu viele Fragen und Erscheinungen, die Cesares brennendem und wütendem Gehirn keine Ruhe ließen. Es gab zu viele Dinge, die deshalb geschehen waren, weil er *geblieben* war oder weil *gerade er* dort geblieben war. Warum? Weshalb hatte man Feuer gelegt? Julius ...? Der Direktor?

Der Kronleuchter im *ancient style* stürzte mit dem zähen Geräusch geschmolzenen Glases und blinder Glühbirnen auf den Fußboden herab. Die beiden anderen schrien. Bestimmt fanden sich Menschen ein. Vielleicht waren auch die Feuerwehrleute gekommen. Vielleicht würde jemand die Mappe mit den Manuskripten aufheben. Verwundet eilte er mit der weißen Last in seinen Armen weiter.

In der Nähe der Logentür, durch die er hinuntersteigen mußte, bedrohte ihn ein brennender Balken. Cesare sprang mit ungewohnter Kraft, seine Wunden schmerzten ihn, die Hosenbeine brannten. Doch das bemerkte er nicht. Er spürte lediglich, wie ihn ein heißer Schlag an der Nasenwurzel über den Augen und dann in der Stirnmitte traf. Gleichzeitig schlug und brüllte Melania, sich die Hände vor die Augen haltend. Ihr Haar brannte in einer großen, stinkenden Lohe. Auf einmal war ihr Kopf kahl und schmutzig; entlang des Gesichts, des Körpers und der Hände hinterließ der Ruß seine Spuren. Sie schrie wie ein sterbender Schwan. Cesares Kräfte ließen nach, erschöpft durch jenen Schlag auf die Stirn, den er sich nicht erklären konnte. Vielleicht ein Balken, jener, der auch Melanias Haar entzündet hatte, oder nur ein kleines Holzscheit. Stöhnend schloß er die Augen, unter den Lidern Blutstropfen. Mit gebeugtem Nacken und derselben warmen Last in den Armen, traf er auf die Logentür und begann, blind die Treppen hinunterzulaufen, sich an glühenden Holzteilen stoßend. Er hörte Stimmen, das Krachen von Äxten, Geschrei und Gehupe. Im unteren Saal hatte sich der Rauch angesammelt, kalt und dicht, unter die Wimpern kriechend, die Kehle zuschnürend.

Unbekannte mit Helmen kreisten ihn ein, brüllten und frag-

ten alle gleichzeitig. Dann trugen sie ihn auf den Armen mit herabhängenden, schwarz verbrannten Waden; andere wiederum schrien:
»Cesare, Cesare...! Bravo, Cesare!«
Die Menschen brachten auf diese Weise auch Melania hinaus, während die Flammen sich im Lesesaal ausbreiteten. Von den anderen beiden ahnte niemand etwas. Ein Leutnant schaute den Bibliothekar streng an und fragte ihn, was er um Mitternacht dort zu suchen gehabt hätte, und wo Dr. Weinrich wäre, dessen Namen der Direktor aufgeregt genannt hatte. Das Telephon hatte diesen aus dem Schlaf gerissen; entsetzt war er angekommen und sah seine Bibliothek in Flammen.
Cesare erwiderte nichts. Sich die Augen zuhaltend, ließ er sich tragen. Er hatte eben das Flammeninferno durchschritten und fand sich an einem lebendigen Ort mit Menschen wieder, die ihn riefen, ihn berührten, beglückwünschten und beleidigten. Alle schrien:
»Cesare...«
Er sah nichts. Nur als er eine schrille Stimme vernahm, versuchte er, die Augen zu öffnen. Aus der Stimme klang Hohn.
»Der König...! Er hatte eine Tochter, hoch mit ihm... Und die Bücher fingen Feuer...!«
Doch es war lediglich eine vereinzelte Stimme. Alle standen um ihn herum, bespritzten ihn mit Wasser, gaben ihm zu trinken. Sich selbst an den Schlaf, an die Gleichgültigkeit verlierend und darauf verzichtend, etwas zu verstehen, hörte er nur noch:
»Cesare... Cesare... Cesare.«

Dunkelheit, nicht schwarz und dicht, sondern wie mit Schattenpfriemen ausgerollt, mal den Gitterstäben eines Käfigs ähnlich, mal wie eine seltsame Tapete aus breiten Schlangen, die sich umeinanderschlingend ringförmig bewegten. Es fiel ihm schwer, sich das Auf und Ab in jener Mulde aus Teer und bläulicher Milch, die von einer Legion Larven beseelt wurde, zu erklären. Kein Zweifel, daß er, Cesare, noch immer er selbst war – andernfalls hätte das Fräulein nicht an seinem Kopfkissen gewacht und die fremde Stimme ihn nicht getröstet: »Nur Mut, Cesare!« Doch so viele Dinge hatten sich verändert, seitdem der trübe Weiher die Welt überschwemmt hatte. Der Verband, der ihm die Augen bedeckt hatte, war ihm langsam unter die Lider gedrungen, war dann in die Tiefe geglitten, hatte seine Schlingen in schwarzen Gewässern gebadet, ihn kühlend oder versengend, ein anderer nach jeder Annäherung der fremden Stimme. Dieser Verband war ein launisches Lebewesen, seltsam zerteilt in die Außenwelt der Lider und in die toten Gewässer der tiefen Dunkelheit. Ein Unbekannter, wahrscheinlich jener alte Arzt, den er beim Institut getroffen hatte, setzte ihn im Bett auf. Doch sicher hatte jener keine Ahnung von dem komplizierten und lebendigen Organismus dieses mit Arzneien durchtränkten Lappens. Eisring, Funke, der für einige Augenblicke erlischt, wurde er dann schwächer, schwitzte wie eine klebrige Bestie, breitete sich aus, drückte auf die Lider. Einmal, mit dem Lecken der Fransen unter die Haut, verschwendete sich das Geschöpf in Schuppen und Federn, immer tiefer dringend, vom sanften Wirbelwind der Wasser gerufen. Dort erfüllte sich jenes kleine Wunder, indem jede Franse einen Namen und ein Geburtsjahr bekam, einen grotesken Zug durchs Hirn improvisierend und den Schwefelgeruch des Wassers mit sich führend. Sie redeten und mimten, doch wie durch ein akustisches Wunder trafen ihn ihre Worte nicht immer,

sondern schwebten häufig losgelöst, hängten sich an die Schlangen und verschwanden spurlos.
Cesare, der in der guten und gesunden Atmosphäre der Bibliothek herangereift war, schenkte nicht allen optischen Mißgeburten der Krankheit seine Aufmerksamkeit, sondern zermarterte sich das Hirn, um an die Nacht des Brandes zu denken, vielleicht an die gestrige Nacht, an die vor zwei Tagen oder an die jetzige. Wer hätte sagen können, ob es jetzt Tag oder Nacht war? Das Fräulein log ihn an, indem sie jedesmal beteuerte, es wäre Nacht. Alle versuchten, ihn mit seiner Blindheit nicht zu erschrecken, doch alle wußten es. Das Fräulein bat ihn ständig, sich keine Gedanken zu machen, sich nicht zu fürchten. Der Doktor ermutigte ihn mit dem gleichen sanften und entschiedenen Tonfall. Doch ihn aufzuklären, wagte keiner und keiner wußte, wie er es hätte anfangen sollen.
Wieder fragte er das Fräulein, ob es Tag geworden wäre.
»Jetzt wird es Nacht, Cesare... Es war den ganzen Morgen über trüb...«
»Ja, ja...«, verstand Cesare.
Um seine krankhaften optischen Gestalten fortzujagen, wollte er sich nach dem Schicksal der Bibliothek erkundigen.
»Entsetzlich, entsetzlich... Alles ist verbrannt. Die ganze Stadt ist fassungslos... Keiner versteht es...«
»Demnach werden sie verurteilt...«
»Nein, nein, mach dir keine Gedanken... Es ist keine Rede davon. Dr. Weinrich hat alles gestanden, heute morgen...«
»Was hat er gesagt?« erregte sich Cesare.
»Abscheulichkeiten... Die Ärzte halten ihn für verrückt, mit seinen Slawen und Melania. Sie ist verloren. Sie ist verbrannt, fast schon im Todeskampf. Manuel ist wie durch ein Wunder davongekommen, er ist ins Netz der Feuerwehr gesprungen...«
»Welcher Manuel?«

»Jener häßliche und wunderliche Junge. Er war schon immer verrückt; ein Wüstling, ein Morphinist, ein wirkliches Laster, er schimpfte auf alle und polemisierte ohne Motiv in den Zeitungen, nur um das Publikum vor den Kopf zu stoßen, um die Schülerinnen zu verführen.«

»Er ist intelligent ...«

»Oh, seine lasterhafte Intelligenz, seine schillernden Gedanken, sein heuchlerischer Sarkasmus ... Er hat überhaupt kein Benehmen, keine Basis; er weiß nicht, was er will, er fischt im Trüben, damit die Leute über ihn reden ...«

»Sie haben sich also auch verändert?«

»Ich habe mich verändert? Du verallgemeinerst wieder. Ich ändere mich nicht, aber ich bewundere, Cesare, die mannhafte Tat, die prächtig heroische ... Ich bewundere dich! Deine Erfahrung ist göttlich, Cesare. Ich verehre dich, ich würde dich wie einen Gott anbeten. Du hast Wunder gewirkt. Du hast Befehle erteilt, hast die Riegel der Tür aufgebrochen, hast mit Melania in den Armen das Feuer durchdrungen, bist blind geworden – und hast es dennoch geschafft! Nichts konnte dich aufhalten, weder das Licht noch die Dunkelheit. Du hast wie ein Gott gesiegt. Wer hat es dir beigebracht, Cesare ...? Denk an nichts. Was macht es dir schon aus? Du kannst erblinden, na und? Deine Erfahrung hat noch nie jemand gemacht. Du bist der einzige, der eine solche heroische Erfahrung in diesem Jahrhundert der Motten gemacht hat. Du kannst sterben, alle werden dir nachweinen, dein Name ist in aller Munde. Der Ruhm, Cesare, und dein heroisches Genie ...!«

»Oh! Oh! Fräulein ...«

»Warte! Laß mich zuerst meinen eigenen Fehler erkennen und dich davon überzeugen, daß mein Verständnis und meine Subtilität dieselben geblieben sind. Ich kannte dich nicht, ich habe mich bei deiner Einschätzung getäuscht. Jetzt verstehe ich, warum du mir sagtest, daß die Menschen nicht immer die Pflicht hätten, aktiv zu werden, sondern nur bei großen Erfahrungen, einzigartigen, vitalen, so wie bei deiner ...!«

»Aber es war keine Erfahrung.«
»Was war es dann?«
»Zufall, Vorsehung, Gott weiß was ...«
Sie wollte gerade antworten, als der Kranke auf einmal stöhnte.
»Was hast du?«
»Meine Schlangen«, erwiderte Cesare lächelnd.
»Ich bin schuld, ich allein ... Ich habe dich müde gemacht. Denk an nichts, du wirst schon wieder gesund ... Ssst! Hör mich an, ich sage nichts mehr. Ich gehe, nach dem Abendessen komme ich wieder ...«
»Nur eine einzige Sache noch, bitte ... Was macht Melania ...?«
»Habe ich es dir denn nicht gesagt? Sie liegt im Sterben. Ich kann sie nicht besuchen. Ich ekele mich, ich fürchte mich, ich weiß nicht, was mit mir los ist. Ich habe geweint, als ich den Doktor hörte, mein Herz bricht mir, aber ich kann sie nicht sehen; was sie gemacht hat, ist monströs, einfach unvorstellbar ... Wenn sie gestorben ist, werde ich sie sehen und ihr Blumen bringen ... Ich habe sie so sehr geliebt.«
»Aber was hat sie denn getan?«
»Es ist entsetzlich, furchtbar ... Niemand hat den Mut, es zu sagen, und dennoch breiten sich die Gerüchte in der ganzen Stadt aus. Manuel ist zynisch, er hat alles gestanden, während er rauchte, und seine Verhaftung verlangt. Dr. Weinrich ist verrückt, von ihm ist nichts in Erfahrung zu bringen ...«
»Doch Sie wissen Bescheid?«
»Ich weiß, das heißt ... Ich weiß, doch verstehe ich nicht ... Es ist entsetzlich. Frag den Arzt ... Aber nicht jetzt, Cesare, bitte nicht jetzt. Deine Nerven sind stark zerrüttet.«
Das Fräulein ging fort. Cesare hörte ihre eilig trippelnden Schritte auf dem Teppich. Er blieb allein an der Kreuzung der schwarzen Wasser, dachte aber nach, die Larven der Blindheit vertreibend, dachte an das besiegelte Schicksal Melanias, die alle ignoriert hatten und die jetzt alle verdammten. Er sah

ihren weißen Körper und fühlte noch auf der Brust den warmen Blutegel, die erste Umarmung, zwischen den Gespenstern, mit der Hölle der Türen. Er trug sie fest an sich gedrückt, und das letzte Gesicht war nicht wiederzuerkennen, ohne Haare, von Holzspänen zerfurcht und vor Panik zusammengeschrumpft. Danach sah er sie nicht mehr. Wenn er jedoch sein Augenlicht verlöre, würde er sie nie mehr sehen ... An seine Blindheit dachte er nicht, weil er nicht daran glauben konnte. Nur der Arzt sorgte sich, und vielleicht weinte das Fräulein, während sie die Reporter verjagte, die sich den ganzen Tag über versammelten, um Einzelheiten über den bandagierten Helden zu erfragen.

Er traf wieder den bartlosen Freund, den einzigen, der es einmal fertigbrachte, ihn aufzuregen. Cesare, der jede Art von Zuneigung für blauen Dunst hielt, der die Gegenstände verdunkelt und die Menschen von ihren Pflichten abhält, duldete nur eine einzige sentimentale Niederlage: seine Freundschaft mit dem bartlosen Jungen. Er wußte nicht, was ihn dauerhaft an einen Mathematiker hatte binden können. Jetzt suchte er nach einer Erklärung, trübte dabei aber nur seine Erinnerungen. Doch frischte er einen undeutlichen, sprunghaften Eindruck wieder auf, daß nämlich die Wahrheit auf der Seite des Freundes, nicht auf seiner war. Weshalb und was war »die Wahrheit«? Er erinnerte sich nicht. Müde kehrte er zu seinem optischen Inferno zurück, wohnte fahl dem Abstieg der Schatten und Schlangen bei, blickte angeekelt, kraftlos, und war nur versucht »Was für ein Elend ...!« zu flüstern, wie es Dr. Weinrich in der brennenden Bibliothek getan hatte.

Tage und Nächte zogen mit dem gleichen Zug der unsicheren Dunkelheit an Cesare vorbei. Schlangen zappelten, während sie eine neue Geburt versuchten.

*

Das Fräulein lief durch die Straßen, von der Leidenschaft der Puppen ergriffen, die in ihrer Seele redeten, mimten und wehklagten. Seit jenem ersten Morgen bekam ihr Leben einen neuen Rhythmus, der sie trunken machte. Sie entdeckte in Cesare einen Helden. Sie war zu alt, um sich zu verlieben, doch ihre sentimentalen Ausbrüche umrankten ihr Idol mit zahlreichen Pfaden. Sie würde ihn ein Leben lang umsorgen, falls die Erblindung endgültig wäre. Sie würde ihr Vermögen zusammenklauben und ihn in einem Sanatorium pflegen; sie würde es nicht zulassen, daß er in Einsamkeit zugrunde ginge. Sie stellte sich vor, wie sie ihn streicheln, ihm gut zureden, sich kindisch mit ihm streiten würde – mit ihm, ihrem Blinden. Cesare würde weise und originell sein, gleich jenem Menschen, der durch die Flammen gegangen war, um eine Frau zu retten, und den die Flammen erblinden ließen. Sie würde eine barmherzige, durch ihr Opfer verklärte Schwester sein. Eine Heilige und ein Held. Noch Jahrhunderte später würden die Leute von Cesare und jener Unbekannten sprechen, die ihn bewachte...

Sinnlich erleuchtete Straßen, eilige, gesunde Passanten, lüstern von den ausgeatmeten Lüften der Parks, der Frauen und vom Benzin. Das Leben der Stadt strömte aus den Vierteln in Richtung des Platzes, mit Lack, Musik und Hunderten von Schaufenstern. Das Fräulein nahm nichts wahr, sie führte ihren Helden an ihren Armen herum, den Armen einer alten, nervösen Freundin. Die Bürde kam ihr riesig vor, und das erregte sie. Je mehr sie sich ihre Aufopferung für den Blinden schönredete, desto eiliger wurden auch ihre Schritte. Sie erreichte die Hauptstraße und bog ohne zu zaudern in das Haus ein, obwohl sie sich zum ersten Mal an den Chef des Sanatoriums wandte. Sie hatte sich entschlossen, ihn in seinem Heim zu befragen, ihm jede Ausflucht abzuschneiden, ihm direkte Fragen zu stellen und ihm keine Schonung zu erlauben.

»Ich suche den Herrn Doktor... Es ist dringend...! Hier ist meine Karte. Und sagen Sie ihm, daß ich in der Angelegenheit des Fürsten Emmanuele komme.«

In der Garderobe erkannte sie die Tasche und den Mantel des

Direktors wieder. Demnach war auch er gekommen, wahrscheinlich wegen Weinrich. Es grenzte an ein Wunder, daß der Direktor davonkam, wenigstens bislang nicht verhaftet wurde. Die Leute beschuldigten ihn allein. Wenn er Weinrich nicht erlaubt hätte, die Abende in seinem Arbeitszimmer zu verbringen, wäre der Name der Bibliothek nicht in Zusammenhang mit den widerwärtigen Szenen genannt worden, welche die Reporter sich ausmalten und die kontinentalen Zeitungen auf der ersten Seite druckten. Dennoch, Weinrich rettete ihm den Ruf, indem er log. Er bezeugte dem Prokuristen, ohne daß jemand es von ihm verlangt hätte, daß er und Manuel erst nach der Verabschiedung vom Direktor in die Bibliothek gegangen wären, da Manuel die »Riten« nur im Hause des Fürsten akzeptierte, dessen Name auch der seine war und der genau das bedeutete, was auch sie drei suchten: »Erlösung«. Der Prokurist beachtete Weinrichs spitzfindige Schlagfertigkeit nicht, die die Schuld bei Philologie und Ästhetik festmachte, indem er vorgab, daß das Feuer aus dem Nichts entstanden wäre – doch er hielt an der Reinwaschung des Direktors fest, mit dem er befreundet war und dessen Ehrlichkeit er nicht anzweifeln konnte. Der Prozeß konnte unmöglich jetzt beginnen; Cesare war blind, Fräulein Melania im Koma und Dr. Weinrich wiederum verrückt. Der einzig brauchbare Zeuge, Manuel, entpuppte sich zusehends als mysteriös. In seinem Haus fand man allerhand Kuriositäten, groteske, giftige Amulette und aufgetrennte Bücher. Der Prokurist sammelte aus den Regalen einige Dutzende von okkulten Traktaten, und obwohl diese nichts bewiesen, stellten sie zumindest einen zusätzlichen Beleg für die Unausgeglichenheit des Verhafteten dar. Von dieser Sache Wind bekommend, protestierte Manuel amüsiert und verlangte, daß man desgleichen seine Kochbücher brächte, die alle auf den Möbeln seines Büros verstaubten. Sie sollten beweisen, daß sie seine letzte Lektüre darstellten, daß er sie las und mit Notizen versah, im Gegensatz zu den magischen Büchern, die er aus Snobismus gekauft hätte, so wie das Dutzend der luxuriös illustrierten *Inquarto*-Ausgaben. Als man ihn jedoch fragte, ob er alles, was er in letzter Zeit in einer obskuren Zeitschrift geschrieben hatte, verleugnen wolle, lehnte Manuel es ab, in Abwesenheit eines Spezialisten, eines universitären Philosophieprofessors, zu diskutieren. Er wäre immer schon ein Idealist gewesen, demnach bildete die Magie einen festen Bestandteil seines Systems, und er verfügte über Argumente, die seine Haltung unterstützten. Doch es wäre unnütz, sie angesichts einiger Inkompetenter zu äußern. Wenn schon jene, die er am ersten Tag geäußert hatte, den Prokuristen nicht überzeugen konnten, so mußten eben Spezialisten her! Ansonsten würde er sich nur über die Verwirrung der Jury amüsieren und anstatt zu argumentieren, versucht sein zu spielen. Der Hergang des Brandes dürfte ebensowenig wie jener des immoralischen Aktes mit dem Prozeß seines magischen Idealismus vermischt werden. Von Herzen gerne würde er über diesen Gegenstand konferieren. Doch die Promiskuität der Ideen ekelte ihn an, und so würde er es ablehnen, auch nur ein einziges Wort beim Prozeß zu äußern. Der von den Widersprüchen des Journalisten irgendwie verwirrte Prokurist wartete ab. Vorläufig wurde die Brandursache einem Kurzschluß im Lager zugeschrieben.

Der Pförtner protestierte jedoch, indem er beteuerte, daß das Feuer niemals auf derselben Etage ausgebrochen wäre, wenn es sich um einen Kurzschluß gehandelt hätte. Der Brand wurde im Lager gelegt, jede andere Möglichkeit schied aus. Über die Ursache wüßte auch er nichts. Weder er noch der Bibliothekar rauchten. Kerzen, Holzscheite und Kohlen gab es im Bücherlager nicht. Die Heizung war zehn Jahre zuvor eingebaut worden, und seitdem wurde kein einziges Zimmer beheizt. Die Presse kommentierte all diese Erklärungen, während die Detektive Interviews anboten. Selbst die Korrespondenten aus der Hauptstadt reisten an.

Das Fräulein fand keine Ruhe auf dem Plüschkanapee und durchblätterte alle Bücher auf dem Tischchen, ohne sich auch nur die Titel anzusehen. Sobald der Arzt mit dem bleichen Direktor erschien, erhob sie sich brüsk und fragte: »Glauben Sie, daß er erblinden wird?«

»Das ist ein schwieriger Fall... Setzen Sie sich bitte«, beruhigte sie der Arzt, indem er in Richtung des Büros ging.

»Sie? Sind auch Sie für Cesare?« wunderte sich der Direktor. »Der arme Junge, der arme Junge... Der Doktor hat mir...; der Arzt hatte die Freundlichkeit, mir alles zu erklären. Es gibt kaum Hoffnung... Und selbst wenn er sein Augenlicht wiedererlangen würde, kann keiner wissen, ob er es auch behalten wird...«

»Genau«, mischte sich der Arzt mit gespielter Ruhe ein. »Der Sehnerv ist völlig anämisch, er ist mehr oder weniger zerstört. Wahrscheinlich hat er auch eine starke Netzhautentzündung, verursacht vom Blutandrang, der wiederum von dem Schlag des brennenden Balkens ausgelöst worden ist. Doch das ist noch nicht alles. Die Blindheit ist vor allem auf einen Querschlag zwischen linker Schläfe und Nasenwurzel zurückzuführen. Selbst wenn die Netzhaut behandelt werden könnte, ist die durch einen solchen Schlag verursachte Schwäche des Sehnervs nicht zu kurieren, das ist mehr oder weniger fatal... Für einen Gelehrten wie Cesare ist der Verlust des Augenlichts schlimm, sehr schlimm...«

»Aber Herr Doktor, eine Operation...?«

»Was sollte sie nutzen? Man kann keinen zerstörten Nerv am Leben erhalten, einen mehr oder weniger toten Nerv...«

»Und...? Ist es möglich?«

»Schauen Sie«, philosophierte der Arzt pedantisch, »unsere Wissenschaft fragt niemals, was möglich und was nicht möglich ist. Wir, die Kliniker, stellen fest; dann und wann heilen wir... In diesem Fall aber...«

»Gut, aber...«

»Einen Augenblick... Ich habe die Hoffnung noch nicht aufgegeben. Als ich die Wunde untersuchte, dachte ich zuerst, daß er verloren wäre. Doch seit gestern klagt der Patient über Schmerzen, optische Täuschungen. Das veranlaßt mich zu glauben, daß eine spezielle Behandlung den Nerv und somit auch die Netzhaut regenerieren könnte. Für wie lange, kann aber niemand sagen... Für einige Monate oder Jahre... Anfangs wird er ausgezeichnet sehen, mit einem frischen Nerv. Dann schon weniger gut. Und dann... wird die Erblindung endgültig sein.«

»Das ist grausam, das ist grausam!« rief der Direktor aus. »Der arme Junge bereitete gerade eine kritische Werkausgabe vor, er war ein Ruhmesblatt der Stadt... Und wie viele Dinge wir binnen eines Tages verloren haben: die Bibliothek, jene vier Manuskripte aus Leipzig, Cesare, Dr. Weinrich...«

»Aber der...?«

»Es ist besser, nicht darüber zu sprechen«, verstrickte sich der Direktor. »Dr. Weinrich ist ein Rätsel.«

»Er ist verrückt«, ließ der Arzt erregt wissen, während er mit einem Papierstückchen spielte.

»Das weiß niemand«, sagte der Direktor versöhnlich.

»Für mich ist er kein Geheimnis; das Publikum kultiviert freilich die Sensation. Am ersten Tag war auch ich aufgeregt. Jene ›reine‹ Orgie, wie Weinrich es ausdrückte, ist auf jeden Fall eine seltene Sache. Doch ich habe hier auf meinem Schreibtisch einige Bücher von der Universität. Ich habe sie mir angesehen. Was die drei zustande bringen wollten, ist reiner Wahnsinn. Also bitte: Aus einer Frau kann man ein Objekt der Begierde oder der Kunst machen, und das ist logisch und gesund. Doch ein weibliches Sexualorgan zu verehren und zu glauben, daß man dadurch Magie bewirken kann; ich fürchte...«

»Aber es wußte ja niemand, daß Dr. Weinrich ein Magier ist«, flüsterte das Fräulein.

»Ich habe nicht gesagt, daß er ein Magier, sondern daß er verrückt ist. Es gibt so viele Arten von Verrücktheit, Sie wissen ja. Diese Ideen machen auch beim großen Publikum die Runde. Man redet so viel von Verrücktheit, von der Vielschichtigkeit der Persönlichkeit, von Psychoanalyse und von was weiß ich noch. Für einen Arzt ist diese laienhafte Atmosphäre unerträglich. Jeder ist ein bißchen, das heißt schlecht informiert, und wenn er sich dieses Fachvokabulars bedient, kommt es uns, den Ärzten, suspekt vor. Vorzuziehen ist eine ehrliche Unwissenheit, weil dann eine Erklärung möglich wird. Doch heutzutage hört keiner mehr auf einen Praktiker aus der Klinik. Man verlangt nach einer psychologischen Art, die Dinge zu betrachten und zu beurteilen, nach einer flüchtigen Weise und so weiter. All dies sind Absurditäten, und deshalb werden die Leute verrückt. Wie im Falle Weinrichs, der den Krankheitskeim aus Rußland eingeschleppt hat. Auch ich habe von jenen Sekten gelesen, die Orgien abhalten. Es handelt sich um Kranke, um Halluzinanten, aber sie sind nicht unheilbar. Eine gesunde Ehefrau, eine gesunde Arbeit bringen die Leute wieder ins Lot. Doch Weinrich ist Junggeselle; seitdem er emigrierte, befand er sich in einem anhaltenden zerebralen Fieber, er hatte das Unglück, Manuel zu treffen, und was danach kommt, das kennt man.«

»Besser gesagt, man ahnt es«, erdreistete sich der Direktor mit einem versöhnlichen Gedanken.

»Aber ich verstehe nichts. Dr. Weinrich erschien mir immer als ein ruhiger und gesunder Mensch, der sich ganz seinen gelehrten und vernünftigen Forschungen hingab. Doch mit Melania war ich befreundet, ich versichere Ihnen, daß sie kalt ist, wie aus Eis ...«

»Genau, sie ist der passende Typ, eine frigide Frau, die sich nicht erregt. Eine Statue, eine weiße, perfekte Statue für Weinrich. Manuel hingegen hat etwas ganz anderes darin gesehen. Ihn kenne ich auch, eine erstaunliche, sprühende Intelligenz, er ist wirklich interessant. Er hat sich mit einem Verrückten und einem Opfer amüsiert. Das sind wenigstens die Schlußfolgerungen, die ich gezogen habe ... Und ich sehe keine, die besser wären.«

»Und der Brand?«

»Oh, das ist ganz einfach. Wahrscheinlich irgendein Zigaret-

tenstummel auf dem Teppich oder ein Kurzschluß im Lager. Wir dürfen das Geheimnis nicht übertreiben ... Doch der Verlust bleibt natürlich, und er ist nicht wiedergutzumachen, was auch immer die Ursachen sein mögen ...«
Der Arzt sprach beherrscht, doch die Unterredung hatte ihn aufgeregt. Seit einigen Tagen war nur noch ein und dieselbe Sache in aller Munde, die Leute verdrehten die Tatsachen, brachten absurde Hypothesen ein oder stellten sich Orgien vor. Man vulgarisierte die Angelegenheit, in den Zeitungen und in den Cafés, überall, bis zur Unkenntlichkeit durch Sensationen aufgebauscht. Angesichts dieses zerfallenen Materials schwand die Geduld des Arztes, sein ehrliches Empfinden ließ keine Elegien oder Verdunklungen in den Feuilletons zu. Er betrachtete das Geschehene frei von vulgären oder melancholischen Einwirkungen und stellte im Falle der Bibliothek des Fürsten Emmanuele eine beeindruckende Koinzidenz fest, mit einem in doppelter Hinsicht traurigen Ergebnis. Er bedauerte den Verlust der Bibliothek und die bevorstehende Erblindung Cesares, den er wegen seines geordneten Gehirns und seiner Bescheidenheit als Arbeiter schätzte. Die Nervosität des Fräuleins, die für den Patienten eine verspätete und folglich pathologische Leidenschaft an den Tag legte, irritierte ihn. Der Dienstjunge beendete die Unterredung, indem er den Arzt zum Abendessen rief. Der höfliche und leutselige Direktor nahm den Arm des Fräuleins und bot ihr an, sie im Institutswagen nach Hause zu fahren. Doch sie war von all dem Gehörten so verwirrt, dürstete so nach der Freiheit der Straße, nach dem Gang, von dem sie wußte, daß er lang und voller Wohlgerüche war, allein mit ihrem Monolog und der Ikone des blinden Cesare, daß sie ablehnte.

*

Die Nächte vergingen. Der Verband veränderte sich im Dunkeln, aber Cesare sah immer schärfer, er sah Blöcke von Kohle, metallische Teppiche und zahlreiche phosphoreszierende Objekte, die ihn in einer noch unsicheren Dimension umringten. Er beklagte sich beim Arzt, und dieser konnte ihm die Wahrnehmungen richtig voraussagen, ihm den Wachstumsprozeß des Gewebes und die neuen Etappen seiner Visionen erklären. Danach vergingen wieder Nächte völliger Isolierung, wenn die Augen nach innen blickten und das Gehirn sich Fragen stellte. Sinnlos führten ihn die Gedanken zu Erinnerungen oder Vorstellungen, doch wenn diese ihn verließen, überkam Cesare ein neuer, depressiver und häßlicher Zustand voller Theatralik.

Die stoische Ruhe der ersten Nächte schwand Stück für Stück. Die Dunkelheit vertauschte die Gedanken so wie die Objekte im Zimmer. Cesare fühlte und begriff, daß sich ein Stein unter seinem Schädeldach loslöste und sich aufs Geratewohl zu bewegen begann. Stumm und zornig widerstand er der Linie seines Wankens. Jenen maßvollen, würdigen, sich seiner eigenen Menschlichkeit bewußten Stolz sah der Bibliothekar bluten, sah, wie die Pfähle seiner Prinzipien von den Schlangen der Krankheit herausgerissen oder von den Gedanken der Dunkelheit zerfressen wurden. Er, der nur in der Dämmerung nachdachte, war jetzt verdammt, Tag und Nacht zu denken. Dies trieb ihn zur Verzweiflung, das Denken überwältigte ihn. Er, der schauend dachte, war jetzt genötigt, ohne Ziel zu denken, von den Wellen des Dunkels aus der Tiefe getragen. Oh, die Gegenstände, die Gegenstände und das Licht... Cesare begehrte heiß nach ihnen. Er wußte nicht, von welchem Licht die Rede war; für ihn war das physische Licht mit dem metaphysischen eins. Vom Schauen und Verstehen losgelöst, war er jetzt ein Spielball der Illusionen, der promisken Paarungen von Ideen, ausgelaugt in jenem grotesken Prozeß der gegenseitigen Durchdringung von Traum und Licht.

Cesare demütigte sich, errötete, geriet in Zorn – doch der Verband und der metallische Kasten, in denen sein Kopf steckte, hielten ihn gleichgültig und gelangweilt weiterhin gefangen. Wenn er aus der Rauferei mit fremden Gedanken

aufwachte, fand er sich als neuer Mensch mit einer neuen, stupiden Frage, einem Nonsens wieder, der ihn einen Monat zuvor zu Stein hätte werden lassen. Seine Pflicht, als Cesare und als Bibliothekar, seine offensichtliche Pflicht, die er niemals hätte in Zweifel ziehen können, gerade weil sie eins mit seiner Existenz war, wurde jetzt indiskreten und brutalen Verhören ausgesetzt. Er, Cesare, ertappte sich selbst bei der Frage, woher er denn wüßte, daß das eine Pflicht wäre und was eine Pflicht überhaupt bedeutete und was es bedeutete, Mensch zu sein, und welches das Mittel wäre, um Mensch zu bleiben und nicht Maschine zu werden. Aufzuwachen, drei weiche Eier zur gleichen Zeit zu schlürfen und danach Bücher zu lesen und mit starrem Blick auf die gleiche kleine Palme zu meditieren – wo war der Mensch? Wo war das Leben? Früher sagte er sich, daß gerade das Aufstehen zur fixen Stunde ihn als Mensch auszeichnete, weil es den Einfluß der äußeren, zufälligen Reize minderte – auf den auch die Pflanzen reagieren – und desgleichen minderte es die heftige, sinnlose Erregung der Tiere, es organisierte sein Leben von innen, auf sicheren Grundlagen, es entwarf ihn, den Menschen Cesare, ganz und bewußt, einen lebendigen Gegenstand innerhalb der Ordnung der toten Gegenstände. Doch jetzt kam ihm diese Dialektik abgeschmackt und hohl vor, gerade jene Frage aus der Spitze des Winkels ignorierend: Woher wußte er, daß diese Verstümmelung das Leben war, daß ein solches Leben seine Bestimmung war?
Der Bibliothekar stöhnte auf, erkennend, daß das Leben von nun an kein Schicksal mehr, sondern ein Zufall, eine Errungenschaft, eine Fügung, was auch immer, nur nicht ein Schicksal war. Doch diese Revolte fand – im Gegensatz zu allen Umwälzungen, die den Menschen direkt betreffen – keinen Nachhall. Es war ein Vorwurf, wie durch einen Spiegel, doch das Leben und die Dunkelheit in ihm blieben bestehen, ohne diesem Beachtung zu schenken.
›Warum gibt es Dunkelheit auf der Welt?‹ fragte er sich träumend. Nacht und Tag, das ist Ordnung, Leben, Rhythmus.

Aber völlige Dunkelheit war das vorherbestimmte Mißgeschick gewisser schwacher Menschen; oder war es vielleicht die Versuchung der Starken? Doch wer könnte es ihm erklären, wer von den Gleichgültigen, vom Licht Verwöhnten könnte ihn verstehen?
Ein neues, für den harmonischen Cesare lästig-tragisches Gefühl drängte ihn, seine Weltsicht zu revidieren, und bürdete ihm neue Schmerzen auf. Er wußte nicht, woher dieses neue, einsame, aber gierige Gefühl kam, weil er niemals über den Ursprung der Dinge nachgedacht hatte und ihm Gott oder das Nichts lediglich als geeignete Absurditäten für Philosophen erschienen. Doch nun durchschüttelten die Monologe sein Wesen, überfielen ihn mit Furcht und Zweifeln, führten ihn übers Wasser – und wenn sie ihn dann verließen, fand sich Cesare als ein anderer wieder, immer als ein anderer, jede Stunde ein anderer.
Dem Widerstand und der Enttäuschung folgte eine Orgie der Sehnsüchte. Er wollte umherschlendern, Speisen mit viel Pfeffer essen, in allen Flüssen baden, überall hinaufklettern, Leute kennenlernen und sich die Zeit vertreiben. Er plante Änderungen in seinem zukünftigen Leben, versprach sich zahllose Vergnügungen – und ermattete danach wieder, sich als Spielzeug der Instinkte verstehend. Die Gespräche mit dem Fräulein oder dem Arzt ermüdeten ihn. Er schwieg und flehte mit gekreuzten Händen um Stille.
Doch es war seine Pflicht zu sprechen. An jenem Tag verlangten Leute mit versiegelten Papieren – welche ihm das Fräulein vorlas – Erklärungen von ihm. Gelangweilt redete er.
»Ich weiß auch nicht, wie es passiert ist. Ich hatte den ganzen Abend über gearbeitet, um die Korrekturen zu beenden. Ich habe den Rauch nicht von Anfang an bemerkt...«
»Bitte, bitte, nur eine Minute«, sagte der Fremde. »Woher kam jener Rauch?«
»Ich weiß nicht. Ich schaue nie in den Saal. Es ist eine Angewohnheit von mir, um die Leser nicht zu stören. Ich weiß

nicht... Als ich den Rauch gesehen habe, war er überall.«
»Bitte, aber haben Sie sich nicht gefragt, woher er kommen könnte?«
»Nein. Es ist eine Angewohnheit von mir«, log Cesare, »mir keine Fragen zu stellen, bevor ich nicht verstehe.«
»Wie?«
»Ich möchte damit sagen, daß ich meine Zeit nicht mit Fragen verschwende. Ich bin vom Katheder herabgestiegen und habe die Tür geöffnet. Das war alles...«
»Bitte... Was haben Sie gedacht, als Sie das Feuer gesehen haben? Haben Sie sich nicht gefragt, woher es kam und wer es gelegt hat?«
»Ich habe an nichts gedacht. Zuerst wollte ich selbst entkommen und habe aufs Geratewohl die Manuskripte in die Tasche gepackt.«
»Warum haben Sie die Manuskripte genommen?«
»Wahrscheinlich hielt ich sie weiterhin für wertvoll.«
»Demnach haben Sie die gesamte Bibliothek um der fremden Manuskripte willen vernachlässigt...«
»Ich habe auch an unsere Bibliothek gedacht. Deshalb habe ich ja angerufen.«
»Einen Augenblick... Woher wußten Sie, daß das Zimmer des Direktors geöffnet war?«
»Das kann ich Ihnen nicht sagen. Ich habe mich damals nicht gefragt, sondern habe zu telephonieren versucht, *ich habe ganz einfach zu telephonieren versucht...*«
»Aber im Kabinett des Direktors waren doch noch *andere* Personen, oder?«
»Das habe ich auch gemerkt, als mir Dr. Weinrich auf der Türschwelle begegnete.«
»Aaa...! Folglich haben Sie ihn auf der Schwelle getroffen?«
»Möglich.«
»Nein, nein, präzisieren Sie bitte: Wo haben Sie Dr. Weinrich getroffen?«

»Soweit ich mich erinnere, auf der Türschwelle. Ich war natürlich überrascht, um so mehr als Dr. Weinrich ausgezogen war, und danach habe ich auch das Fräulein Melania entdeckt, irgendwie ...«

»Ah ...! Das ist ein wichtiger Punkt. Haben Sie sich nicht gefragt, was jene beiden Personen im Kabinett des Direktors *tun mochten*?«

»Gerade als ich mich dies erstaunt fragte, sah ich den dritten, und die Gedanken verwickelten sich, so daß ich sie beiseite schob ...«

»Merkwürdig. Ich hätte erwartet, daß Sie versuchen würden, das Rätsel zu lösen ...«

»Da war zuviel Rauch, ich fürchtete um die Bibliothek, so war es letztendlich, also habe ich mir keine Fragen gestellt, sondern telephoniert ...«

»Doch wie erklären Sie es sich, daß Sie nichts von der Gegenwart jener drei Personen in Ihrer Nähe wußten? Genauer gesagt, wann hat der Direktor die Bibliothek verlassen ...?«

»Ich weiß es nicht. Ich habe gearbeitet.«

»Haben Sie keine Schritte gehört?«

»Ich wiederhole, ich habe gearbeitet; ich war in die Korrekturen vertieft ...«

»Wie dem auch sei, eine elementare Neugierde ...«

»Ich bin nicht neugierig, oder, wenn Sie so wollen, ich war es damals nicht. Ich habe mich um meine Arbeit gekümmert. Das Kabinett, die Türen, der Direktor, all diese Dinge interessierten nur Julius, doch nachdem Julius gegangen war, habe ich keine Gedanken mehr darauf verschwendet ...«

»Aber haben Sie keine Geräusche, Stimmen gehört? Einer der Zeugen behauptet, daß es sogar einen kleinen Kampf gegeben hätte ...«

»Wenn der Zeuge das behauptet, dann gab es wahrscheinlich auch einen kleinen Kampf. Ich hingegen habe nichts gehört.«

»Die anderen beiden Zeugen leugnen aber den Kampf.«

»Dann gab es wahrscheinlich keinen Kampf.«
»Was glauben Sie selbst?«
»Woher soll ich das wissen? Ich war nicht dort.«
»Wie auch immer, es trennten Sie nur ein paar Schritte...«
»Vielleicht trennte uns auch etwas anderes. Auf jeden Fall bedeuteten jene paar Schritte enorm viel angesichts zehn Seiten griechischer Korrekturen.«
»Sie behaupten, daß Sie *ganz und gar* in die Korrekturen vertieft waren? Ist es nicht möglich, daß Sie müde wurden und den Blick für eine Minute vom Manuskript abwandten?«
»Ich bin sicher, daß ich mehrmals vom Manuskript aufsah.«
»Aha! Demzufolge bejahen Sie, daß *Sie den Blick hoben...?*«
»Natürlich. Das mache ich des öfteren, wenn ich mich an eine grammatikalische Einzelheit oder an ein Zitat erinnern möchte.«
»Na gut! Ist es möglich, daß Sie in *jener Minute* keine Stimmen vernommen haben...? Bedenken Sie, daß Ihre Aussage unentbehrlich ist, da Sie offensichtlich der einzig objektive, außerhalb des Dramas stehende Zeuge sind. Die anderen drei haben alle völlig unterschiedliche Erklärungen abgegeben. Das erschwert die Aufgabe der Justiz. Ich bitte Sie, in Ihrem eigenen Interesse, sich an jede Kleinigkeit zu erinnern, damit die Justiz die Ereignisse rekonstruieren und die Brandursache endgültig klären kann...«
»Es ist ein Unglück, daß der einzige objektive Zeuge gerade ein Bibliothekar war, der eine kritische Ausgabe korrigiert hat«, sagte Cesare, sich beherrschend. »Ich versichere Ihnen ehrlich und endgültig, daß ich, obwohl ich meine Lektüre manchmal unterbrochen habe, so leidenschaftlich in meine Arbeit vertieft war, daß ich nichts hören konnte.«
»Das ist unerhört! Das ist etwas Außergewöhnliches! Doch im Interesse der Justiz möchte ich Sie bitten, diesen Stand-

punkt aufzugeben. Ich verstehe, daß Sie aus Respekt für Fräulein Melania und Dr. Weinrich zögern, das zu bezeugen, was Sie tatsächlich gesehen haben. Ich versichere Ihnen jedoch, daß ein Teil der Szene von Zeugen bereits enthüllt wurde. Die Aussagen müssen jetzt verifiziert werden, und da sind Sie unentbehrlich, aber Ihre Vorbehalte sind nicht nur unangebracht, sondern schaden Ihnen sogar...«

Cesare konnte seine Ungeduld und seinen Zorn nicht länger in Zaum halten. Das Mißtrauen der anderen begann ihn zur Verzweiflung zu treiben. Und trotzdem waren die Dinge für ihn weiterhin klar. Jeder hatte seine Pflicht getan, und so ignorierten sie einander, bis eine gemeine Gefahr sie in eine einzige entsetzliche Bestie verwandelte.

»Ich weiß nicht, was ich zu meiner Verteidigung noch sagen könnte. Wenn die Justiz meine Zeugenaussage nicht so akzeptieren kann, wie ich sie mache, werde ich mich nicht länger verteidigen; soll die Justiz doch machen, was sie will. Ich wiederhole, was ich von Anfang an gesagt habe; daß ich von niemandes Gegenwart etwas geahnt habe, daß ich mir keine Fragen gestellt habe und daß ich selbst jetzt noch nicht weiß, was in jener Brandnacht passiert ist, weil niemand es mir erzählt...«

»Ist es möglich? Gerade Sie? *Der einzige Zeuge*! Die ganze Stadt weiß es doch...!«

»Warum erzählt man es nicht auch mir?«

»Es ist nicht zu fassen...! Ist es noch nötig, daß jemand etwas dem hinzufügt, was Sie *gesehen haben*?! Überlegen Sie doch ein wenig und Sie werden feststellen, wie wacklig Ihre Hypothese ist: Sie waren die ganze Zeit über nebenan und haben keine Stimmen gehört; Sie haben Dr. Weinrich *auf der Türschwelle* getroffen, obwohl einer der Zeugen Sie zuerst hat telephonieren *sehen*; Sie behaupten, nichts von Fräulein Melania gewußt zu haben, und trotzdem retteten Sie *nur* sie. Schließlich behauptet Dr. Weinrich, daß Fräulein Melania alle gebeten hatte, sie zu retten, und nur Sie selbst haben sie in die Arme genommen. Beweist das nicht, daß sie alle *am gleichen Ort zur gleichen Zeit waren*? Es ist nic. Pflicht, Schlußfolgerungen zu ziehen, das wird ma Prozeß tun, doch erachte ich es für nötig, Sie zu warn gefährlich Ihr Alibi ist, auf das Sie sich versteifen ... Di konstruktion der Szene wäre so klar, wenn Sie zug würden, dabeigewesen zu sein ...«

»Ich verstehe nicht, weshalb meine Zeugenaussage übe. haupt nötig ist.«

»Weil die anderen sich widersprechen, was man angesichts der Nervosität, mit der jeder seine Aussage zurechtlegt, leicht erklären kann. Doch in Ihrem Fall ist es etwas ganz anderes ...«

»Ich kann es nicht verstehen, ich kann es nicht verstehen!« jammerte Cesare.

»Regen Sie sich nicht auf«, flüsterte der andere. »Erlauben Sie mir noch eine Frage: *Warum haben Sie Fräulein Melania gerettet ...?*«

Cesare erzitterte plötzlich vor Unruhe im Bett. Die Frage des Fremden war die Frage nach dem Ruß in seiner Seele. Unvermittelt, mit glühenden Wangen, aufgewühlt, ohne den Grund zu kennen, antwortete er:

»Das ist nicht schwer zu sagen ... Sie war die einzige Frau, ich dachte, es wäre meine Pflicht ... Das war es, einfach die Pflicht.«

»Doch warum haben Ihre Kollegen es nicht gewagt, sie zu befreien?«

»Ich weiß es nicht, ich weiß es nicht, warum fragen Sie ausgerechnet mich? Wahrscheinlich waren sie noch verschreckter, wahrscheinlich ...«

»Soll ich es Ihnen sagen? Weil es zwischen ihnen einen Kampf gegeben hatte, gefolgt von dem Versuch eines der Angeklagten ..., doch sie haben das Fräulein Melania verteidigt ...« – »Das ist unglaublich, unglaublich!« erhob Cesare seine Stimme. »Ich wiederhole, daß ich keinen Augenblick vom Katheder aufgestanden bin. Ich wiederhole, daß ich nichts wußte. Fräulein Melania kenne ich zuwenig ...«

stehen. Fräulein Melania hat ausge-
…t, daß Sie immer, wie soll ich mich
….«
…ich werd' noch verrückt!« brüllte
…s.
…ampften Gesichtsausdruck zum Frem-
… Ihnen, Sie Schuft…! Herr Doktor, bitte,
… hinaus, bitte! Werfen Sie ihn hinaus. Lassen
…wieder herein! Schuft!«
…nde trat aus dem Licht.
…ar meine Pflicht, auch wenn es unangenehm ist. Ent-
…uldigen Sie bitte… Es wird sich alles klären…«
…nd er verschwand.

Cesare, blind und niedergeschmettert, antwortete ihm nicht.

*

Wenige Tage später wagte der Arzt das große Experiment. Das Zimmer war dunkel, und die Assistenten waren aufgeregt. Cesare, der noch nichts von den Vorbereitungen wußte, aber dennoch unruhig war, ahnte, daß es sich um den letzten Versuch handeln müßte. Der Arzt kündigte nicht an, daß er ihm den Verband abnehmen würde. Er tat, als ob es sich um einen Verbandswechsel, um die Bandagierung der Schläfe handelte. Die Wunde hatte sich völlig geschlossen und nur ein furchterregendes Zeichen in Form eines an die Braue gelehnten L's hinterlassen.

Cesare erwartete einen neuen Verband, doch der Arzt sagte ihm:

»Öffnen Sie die Augen…«

Der zitternde Kranke riß die Augen weit auf. Ein krampfhaftes Gefühl trug ihn auf den Flügeln der Furcht in die Welt der Anfänge. Die Venen der Augen pulsierten, die Lichtlein erloschen, doch die Dunkelheit blieb die gleiche, weniger dicht, vielgestaltiger, doch immer noch so unermeßlich und lebendig wie in den Nächten zuvor.

»Ich sehe nichts...«, stöhnte er.
»Aber jene Schlangen, sehen Sie sie noch?« fragte der Arzt.
»Nein ... Das gleiche Dunkel, vielleicht auch Tränen...«
»Perfekt...! Jetzt...«
Eine märchenhafte Fährte erhob sich aus einer Ecke, schimmerte blau und irreal auf Gegenständen aus Diamant, aus Stahl und Seide. Man hätte sie einen phosphoreszierenden Blütenstempel nennen können, mit der Biegsamkeit von Meeresfarn, das Geheimnis der unterirdischen Geister verstreuend, mit Zwergen und sprechenden Tieren. Das Krankenzimmer verwandelte sich in einen Feenzug, mit einem Lichtstreuer, der aus der Erde zu kommen schien, und mit den an die Mauer geklebten, wie in Erwartung eines Wunders verstummten Schatten. Cesare stierte auf blendendes Blau und stützte seine steifen Ellenbogen auf blaue Kopfkissen. Alles in seiner Umgebung wurde in Azur getaucht. Blaue, stumme Gesichter erschienen ihm, die ihn anschauten und sich dabei fürchteten, daß er sie nicht wahrnehmen könnte. Doch Cesare sah immer deutlicher und schärfer, jeden Winkel klarer, jede Kante härter, die Körper bekamen seltsam korrekte Dimensionen, die Tiefe des Zimmers wirkte unendlich und hell. Seine optischen Wesen waren schreckliche, stumpfe, sich in zwei Dimensionen bewegende, wie durch ein schlechtes Mikroskop betrachtete Bakterien. Er wurde jetzt überwältigt von dem Gefühl der *Tiefe*, von jener göttlichen Dimension, durch die der Mensch sich bewegen und *wirklich* begreifen kann. Die Offenbarung des Lichts verblaßte neben der Offenbarung jenes Gefühls, das den Augen durch den Raum vorauseilte, sich spielerisch und gleichgültig an Gegenständen stoßend, lichte Wunden sammelnd und mit einer lebendigen Spende von Formen und ausgerissenen Farben zurückkehrend. Die Magie der Linie, die sich krümmte und sich irgendwo in den Raum warf, wo niemand sie vermutet hätte, ließ ihn zu Stein werden, durchbohrte sein Hirn, verführte ihn zum Wahnsinn.

Der Arzt wartete noch, doch das Licht beherrschte in Überfülle das Zimmer. Anfangs blau, dann grünlich, dann gelb, orange, rötlich – dann verblaßte es, zuckte rauchfarben und dehnte sich wieder aus, das Tageslicht, das Wunder.
Niemand sagte etwas, aber alle schauten in die tränenerfüllten, unmenschlich glitzernden Augen des Kranken.
»Cesare...!« rief der Arzt aus.
»Ich, ich...«, stammelte jener.
Am selben Nachmittag erlitt Cesare seinen ersten Nervenzusammenbruch. Die Erblindung hatte ihn bis zum Schluß erniedrigt. Er wachte in kühlen Bettlaken auf, mit Schweißtropfen auf der Stirn. Er sah, doch die Bilder kamen ihm wie Erinnerungen oder Sehnsüchte vor, so lebhaft, so gewaltsam waren sie.
»Oh! Ich möchte fort, möchte laufen...! Ich weiß nicht, wohin ich gehen werde, aber ich muß, ich muß fort, auf der Stelle, Herr Doktor. Wie soll ich Ihnen erklären, was ich fühle? Ich erkenne mich nicht wieder... Ich möchte schreien...!«
Der Arzt lächelte mit dem Ausdruck desjenigen, der von vornherein alles weiß und versteht. In Cesares hartem Licht erschien sein Gesicht irgendwie knöchern und von blauen, gelben und grauen Falten durchzogen. Er wirkte bleich, müde und wächsern. Fräulein Marta erschien ihm alt und gebeugt, das Puder auf ihren feuchten Wangen körnig.
Der Arzt sprach offen und sachlich mit ihm, unter vier Augen. Er erklärte ihm, wie das Wunder möglich geworden war, wie seine durch die optischen Illusionen erweckten Hoffnungen sich bestätigt hätten, indem er die Lohe der Pupillen beobachtet hatte, als der Projektor jenes blasse Blau warf. Er hatte den Wechsel der Farben mit aller Aufmerksamkeit verfolgt und noch bevor er ihn gefragt hatte, hätte er gewußt, daß Cesare sehen konnte und daß er viel durchdringender sah als irgend jemand anderer im Zimmer.
Doch es gab noch eine Tatsache, über die er ihn aus seiner Pflicht als Arzt und Mann heraus sofort informieren mußte.

Er schilderte ihm die Gefahr, die auf ihn wartete. In sechs Monaten, in einem Jahr, in zwei würde er vielleicht erblinden, und dann gäbe es nur noch wenig Hoffnung. Der Arzt bediente sich eines wissenschaftlichen, gediegenen Vokabulars, das der Wahrheit einen klinischen Anstrich verlieh. Cesare hörte ihm mit einer entsetzlichen Ruhe zu, während die Orgie der Formen vor ihm verwelkte, und unversehends bekamen seine Gefühle einen schalen Geschmack, seine Freuden stürzten wie unter einem Windstoß in sich zusammen.

Jener düstere Fachausdruck, den der Arzt wissenschaftlich kommentierte, kam ihm wie ein schwarzes Tal vor, auf das er sich zubewegte, in das er hinabsteigen würde – zuerst mit einem Fuß, dann bis zur Hüfte, bis zu den Lippen, bis zur Stirn – und wieder würden die Wasser über seinem Scheitel zusammenschlagen, ihn lebendig in das Dunkel einmauern, während die dicken Schlangen unter seinen Lidern vertrocknen, die Vögel verstummen würden und der Ruß als Fluch auf ihn herabregnen würde. Das »Jahr« nahm in seinem Kopf eine längliche Gestalt an, und Cesare sah sich wankend hindurchgehen, Stück für Stück, bis er an das Ende stürzen würde, aber das Jahr würde ein treibender Baumstumpf in seinen Gewässern sein, jenseits jedes Verstehens und jeder Verbindung mit dem Leben davor oder danach.

»Ich rate Ihnen also als Mann und Freund«, fing der Arzt an, »dieses eine Jahr oder diese Jahre zu *leben*, nicht zu arbeiten, nicht zu lesen … Erfreuen Sie sich am Licht. Fragen Sie mich nicht wie, denn für uns Ärzte ist die Lebensfreude eine physiologische Tatsache und in der Physiologie kennen Sie sich ja auch aus … Seien Sie frei …! Ich weiß nicht, ob Ihre Freiheit den Sitz in Ihren Instinkten oder in Ihrem Verstand hat. Ich meinerseits neige, ganz physiologisch betrachtet, zu ersterem. Je gesättigter Sie sein werden, um so erträglicher wird die mögliche Erblindung sein …«

Cesare ließ sich wieder von der Laufwut, von der Freiheitswut beherrschen, so wie sie ihm in jener ersten Stunde des

Lichts erschienen war. Er sprach aufgeregt, gestand ein, daß er vorläufig nicht wußte, wohin er gehen und was er machen würde. Doch eines fühlte er, nämlich daß er nicht bleiben könnte, weder im Sanatorium noch in der Stadt.

»Sie werden mich für nervös, für krank halten, aber ich kann nicht bleiben, Herr Doktor, zu bleiben ginge über meine Kräfte. Auch dem Prozeß kann ich nicht beiwohnen. Welche Erklärung könnte ich denn noch abgeben ...?«

»Der Prozeß ist eine einfache Sache für Sie. Ich habe mit dem Prokuristen gesprochen. Er hat gegen Ihren Weggang nichts einzuwenden, in Anbetracht Ihrer besonderen Lage ... Sie sind nicht so unmenschlich, jemanden in seinem letzten Jahr zurückzuhalten ... Selbst als Zeuge nicht. Sowohl der Direktor als auch der Bürgermeister haben Protest eingelegt. Die mündlichen Aussagen, die sie hier gemacht haben, werden für den Prozeß ausreichen. Dennoch werden Sie das Land nicht vor Prozeßende verlassen dürfen ... Ich glaube nicht, daß das allzu schwer für Sie ist. Alles wird in ein oder zwei Monaten vorbei sein. Die Dinge liegen einfach, und härtere Strafen, als man sie bisher verhängt hat, wird es, glaube ich, auch nicht geben. Weinrich hat die Universität verlassen, ebenso Fräulein Melania, während Manuel von seinem Arbeitgeber entlassen wurde. Manuel sitzt schon seit drei Wochen im Gefängnis. Was will man mehr? Außerdem ist Weinrich nicht minderjährig und Fräulein Melania auch kein Schulkind mehr. Ihre Angelegenheit ist privat und hat nichts mit dem Brand zu tun, der wahrscheinlich von einem Streichholz im Lager entfacht wurde ... Sie sehen also, daß dem Geschehenen nichts Tragisches folgen wird ...«

Nachdem der Arzt ihm einen guten Abend und eine angenehme Reise gewünscht hatte, nach der er zurückkehren und sich untersuchen lassen sollte (vielleicht würde sich etwas verändern) und Cesare seine Dankesworte als Auferstandener stammelte und ihn schüchtern fragte, wieviel er dem Sanatorium und der treusorgenden Behandlung des Arztes schuldete, klopfte ihm dieser freundlich auf die Schulter und versicherte ihm, daß die Angelegenheit seitens der Bibliothekszentrale erledigt worden wäre und er nur noch ein Papier unterzeichnen und dem Generaldirektor der Hauptstadt schreiben müßte. Danach näherte sich das Fräulein Cesare und bat ihn, sich mit ihr wegen eines »Geheimnisses« zu treffen.

Sie trug dasselbe weißrote Kleid, mit dem sie zur Bibliothek zu kommen pflegte. Sie versuchte kokett zu sein, und die rötlichen Häutchen ihrer Lider zitterten, als sie lächelte. Doch Cesare sah jetzt allzu deutlich, und ohne zu verstehen, warum, regte ihn die Gesellschaft jenes alten Mädchens auf – die ihn liebevoll beim Namen nannte und ihn mit beschützender Wärme am Arm faßte – und begann, ihn anzuekeln. Er stand noch ganz im Bann der Befreiung vom Dunkel.

Das Fräulein setzte ihn wie einen Genesenden auf das Kanapee des Salons, was ihn wütend machte und zugleich demütigte. Er schwieg mürrisch und streitlustig, ein ihm bislang unbekanntes Gefühl. Er ließ sich gehen, wußte sich nicht zu beherrschen.

»So, Cesare...«

»Ja!« sagte er kurz und hielt verstimmt inne.

Das Fräulein blieb überrascht stehen. In ihrer mütterlichen und klarsichtigen Sympathie erriet sie die düstere Stimmung des anderen und tröstete ihre Enttäuschung, indem sie sich sagte, daß es die »Nerven« seien.

»Du gehst also fort...«

Er schwieg.

»Du tust gut daran. Weißt du, wohin du gehen solltest? Zuerst ans Meer, um viel am Strand spazierenzugehen und dabei die ganze Zeit nach oben zu blicken. Vor allem nach oben. Ich habe kürzlich gelesen, daß der Meereshimmel ein ausgezeichnetes Heilmittel für die Augen sei... Um ehrlich zu sein, glaubst du mir, daß ich glücklich bin, unaussprechlich glücklich...? Weißt du, jetzt kannst du sehen, oh! Ich muß dir wohl alt und häßlich vorkommen, nicht? Der Arzt hat mich aufgeklärt... Aber wie auch immer, unsere

Freundschaft ist geistiger Natur, ist rein und treu, nicht wahr, Cesare...?«

»Natürlich, Fräulein...«

»Warum nennst du mich ›Fräulein‹? Seit langem wollte ich dich schon dafür tadeln. Fast hätte ich mich eines Tages geärgert. Ich erzähle überall, daß wir gute Freunde sind, daß wir uns seit Jahren kennen, und du machst mich vor aller Augen alt und bringst mir als ›Fräulein‹ Respekt entgegen!«

»Aber wie sollte ich Sie sonst nennen?«

»Marta, ganz einfach.«

»Heißen Sie Marta?«

»Wie, du gibst vor, es nicht zu wissen?« fragte sie und drohte ihm mit dem Finger wie eine Tante – eine Geste, die ihn abstieß und ihn die Kinnbacken feindlich anspannen ließ.

»Ja, ja, ich erinnere mich jetzt. Ich habe so oft Ihren Ausweis unterzeichnet.«

»Was heißt ›Sie‹?!« sagte sie, während sie ihn schmachtend betrachtete und ihren aufgestützten Arm an Cesares schmiegte.

›Oh! Wie geschmacklos, das ist eine Liebeserklärung!‹ dachte der Bibliothekar angewidert und irgendwie alarmiert. Die Annäherung des Mignon-Körpers in Weißrot, mit dem gepuderten Gesicht und den blassen, nervösen Händen beunruhigte ihn, als ob er sich davor fürchtete, daß ein eiliger Besucher in den Salon stürzen und die Szene als eine geschmacklose Idylle werten könnte.

»Du kannst *Du* zu mir sagen, so wie ich es tue, seitdem wir uns kennen... Du hast zuviel Respekt vor mir, verstehst du, Cesare? Du respektierst mich zu sehr, und das stört mich... Nein. Halte mich nicht für verliebt...«

Das Wort war fehl am Platz, und beide genierten sich. Cesare bemühte sich, amüsiert zu erscheinen. Marta beeilte sich mit Entschuldigungen und Scherzen, ohne es rückgängig machen zu können.

Statt zu lachen, erhob sich Cesare vom Kanapee und ging zum Tischchen. Er hatte Zigaretten entdeckt. Niemals zuvor hatte er geraucht, doch jetzt fühlte er den starken Drang, es zu versuchen. Zum Erstaunen des Fräuleins zündete er sich eine an.

»Und über welches Geheimnis willst du mit mir sprechen, *Marta*?« fragte er, den Namen der Frau in Weißrot galant betonend.

Er hatte eine neue Wollust gefunden, eine mittelmäßige, aber neue: nämlich jene, mit leisen Schritten durch das Zimmer zu spazieren, in Gedanken vertieft zu rauchen und Komödie zu spielen. Seit der Brandnacht geriet Cesare angesichts seiner Entdeckungen in Panik. Er wurde von einem Sturm aus Mimik und Aberglauben erfaßt, er ließ sich von Meinungen und Posen beherrschen, die *nicht die seinen sein konnten*, die ihn aber überraschten, ihn belustigten und mit einer solchen Meisterschaft einnahmen, daß er erst nach ihrem Verschwinden verstand, daß es sich um eine Posse oder eine Einbildung gehandelt hatte. Und dann gedachte Cesare frustriert oder wütend in seltsamer Nostalgie seiner früheren spirituellen Diät, die ihm wohltat, ihm half, sich in der Wirklichkeit zu orientieren, die massiv und lebendig war. Doch die Stunden der Rückkehr zu sich selbst nahmen ab, Nacht für Nacht, je stärker und ehrlicher Cesare erkannte, daß sein bisheriges Leben auf imaginären, irrealen Daten aufgebaut war und daß es durch den Zusammenstoß mit einem wirklichen Ereignis untergraben wurde.

Gekünstelt spazierte er durch den Salon, sicherlich eingeschüchtert von der Entdeckung, die sich ihm in dem ersten befreienden Augenblick aufgetan hatte, linkisch rauchend und Marta zuhörend.

»Ja, es ist in gewissem Sinne ein Geheimnis. Aber du mußt nicht glauben, daß ich eine Komplizin bin ... Nein, ich habe gedacht, daß ... Enfin, du bist kein Kind mehr, und ich bin nicht mehr im Alter des naiven Vertrauens. Ich glaube nicht, daß du mit Melania konspirierst ...«

»Fräulein...?«
»Ja, Melania hat mir vor einigen Tagen einen Zettel schicken lassen, ich sollte mich mit ihr treffen.«
»Und...?«
»Konnte ich, sag, konnte ich es ablehnen? Sie liegt im Todeskampf...«
»Wie lange liegt Fräulein Melania denn *eigentlich* in Agonie?«
»Sprich nicht so über die Arme... Sie wird nicht davonkommen; Lungenentzündung, Tuberkulose, Qualen, was weiß ich noch...? Sie kann kaum sprechen. Die Ärzte hoffen, sie machen alle drei Tage eine Radioskopie, aber es sieht schlecht aus, sie ist verloren. Sie sprach leise, oh! Sie sprach so leise... Ich konnte mich nicht zurückhalten, ich habe geweint. Das hat sie sehr bewegt, die arme Melania... Sie hat nach dir gefragt.«
Cesare erstarrte mit der erloschenen Zigarette zwischen den Fingern. Mit einem Mal verstand er, wie lächerlich es war, die ganze Zeit mit kleinen Schritten im Salon eines Sanatoriums neben einem sentimentalen Fräulein auf und ab zu spazieren.
»Natürlich hat sie mich gefragt, glaubst du, ich lüge? Komm, Cesare, es ist so einfach; du hast ihr das Leben gerettet, du warst die ganze Zeit so gut zu uns in der Bibliothek und dann... Schließlich war es sogar ihre *Pflicht* zu fragen. Ich habe ihr gesagt, daß alles in Ordnung sei, und sie war sehr zufrieden, sie hat gelächelt. Oh! Es ist gräßlich, wie entstellt sie ist. Weißt du, ihre prächtigen weißen, zarten Wangen... Jetzt sind sie geschwollene, zerteilte Fleischstücke, es ist abscheulich... Und ihr Haar wächst nicht mehr, es ist nicht zu glauben... Ich habe ihr gesagt, daß mit deinen Augen alles gutgeht, und dann hat sie mich gebeten, dir mitzuteilen, daß sie sich wünscht, sehr wünscht... daß du zu ihr kommst, wenn du das Sanatorium verläßt...«
Cesare geriet aus der Fassung, als ob er von einer Unbekannten auf den Nacken geküßt worden wäre.

»Nein, nein, es ist sinnlos. Nein, nein, ich kann nicht. Ich hab' keine Zeit. Du weißt, daß ich morgen abreise. Ich hab' keine Zeit, ich bin so müde, so erschöpft...«
»Aber Cesare, du solltest nichts überstürzen. Sei menschlich, sei ein bißchen menschlich. Vielleicht wird sie in einigen Tagen sterben, und du wirst sie nicht mehr sehen können, Cesare, geh zu ihr hin...!«
»Nein, ich kann nicht... Ich kann nicht *zurück*.«
»Du würdest ihr so guttun...«
»Sie ist ganz in der Nähe...«
»Wo ist sie stationiert?«
»Hier.«
Cesare hätte beinahe seinen Verstand verloren. Seltsame, krankhafte Assoziationen brachen über ihn herein, und er wußte nicht, warum die Brandnacht ihn wieder einholte, mit ihrer ganzen Atmosphäre des Geheimnisvollen und der Farce, die ihn zusammenbrechen ließ, die ihn in wenigen Wochen verändert hatte, die aus einem ganzen, selbstsicheren Mann einen mit hundert Masken gemacht hatte, der nicht wußte, was er wollte und der sich nach jeder Enttarnung verfluchte.
Die Nacht mit ihren Zweifeln, ihrer bösen Überraschung und dem Bild von Melanias weißem Körper wurde im Salon des Sanatoriums wieder lebendig.
»Verstehst du jetzt, daß ich es dir nicht sagen konnte? Es hätte dich zu sehr aufgewühlt. Sie haben sie zwei Tage nach dir zur Radioskopie hergebracht, sie befindet sich am Ende des anderen Gebäudes mit der Fassade zum Park.«
»Nein.«
Dann ging er auf das versteinerte Fräulein zu und hielt ihr die Hand freimütig und entschlossen zum Abschied entgegen.
»Marta, ich danke dir vielmals, du warst so gut zu mir. Ich gehe. Hast du noch etwas zu sagen?«
Das Fräulein war niedergeschmettert, von seiner Wildheit beleidigt, doch akzeptierte sie, daß er sich ganz natürlich ver-

hielt, so wie auch sie sich verhalten hatte, als sie es abgelehnt hatte, Melania zu sehen; bis zu dem Zeitpunkt, da sie den Zettel mit den wenigen zittrigen Zeilen auf dem Papier mit dem Wappen des Sanatoriums erhalten hatte. Sie hatte nicht widerstehen können. Cesare jedoch... Es war nicht zu glauben. Wie und wann hatte er sich so stark verändert? Sie hielt ihn die ganze Zeit über für den Helden aus der Bibliothek, der sich stark und tragisch auf die Gipfel der Einsamkeit emporschwang, der ein Hundeschicksal hatte, das ihn aber nicht zu beugen vermochte. Sie schaute ihn an und konnte nicht glauben, daß der an der Schläfe ergraute, geschwächte junge Mann mit den seltsamen, stählern glänzenden Augen ihr Cesare war. Und dennoch konnte sie nicht aufhören, ihn – so unmenschlich, böse und dumm er auch war – zu bewundern. Die »Persönlichkeit«, die sie verehrte und mit der er sie in Versuchung führte, verhärtete sich jetzt, wurde tyrannisch, gewissenlos, blieb aber immer noch bezaubernd. Niedergeschlagen, mit verweinten Augen und ohne Trost für Melania, sah Marta Cesare mit einer unerklärlichen Mischung aus Verehrung und Verdruß an. Sie begann zu bereuen, daß sie sich so kindisch aufgeführt hatte, als sie ihn in den Salon geleitete. Würde sie von nun an noch seine barmherzige Schwester sein können?

»Aber du kannst doch nicht so allein in die Stadt gehen. Und morgen, erlaubst du mir nicht, zum Bahnhof zu kommen...?«

»Wozu soll das gut sein, Marta? Wir werden uns wiedersehen. Warum also?«

Feuerrot und glücklich erhob sich Marta. Es war eine neue, unbestimmte Freude. Sie spürte die Nähe des anderen, rauh und böse, doch sie war glücklich, wissend, daß Cesare durch sie zu einem neuen Leben fand.

»Gut, *mein Freund*... Ich werde Melania Lügen erzählen. Ich verstehe dich, besser gesagt, ich versuche, dich zu verstehen... Nein, nein, drück mir nicht die Hand, jag mich nicht fort... Dieses Geheimnis war nur der erste Teil. Der zweite

ist hier. Wenn du mir versprichst, daß du diese Seiten *lesen* und sie nicht zerreißen wirst, gebe ich sie dir... Ich nenne dir keinen Namen, schwöre zuerst... Nein, nein, schwöre, das ist die Bedingung, unter der ich den Auftrag erhalten habe... So... Jetzt gebe ich sie dir, du liest und verbrennst sie, hast du mich verstanden?«
»Aber was bedeutet das?«
»Kein Geheimnis. Ein Brief von Manuel... Julius hat ihn mir gebracht. Ist es schlecht von mir? Jeder hat das Recht, sich zu erklären... Jetzt verschwinde ich. Wir werden uns wiedersehen, nicht? Du schreibst mir an die Schule. Nicht die Hand, küß mich auf die Wangen, Cesare...«
Mit kalten Lippen, kalt vom Küssen, allein im Salon gelassen, fühlte sich Cesare zugleich belastet und isoliert. Die Freude am Fortgehen, der Durst, sich von Verrücktheiten leiten zu lassen, waren verschwunden.
Er wog den Umschlag in der Hand; er war schwer. Die Schrift war fein und geneigt, mit schlangenförmigen Initialen und künstlich großen Punkten. Er näherte sich der Lampe und las:
»Mein Herr,
alle nennen Sie Cesare, aber dieser imperiale Name mißfällt mir, so daß ich keinen Gebrauch von ihm machen werde. Wahrscheinlich haben Sie sich auch schon den Schluß dieses unerwarteten Briefes angesehen, so daß Sie wissen, wer ihn schickt. Ja, Manuel, einer, mit dem Sie nie gesprochen haben. Ich bekenne, daß Sie mich – so anämisch und bibliomanisch wie Sie aussehen – nicht interessiert haben. Doch auch ich, des Griechischen nicht mächtig (so sagt man), konnte Ihre Aufmerksamkeit nicht auf mich ziehen.
Es war ein großes Mißverständnis beiderseits. Die einzigen außergewöhnlichen Gehirne dieser idiotischen Stadt haben sich so lange Jahre gegenseitig ignoriert (nehmen Sie zur Kenntnis, daß der Gebrauch des Kalenders für das Geheimnis unserer Isolierung unwichtig ist). Ich hatte soviel zu sagen, als ich diesen Brief anfing, doch jetzt ist alles verflo-

gen. Die Wahrheit ist, daß ich als Privatmann nicht schreiben kann. Ja, ich bin Journalist, vom Kopf und vom Geschlecht her. Wenn ich schreibe, schreibe ich für jedermann. Wenn ich's tue, tue ich's nur für einen. Deshalb zerbrechen sich unsere Mitbürger den Kopf, um mich zu verstehen. Letztlich ist dieses Bekenntnis von schlechtem Geschmack. Ich bin ein Mensch, der sich schrecklich selbst lobt. Wenn Sie meinten, daß das ein Beweis für meine Unglaubwürdigkeit sei, würde ich Sie als einen für Intuition Unempfänglichen halten und meine gute Meinung über Sie verlieren.

Habe ich eine gute Meinung? Eine ausgezeichnete, eine ausgezeichnete! Mein Herr, Sie sind jemand, vor dem ich mich fürchte. Es ist unnötig, das zu erklären. Wie immer ich auch über unseren ›Fall‹ denken mag, Sie erscheinen als aufgehender Stern. Entweder sind Sie der siegreichste dumme Zeitgenosse oder Sie sind ein Mensch, der Heiligkeit vortäuscht, oder Sie sind noch lasterhafter als ich – wie auch immer, ich würde Sie wieder aufrichten. Sie schlagen mich nach Punkten und übertreffen die Erwartungen unserer Spezies von traurigen Säugetieren; schließlich sind Sie Cesare. Ich erwähne Ihren Namen nur ein einziges Mal, aber nicht im namentlichen Sinne, sondern als Privileg. Muß ich noch hinzufügen, daß Sie mich mit Ihrer Rätselhaftigkeit einer lateinischen Sphinx irritieren? Ich sehe Sie schon lachen, sich überheblich amüsieren, wie ein Nobelpreisträger oder ein Evangelist. Ich hätte Lust, den Brief zu zerreißen und mir eine Zigarette anzuzünden, während ich Sie verfluche. Doch Sie wissen ja, daß ich das nicht tun kann, Sie wissen ja, daß ich Ihnen schreiben und Ihnen meine wilde Entrüstung eingestehen *muß*: die Ratlosigkeit und Achtung eines Emmanuel. Sie lesen richtig: nicht Manuel, sondern Emmanuel. Ah...! Ahnen Sie jetzt, warum ich mich mit dem verrückten Weinrich angefreundet habe und warum ich hungrig nach Melanias Körper war? Kommen Sie, wenn Sie es nicht erraten, sind Sie ein Dummkopf, und ich bin bereit, mich für den Tonfall meiner Verteidigung zu entschuldigen.

Kurz gesagt, lieber Herr Bibliothekar, ist es nicht eine außergewöhnliche Tatsache, daß ein monströser und zugleich göttlicher, unsterblicher und nicht mitteilbarer Ritus – der in der Geschichte unseres Kontinents neben der Episode Jesu bestehenbleiben wird – an Ihrer Seite stattgefunden hat und Sie nichts davon wußten? Ist es nicht außergewöhnlich, daß das Wunder der drei Menschen (von denen einer ein Genie oder ein Held ist) – das einzige Wunder, das Europa seit dem Tode des Apollonius von Tyana* kennt – in demselben Gebäude neben Ihnen passiert ist, und Sie blind, in einer anderen Welt waren und nicht für es *zeugen können*? Ist es nicht ein phantastischer Umstand, daß Sie jenes Spektakel verpaßt haben, das die christliche Menschheit seit zweitausend Jahren wiedersehen will? Wer wird von nun an unser ›Evangelium‹ schreiben? Ich bin wehmütig, aber ich frage mich (ich bekenne, aus Schwäche für die Logik), warum die Dinge so passiert sind, wie sie passiert sind? Schließlich, was für Mächte Sie beherrscht haben? Ich täusche mich nicht im Hellsehen und kann Ihnen versichern, daß Ihre Magie nicht minderwertiger ist als jene, die ich ausgelöst habe. Sehen Sie, daß ich *Bescheid weiß*? Ich weiß, daß Sie einen zermürbten Gelehrten spielen und mürrisch leben, um Ihre Berufung zu erfüllen. Sehen Sie, daß ich Ihnen gegenüber keine Geheimnisse habe? Ein anderer würde mich für verrückt halten, aber Sie werden mich würdigen. Wahrscheinlich wird Weinrich Ihnen einen Besuch abstatten. Er ist wirklich verloren, der arme Russe. Er ist von dem ergriffen, was wir das ›flüssige Element‹ nennen, er ist ein Mystiker, ein *traviato***. Beachten Sie ihn also nicht. Verehren Sie mich, der ich Emmanuel bin.»
Cesare warf die Blätter erzürnt beiseite. Seine Gedanken rasten ihm davon.

* Griechischer Philosoph, 4-90 n. Chr., Vertreter des Neopythagoreismus. A. d. Ü.

** Ital.: Verirrter. A. d. Ü.

›Bestimmt sind sie verrückt! Bestimmt haben sich alle verschworen, um auch mich verrückt zu machen. Was will dieser Wirrkopf, dieser Magier und Perverse...? Schließlich interessiert es mich nicht. Er bemüht die Esoterik und Gott weiß was für eine degenerierte Gnosis. Aber was haben sie dort gemacht? Mein Gott! Was haben sie *angestellt*? Das ist die einzige Sache, die mich brennend interessiert, und keiner kann sie mir erklären. Alle reden in Rätseln. Alle zeigen mir mit dem Finger ein dunkles Symbol, eine vage Allegorie, eine Orgie mit soteriologischer Bedeutung*, während ich nur eins will, eine unbedeutende und leichte Sache: die Fakten!

Bestimmt haben sich alle verschworen, mich glauben zu machen, daß auch ich dabei gewesen wäre. Aber nein, nein, ich weiß wohl, daß ich nicht dabei war. Und dennoch muß ich es herausfinden, muß jemanden suchen, der mir erzählt, was passiert ist, nur soviel; wie Manuel gekommen ist, was Dr. Weinrich gesagt, was Melania geantwortet hat und schließlich was sie zusammen gemacht haben, was sie *getan* haben. Es sind doch nicht alle verrückt...‹

Eine einschläfernde Schwäche befiel ihn, als er erkannte, daß er wie ein Wahnsinniger monologisierte und daß die »Begebenheit« ihn ständig unerträglich quälte. Was immer er auch denken mochte, das Bild der nackten Melania kehrte zurück, weiß und teuflisch, mit den Feuerzungen aus der Vorhalle um sie herum und jenen zwei angsterfüllten Schatten mit ihrem vergeblichen Refrain: »Wir werden wie die Mäuse verbrennen...« Zuviel war heute durch das Hirn dieses armen Menschen gezogen, so daß es ihm unmöglich war, einen roten Faden zu finden. Morgens hatte er noch im Krankenbett gelegen, mit einem Verband über den Augen, der wie ein Käfig aus Fleisch war. Und dann hatte er sehen können, hatte geweint, war für einige Stunden verrückt geworden, hatte

* Soteriologie: Teil des christlichen Dogmas bezüglich der Lehre vom Erlösungswerk Christi. A. d. Ü.

das Schwert des Zalmoxis gefühlt (wie der Arzt es ausgedrückt hatte) – und jetzt las er einen idiotischen Brief eines jungen Mannes, der entweder verrückt oder ein Genie der Verstellung war.

›*Glaubt* er wirklich‹, fragte sich Cesare ruhig, ›an all diese geheimnisvollen und verschlüsselten Geschichten, an Magie und Riten, an den ›flüssigen Körper‹ und an die Soteriologie durch Melanias Fleisch?‹ (Hier schauderte es Cesare). Der Brief nahm kein Ende. Vielleicht zehn, vielleicht zwanzig Seiten mit seltsamen Anspielungen, mit einer wirren Gelehrsamkeit, in einem dubiosen und mystifizierenden Stil, so daß er niemals wissen konnte, ob jener scherzte oder völlig irre war. Und weshalb hatte er ihn schlußendlich geschrieben? Um ihn in Versuchung zu führen, um ihn wütend zu machen oder nur, um seiner Dummheit zu spotten?

Eigentlich war es ja dumm von ihm gewesen, die Ohren nicht zu spitzen, das Geflüster nicht zu hören, sich das Ereignis nicht anzusehen. Oh! Jenes monströse Ereignis, über das die Stadt sprach, wie hätte er es sich ansehen können, und wie *real* wäre es gewesen, mit dem geschändeten Körper Melanias, der lasterhaften Fratze Manuels und den behaarten Kinnbacken Dr. Weinrichs. Bestimmt hatte sich der Bart des Slawistikprofessors weibisch hin und her bewegt und sugativ: ja, ja, »sugativ« (dieser Ausdruck kam ihm wie eine *trouvaille* vor). Und bestimmt deckte der perverse junge Mann den Marmor der weißen Teufelin auf, und wer weiß welche Liebkosungen er sich erschlich, von Fasern gesättigt, und wie seine Augen blickten, sich an den Brüsten und Hüften festsaugten ... Nein, nein, das alles waren Einbildungen, waren kleine Possen. Vielleicht war es gar nicht so; vielleicht hatte sich Manuel die Augen zugehalten, während Dr. Weinrich sie »Schwester« nannte und Melania hypnotisiert oder betrunken war ... Aber wenn auch das nicht stimmte? Um all dies rankten sich in der Stadt Gerüchte. Doch weshalb sollte er ihnen Glauben schenken, warum sollte er an sie glauben, wie an Geschichten aus Büchern ...?

Cesare erhob sich, von einem breiten Grinsen überwältigt, das sich in den Körper hinabschaukelte. Der ganze Körper war ein einziges Grinsen, verwirrt wie vor einer Vision, von der er nicht wußte, ob es sich um eine Einbildung, ein Spiel oder eine wirkliche Offenbarung handelte. Für einige Augenblicke wich das Grinsen schwankend aus, mal erstickt, mal sich unter der Last des Lachens schüttelnd, kurz vor dem Ausbruch. Schließlich stieg das Grinsen ganz hinab, ein Faß ohne Boden, Lohe, glucksend und atemberaubend. Cesare lachte lauthals los, vor Gesundheit und Ehrlichkeit strotzend, so natürlich, daß niemand ihm die Echtheit seines Lachens abgenommen hätte, daß jeder vermutet hätte, er verstellte sich wie auf einer Bühne oder wie bei einer aufgelösten Verlobung. Er legte sich aufs Kanapee und lachte weiter, sich die Stirn mit einem arzneigetränkten Taschentuch abwischend.

›Bestimmt, Cesare, bestimmt! Es ist so einfach, so klar, siehst du es nicht? Hunderttausend Worte, tausend Ideen, tausend Zusammenhänge und Allegorien, Typen, Personen, Dramen … Es ist ein *Buch*, ein Buch, das gemacht wird, siehst du nicht? Anfangs war es eine Tatsache, eine einzige, kleine, flüchtige. Aber wer sollte sie beachten und warum?! Oh! Jetzt sind alle Leute daran interessiert, es ist kein Zufall mehr, sondern ein Ritus, eine Bedeutung, eine gnostische Perversität, ein Symbol, nicht? Schließlich: Magie und Apollonius von Tyana!‹

Der Brand, die Rettung, die Erblindung – alles das gab seiner Person Kontur. Die Leute würden ihn lesen, diskutieren, die Mädchen würden von nun an ihre Jungfräulichkeit leichter anbieten, die Ehefrauen ihre Männer häufiger betrügen, die Ehemänner sich weiße Melanias suchen, während die Jungen Magie lesen oder sich selbst befriedigen und ihr Lächeln genauso entstellen würden wie der perverse Manuel. ›Bestimmt kann das Ereignis von nun an seinen Einfluß ausüben, krankmachen und weitererzählt werden. Es ist ein Rätsel, es ist köstlich, aber ich … Ich war dumm und zerbreche mir den

Kopf, um das Ereignis zu entschlüsseln. Wer kennt es ...?‹

Er lachte und lachte, dann begannen die Tränen zaghaft zu fließen, schüchtern und neu, wie bei einem Wunder aus den Augen der Gottesmutter.

III. DER AUSZUG DES DON QUICHOTTE

Morgens in einem Wagen auf der Landstraße, die zum Bahnhof führte: Von der Stadt gerufen, wandten sich die feuchten Pappeln gemächlich um. Cesare blieb noch einsamer im Wagen zurück, mit einem Koffer und einer Pelerine, ohne Bücher und ohne Gesellschaft, die ihn hätten begleiten können.

Er dachte an nichts, war weder traurig noch aufgeregt; er ließ sich von einer Entscheidung leiten, die er einen Tag zuvor gefaßt hatte. Er ging fort; wohin und für wie lange, hätte er niemandem sagen können. Aber er mußte fort, es war schön, wegzufahren, weit weg, um danach zu erblinden ... Es war interessant, und viele hätten das Buch gelesen, und Marta hätte geweint, wie viele andere Leserinnen ...

Die Trennung von seiner Stadt fiel ihm nicht schwer. Er fühlte sich nicht mehr angezogen, weder Erinnerungen noch ein Heim hielten ihn zurück, er war neutral, es war seine und doch nicht seine Stadt, warum hätte er bleiben sollen?

In der Nähe des Bahnhofs wachte er mit einem Gefühl der Leere und der Überreizung auf. Autos, Straßenbahnen und Busse versammelten sich auf dem Platz mit dem elektrisch erleuchteten Springbrunnen. Nur sein Wagen kam langsam voran, und der Koffer rumpelte auf der Rückbank.

Auf dem Bahnsteig waren wenig Leute, die sich aber an einer Stelle unruhig aneinanderdrängten. Cesare blickte gleichgültig, sich fragend, was er im Zug machen würde, da man ihm nicht mehr erlaubte, Zeitungen zu lesen. Sollte er sich illustrierte Magazine ansehen oder zum Fenster hinausschauen? Vielleicht würde er am Rauchen Freude finden; Gespräche mit Nachbarn zu führen, würde er nicht in der Lage sein.

Inzwischen hielt der Wagen stolz vor den breiten, aschgrauen Treppen an. Cesare nahm seine Pelerine und wollte zahlen. Er suchte eilig mit der Hand in der Tasche, fand aber kein

Kleingeld. Er hatte nur das Papierpäckchen mit den Tausendern bei sich, so wie es aufgerollt in der Kassette des Notars gelegen hatte, Geld, das er Jahr für Jahr gespart hatte und von dem er sogar leben könnte, falls die Bibliothekszentrale ihm keine Rente zubilligen würde. Er war verlegen und kam sich lächerlich vor, weil er kein Kleingeld bei sich hatte und er den Kutscher zum Wechseln an den Schalter schicken mußte. Doch dieser versicherte ihm verständnisvoll mit einem Lächeln und einem Bückling:
»Für Sie, mein Herr, ist es umsonst... Ich bitte Sie, Herr Cesare... Ich habe Weisung vom Rathaus bekommen... Ich bitte Sie...«
»Was soll das bedeuten?« begann Cesare sich zu empören, doch im selben Augenblick klopfte ihm eine Hand freundschaftlich auf die Schulter.
»Sicher, sicher, nichts ist umsonst. Sie, Cesare, sind ein Mitbürger, dem die Stadt viel zu verdanken hat.«
Freundlich schleppte ihn der Bürgermeister, der einen Zylinder trug und mit einer frischen Zeitung in der Hand wedelte, zum Bahnsteig. Herren und Damen, mit Blumen und Photoapparaten umringten ihn, griffen nach seinen Händen, stellten ihm unverständliche Fragen und baten ihn, in parfümierte Hefte zu signieren. Der Bibliothekar fühlte, wie der Bahnsteig sich ausdehnte, wie er gleich einem verhexten Asphalt anschwoll; er bebte und machte ihn schwindlig. Er lehnte sich an den Bürgermeister und flüsterte verängstigt:
»Aber was hat das zu bedeuten?«
»Sie haben zwei Züge verpaßt. Wir warten seit halb sechs auf Sie. Sie haben den Expreß um 6 Uhr 55 und den Personenzug mit den Sommerfrischlern verpaßt. Doch immerhin werden Sie mit einem anderen Personenzug abfahren können, um 8 Uhr 45.«
Cesare sah sich die Fremden an, die ihn photographierten.
»Gut, aber... Wer hat Ihnen gesagt, daß ich abreise? Woher wissen die Herren, daß ich heute abreise...?«

»Oh!« lachte der Bürgermeister. »Cesare, haben Sie nichts mehr gehört, seit Sie interniert worden sind? Die Zeitungen haben über Sie berichtet, Tag für Tag haben sie Ihr medizinisches Bulletin veröffentlicht, und heute morgen haben sie über Ihren Weggang geschrieben; und das Interview mit dem Arzt, das Photo und die Biographie... Schauen Sie!«

Verängstigt warf Cesare einen Blick aus den neuen, stählernen Augen auf die aschgraue Seite und entdeckte seinen Namen am Anfang dreier Kolumnen mit einem Schwarzweißphoto in der Mitte, eine Gestalt im Hemd, ein Fräulein...

»Wer ist das denn?« fuhr er ihn an, obwohl er schon etwas ahnte.

»Sie geben vor, nichts zu wissen?!« sagte der Bürgermeister lachend. »Sie im Krankenhaus und Fräulein Marta.«

»Das ist eine Unverschämtheit!!« entgegnete Cesare feuerrot und zitternd.

»Ssst! Sie Hitzkopf!« versuchte der Bürgermeister die Wut des anderen zu mildern. »Wenn Sie sich jetzt schon so aufregen, was werden Sie erst in der Hauptstadt tun, wo Sie von Tausenden von Leuten erwartet werden, und die ›Meriten‹-Gesellschaft Ihnen ein Galabankett geben wird? Sie werden im Palast empfangen, dekoriert und, soweit ich höre, werden Sie ein Ehrenamt in den Staatsarchiven bekommen. Sie sind berühmt, Cesare, und Sie verdienen es. Sie sind in die Geschichte eingegangen, wie ein neuer Ritter Bayard. Haben Sie gehört, wie ich von Ihnen beim Pressebankett gesprochen habe? Ich habe Sie mit Ludwig Uhland verglichen, verstehen Sie? Doch der beste Artikel...«

»Sie träumen bestimmt«, stotterte der andere.

»Einen Moment bitte«, fuhr ein Unbekannter mit einer Schildpattbrille und einem gezückten Photoapparat dazwischen. »Reichen Sie dem Herrn Bürgermeister die Hand. Es ist für *Die Flamme*.«

»Ich möchte nicht photographiert werden!« schrie Cesare mit ersterbender Stimme.

Der Bürgermeister nahm ihn gelangweilt beim Arm.
»So beherrschen Sie sich doch, Mensch! Er hat auch Auslandskorrespondenzen ... Es wird in der *Illustration* erscheinen ...«
Den Ärger schnell in Wohlwollen umwandelnd, zog er den Zylinder und wandte sein Gesicht, indem er die Hand des Bibliothekars fest drückte, dem Unbekannten mit der Brille zu. Cesare wich aus, aber der Photograph sprang mit einer unerwarteten Behendigkeit zwei Schritte zur Seite, und ein verwirrtes Gesicht wurde genau neben dem Profil des Bürgermeisters festgehalten. Der Unbekannte rief »Danke«, steckte den Apparat in die Tasche und näherte sich dann vertraulich mit dem Notizbuch.
»Entschuldigungen sind nicht nötig; wir wissen alles. An welchem Tag werden Sie in der Hauptstadt sein?«
»Ich fahre nicht in die Hauptstadt«, zischte Cesare.
Den Unbekannten ergriff eine panische Freude. Er faßte den jungen Nachbarn bei der Schulter und rief ihm, ohne ihn anzusehen, zu:
»Bernhard, ›er geht nicht in die Hauptstadt!‹ Notiere ...«
Der Junge verschwand. Mit einer unbeherrschten Neugier, noch vertraulicher, kam der Reporter näher heran.
»Aber wo gedenken Sie Ihrer Gesundheit wegen haltzumachen? Wohin gehen Sie?«
»Au diable, *au di-a-ble...*!«
»Ha! Ha! Ha!« brach es aus dem anderen heraus. »Der beste Witz der Saison. Er ist Chamberlain!«
Er wollte ihn etwas fragen, wurde aber von der Gruppe zurückgedrängt. Cesare schritt finster entschlossen voran, mit der um die Schulter geschlagenen Pelerine, mit entblößtem Kopf, den Koffer von einer Hand in die andere wechselnd, nervös wie ein Mensch, der sich von Kameras beobachtet und bedrängt fühlt. Er ging auf den Fahrkartenschalter zu und sprach, um nicht lächerlich zu erscheinen, einen Gepäckträger an:

»Hey, Junge, welcher Zug bringt mich an die Grenze?«
»Wohin möchten Sie denn fahren...?«
»Wohin auch immer, Gebirge, Meer, ganz gleich...«
»Nehmen Sie den 801er. Er hat eine Verbindung mit dem Simplonschnellzug um 21 Uhr 25, und Sie können nach Paris fahren.«
Cesare zog die Pelerine höher, packte wieder den Griff des Koffers und brach auf.
»Wünschen Sie einen Träger?«
»Ich habe kein Wechselgeld, mein Junge.«
In der Zwischenzeit lief jemand hinter ihm her. Ohne sich umzublicken, beschleunigte Cesare den Schritt. Schwer atmend und sich mit dem Taschentuch abwischend, erreichte ihn der Bürgermeister aber doch noch.
»Cesare, was ist mit Ihnen los, Mensch? Wieso laufen Sie kopflos im Bahnhof herum, wenn die Delegation im Restaurant auf Sie wartet? Und meine Rede...? Wachen Sie auf, Mensch...! Wir machen uns lächerlich vor der Delegation...«
Cesare blieb stehen und versuchte höflich zu sein...
»Entschuldigen Sie mich, Herr Bürgermeister... Ich kann weder eine Delegation noch eine Rede ertragen. Es ist besser, Sie lassen mich jetzt allein. Wenn ich davon gewußt hätte, hätte ich auch Freunde mitgebracht. Aber ich wollte allein sein. Ist das nicht möglich?«
»Wie soll das gehen? Das ist die größte Dummheit!« entgegnete erstaunt der empörte Bürgermeister.
»Bitte, wer bin ich denn schon? Ein Held, ein Morphinist, ein Flugpilot, ein Genie?! Wer bin ich denn, daß man mir Bankette bereitet und mich photographiert?«
»Schon gut, Mensch, wachen Sie auf. Wie oft soll ich Ihnen denn noch sagen, daß Sie der Ruhm der Stadt sind, daß Sie von einem ganzen Land für Ihr Heldentum verehrt werden und daß sich schließlich die Freunde von Ihnen verabschieden wollen...«
»Aber ich habe doch überhaupt keine Freunde, Herr Bürger-

meister. Sie wissen sehr wohl, daß ich weder Familie noch Freunde habe. Ich kenne niemanden im Bahnhof. Es tut mir nicht leid, mich von ihnen zu trennen, weil ich sie niemals gekannt habe. Auch ich bin ihnen gleichgültig. Ich verstehe, daß sie auf ein exotisches Wesen neugierig sind, aber begreifen auch Sie bitte, daß ich mit meinen angespannten Nerven ihre Neugier nicht ertragen kann. Sagen Sie, ist es nicht besser, mich allein zu lassen...?«

»Und die Rede? Ich habe sie der Zeitung gegeben... Kommen Sie! Es ist unmöglich... Seien Sie vernünftig, Cesare, und denken Sie auch ein bißchen an den guten Ruf der Stadt...«

Der Gepäckträger nahm den Koffer, der Sekretär des Bürgermeisters die Pelerine, der Bürgermeister und der kommunale Rat faßten Cesare freundschaftlich beim Arm und führten ihn unter Gesprächen zum Restaurant.

»Sie haben uns gar nicht gesagt, wohin Sie fahren, mit welchem Zug, Sie haben uns überhaupt nichts gesagt...«

»Ich weiß selbst nicht, ich weiß es selbst auch nicht«, jammerte Cesare matt. »Es ist wohl besser, überhaupt nicht zu fahren...!«

»Kommen Sie, seien Sie vernünftig, fahren Sie ans Meer...«

Im Bahnhofsrestaurant warteten sie in schwarzen Fräcken mit Orden, mit Schärpen, einige bärtig, die anderen rasiert und kahlköpfig, in offenkundiger Ungeduld auf jenen, der sich der Feier verweigerte. Als Cesare am Arm des Bürgermeisters erschien, spürte man eine allgemeine Genugtuung, die sich durch Applaus, Geflüster und Stühlerücken Ausdruck verschaffte. Der Bürgermeister stellte den Bibliothekar in alten Kleidern einigen Veteranen der Stadt vor, deren Namen Cesare irgendwann einmal mit Respekt und Ehrfurcht zu hören bekommen hatte. Einer von ihnen sprach über die bibliographischen Verdienste Cesares, wie er die berühmteste Bibliothek der Stadt geleitet hätte, wie er das Manuskript gefunden und wieviel er für dessen Herausgabe gearbeitet hätte, jenes Werk, mit dem der Name der Stadt stets verbunden bleiben würde. Dann rühmte er seine Zivilcourage und schlug ihn für die Tugendmedaille vor, was mit Applaus von der Delegation aufgenommen wurde. Cesare bedankte sich linkisch und glaubte, nun weniger deutlich zu sehen, wie durch einen Schleier. Doch der Eindruck währte nicht lange. Er blinzelte und sah wieder klar und hörte den Herrn seine Rede mit den Worten schließen:

»Vivat Cesare . . .!«

Es wollten noch drei weitere Mitglieder reden, einer im Namen der Universität, ein anderer seitens der Handelskammer und noch ein dritter, ein junger Lehrer, über den die Stadt in letzter Zeit viel gesprochen hatte, sowohl hinsichtlich der lateinischen Ode, die dem Bibliothekar gewidmet war, als auch hinsichtlich der originellen Klassenarbeit für die siebte Sekundarstufe mit dem Thema: »Was ist und wie definiert sich die moralische Kraft, am Beispiel des Falles von Fürst Emmanuele?« Aber ein alter Herr, der bezeugte, daß Cesare ziemlich unhöflich gewesen wäre, seit halb sechs auf sich warten zu lassen, erinnerte daran, daß viele Mitglieder um neun den Dienst antreten und ihre Kleider wechseln müßten. Außerdem wäre keine Zeit mehr für Reden.

»Der Zug fährt!« bemerkte alarmiert ein anderer.

»Nur der Bürgermeister soll reden!« entschied ein Oberst a.D. Geschmeichelt und höflich trat der Bürgermeister in die Mitte der Gruppe und begann plötzlich aufgeregt seine Rede, indem er Cesare anschaute. Doch bald würde er ihn nicht mehr ansehen, sondern sich an seine Stadt wenden. Währenddessen hörte Cesare zu und dachte: ›Wie gut der Bürgermeister doch reden kann . . .‹ Dennoch tadelte er sich selbst dafür, daß er sich nicht nachts mit einem Güterzug heimlich davongestohlen hatte – frei und glücklich über seine Flucht. Er schalt sich, weil er nicht den Mut aufbrachte, ihnen »Räuber!« zuzurufen. Dieser gewalttätige Gedanke überkam ihn mit einem Mal, und indem er ihn bis ans Ende durchdachte, beruhigte er sich, fast befriedigt.

Warum hatte er sich jetzt herführen lassen, da er doch Bescheid wußte? Er wußte, daß ihm nur ein Jahr oder nur noch ein Monat zum Sehen blieben. Cesare versuchte, dieses Ende zu spüren, wie ein Stärkungsmittel gegen die Feigheit, wie einen heftigen Stoß gegen die Schwäche, von der er sich befallen sah. Er wurde trunken vor Tragik. Er sah sich schon blind, sah sich von Dunkelheit umgeben, doch würde er den Mut und die Härte wiedererlangen, um den Bürgermeister zu ohrfeigen. Er träumte von einem großen Ereignis, und es wäre ein Leichtes gewesen, es in die Tat umzusetzen, wenn er den Mut aufgebracht hätte, das Ende zu fühlen und sich offen zu sagen: »Na und? Von nun an, was geht's mich an?!« Wie dankbar wäre er gewesen, wenn er sich jetzt hätte erheben können, da der Bürgermeister Uhland zitierte und er ihm geradeheraus hätte sagen können, was er von seinem Empfang und von den Herren in ihren Fräcken hielt – langsam und gleichgültig wie ein Gott zu sprechen und ihnen zu sagen, daß sie Heuchler, Possenreißer, Taugenichtse und Taschendiebe wären. Sie mit Blitzen in den Augen zu fragen: »Warum haben Sie sich versammelt, meine Herren?!« Menschen, die das Leben für eine Ewigkeit halten, weil sie sich gealtert fühlen und vom Licht gesättigt die Augen schließen, weil sie niemals an ihm gezweifelt haben ...

Aber nein, Cesare selbst erkannte, wie abgeschmackt und zermürbt er gegen die Masse polemisierte und wie nutzlos sein Ausbruch gewesen wäre, wie eine falsche Prophetie, wie sektiererisch, wie adventistisch dieser Ausbruch den mittelmäßigen, aber soliden, von Zielen, von Ambitionen und von Instinkten (und nicht von der Leere jenes letzten, vermeintlichen »Jahres« ohne Sinn) genährten Gehirnen erschienen wäre. Sein Zorn wallte mit den Sätzen des Bürgermeisters auf, aber die Gedankenfolge offenbarte ihm trotz des Aufruhrs die massive und ehrliche Wirklichkeit der anderen neben dem unsicheren Glas seiner Seele. Eigentlich wäre alles, was er zu sagen gehabt hätte, schlecht oder unnötig gewesen. Ein Mensch, der nur noch ein Jahr leben wird – was könnte er jenen schon sagen, die die weiße Unendlichkeit besitzen...? Was könnte er tatsächlich den Menschen entgegnen, die mit zehn, mit zwanzig Jahren rechnen, die sagen: »in zwei Jahren« wie eine alltägliche Tatsache, ohne Erregung, ohne Erstarren? Vielleicht würden auch sie, viele von ihnen, sterben, erblinden, verrückt werden – noch vor ihm! Oh! »*Aber sie wissen es nicht!*« schrie es aus Cesares Seele. Sie leben das Leben und denken Herdengedanken – er hingegen befand sich jetzt vielleicht weit über ihnen; aber wer wußte schon, auf wessen Seite das Recht war. Seine Gedanken waren die eines Menschen, der wußte, daß er in einem Jahr verschwinden würde...

Um sich selbst Mut zu machen, wechselte Cesare enttäuscht die Richtung seiner Gedanken, indem er sich sagte: ›Nur derjenige, der sein Ende kennt, vermag die hohen Werte zu entdecken; die anderen, die Vorübergehenden, die Eintagsfliegen...‹ Sein inneres Lachen zeigte sich durch ein ehrliches und versöhnliches Lächeln, das den Bürgermeister überraschte und das dieser automatisch erwiderte, indem er es für eine dezente Billigung und ein Lob von seiten des Gefeierten hielt...

Aufgrund einer unerwarteten Erscheinung konnte die Rede des Bürgermeisters aber nicht beendet werden. Mitten in einer begeisterten Erinnerung an die typographischen Anfänge der Stadt öffnete sich gräßlich knarrend die Tür, und ein alter, schwacher, erschrockener Mann ging in die Saalmitte, Cesare wie einen Erlöser betrachtend... Dieser konnte nicht glauben, was er sah, dann rief er erregt, in einer neuen Welt erwachend:

»Julius! Was ist mit dir, Julius...?!«

Der Pförtner näherte sich Cesare zwischen den Tischen hindurch, und als er dessen Hände berührte, fing er, demütig wie ein Hund, an, sie gierig zu küssen.

»Was soll das Julius, Alter? Steh auf, Julius... Was ist passiert? Antworte...!«

Der Pförtner wagte weder, seinen Blick zu heben, noch zu

sprechen. Er drückte lediglich Cesares Hände und hielt sie, von kalten Schauern geschüttelt, an die Brust.

Der Bürgermeister erregte sich und brüllte. Jemand aus dem Saal bat um Ruhe.

»Unverschämtheit, an der Tür des Zuges nicht bezahlen zu wollen...«

»Wie bitte?! Was haben diese Szenen zu bedeuten?« hob der Oberst an. »Hinaus!!«

Cesare hörte sie nicht. Er versuchte, Julius zu befragen.

»Ich habe Hunger. Ich...«, fing der Pförtner an und schwieg dann plötzlich erschaudernd.

Bleich erhob sich Cesare und drückte ihm den Arm.

»Komm mit mir...«

Er schenkte der befrackten Versammlung keine Aufmerksamkeit mehr, die ihn mit verwirrten Blicken verfolgte. Der Bürgermeister mit seinem erstaunlichen Instinkt, die Dinge zu erahnen und das Ende vorauszusehen, rollte seine Blätter zusammen und steckte sie nervös in die Tasche. Dann wandte er sich seinem Sekretär zu:

»Telephoniere mit der Redaktion, wegen der Abreise konnte die Rede nicht beendet werden...«

Cesare und der Pförtner gingen durch die Innentür hinaus, während es hinter ihnen Kommentare hagelte.

Cesare wählte einen abgelegenen Tisch und zwang Julius, sich hinzusetzen. Er vergaß sowohl die Pelerine, als auch den Koffer. Alles, was ihm auf der Speisekarte ins Auge fiel, bestellte er und wiederholte dem Kellner: »Schnell, schnell...!«

»Aber ich verstehe nichts, Julius, ich verstehe nichts. Wie kannst du so etwas tun? Warum bist du nicht ins Sanatorium gekommen, um mich zu sehen?«

»Ich war vier, fünf Tage eingesperrt, danach ans Bett gefesselt. Erst gestern konnte ich wieder laufen, und Herr Emmanuel hat mir Geld gegeben, damit ich Ihnen einen Brief überreichen kann, aber ins Spital haben sie mich nicht hineingelassen...«

Er sprach mit gedämpfter Stimme, von schüchternen Seufzern und Pausen unterbrochen.
»Gut, aber ich verstehe immer noch nicht. Warum haben sie dich eingesperrt?«
»Sie sagten, daß *wir* das Feuer gelegt hätten, Sie und ich, daß sie Sie verhaften, wenn Sie wieder gesund würden, daß Sie alles gesagt hätten und daß Sie vergeblich leugnen, daß ich keine Chance hätte, daß es jetzt zu spät wäre, mit oder ohne meine Zeugenaussage würden wir ins Zuchthaus kommen...«
Er schwieg für einen Augenblick.
»Ich habe es heute morgen auch gelesen, das heißt, Sofia hat es gelesen und zu mir gesagt: ›Geh zu Herrn Cesare, vielleicht erbarmt er sich und unterschreibt die Petition...!‹«
»Was für eine Petition?«
»Sie haben mich hinausgeworfen... Die Rente ist verloren. Auch meinen Sohn haben sie aus dem Rathaus entlassen... Sofia ist vor Kummer krank geworden, nachdem unsere Nichte durchs Examen gefallen ist, weil die Lehrerin behauptet hat, sie würde Parfüm trinken... Woher denn, die Arme.«
»Gut, gut, aber es ist unglaublich! Wir müssen sie verklagen. Es muß wieder Gerechtigkeit herrschen, Julius...!«
Der Alte stimmte ihm ehrfürchtig bei. Dann nahm er sein Anliegen wieder auf:
»Ich habe mir gedacht, eine Petition einzureichen, die der Herr Doktor, Fräulein Marta und Sie unterzeichnen, damit ich eine Anstellung bei der Universitätsbibliothek finde. Deshalb bin ich gekommen... Aber sie haben mich nicht hineingelassen, sie sagten, Sie seien im Rat. Da war noch ein anderer, ein Fremder... Er hat mich photographiert...«
Der Kellner hatte Grieben und Braten gebracht, und als Julius sie erblickte, mußte er trocken schlucken; mit Tränen in den Augen verstummte er. Er scheute sich zu essen, obwohl er glänzende Augen bekam.

»Ich habe seit gestern nichts mehr gegessen... Die Milch, die uns der Herr Doktor schickt, überlasse ich den Frauen... Brot haben wir noch gefunden... Aber jetzt ist alles weg, alles...«

»Iß, Julius...!« unterbrach ihn Cesare.

»Bursche, einen Tee mit Zwieback und Butter für mich und ein Bier für den Herrn! Können Sie mir auf Tausend herausgeben?«

Er wollte seine Börse zücken, sah aber den essenden Julius und zögerte. Er öffnete den Beutel, indem er die Hand in die Brusttasche versenkte und das Papier unter Schwierigkeiten, es beinahe zerreißend, herausfischte. Ohne sich zu beeilen, gelassen und ruhig, fing er an, Julius eine Geschichte zu erzählen, wie er vor kurzem eine große Geldsumme von Verwandten aus der Hauptstadt geerbt hätte, wie er jetzt in Sicherheit leben könnte, so daß er, Julius, sich nicht beleidigt fühlen müßte, wenn er ihn bitten würde, Geld anzunehmen...

»Ich danke Ihnen, ich danke Ihnen, sowohl ich als auch Sofia«, entgegnete der Pförtner demütig, ohne den Blick zu heben. »Sofia hat mir gerade gesagt: ›Bitte Herrn Cesare, uns etwas zu borgen...‹«

»Eben, eben, geborgt...«

Der Kellner brachte den Rest. Cesare steckte das Geld in eine andere Tasche, zum Erstaunen Julius', zog dann die Geldbörse hervor und streckte sie ihm ganz selbstverständlich entgegen.

»Hier wirst du etwas finden, Julius... Nein, nein, du öffnest sie so... Ich habe Schecks bei mir. Die Fahrkarte habe ich bezahlt, alles ist bezahlt. In der Hauptstadt werde ich vielleicht hunderttausend abheben, vielleicht zweihunderttausend...«

»So viel?« staunte der andere ehrlich.

»Oh! Von nun an spielt das Geld keine Rolle mehr für mich... Multimillionär, verstehst du, Julius, *Multimillionär*. Wie sollte ich mich denn da nicht an meinen alten Freund erinnern...?! Ha! Ha! Ha...! Keine Danksagungen, Julius.«

Er schwieg eine Zeitlang.

»Aber weißt du, daß ich fort muß...? Bitte bleib hier und beende... Ansonsten gehe ich überhaupt nicht fort. Wähle. Wir haben uns verstanden, nicht...? Leb wohl, Julius, und Grüße auch an Sofia... Du rührst dich nicht von der Stelle, hast du mich verstanden...?«

*

Cesare rannte, fieberhaft und glücklich, zitternd und bleich, aber mit einem bisher nicht gekannten, stürmischen Hunger nach großen Ereignissen. Er konnte nicht umhin, sich selbst zu sagen: »Bravo!« Und je schneller er lief, um so trunkener wurde er vor Glück. Als er sich dem Schalter näherte, lächelte er, und die Blicke, die ihn erstaunt durchbohrten, störten ihn nicht mehr. Er verlangte einen Fahrschein für den Zug, der gerade im Bahnhof stand und nannte aufs Geratewohl einen Städtenamen; die wirkliche Entscheidung würde er auf dem Weg treffen. Als er den Fahrschein und das Restgeld bekam, erinnerte er sich an den Koffer. Für einen Augenblick wurde er von Panik ergriffen, doch diese offenbarte ihm den Duft des Risikos, des Abenteuers und konnte ihm nichts anhaben. Ruhig steckte er den Fahrschein in seine Westentasche.

Er ging los, um seinen Koffer zu suchen, nachdem ein Beamter ihn höflich darüber informiert hatte, daß der Zug erst in einer halben Stunde abfahren würde, und er ihm versichert hatte, daß sein Platz in einem Abteil neben dem Speisewagen reserviert wäre. Er suchte ihn, ohne einem bestimmten Gedanken nachzuhängen, von der gleichen Freude getrieben, die ihn seit dem Abschied von Julius entzückte und läuterte. Vor einem Zeitungsjungen blieb er stehen und kaufte alle illustrierten Magazine. Dann fragte er ihn beiläufig, das Geld zählend:

»Hast du Zigaretten?«

»Wir haben keine, aber ich kann Ihnen welche besorgen.«
»Wenn du keine hast, finde ich selbst welche.«
»Nur schwer. Soll ich Ihnen zeigen...«
Der Bursche bahnte sich flink den Weg durch die Gepäckträger, und Cesare folgte ihm gutgelaunt, sich die Reisenden anschauend und alle Fruchtkörbe musternd.
Alle Zwischenfälle amüsierten ihn jetzt. Er sah eine farbige Reklame, mannshoch, eine blaue Bucht mit maritimen Pinien, goldenem Sand und Mädchen mit einem Lächeln wie aus Glas. Die Vision erregte ihn prompt mit dem Schaudern des Abreisens, mit der Sehnsucht der Wellen, die Muscheln und Schiffe davontragen, grüne und weiße Wellen. Er entschied sich jetzt, ans Meer zu fahren.
»Kommen Sie, mein Herr?« fragte der Zeitungsjunge.
Zigaretten konnte man in dem Stübchen neben dem Büffet der ersten Klasse erstehen. Verwirrt betrachtete Cesare das Tablett mit den Proben, roch nach Belieben an ihnen und begutachtete ihre Etiketten. Schließlich entschied er sich für eine elegante, grüne Schachtel mit hundert dicken, kurzen Zigaretten. Er gab dem Jungen einige Münzen, als er aber im Begriff war hinauszugehen, erblickte er seinen Koffer und die Pelerine auf einem Tisch, von einem bartlosen, einarmigen Menschen bewacht.
»Nicht zu fassen! Das ist mein Koffer...«
Der Mann grüßte ihn und überreichte ihm einen Briefumschlag. Auf einer Visitenkarte hatte der Bürgermeister geschrieben: »Gute Reise, Undankbarer!« und hatte ein Bahnabonnement beigefügt. Der Mann fragte ihn, ob er Herr Cesare von der Bibliothek wäre.
»Ich, ich, natürlich... Wo soll ich unterzeichnen... Außergewöhnlich, diese Koinzidenz...! Bravo, Jungchen...!«
Er gab dem Jungen noch weitere Münzen.
»Soll ich Sie zum Waggon bringen?«
»Natürlich, schnell... Ah? Warte...! Geht mein Zug ans Meer...?«

»Nein.«
»Schade... Ich möchte ans Meer fahren...«
»Dann nehmen Sie den Personenzug... Aber ich weiß nicht, ob Ihnen noch Zeit bleibt, um den Fahrschein zu kaufen.«
»Ich brauche keinen Fahrschein. Du sagst, der Zug fährt ans Meer? Wo ist er?«
»Gleis zwei. Er fährt jetzt, wenn er nicht schon fort ist...«
»Schneller Schritt! Hey, Gepäckträger...!«
Cesare verlor den Kopf, packte die Pelerine, stürzte durch die Tür, stieß eine Frau an und rannte auf den Bahnsteig, indem er jeden Beamten fragte: »Gleis zwei...?!« Hinter ihm schleppten der einarmige Mann und der Junge seinen Koffer.
»Was ist mit deinem Herrn?« fragte der Mann während der Verfolgung, schnell ausspuckend. »Ist ihm ein Verwandter gestorben?«
»Von wegen!« sagte der andere lächelnd, »er ist verlobt...!«
Cesare erwartete sie auf den Treppen des Waggons. Langsam bewegte sich der Zug vorwärts, von den Signalen mit den grünen Fähnchen geleitet. Die Menschen schauten zum Fenster hinaus und beobachteten ihn. Aufgeregt und verschwitzt gab Cesare verzweifelt Zeichen. Als der Junge ihm den Koffer hochreichte, packte er ihn, indem er diesen fast umwarf, und schwang ihn kindisch empor, wobei er beinahe die Menschen auf dem Bahnsteig traf.
»Machen Sie die Tür zu, Herr, Sie auf der Treppe!« hörte er rufen.
»Natürlich, natürlich«, lachte Cesare und schleuderte den Koffer in den Korridor, strahlend, sich die Hände reibend.

IV. PHANTOME

Das halbgeöffnete Fenster bot ihm einen bequemen Ausblick auf die Landschaft, und er staunte, daß dies sein Land war. Er sah die Felder und Berge wieder, blieb in Gedanken an den Bäumen haften, stieg Täler hinunter, schüttelte an den Ästen – und die Trunkenheit der Augen bewahrte ihn vor dem Hunger. Der Mittag war schon vorbei, das Abteil fast leer. Er hatte die Pelerine und die Zeitungen neben sich auf den Sitz gelegt, so daß er keinen Nachbarn haben konnte. Alle hatten ihn beim Betreten des Waggons beobachtet, und der Herr, den er rauchend am Fenster vorfand, war begierig, seine Bekanntschaft zu machen. Sobald die Stadt sich hinter den Bergen verloren hatte, bot ihm der Herr Zigaretten aus einer weißgoldenen Tabaksdose an. Verwirrt lächelnd lehnte Cesare ab.

»Trotzdem rauchen Sie«, protestierte der Herr, indem er auf die im Bahnhof neu gekaufte Schachtel wies. »Und auch noch türkische Zigaretten.«

»Oh! Manchmal, wissen Sie ...«, lenkte Cesare ab.

Den Ellenbogen auf das Fensterbrett stützend, ließ er sich den Wind und Ruß ins Gesicht blasen und versuchte, an etwas zu denken, an etwas Tiefes, Anziehendes, das ihm die lächelnden Gesichtszüge verwandeln sollte, jenen abscheulichen Ausdruck, den er bei sich vermutete, ohne ihn zu sehen, lediglich aufgrund der entspannten Muskeln und der trägen Augenbrauen. Er spürte, daß er zu viele Entdeckungen gesammelt hatte, zu viele Zusammenbrüche, zuviel Wut und Wehklagen seit dem Fortgang aus dem Sanatorium bei Tagesanbruch, bis zu seiner theatralischen Pose auf der Treppe des Waggons – all diese Erscheinungen und Rufe verlangten nach Überprüfung, aus einem Rest von abergläubischen Befehl nach Ordnung heraus.

Doch Cesares Innenschau scheiterte. Er verstand sich selbst nicht, er erkannte sich nicht wieder, es fiel ihm schwer,

Rechtfertigungen zu finden. ›Warum soll man denn überhaupt noch denken, für wen?‹ Er selbst beantwortete seine Frage mit einer verdächtigen Eile. ›Die Leute müssen sich dessen, was sie machen und sagen, bewußt werden, die Menschen sind keine Rindviecher. Aber sie sind frei‹, sagte er wieder zu sich selbst. ›Frei wovon? Befreit von einer Last und einer Rüstung? Von einem System, von Heuchelei, von einschüchternder Moralität und gutem Benehmen. Demnach nackt, mit einer unermeßlichen, ewigen Leere, Ausgetrocknete, Leichte, Flocken.‹ – ›Nein, nein‹, protestierte der andere, ›die Freiheit ist kein negatives Maß. Er, Cesare, ist jetzt frei – und er fühlt sich nicht nackt, sondern wie ein Trichter voller Gefühle und Freuden, ein Geheimnisträger neuer Erkenntnisse, ein wahrer alchemistischer Laborant der Welt, die sich vor ihm ausbreitet, die er finden und die ihm danken wird.‹ Diese Enthüllung machte ihn trunken. Freiheit bedeutete Fülle, Fruchtbarkeit, einen Horst, der bereit ist, alles zu empfangen, alles aufzunehmen – nicht jedoch die Muschel der Vergeblichkeit.

»Erlauben Sie?« unterbrach ihn der Herr, auf die illustrierten Magazine deutend.

»Oh! Natürlich, natürlich ...«, entgegnete der andere angewidert.

›Was für Idioten‹, empörte er sich lahm, den Nachbarn in Gedanken beleidigend. Doch den dialektischen Knoten der Freiheit vermochte er nicht mehr zu lösen. Er schaute ins Leere, dieselben Berge und derselbe gepuderte Himmel. Er war hungrig, aber er konnte das Zugabteil nicht verlassen. Wie blöd war es von ihm gewesen, keine Hörnchen zu kaufen ... Dies erinnerte ihn an das Geld, das er Julius geschenkt hatte und an das, was er noch bei sich in der Jackentasche trug. Auf einmal geriet er aus der Fassung. Was würde er tun, wenn er ans Meer kommt? Das Geld würde kaum für vier, fünf Tage im Hotel reichen. Sollte er den Direktor telegraphisch um Lohn bitten? Sollte er Marta schreiben? Beide Lösungen demütigten und regten ihn auf. Verbittert kniff er die Lippen zusammen, ohne jeden Gedanken, ohne jede Freude an der Reise, die er in einem Anflug von guter Laune angetreten hatte. Es war ihm unmöglich, sich selbst zu verstehen.

Seine im Bahnhof an den Tag gelegte Haltung hatte aus einer Reihe unüberlegter Handlungen bestanden – das sah er jetzt ein. Er hatte den Bürgermeister beleidigt und trotzdem den Ausweis für die freie Fahrt auf allen Linien angenommen. Er war bereit gewesen, sich feiern zu lassen, aus einer demütigenden Schwäche heraus, um dann an Julius' Arm fortzugehen, ohne den Herren in ihren schwarzen Fräcken auch nur ein Wort zu gönnen. Und wozu das alles? Er hatte nicht den Mut gehabt, bis ans Ende zu gehen, seinem Haß oder seinem Ekel Ausdruck zu verleihen – ob gerechtfertigt oder nicht –, den Reporter zu ohrfeigen, ihm den Photoapparat zu zertrümmern, den Bürgermeister zu beleidigen und dem Pförtner das ganze Geld zu überlassen. Warum hatte er den Rest behalten? Warum hatte er den Wert seiner verrückten, heiligen Handlung gemindert? Warum war er in ein Abteil erster Klasse eingestiegen? Er hatte alles instinktiv getan, schwankend und inkonsequent reagiert. Etwas fehlte ihm, etwas Dauerhaftes und Verborgenes, eine Achse, eine Achse aus Stahl oder Gedanken, um die sich seine Handlungen sicher und bestimmt wie ein Kosmos bewegen könnten, die der Ansturm der Gefühle nicht gebrochen und auch die geliehenen Gedanken nicht ausgerenkt hätten. Etwas fehlte ihm, er fühlte die Leere, er spürte die Unsicherheit seiner Schritte und begann, sich zu fürchten, sich zu schütteln. Würde er verrückt werden?

Würde er verblöden, ziellos umherreisen und Kinder um sich sammeln? Jetzt verstand er... Wie dumm er gewesen war, nicht auf der Stelle, in voller Aktion, zu begreifen... Warum sonst der Wahnsinn der Abreise? Was würde er sehen und für wie lange? Was für einen Zweck hatte es zu sehen, wenn er binnen eines Jahres... Was würde er sehen, was verstehen, wenn er nicht in der Lage war, das einzige Ereignis zu erkennen, das sich in sein Leben eingeschrieben hatte und ihm den Tod vorausbestimmte, und das er bis heute nicht verstand? Die Erinnerung an das Ereignis regte ihn auf; wie lange würde die lächerliche Obsession, Fragen zu stellen, andauern? Er versuchte, sich sanft zu bessern; warum die Notwendigkeit, eine Tatsache zu verstehen? Aber er spürte, daß dies alles Worte waren; wie ein nach Geheimnissen dürstendes Lebewesen wühlte es ihn auf und verlangte ihm Mühen ab; peitschte und beunruhigte es ihn, in Erfahrung zu bringen, zu erfahren ... Er konnte nicht aufhören, zu philosophieren, jene üble, sinnlose Angewohnheit zu bagatellisieren, die ihm das Leben aufwühlte, die es verschwendete – warum, warum nur?

Er hatte Hunger. Er besann sich auf das leichte Gefühl des Unbefriedigtseins, des Mangels. Zumindest von jetzt an fand er sich auf dem Boden der Wirklichkeit wieder, auf der Erde mit ihrer Achse und mit Dimensionen, wo die Menschen auf einen Himmel über ihnen und einen Abgrund unter ihnen deuten können, wo es links und rechts *gibt*, obwohl sie ständig wechseln. Cesare wunderte sich, mit welcher Leidenschaft er jene gleichgültige Helligkeit des Globus liebte und jene Solidarität der Menschen angesichts der Furcht vor der Unsicherheit und dem Unbewußten. Aus dem ganzen Strom von Reaktionen und Gedanken bewahrte er eine einzige, gefühlte Wahrheit: daß etwas mit ihm passiert war, etwas, das den anderen nicht widerfahren war. Dies hätte ihn beinahe veranlaßt, auszurufen: »Ich bin – und Ihr träumt«; aber wiederum war er versucht, sich zu sagen: ›Sie werden bleiben, während ich gehe ...‹

Zwei gutgelaunte Reisende in einem angeregten Gespräch betraten das Abteil. Der eine hatte ein gewöhnliches, nichtssagendes, sanftmütiges Gesicht, obgleich es Dankbarkeit und Toleranz ausstrahlte. Der andere, hochgewachsen und hager, trug einen gestreiften Mantel und einen Stock, den er nicht an den Kleiderhaken hängen wollte. Nervös nahm er ihn von einer Hand in die andere, als gelte es, einen Tick zu befriedigen. Er sprach intelligent und reichlich, aber stotternd, und Cesare bemerkte sogleich, daß er sein Stottern stilisierte.

Der Eintritt jener beiden ärgerte ihn; er nahm sich jedoch vor, sie nicht anzuschauen, ihnen nicht zuzuhören, sondern mit zum Fenster gewandten Kopf das beruhigende Selbstgespräch fortzuführen, das auf alle Fälle einem gemeinen Gespräch mit Unbekannten vorzuziehen war. Doch die Unterhaltung der Männer besiegte seine Hartnäckigkeit und reizte ihn zum lebhaften Zuhören. Der Gesprächsgegenstand war, soweit er verstehen konnte, ziemlich merkwürdig; Cesare stießen die sonderbaren Themen ab, sie beunruhigten seine Gedanken, die sich von jener Helligkeit und himmlischen Einfachheit entfernten, welche er heiß begehrte. Der gutgelaunte Mann schien, allen Meinungen, die jeder bei seinem Anblick gehabt hätte, zum Trotz, ein Fatalist zu sein. Der andere amüsierte sich dabei, phantastische Hypothesen aufzustellen – in bezug auf ein Ereignis, das er zweifelsohne schon früher diskutiert hatte und das Cesare nicht erraten konnte.

»Muß ich mich wiederholen?« fragte der Stotternde. »Meine Hypothesen sind, obwohl paradox, die einzig tauglichen, vor allem in unserem Fall.«

»Weil Sie es glauben«, sagte der andere. »In Wirklichkeit ist alles vorherbestimmt, prädestiniert; es gibt weder Freiheit noch die Möglichkeit einer Einflußnahme. Ihre ›Agenten‹ sind Einbildungen einer Schülerin; es ist eine mehr oder weniger primitive dramatische Vorstellung. Alles ist so geordnet im Kosmos und im Leben, so aufgereiht, systematisiert, mathematisiert… Es ist wie im Kino: die Menschen glauben, einem zeitlichen Ablauf beizuwohnen, aber in Wirklichkeit entsteht dieser nur in der Kiste des Kameramanns. Nichts Spontanes; wie können wir dann an Schöpfung denken…?«

›Wie banal‹, dachte Cesare… Die Meinung des anderen interessierte ihn viel mehr. Der stotternde Reisende schlug anstelle eines vollkommen abhängigen und determinierten Kosmos eine Reihe von »Agenten« vor, Machtmenschen oder Ideen, die plötzlich in der Welt auftreten, die elektrisieren, umstürzen, unvorhergesehene Handlungen auslösen, ohne daß jemand von ihnen wüßte. Diese Sorte Menschen, die immer nach den Ursachen forscht, ahnt oder erfindet allerlei Erklärungen, aber eine einfache Begründung kann sie nicht liefern – wenngleich es auch keine übernatürliche gibt. Cesare schätzte seine tiefgehende und geradlinige Argumentation, obwohl diese von Nebensächlichkeiten und Paradoxien verdorben war.

»Ihr ›Schicksal‹ ist altmodisch. Wenn Sie Ereignisse nicht erklären können, oder wenn Sie nicht die Kraft haben, ihnen zu trotzen, beschwören Sie das fatalistische Totem, wie meine Tante als letzte Instanz Voltaire beschwört. Der Fatalismus erklärt nichts und ist apriorisch, demnach wird er bespuckt. Die Menschen sind viel stärker, wenn Sie sie verstehen. In unserem Fall habe ich eine Hypothese vorgeschlagen, augenscheinlich nur eine Hypothese, aber bis jetzt bin ich damit zufrieden.«

»Ist das ein Argument? Die Menschen sind mittelmäßig und blaß, aber Sie flößen ihnen Gedanken ein, über die sie erschrecken würden, wenn sie sie ausgedrückt hören würden.«

»Glauben Sie nicht, daß ein Manoil, wie ich ihn dargelegt habe, möglich ist? Ich habe nicht die Ehre gehabt, ihn kennenzulernen, aber einer meiner Freunde kennt ihn gut. Bei so einem Menschen kann man auf alles gefaßt sein.«

›Hat er Manoil gesagt?‹ fragte sich Cesare verwirrt.

»... Vorausgesetzt, meine Hypothese stimmt, *lediglich eine Hypothese*«, betonte er, bewußt stotternd, »Manoil führt eine geheimnisvolle Tat aus, über die man nichts wissen kann, aber deren Folgen unermeßlich sind. Allein durch seinen Willen oder, wenn Sie so wollen, durch die Macht jenes Ereignisses, ist eine Reihe von alten Papieren verlorengegangen, bestimmte junge Leute können keine gelehrten Bücher mehr über diese schreiben, ein Professor wird verrückt, obwohl er glaubt, Gott entdeckt zu haben, ein in das Geschehen verwickeltes Fräulein trägt stark zur moralischen Zersetzung der Stadt bei und der Bibliothekar ...«

Cesare wurde bleich und spreizte nervös seine Finger, brachte jedoch kein Wort heraus. Er gab vor, zum Fenster hinauszusehen. Der Herr, der von ihm die Gazetten verlangt hatte, starrte ihn bestürzt an. All dies schuf eine unwirkliche, unsichere Situation, die ihn mit Hilfe unbekannter Kräfte daran hinderte, den Zauber durch Sprechen oder Handeln zu brechen.

»Und der halbblinde Bibliothekar glaubt, daß *er* das Wunder vollbracht hat, indem er das Leben des Mädchens rettete, glaubt einen neuen Lebensweg gefunden zu haben, glaubt, daß sein wirkliches Leben mit jener Stunde beginnt, die eigentlich die Todesstunde des wirklichen Menschen in ihm war und die Geburt einer Strohpuppe, geschaffen durch den Willen Manoils. Ich wiederhole, ich kenne ihn nicht. Aber angenommen, daß dieser Manoil sich vornimmt, das Gesicht der Welt zu verändern mittels einer Farce, die er zum Geheimnis erklärt. Und ist es denn keines? Natürlich. Niemand weiß, was dort vorgefallen ist. Seine Tat ist zum Mythos geworden. Das hat keinerlei Bedeutung; wichtig ist die Tatsache, daß die Welt sich andert oder sich andern wird. Einige Menschen, die unmittelbar mit dem Ereignis zu tun haben, sind bereits um ihren Verstand gekommen. Jeder glaubt, sich selbst, seine Berufung auf dieser Erde entdeckt zu haben. Das Mädchen tut Buße, wahrscheinlich wird sie ins Kloster gehen, obgleich ihre Lebenslinie eine ganz andere war. Der Russe ist zum Mystiker geworden; er glaubt, Gott entdeckt zu haben; der Bibliothekar geht, soweit es die Zeitungen vermelden, in die Welt hinaus, *weil er sich selbst gefunden hat...* Es ist lächerlich, nicht? Aber es ist plausibel, es ist möglich und, *so glaube ich*, wahrscheinlich. Sie alle sind von nun an Puppen, die den elektrischen Reizen, die der Dirigent aussendet, unmittelbar gehorchen.

Und der Dirigent ist Manoil; er amüsiert sich, neugierig, die Reiseroute der Roboter überwachend ...«
Ein Wirbel von Gelächter und das Hungergefühl verscheuchten Cesares Wachzustand.
»Nun, um meine Hypothese weiterzuführen: Was wäre, wenn unsere Institutionen und das, was für die einen die Religion, für die anderen die Wissenschaft usw. ist, lediglich Überbleibsel anderer, individueller Ereignisse wären, der Beginn der Geschichte, die niemand wahrgenommen hat, die niemand kennt ...?«
»Moment mal, Sie verlieren sich in den Jahrhunderten!« unterbrach ihn lachend der gutgelaunte Mann.
»Hören Sie mir doch nur einen Augenblick zu. Ich sage nicht, daß die Institutionen, die Familie, die Mathematik, die ABC-Fibel usw. von jenen hypothetischen Männern gestiftet wurden, die sich amüsieren wollten, sondern, daß sie von ihnen *vorgeschlagen*, besser gesagt, von ihren freien Taten verursacht wurden, eingeflößt von den Mythen, die sich über die Geheimnisse herabgelassen haben ...«
»Es ist schwer, Ihnen zu folgen ...«
»Einen Moment ... Was würden Sie sagen, wenn ein Mann auf der Suche nach Amüsement derart gehandelt hätte, daß die ihm Nachfolgenden, um ihn zu verstehen, die Familie erfunden hätten? Ein in Vergewaltigungen geübter Mann, ein leidenschaftlicher Räuber, der gegen jede Art von Gemeinschaft ist, reagiert, indem er eine Institution gründet, einen Instinkt reglementiert, die Familie einführt ...? Was ist die ABC-Fibel, wenn nicht ein Brevier von Cartesianismen und der französischen Revolution? Und was ist unsere Freiheit oder die Lehre von der Freiheit, wenn nicht die Reaktion gegen einige Agenten, denen wir nicht begegnen können, die es aber gegeben hat? Und was ist ...?«
»Oh! Aber das ist doch nur eine Hypothese ...«
»Natürlich, eine Hypothese«, bekräftigte der Stotterer.
»Zweifelsohne, nur eine Hypothese«, sagte auch der Herr, der Cesares Zeitungen gelesen hatte.

»Hypothesen...«

›So werden die Menschen verrückt‹, dachte Cesare. Drei Nichtsnutze, *die vorgeben, ihn nicht zu kennen*, versammeln sich, besprechen Theorien, um dann, nach einem verabredeten Zeichen, sein Beispiel wie zufällig auszuwählen, es pervers zu kommentieren, ihm einen esoterischen, idiotischen, unmenschlichen Sinn zu verleihen, ihn zu verdrehen und falsch auszulegen – und wozu das alles? Wozu? Um sein Fundament zu untergraben, um ihm Zweifel ins Mark zu jagen, um ihm die Furcht wie ein rotes Eisen ins Hirn zu bohren – aber wozu das alles? Wozu? Was für eine Art teuflischer Freude können diese drei Menschen daran haben, ihn zu quälen, während sie vorgeben, ihn nicht zu kennen? Cesares Wut schmolz in Tränen und Demut dahin. ›Meine Herren‹, sagte er aufgeregt in Gedanken, ›ich bin Cesare, aber ich bin nicht jener, für den Sie mich halten. Ich behaupte nicht, meinen Weg gefunden zu haben, indem ich Melania gerettet habe; ich gehe nicht in die Welt hinaus, wie es die Zeitungen nennen, sondern fahre für drei Tage ans Meer. Was haben Sie gegen mich? Warum beschäftigt Sie mein Fall, ein unglücklicher und unbedeutender Fall? Warum blicken Sie in das Innere meiner Seele? Ich versichere Ihnen, daß es nicht so ist, wie Sie es sagen. Ich bin nicht Cesare, ich kenne weder ihn noch weiß ich selbst, wer ich bin – aber ich bin auf gar keinen Fall jener, den Sie mir einflüstern wollen.

Warum stellen Sie Hypothesen über mich auf? Warum lassen Sie mich nicht in Ruhe? Ich möchte mich selbst verstehen, ich möchte etwas essen, möchte vergessen. Ich habe Hunger und Kopfweh. Ich möchte etwas essen, aber ich fürchte mich, in den Speisewagen zu gehen. Auch dort werden Leute über mich reden. Was soll ich machen? Was soll ich tun?‹

Erstaunt wischte er sich die Tränen ab, indem er vorgab, daß der Ruß ihm die Augen rötete.

»Sie sind unvorsichtig, während der Fahrt zum Fenster hinauszuschauen«, belehrte ihn höflich der Herr, der seine Gazetten gelesen hatte.

»Dankeschön!« sagte Cesare, sogleich lächelnd.
›Er gibt vor, meinen Namen nicht zu kennen ...!‹ dachte er zornig. Die Demut war dahin. Er war versucht, alles offenzulegen, zu provozieren und zu beleidigen.
»Es ist gefährlich«, sagte der Stotterer und versuchte ein Gespräch mit diesem mürrischen jungen Mann zu eröffnen. »Ich kenne einen Fall, ein Verwandter von mir, der durch einen Funken blind geworden ist ...«
»Wirklich?!« fragte Cesare geheimnisvoll grinsend und die Faust in den Plüsch des Sitzes bohrend.
»Erstaunt es Sie?«
›Wie kann er das wissen ...!!‹ überlegte Cesare. Danach versuchte er, sich zu beherrschen, indem er, das Taschentuch an die Augen haltend, die Berge betrachtete.
»Erlauben Sie mir«, fuhr der gutgelaunte Herr dazwischen. »Was halten Sie von unserem, sagen wir metaphysischen Gespräch über die Freiheit der Handlungen? Verzeihen Sie mir meine Dreistigkeit, aber die Meinungen der Menschen, die ich nicht kenne und denen ich nur ein einziges Mal im Leben begegne, interessieren mich ungemein ... Es sind die ehrlichsten: Die wahren Geheimnisse sagt man den Unbekannten, nicht?«
Cesare blickte ihn verblüfft und aufgebracht an. Er ging zu weit ...
»Natürlich nur, wenn Ihnen das nicht mißfällt.«
»Nicht im geringsten«, log Cesare und bewunderte dabei seine eigene Höflichkeit.
Dann fing er mit verstellt höflicher Stimme an zu sprechen. Er gab vor, nichts über die Intrige jener drei zu wissen oder zu ahnen, er gab vor, den Gegenstand vorsichtig zu diskutieren und jedes seiner Worte abzuwägen.
»Um ehrlich zu sein, beide Standpunkte waren mir bereits bekannt. Ihr Fatalismus ist ..., soweit es einige Ereignisse aus meinem Leben betrifft, teile ich ihn. Was nun Ihre Hypothesen betrifft«, er sagte dies, ohne den stotternden Herrn, der seinen Stock, aufgrund der langsamer werdenden Rede

Cesares, nervös hin und her bewegte, anzusehen, »auch sie sind mir geläufig...«
»Aus Büchern?« fragte der Herr, sich auf den Stock stützend.
»Nein, es ist etwas merkwürdig. Die Ereignisse haben sich vor nicht langer Zeit zugetragen... Einer meiner Freunde, als ich in Paris an der École de Chartres war, ein intelligenter Türke, pflegte die Geschichte und im allgemeinen auch die Existenz mit den gleichen ›heroischen‹ Werten zu kommentieren, angenommen also...«
»Erlauben Sie, sagten Sie Türke...?«
»Sehr intelligent. Unglücklicherweise ist er im Krieg gefallen...«
»Unglaublich. Ist es nicht Haruni?«
Cesare zuckte zusammen und wandte sich begeistert an den stotternden Herrn. Die Intrige erwies sich als magisch, an einen Hinterhalt geschmiedet, den niemand kannte.
»Woher wissen Sie? Woher wissen Sie, daß er Haruni heißt?«
»Unglaublich. Er war der beste Freund Manoils.«
»Der mit dem Prozeß?« unterbrach ihn der gutgelaunte Herr. »Aber Sie sagten mir, daß Sie ihn nicht kennen würden...«
Der andere geriet aus der Fassung... Hilflos sah Cesare dem Spiel der Verschwörer zu. Alle Mühen und Kniffe, mit denen er sein Geheimnis zu verbergen trachtete, zersplitterten wie Glas.
»Oh! Nein, ich kenne ihn nicht, natürlich kenne ich ihn nicht«, versuchte der stotternde Herr sich zu erklären. »Aber einer meiner Freunde kennt ihn gut; und außerdem kennen alle, die sich für diese seltsame Persönlichkeit interessieren, deren Verbindung mit Haruni.«
»Ich bitte Sie, meine Herren«, fing Cesare fast schreiend an. »Spielen Sie mit mir? Wollen Sie mich verrückt machen? Wollen Sie mir die perverse Idee einreden, daß Manoil nur Harunis Instrument *gegen* mich gewesen ist? Oder was wol-

len Sie sagen? Ich bitte Sie, ich bitte Sie ...! Ich werde verrückt ...!«
»Aber wir verstehen überhaupt nichts!« ereiferte sich der gutgelaunte Herr, indem er aufstand und sich Cesare helfend näherte. »Verstehen Sie das?« fragte er dann den Herrn, der die Gazetten gelesen hatte und die Szene mit erloschener, stumpfer Zigarette bestürzt betrachtete.
»Nein, nein ...! Ist es ein Nervenzusammenbruch?«
»Was heißt hier Nerven! Nerven!« schrie Cesare. »Sie wollen mich verrückt machen, andernfalls hätten Sie sich nicht eigens hier zusammengefunden, um mich systematisch mit Fragen und Hypothesen zu jagen ...«
»Aber wir haben uns doch in keinster Weise versammelt. Den Herrn da kenne ich überhaupt nicht, auch diesen nicht ...«
»Sie sagen, *daß Sie einander nicht kennen*, nein? Ha, ha, ha! Wie lange glauben Sie, werde ich Ihren Spott noch aushalten? Sie verfolgen mich schon vom Bahnhof her ...«
»Das ist nicht zu glauben!« entzündete sich der stotternde Herr. »Wer sind Sie?«
»Sie geben vor, es *nicht zu wissen*?«
»Ja, um Gottes willen, ich kenne Sie nicht!« beteuerte der Herr, der aufgestanden war.
»Jaa?« erwiderte Cesare grinsend. »Woher wissen Sie dann, daß der Name des Türken Haruni lautet?«
»Ich habe von diesem Türken bis jetzt überhaupt nichts gehört, mein Ehrenwort! Der Herr, mit dem ich mich vor einigen Stunden zum ersten Mal getroffen habe ...«
»Aber der Herr, woher kennt er ihn?«
»Ich ... Schließlich habe ich Ihnen doch gesagt, daß die ganze Stadt darüber Bescheid weiß.«
»Die ganze Stadt, die ganze Stadt! Ich werde noch verrückt, wenn ich immer nur den gleichen Refrain höre. Es ist nicht zu fassen; immer kennt die Stadt meine Geheimnisse und sogar jene, die ich selbst nicht verstehe. Die Stadt kennt die Brandursache, aber ich weiß es nicht ...«

»Wer sind Sie, bitte? Der Türke?«
»Nein, das ist absurd; Haruni ist seit langem verstorben«, griff der stotternde Herr ein, indem auch er aufstand.
»Vielleicht sind Sie Manoil«, schlug der Herr mit der erloschenen Zigarette, der den Ausbruch Cesares noch immer nicht begreifen konnte, fast schüchtern vor.
»Wie könnte ich *er* und *ich* gleichzeitig sein?« jammerte der Bibliothekar... »Wieso wollen Sie dieses unmenschliche Spiel nicht beenden? Ich bin so müde, fast schon krank. Ich habe Hunger, ich kann mich nicht mehr beherrschen... Schauen Sie, ich bin ein armer, von Reflexen geleiteter Mensch... Ich werde verrückt, wenn Sie sich nicht meiner erbarmen. Warum erbarmen Sie sich nicht meiner? Warum sagen Sie nicht...?«
»Was sollen wir denn um Gottes willen sagen?!«
»Aber wer ist dann der Herr?« fragte jener verwirrt in die Runde, der gutgelaunt schien.
»Sie wissen, wer ich bin... Warum quälen Sie mich? Sie wissen doch, daß ich Cesare bin...«
»Der von der Bibliothek des Fürsten Emmanuele?«
»Nicht zu fassen!« entgegnete der Herr mit dem Stock, sich überreizt auf den Sitz fallen lassend.
»Die Koinzidenz ist wirklich außergewöhnlich«, beteuerte der andere. »Wir haben die ganze Zeit über Sie in einem benachbarten Abteil gesprochen. Von Ihrem Fall ausgehend, sind wir zu jenem Gespräch gelangt, das Sie ja kennen... Was für eine Koinzidenz! Und Sie selbst, glauben Sie immer noch nicht an die fatalistische Theorie?« fragte der andere, sich an seinen Mitreisenden wendend. »Wie könnten Sie so viele demselben Ziele zustrebende Ursachen erklären? Unglaublich, nicht?«
»Außergewöhnlich«, bestätigte der Herr mit dem Stock.
Cesare stützte schließlich seinen Kopf auf die Rückenlehne. Sein vor Angst, Wut und Tränen sich einige Male verkrampfendes Gesicht verriet jetzt eine krankhafte Ruhe, eine Stille, die die anderen noch mehr beunruhigte. Der Herr, der die

ganze Zeit gestanden hatte, näherte sich ihm noch mehr und legte ihm tröstend die Hand auf die Stirn.

»Trotzdem verstehe ich die Krise nicht. Anscheinend hat das Ereignis aus jener Nacht, wie die Zeitungen schreiben, Ihre Nerven zerrüttet. Machen Sie sich keine Gedanken mehr... Soll ich das Fenster schließen?«

»Nein, nein, ich bitte Sie...«

»Gut... Kommen Sie mit uns in den Speisewagen. Es ist fast Teestunde, aber vom Mittagessen wird noch etwas übriggeblieben sein, und danach ein stärkendes Getränk... Was sagen Sie dazu?«

»Ja, ja, das ist eine gute Idee«, bestätigte der Herr mit dem Stock nervös, zeigte sich aber nachdenklich, amüsiert und überrascht.

Nachdem der Wirbel vorbei war, tadelte sich Cesare wegen seiner Krise. Er begann, sich vor sich selber zu fürchten. Sogar vor den Unbekannten gelang es ihm nicht, sich in Zaum zu halten. Offensichtlich war es ein Zufall gewesen. Ob er an Verfolgungswahn litte...?

Als sich alle setzten, um auf ihn zu warten, unternahm Cesare eine letzte Anstrengung, sein Gesicht wiederherzustellen und seine Gedanken zu sammeln. Eine undeutliche Schwäche bemächtigte sich seiner Glieder. Er spürte kalten Schweiß, und eine ekelhafte Leere behinderte sowohl die Bewegungen seines Körpers wie auch die Geradlinigkeit seiner Gedanken. Er begann, die Folgen des Aufenthalts im Sanatorium zu spüren, die in der Horizontalen verbrachten Wochen mit dem Verband, der wie eine Mauer gegen das Licht war. Er erinnerte sich daran, daß er fortgegangen war, um das Meer zu sehen. Die Hoffnung auf die Meeresbrise erfrischte und kräftigte ihn. Lebhaft wandte er seinen Blick dem Herrn zu, der sich als so höflich erwiesen hatte.

»Wann erreichen wir das Meer? Wissen Sie das...?«

»Oh! Gegen Abend; wir müssen mindestens noch vier Stunden... Kommen Sie in den Speisewagen. Sie sind müde und verbraucht. Achten Sie nicht auf...«

Alle vier setzten sich an einen Tisch. Der Waggon war fast leer. Der gutgelaunte Herr, der seine anfängliche Haltung wiedererlangt hatte, bestellte kalte Getränke und Tee im Überfluß. Er bot Havannas und Likör an. Er redete viel und ungezwungen, hütete sich aber davor, jene Ereignisse zu streifen, an die alle dachten: die »Koinzidenzen« und Cesares Krise. Der Herr mit dem Stock, der sich als Felix vorgestellt hatte – ein Name, der augenfällig erlogen war –, hatte sich neben den anderen Reisenden gesetzt und führte ein blutleeres Gespräch über die Ernte. Sie fuhren jetzt durch eine kalkige Gegend mit faserigen, rötlichen Gräsern unter einem gnadenlosen Himmel.
Cesare schaute zum Fenster hinaus, unfähig, eine Miene aufzusetzen, die der Freundlichkeit seiner neuen Mitreisenden würdig gewesen wäre. Es passierten so viele Dinge mit ihm... Warum gerade mit ihm, und warum so überstürzt? Die Welt erschien ihm seltsam, launisch, ungleich und unnötig, vor allem unnötig. So viele offensichtlich unnötige Handlungen; Menschen, die Dreiviertel ihres Tages damit verschwendeten, andere zu verwirren; unnötige Beziehungen, trockene, bedeutungslose Besuche und Gespräche ohne Sinn und Zweck. Die Menschen hingen nicht aufgrund eines mannhaften Gemeinschaftsgefühls angesichts des Chaos voneinander ab, sondern aufgrund einer inneren Leere. Jeder hatte Angst davor, allein zu bleiben. Wenn es der Zufall wollte und sie allein waren, lasen oder schliefen sie. Fragen stellten sie sich niemals; sie befürchteten, dem Wahnsinn zu begegnen, bei Gott oder dem Teufel, die beide die Furcht des Menschen verkörpern, der nicht weiß, was er will. Die wesentlichen Fragen vermieden alle. Die einen dialektisch, die anderen aus Dummheit. Zwecke, Ziele, Ideale, Freuden; durch diese rechtfertigten sie ihre Handlungen. Aber alle diese waren Vorwände, Worthülsen, die nur ein einziges unermeßliches und demütigendes Gefühl verschärften, das alle Menschen erduldeten und dessen niemand sich entledigen konnte: die Angst vor der Einsamkeit, die Angst vor dem

Dunkel. Er wußte es. Seine Schlangen hatten sich versteckt, irgendwo in den Falten des Gedächtnisses oder der Augenlider – aber Schlangen gab es noch genug, viele und dicke, und sie würden zurückkehren, um das Feld der Dunkelheit mit ihren sündigen Körperringen zu zerpflügen – so wie jeder sie mal zu Gesicht bekommen würde. Niemand konnte entfliehen, niemand. Und dann, wozu die ganze Mühe, die Lüge, der Flirt mit dem Licht und den Freuden? Warum dann seine und die ganze Quälerei der Menschen? Er würde die Treppen zum Strom binnen eines Jahres hinabsteigen, andere in zehn oder fünfzig. Aber könnte jemand für alle Ewigkeiten oben, am Ufer bleiben mit dem Himmel über sich? Könnte es jemand?

Warum fuhren Leute in Zügen? Warum versammelten sich Menschen in Bahnhöfen? Warum wollten sie abreisen? Wohin fahren? Könnten sie dorthin fahren, wo die Menschen Honig schlürften und unsterblich waren? Sie wechselten nur die Länder, die Städte. ›Ich glaube, daß die unbekannten Gesichter, die mir begegnen, die Gesichter der Glücklichen sind. Aber kann ich glücklich sein, wenn alle sich fürchten?‹ Er wußte, daß sie sich fürchteten. Andernfalls würden sie sich nicht in Waggons oder auf Plätzen oder in Burgen versammeln, sondern ein jeder würde in seiner Hütte sein Dasein fristen, denn wenn Glück möglich wäre, würde es nur in der Einsamkeit bestehen. Doch sie gab es nicht. Keiner blieb allein.

Er aß in Ruhe, während er zerstreut dem Herrn zuhörte. Von nun an wußte er, daß dessen Name George war, daß er Zeitungsdirektor und in gewisser Weise auch Literat war. Er reiste in dasselbe Städtchen am Meer. Hingegen mußte der Herr, der sich als Felix vorgestellt und sich bezüglich seines Berufs, seiner Stellung und seiner Beziehung zum Bibliotheksfall in Ausflüchte gerettet hatte, nur noch eine Stunde reisen. Er würde an einer Haltestelle auf dem Lande, bei dem Gut eines Freundes aussteigen. Über das Reiseziel des dritten hatte niemand etwas in Erfahrung bringen können. Dieser schlürfte seinen Milchkaffee, noch immer durch das beunruhigt, was er im Abteil gesehen hatte, bemühte sich aber, ein korrektes Gespräch mit dem stotternden Herrn zu führen.

Ohne darum gebeten worden zu sein, fing Cesare an, Ereignisse aus seinem Pariser Studentenleben zum besten zu geben, wo er jenen intelligenten und originellen Mathematiker Haruni kennengelernt und zum Freund gewonnen hatte. Er spürte, daß er die Symptome der Furcht und Bestürzung, die in seiner vor Koinzidenzen müden Seele dampften, nur vertreiben konnte, wenn er sprach und sich jemandem anvertraute. Beiläufig fing er mit dieser Geschichte an und erzählte sie gelassen, sich selbst dabei beobachtend, faßte sie korrekt zusammen und vermied es, seine unermeßliche Qual und persönliche Offenbarungen ins Spiel zu bringen – ein subjektiver, unhaltbarer Schwall, der plötzlich losstürzte oder sich lyrisch schüttelte –, angehäuft von der Absonderlichkeit des türkischen Freundes. In den seltenen Augenblicken der Klarheit begriff Cesare intuitiv seine entscheidende Schwäche, jenen übergeschnappten Subjektivismus, der ihn daran hinderte, zu überlegen oder über sich selbst nachzudenken. Es gelang ihm nicht, die Verbindung zwischen seiner Seele und den Ereignissen zu festigen; er brachte es nicht fertig, die Entfernungen richtig zu erkennen. Die Zeit und die Menschen versackten in dem gleichen weißlichen Plan. Aber die an diesem warmen Nachmittag erzählte Geschichte mit den Einwürfen des Direktors war ruhig und klar und kontrastierte mit der Unruhe, durch die er sich nur eine Stunde zuvor seinen neuen Mitreisenden kundgetan hatte.

Dieser verstorbene Freund hatte eine Geschichtsphilosophie erdacht, die er nicht erklären mußte, da sie sich mit jener deckte, die Herr Felix zum Ausdruck gebracht hatte. Der einzige Unterschied bestand darin, daß der Mathematiker, der sich nach der Wissenschaft richtete, welche er kultivierte, keine Hypothese, sondern ein Dogma vertrat. Ohne die Notwendigkeit eines Beweises zu spüren, wußte er einfach, daß die Geschichte lediglich das korrekte Wachstum einiger Samen war, die bestimmte Menschen zufällig vor Tausenden von Jahren oder nur vor wenigen Tagen gesät hatten. Haruni brüstete sich nicht mit seinem Dogma, stellte es weder in den Salons (wo er als Snob einen guten Teil der Woche an das mondäne Leben verlor) noch in den studentischen Cafés zur Schau. Eher sprach er schon mit Kollegen von der Philosophie oder mit Cesare darüber, den damals gerade die mittelalterlichen Archive bezauberten. Er sprach darüber wie über ein Theorem, mit jener höheren und kalten Leidenschaft des Mathematikers, mit jener zerebralen geradlinigen Spannung, mit der er auch über das Problem der Quanten diskutierte.

Gelassen beschwor Cesare, während er rauchte und von Zeit zu Zeit seine Augen in der bewegten Leere der Fenster ausruhte, die Atmosphäre des Zimmers in der Rue Nicelle, wo Haruni seine Freunde empfing. Es war ein überladener Raum mit fremdartigen Ornamenten und allerlei Seidenstoffen, Schals und Lampions, die eine wunderliche Mischung aus Posse und Boudoir bildeten und die den Frauen, die ihn fünf Tage die Woche besuchten, angenehm war. Diese Atmosphäre stand aber im Gegensatz zu der Helligkeit der Gedanken Harunis und zu der raffinierten Schärfe, die er den Zusammenkünften mit Freunden an den anderen beiden Tagen einflößte. Cesare war es niemals gelungen, das seelische Konkubinat des Freundes zu verstehen: seinen lüsternen Snobismus und seine heuchlerische Höflichkeit mit jenem ehrlichen Höhenflug der Gedanken, wo seine Analyse präzise und entschieden alles durchdrang. Harunis Gespräche hatten die Eigenschaft, eine Unzahl von angeborenen Ideen und einen bequemen Aberglauben, die durch Lehrbücher vermittelt wurden, umzuwerfen. Nichts hielt seiner Analyse stand, weder die Begeisterung des französischen Studenten der Schönen Künste noch die erschreckende Gelehrsamkeit des Soziologiestudenten. Cesare erinnerte sich an denkwürdige Sitzungen und erzählte Bruchstücke aus einem Gespräch über den Kapitalismus. Der Soziologe legte Fakten um Fakten dar und zitierte aus Büchern. Die Wahrheit, die Geschichte und der gesunde Menschenverstand waren auf seiner Seite, jeder konnte das sehen; die Tatsache, daß die moderne Geschichte nichts anderes war als der Kampf für oder gegen den Kapitalismus; Karl Marx hatte dies gezeigt. Aber Haruni fragte nach den *Ursachen*. Der andere erwähnte den Feudalismus. Und plötzlich improvisierte der Mathematiker eine Legende von einem Reiter oder einer ganzen Schar von Reitern, die ungerecht und spontan wie ein Gebirgssturm handelten – und das feudale System einführten. Manche Familien verfolgten es, wiederum andere imitierten es. Es folgte die Reaktion, unterirdische Kräfte regten sich, neue Klassen entstanden, dumpfe Mißhelligkeiten, Kämpfe, die Geburt des Bürgertums usw.

Aber all diese, was waren sie anderes als Ausbrüche oder Folgen jener ersten ursprünglichen Handlung eines Helden, eines Menschen, der seiner Herzenslust freien Lauf gelassen hatte? Durch Harunis Rede bekam die Geschichte einen anderen Sinn, die Augen der Zuhörer sahen weiter, an dem Zug der Masken und Könige vorbei, über die mittelmäßigen Ereignisse der Geschichte hinweg – und schauten wirklich die Tat jenes Unbekannten, der eine Karriere und ein Lebenssystem improvisierte. Die Geschichte der Länder und Menschen wäre nichts anderes als die Anstrengung, sich von der Last zu befreien, die jener Unbekannte aus dem Nebel der Anfänge den Generationen aufgeladen hätte. Die erstickenden Institutionen, gegen die jedes Gehirn kämpft, das sich den Andrang der Instinkte abgewöhnt, wären nichts anderes als die Mythologien derartiger Taten unbekannter Menschen, Helden oder Verrückte. Jemand hatte aus eigenem Verlangen heraus spontan und grundlos gehandelt; um ihn zu verstehen, um der Versuchung der Nachahmung zu widerstehen oder um sich die Frucht der Handlung anzueignen, bildete die Gemeinschaft rund um seine Tat Mythen, Riten und Gesetze. Ein Alexander bezweckte den Wahnsinn;

Jahrhunderte nach ihm erduldet das an die Folgen gekettete Europa die Versklavung durch den Mazedonier. Hatte Alexander etwas Bestimmtes gewollt? Nein, um ihn zu verstehen, um ihn logisch einzuordnen, um ihn zu verteidigen oder um ihn zu kritisieren, haben die Menschen seine politische Lehre erfunden. Woher wissen wir denn, daß Alexander so gedacht hat, wie es die Traktate schreiben? Warum sollen wir seine Taten, die spontan und verrückt gewesen sein konnten, rationalisieren? Und wie viele andere Ereignisse waren nicht zur Hand ... Wer könnte denn von sich behaupten, er sei frei? Sobald er zu lesen oder zu schreiben anfängt, ist er ein Knecht der Vorurteile und Satzungen, die durch die vorhergegangenen Taten einiger Unbekannter auferlegt worden sind. Die Grundschule und das ABC sind eine Versklavung, das Kollegium, das Abendmahl, die Presse, die Familie, die Tracht, die inneren Konflikte, sogar die Revolte – alle sind von einer Tat oder einer Vielzahl von ersten Taten erzeugt worden. Das Leben des Menschen ist eine fortwährende Anstrengung, den altvorderen Feind zu verstehen, jenen Barbaren oder durchtriebenen Vorfahren, der die Intrige erzeugt hat. Als der Soziologe die totemistischen Systeme, die Clans, die Riten und die Notwendigkeiten der primitiven Vereinigungen erwähnt hatte, amüsierte sich Haruni mit einer irritierenden Begeisterung. Das seien verkehrte Vorstellungen, sagte er. Warum dächte er das Problem nicht bis ans Ende durch? Alle Systematisierungen der zivilen oder religiösen Institutionen seien nichts anderes als *nachträgliche* Mythologisierungen der Tat einiger Menschen, die so gehandelt hätten, wie es ihr Herz wollte. Alle waren nur Reaktionen, Kodizes, Verbote – aber der Kern, das energetische Zentrum, die *Ursache*? Sie haben Erklärungen vorgeschlagen: »Ehrt das Fischtotem, weil es heilig und genießbar ist!« Von da an gab es eine Reihe von Institutionen und ökonomisch-religiösen Aberglauben, die noch heute überleben. Aber die Ursache? Ein freier Mensch ist einmal an den Bach gegangen, hat einen Fisch gefangen, ihn gebraten und gegessen, und am zweiten Tag hat er das gleiche getan; aber die anderen haben sich darüber gewundert, daß so seltsame Objekte wie Fische gegessen werden können, auch sie sind zum Bach gegangen, haben die Geste *imitiert*, haben das Fleisch mit den Schuppen schätzen gelernt – und der Mythos ist gewachsen. Die Soziologen bleiben bei der Mythologie stehen, bei der »*verursachten Ursache*«. Aber die Hauptursache entgeht ihnen, weil sie keine Mathematiker sind.

Cesare selbst erkannte, daß die Hypothese des Freundes wahrscheinlich nicht beweisbar war, weder durch Dokumente noch durch Rekonstruktionen, daß sie mit dem historischen Geist nicht vereinbar war. Aber Haruni bemerkte, daß die Dokumente selbst und noch mehr der historische Geist Additionen seien, nachträgliche Schöpfungen, Versuche, die ursächlichen Handlungen der unbekannten Geschichtserzeuger zu verstehen oder zu kritisieren. Cesare erwiderte, daß die Hypothese paradox sei, Haruni fügte hinzu, daß die analytische Geometrie noch viel paradoxer sei. Das Gespräch erreichte somit einen toten Punkt, und Haruni versöhnte alle, indem er ihnen parfümierten Tee und Tabak aus Smirna anbot. Es dämmerte; der Boulevard erschütterte Harunis Lebensplan. Die Freunde trennten sich alle mit dem seltsamen Gefühl, daß der snobistische Mathematiker über ihre Köpfe hinweg auf einen schwarzweißen Hintergrund blicken würde, wo die Ideen sich mit der Sicherheit von Postulaten zur Ruhe legten. Allein zurückgeblieben, überdachte Cesare mit gesundem Menschenverstand die neue geistige Ernte und blieb vor der bücherschweren Mansardentür stehen, die Schlußfolgerung ziehend, daß Harunis System eigentlich nur eine Hypothese war.

Ihre Freundschaft währte aber trotz des gewaltigen Unterschieds zwischen Leben und Geist. Cesare arbeitete tagsüber in den Archiven und nachts in dem Etagenzimmer. Im Gegensatz dazu führte Haruni ein schrilles und wechselvolles Leben, um das sich Boudoirgerüchte rankten und das der Hauch eines Mäzens umgab. Niemand wußte, wann er sich in Frankreich niedergelassen hatte, wer ihm Geld für seine stets neuen Extravaganzen schickte und wann er seine Prüfungen an der École Centrale ablegen würde. Die Professoren beklagten sich über ihn und zeigten ihre Mißgunst. Seine vor zwei Jahren im *Bulletin de Mathématique* veröffentlichte Kritik an Dedekind sowie jene berühmte Rede beim Kongress von 1910 über die Deutung der Abelschen Funktionen, hatten ihm einen vielversprechenden Ruf verschafft. Viele sahen in ihm einen Spaßmacher und betrachteten sein mathematisches Genie als Zufall oder als geschicktes Plagiat. Andere verdächtigten ihn oder nutzten ihn aus, indem sie seine teuren Zigaretten rauchten, seine Liköre konsumierten und sich von ihm Geld borgten. Die Frauen waren verrückt nach ihm und jene, die die gleichen mondänen Zirkel besuchten, hätten vieles über den tadellosen Türken zu enthüllen gehabt. Er war weder schön noch großartig, aber seine Rede bezauberte sie – sei es durch suggestives Geflüster und unwiderstehliche Phantasien, sei es durch die unnachahmlichen Vorträge über sein »Dogma«, wie er seine Geschichtsdeutung gerne nannte.

Es war ein Dogma, und er akzeptierte keine Überprüfungen oder Diskussionen; das »Experimentieren« widerstrebte ihm. Er bezichtigte den Soziologen der Promiskuität, der zerebralen Perversität, wenn der Gelehrte eine Überprüfung in der Wirklichkeit vorschlug oder verlangte. Er wiederholte, daß die Ereignisse von heute nicht als Material für Versuche dienen könnten, da sie selbst schon Folgen bestimmter freier Handlungen wären. Die Menschen wüchsen versklavt auf; sie könnten nicht das Zentrum der Erzeuger sein. Höchstens könnte es ihnen gelingen, ein Glied aus der Kette zu brechen und einige abergläubische Verbindungen zu verstehen, um sich zu emanzipieren. Oh! Ein freier Mensch, das würde etwas heißen ... Aber wer wäre schon frei in einer Epoche der Verpflichtungen? Jeder könnte lesen und schreiben, jeder spräche eine Sprache, die nicht die seine wäre, jeder akzeptierte es, in einem Haus und in einer Familie zu wohnen – er wäre ein beweglicher Spielstein, ein elektrischer Roboter, der korrekt dem Schema folgte, das die Freiheit jener ersten Handlungen ins Jahrhundert projiziert hätte.

Trotzdem erlaubte Haruni eines Abends eine einzigartige Möglichkeit der Überprüfung, aber er gestattete sie mit einer zweifelhaften Ehrlichkeit, in seiner mondänen Art scherzend. Er legte die Möglichkeit einer freien, unnötigen, monströsen und amoralischen Tat dar. Der Inhalt dieses »befreienden Ritus«, wie er ihn nannte, konnte alles mögliche sein, nicht der Inhalt, sondern nur die Form, die Handlung an sich war wichtig, frei von bürokratischer, logischer, gefühlsmäßiger Routine oder von modernen Dogmen; eine spontane und unmenschliche Tat ... Die Freunde konnten seinem Gedanken nicht folgen, fanden Unhaltbarkeiten in diesem Versuch der Geschichtserzeugung durch Agenten, die selbst *geschaffen* und von vorangegangenen Formen konditioniert wurden. Haruni gab keine Erklärungen ab, vielleicht weil er von jenem nächtlichen Ball noch zu müde war, und die Versammlung trennte sich, ohne von jener empirischen Konzession des eher abstrakten Mathematikers besessen oder auch nur begeistert worden zu sein. Cesare, der ihn gerade tags darauf traf, erinnerte ihn jedoch an seinen Vorschlag und fragte ihn, ob jener zu der Reihe der ernsthaften oder eher der »alltäglichen« Gedanken gehörte, wie er den schlangenhaft sich windenden, aber glänzenden Plauderton Harunis in mondäner Gesellschaft nannte.

Als Cesare bei diesem Teil seiner Bekenntnisse angekommen war, dem die Mitreisenden mit ehrlicher Aufmerksamkeit zuhörten und der ihnen wie ein Schlüssel vorkam, mit dem sie das Geheimnis dieses nervösen Mannes öffnen könnten, machte er, von seinen Enthüllungen gestärkt, halt, fragte nach der Uhrzeit und zündete sich eine Havanna an, die erste seines Lebens.

»Ich bin wirklich unglücklich, daß ich den Schluß der Erzählung nicht hören kann«, sagte Herr Felix, sich eilig erhebend. »An der nächsten Station steige ich aus; just wenn die Hand-

lungen begreifbar werden. Was Sie über den Türken gesagt haben, kennen wir von meinem Freund, der auch mit Manoil befreundet ist. Doch gewisse intime Einzelheiten sind uns unbekannt. Und dann, gerade dieses Gespräch, das Sie bestimmt fortführen werden; es ist eine Strafe, daß ich ihm nicht zuhören darf... Vielleicht treffen wir uns ein anderes Mal. Haben Sie je jemandem davon erzählt...?«
»Nein. Ich hab niemals daran gedacht. Ich habe ihm keine Bedeutung beigemessen. Jetzt erzähle ich all das, nicht weil ich Sie glauben machen möchte, daß ich von dessen Wahrhaftigkeit überzeugt bin, sondern nur damit Sie einige verwirrende Koinzidenzen verstehen, die mich so reagieren ließen, wie Sie es gesehen haben...«
»Schade. Auf diese Weise wird Manoil, das heißt der Freund von Manoil, es mir nicht erzählen können... Und Haruni... Wissen Sie, wie er gestorben ist...?«
»Ich habe nach dem Krieg davon gehört... In den Alpen, zu dumm, er hatte sich freiwillig gemeldet. Er hatte die französische Staatsangehörigkeit angenommen und sich der Form halber christianisieren lassen, um eine Kammerzofe heiraten zu können... Er war in einem technischen Corps, bei einem Geschützstand mit weitreichenden Kanonen... Er starb im Schnee, mehr weiß ich auch nicht.«
»Niemand weiß es... Schade...«
Dann wandte er sich zu den anderen und drückte ihnen herzlich die Hände:
»Gute Reise, meine Herren. Ich habe einen wunderbaren Nachmittag verbracht, einen *unvergeßlichen*... Sie, Herr Direktor, werde ich ja, wie verabredet, wiedersehen... Vielleicht auch Sie, Herr Cesare...«
Der Verabschiedung folgte ein unnatürliches Schweigen. Cesare scheute sich, seine Bekenntnisse wiederaufzunehmen. Der Direktor war aufgeregt, ganz Aug und Ohr; der andere bestürzt darüber, daß er zuerst einer klinischen Szene und jetzt einem Romangespräch beiwohnte.
Sein glückliches Gehirn vermied instinktiv das Tragische

mittels einer geschickten Teilung der Welt in weiße und schwarze Schafe, in Tatsachen und Trugbilder, in anständige Menschen und in vom Träumen unterernährte Kranke. Er ignorierte das Tragische, ob es nun vom Schicksal losgelöst oder darin begründet war. Sowohl jene Szene, der er beigewohnt hatte, wie auch die ganze Enthüllung Cesares (von dem er in den Zeitungen gelesen und den er als krank angesehen hatte) waren in seinen Augen zweifelhafte Phantasien oder traurige Koinzidenzen (er wußte nicht, warum er den Türken als Morphinisten ansah).

Der korrekteste und ehrlichste Zuhörer war der Direktor. Er besaß jene seltene Fähigkeit, nach Wunsch die Schlußfolgerung über eine Tatsache oder über einen Menschen hinauszuzögern. Sein Geist war in ständiger Erwartung; in Erwartung des letzten Pinselstrichs, des letzten Zeichens, um endgültig zu verstehen und zu urteilen. Aber keine Spur von einer apokalyptischen oder neurotischen Erwartung; er empfand weder die Weißglut des vom Geist Besessenen noch das Beben eines Frauenkörpers in Erwartung der sexuellen Begegnung. Vielmehr eine belustigte Erwartung, wie bei einem Menschen im Zirkus, der keine Schlußfolgerung vorwegnimmt, der es weder als Posse noch als Wunder bejaht, sondern der das Phänomen an sich genießt, seiner einzigartigen und erquickenden Erscheinung wegen, eine Muschel, in der sich himmlische Zeichen oder alltäglicher Bluff so gut verstecken können.

Der Direktor bemühte sich nicht, den Vorfall im Zug zu verstehen, und zog auch keine voreiligen Schlußfolgerungen, erwartete aber aufgeregt Cesares Offenbarungen, begierig nach ihrem Inhalt, gerade weil es sich um authentische, vollständige, dichte und in sich ruhende Erscheinungen handelte. Weil er fürchtete, daß die Atmosphäre des Vertrauens verschwinden und die Enthüllungen, von denen sich Cesare so hinreißen ließ wie von der Entdeckung eines Heilmittels, ein Ende nehmen könnten, ob aus Müdigkeit oder aus Scheu, beteuerte der Direktor seine Ungeduld und Neugier.

»Oh! Ja, ich habe es fast vergessen«, meldete sich Cesare wieder. »Ich bezweifele aber, ob all dies Sie wirklich interessiert... Und Sie?« Er wandte sich dem Herrn zu, der über die Ernte diskutiert hatte.

»Sehr stark... Natürlich interessiert es mich sehr«, erklärte der Herr überstürzt.

Cesare sprach immer leiser, begann, die erschlaffende Wirkung des Likörs zu spüren, sein Gesicht glühte, seine Augen erblickten immer erloschenere Leinwände, Wasser des Abends auf dem warmen, weiten und sandigen Feld mit kleinen Dornbüschen, die die Steppe ankündigten.

Das Gespräch mit dem verstorbenen Freund entpuppte sich als frisch und vollständig. Durch welche Absonderlichkeit des Gedächtnisses auch immer, erinnerte sich Cesare jetzt an jedes Wort und an jeden Ton, sah die Straßen der Stadt wieder, die er beinahe vergessen hatte, erkannte die Vitrinen wieder, bei denen er während des Gesprächs stehengeblieben war. Er selbst erregte sich über das, was er sagte, und war irgendwie bewegt von der Offenbarung des vergessenen Gesprächs. Bestimmt hatte sich Haruni an jenem Tag seltsam benommen. Er hatte Cesare beteuert, daß ihn sein »Typ« auf wunderliche Art interessieren würde und daß, wenn ein Experiment auf dem Feld seines Dogmas überhaupt möglich wäre, es sich nur mit einem »unschuldigen« Hirn, wie das des Archivars, durchführen ließe.

»Aber ich glaube doch gar nicht an all deine Hypothesen«, protestierte Cesare verlegen aufgrund des Beiworts und leicht irritiert von der Tatsache, daß der Mathematiker ihn an jenem Tag mit einer prüfenden Aufmerksamkeit betrachtete.

»Gerade weil du nicht an das glaubst, was ich gerne Hypothese nenne, gerade wegen dieser Neutralität hast du die besten Chancen, es zu vollbringen. Du ignorierst einfach die Tat, die auch ich bislang nicht präzisiert habe, und du ignorierst die Kraft, die du beizeiten mit der Treffsicherheit eines Geschosses auslösen kannst. *Du wünschst das Ergebnis*

nicht, das ist von größter Bedeutung; du bist von der Leidenschaft nicht angesteckt, dich dürstet nicht nach der Frucht, du bist nicht von Unruhe über den Prozeß durchdrungen, du hegst keine Zweifel, weil du nicht glaubst – kurz gesagt: Du bist ein wunderbarer Agent, kalt, gleichgültig, mechanisch; du existierst – wie soll ich es sagen? – auf rein physischer Ebene, du bewegst dich wie ein Automat auf vorgegebenem Plan, du hast keinen Kontakt mit dem psychisch Unvorhergesehenen, mit dem emotionalen Ballast ... Deine Zeit ist die mathematische, die man berechnen kann ... Dein Raum ist der mathematische, er kann vernachlässigt werden. Du bist ein einzigartiger Agent durch deine Unempfindlichkeit, durch deine außergewöhnliche sentimentale Sanftmut, durch die Reinheit der Vernunft, die von keinen metaphysischen, dogmatischen und theologischen Vorurteilen ergriffen wurde. Du könntest Wunder wirken, weil du nicht an sie glaubst. Du kannst die Erde erobern, weil du sie nicht haben willst. Und durch deine strukturelle, organische, kalte Einfachheit bist du ein *Auserwählter*. Verstehst du mich? Ein Auserwählter, ein Mensch, der frei sein kann, der frei und desinteressiert handeln kann, während wir, die anderen, zwischen zwei Welten ...«
Cesare unterbrach seinen Dialog, um detailliert und zugleich umfassend den zweifelhaften Ausdruck Harunis zu kommentieren, als jener von »wir, den anderen ...« gesprochen hatte. Man könnte ein Drama erahnen, eine unermeßliche Enttäuschung oder die Unfähigkeit des mysteriösen Türken, sich in der geheimnisvollen Seele zu verwirklichen. Oder war es nur eine Farce, eine Maske, die der andere sich wundersam für die Verführung der Unschuld aufgesetzt hatte? Er wußte nicht wieso, aber Cesare hatte damals *gespürt*, daß Haruni über ihn spottete, daß er ihn zu einer unnatürlichen und fruchtlosen Handlung verlocken wollte, die ihn abstieß, und daß er ihn lächerlich machen oder sich von wer weiß was für Experimenten in seinen leidenschaftlichen Laboratorien überzeugen wollte. Nein, Cesare akzeptierte die Rolle nicht,

die ihm der andere begeistert zudachte, er hörte ihm sogar nicht mehr weiter zu. Er protestierte, er protestierte ganz einfach mit seinem zwar simplen, jedoch grundsätzlich wirklichkeitsnahen Hirn, mit seiner unschuldigen Seele. Sein Schicksal sträubte sich gegen die Atmosphäre der Mystifikation und das Entsetzen, das Haruni, für einen Mathematiker recht parodox, in seinem Umkreis aufzubauen versuchte. Haruni kam immer glühender auf die Qualitäten des »ersten Motors« zurück, ein Begriff, den Cesare – mit dem Vorwurf des Mißbrauchs seitens des Mathematikers – ablehnte.

Die ganze Geschichte wäre annehmbar gewesen, wenn sie sich auf die Unterredungen aus der Rue Nicelle beschränkt hätte, wenn sie die Ausgangshypothese für Diskussionen geblieben wäre, ein Objekt intellektueller Gymnastik und ein wunderbar kritisches Instrument für die nicht weniger mißbräuchliche Mentalität des Soziologiestudenten. Aber wie sollte man die Leidenschaft erklären, die Haruni an den Tag legte, während er ihn zu überzeugen trachtete, und jenen unwahrscheinlichen Abstieg ins Geheimnis? Warum diese Hartnäckigkeit bei einem Experiment – wenn Haruni doch stets die Erfahrung als Aberglauben, als promiske standardisierte Wiedergeburt des 20. Jahrhunderts verspottete? Cesare fühlte sich in der neuen Bedeutung, die ihm der befreundete Mathematiker zuerkannte, nämlich der »gesuchte Mensch« zu sein, unwohl. Jene vorübergehende Isolation von der einsamen Masse, sein Gefesseltsein, seine Stellung unter dem Glassturz einer seltsamen Spezies und sein Analysiertwerden unter einem schrägen, scharfen, willkürlichen Licht; und schließlich die Tatsache, daß man ihn für Fähigkeiten pries, die er selbst mißachtete oder die er als natürliche Gaben seiner Persönlichkeit betrachtete – all das demütigte ihn und regte ihn zugleich auf.

»Du bist starrköpfig wie eine Frau«, ärgerte sich Haruni. »Obschon ich spüre, daß dein Widerstand vorgetäuscht, künstlich ist und deine Argumente improvisiert sind. Ich habe dich schon seit langem beobachtet, du ärgerst dich hoffentlich nicht, wenn ich dir das sage. Es ist besser, wenn wir mit offenen Karten spielen, es ist besser so... Wir sind Bücherfreunde, nicht sentimentale Fußsoldaten. Ich habe dich schon seit langem beobachtet, ich sag's dir ehrlich, ich habe an dich immer wie an eine mit gewöhnlichen Maßstäben nicht zu erklärende Erscheinung gedacht. Du hast eine besondere Fähigkeit, nämlich *zu ignorieren*. Du mißachtest die Umwelt, du mißachtest das Jahrhundert, du mißachtest den Sexus – ohne Anstrengungen, ohne Konflikte, ganz einfach weil dein zerebrales System das des *Anfangs* ist... Du verstehst, was ich sagen will! Daß du von unzähligen und langweiligen Wollüsten frei bist, daß du freier bist, als wir es sind und daß du so geboren bist...«

Cesare bat ihn, damit aufzuhören; es wäre unnötig, er würde ihn nicht überzeugen können und dann verärgert sein; während es für ihn selbst schade wäre, einen geschätzten Freund zu verlieren. Aber der Mathematiker startete einen neuen Angriff, damit rechnend, daß er ihn vielleicht auf diesem Wege herumkriegen könnte.

»Du redest von der Freundschaft wie ein Gymnasiast. Ich habe es dir schon unzählige Male wiederholt, daß du immer, wenn du *unsere Welt* beurteilst, die selbstgefälligsten und unerträglichsten Wahrheiten aussprichst. Zeichnet sich denn die Freundschaft nicht durch gegenseitige Toleranz, höfliche Gespräche oder durch Kameradschaft aus? Ich bitte dich, ›nein‹ zu antworten! Die Freundschaft ist Inquisition, enthält eine transzendente und passive Liebe, aber einen aktiven, unermüdlichen, unmenschlichen Haß, einen Haß, der ein blinder Wurm ist, wenn er neidisch in Verstecken herumscharrt, aber ein kreativer Stachel, eine hungrigmachende Geburtszange, wenn er sich offen und irgendwie unpersönlich an den Freund richtet. Das ist die Freundschaft: Haß und Laster. Ich bin kein Rhetoriker, aber du hast mich mit deinen Platitüden aufgeregt, und ich erhebe den Ton mit einer Feindseligkeit wie von der Kanzel herab. Ich reagiere, weil das Problem von nun an kein Problem mehr, sondern eine Kampagne ist. Ich wiederhole, daß du *mein Mann* bist, und gebrauche diesen Ausdruck mit aller Emphase, wenngleich ich weiß, daß er dich irritiert. Du bist gewissermaßen mein Besitz, eine Gestalt, die sich mit der von mir gefundenen Form deckt. Du bist ein Duplikat, du bist von jenem Plan abhängig, auf den es allein ankommt, den der Ideen. Frei bist du nur in meiner Vorstellung; ansonsten bist du ein Archivar . . .«

»Niemals wollte ich mehr sein«, erwiderte Cesare. »Es ist meine Berufung, es ist mein Platz, es befriedigt mich voll und ganz, es gibt mir die Gelegenheit, anderen einen Gefallen zu tun, und dann ermöglicht der Beruf des Archivars eine aristokratische Isolation, die mir schmeichelt.«

»Der Elfenbeinturm?« fragte Haruni ironisch.

»Genau. Jeder sucht sich ihn irgendwo. Du in deinen ›Erzeugern‹, ich in den Archiven. Was wäre, wenn wir die Rollen tauschten?«

»So weit gehe ich nicht, teurer Freund, so weit nicht. Ich schlage keinen Rollentausch vor, sondern die korrekte Wiederherstellung der eigenen Rolle. Deine ist nicht die der Archive, der abgelaufenen Geschichte. Du kannst mehr erreichen, kannst Geschichte machen . . .«

»Haruni, glaubst du nicht, daß du dich genug amüsiert hast?«

»Junge, jetzt sprichst du schon wieder banale Überlegungen aus. Ich amüsiere mich nur mit Frauen, das weißt du doch. Der Rest des Daseins ist Qual für mich; verstehst du, Qual . . .«

Cesare hatte erstaunt innegehalten. Die Beichte des anderen war von schmerzlicher Ehrlichkeit gewesen und hatte die Wahrheit mit einer erstarrenden *immediattezza* offenbart. Vielleicht log er doch nicht, vielleicht machte er sich gar nicht lustig über ihn.

»Ich war nicht einmal eine einzige Stunde glücklich in meinem Leben, du weißt . . .«, fügte Haruni hinzu.

Wahrscheinlich fühlte er sich aufgrund der Enthüllung er-

niedrigt, denn er schwieg verwirrt und schlug vor, ein Café aufzusuchen, wo man gemeinsame Freunde hätte treffen können. Die unerwartete Selbstoffenbarung Harunis hatte eine andere Beziehungsebene geschaffen, so daß Cesare nicht mehr mit heroischen Vorschlägen bestürmt wurde. Ganz beiläufig bemerkte Haruni:
»Demnach bist du unheilbar passiv, nicht...? Schade... Wahrscheinlich werde ich keinen anderen mehr finden, der versucht... Und trotzdem, wenn ich jemanden fände, wie seltsam, nicht? Wie seltsam...«
Er hatte ihn nicht verstanden und verstand ihn auch jetzt nicht. Aber das waren, wenn er sich richtig erinnerte, die letzten Worte über den ärgerlichen Vorschlag gewesen. Obgleich sie sich noch des öfteren trafen, vermieden sie es, ihn zu erwähnen. Cesare hatte viele Nachmittage lang über den Ausbruch des Mathematikers nachgedacht, den er als unversöhnlichen Dialektiker und äußerst ruhigen Freund zu betrachten pflegte. Gleich nach der Abschlußprüfung verließ Cesare Paris. Danach dachte er nicht mehr an diesen Aspekt seiner Freundschaft mit Haruni. Nach und nach löste sich sein Studentenleben mit der Präzision eines Panoptikums auf und setzte sich im Halbdunkel der Vergangenheit fest. Nachdem er sich in Bukarest niedergelassen hatte, begann Cesare wieder jenes ruhige und grimmige Leben zu führen, das in seiner Beichte nichts zu suchen hatte. Über den Türken hatte er erst spät wieder etwas erfahren, von seinem Tod in den Bergen. Ansonsten nichts...
Die Erzählung schien beendet. Cesare war müde, irgendwie darüber besorgt, was seine Mitreisenden über ihn denken würden, gegen Ende der Beichte ein bißchen zerstreut, und es schien, als kämpfte er gegen die Erinnerung an und die Versuchung, alles ausführlich darzulegen und zu kommentieren. Bis jetzt hatte er sich jeglichen Kommentars über die Bedeutung der Koinzidenzen enthalten. Er hatte nur Tatsachen berichtet, die an sich schon merkwürdig genug waren, ohne ihre Erklärung durch die Gedanken Harunis zu su-

chen. Der Direktor war jedoch über das Ende enttäuscht, enttäuscht vom Schweigen Cesares, bevor er seine eigenen Meinungen über den Fall hätte ausdrücken wollen. Gerne hätte er erfahren, wie die letzten Ereignisse das Bewußtsein des Archivars beeinflußt hatten. Schließlich wollte er wissen, ob jener fest an das Schicksal glaubte oder an den Esoterismus Nietzsches, den der verstorbene Freund vertreten hatte.

*

Vielleicht hätte Cesare sich niemals zu diesen überströmenden Bekenntnissen hinreißen lassen, hätte er die Gedanken des Direktors vor ihrer Begegnung gekannt. Dieser war angereist, um ein ganz und gar intelligentes und originelles journalistisches Geschäft zu machen. Der Fall des Bibliothekars war die tägliche Nahrung fast aller Reportagen gewesen. An jenem Frühlingsende nahmen Ereignisse aller Art ab, die politische Atmosphäre klärte sich müde und seicht auf; kein einziges Attentat auf den Präsidenten, keinerlei Polemik unter den Parteien, immer zweifelhaftere Selbstmorde, immer unnötigere Verbrechen. Es war eine Saison von erschreckender Mittelmäßigkeit. Das Leben nahm unbeirrt seinen Weg, die neuen Gedanken setzten sich mühelos durch, die alten paßten sich an. Es gab Monate des Schweigens, während derer die Kleider ohne Aufregung und Widerstand gewechselt wurden, wobei die neue Bekleidung keine Kommentare hervorrief, kein Lob, nicht mal Gelächter, sondern lediglich eine müde Billigung und ein einfaches Hinnehmen. Und dann hatte die Presse im Fall des Bibliothekars von der Bibliothek des Fürsten Emmanuele eine frische und im großen und ganzen originelle Quelle für Sensationen entdeckt: die ganze Zeit über, als Cesare im Brandzimmer gesessen hatte, imaginäre Interviews mit dem Kranken (bearbeitet nach den Details, die man von Fräulein Marta erhalten hatte), Photographien der Helden und sogar die Geschichte des Instituts mit dem Porträt des Fürsten. Reporter hatten Bibliotheken aufgesucht und Gelehrte befragt, um das geheimnisvolle Geschehen zu entschlüsseln. Zeitungsdirektoren hatten spezielle Korrespondenten geschickt. Die ganze Atmosphäre, die die Tagesblätter gemeinsam anzettelten, drehte sich um vier seltsame, von einer zweifelhaften Zurückhaltung geprägte Persönlichkeiten, von denen man weder die gleichen Fakten noch eine zusammenhängende Deutung der Hintergründe erhielt. Der Mantel des Geheimnisses, den die Betroffenen – ob mit Absicht oder nicht – über das Drama legten, hatte begonnen, einen Teil der Öffentlichkeit aufzuregen. Die Redaktionen bekamen Protestbriefe, die ein Ende des Possenspiels und der Ungewißheiten verlangten. Es wurden sogar private Kommissionen aus Ärzten und Professoren der Hauptstadt vorgeschlagen. Jemand verlangte in einem gestellten Interview die Wiederaufnahme des Prozesses. Scharfsinnige Studenten entdeckten vergleichbare Prozesse in der Geschichte und schickten sie unentgeldlich den großen Tageszeitungen. Einige verstanden, daß man die Lage nicht mehr hinauszögern konnte, daß das Spiel mit den Gazetten schon zu lange dauerte und sich die Trivialität nun allzu deutlich dazugesellte.

Der Direktor, der sich als George vorgestellt hatte, ein intelligenter, unternehmerischer, aber aufgrund jenes literarischen Ballastes, den er »Humanismus« nannte, sachlicher Mann, war zwei Tage, bevor Cesare das Sanatorium verlassen hatte, in die Stadt gekommen. Er hatte nicht jene Unvorsichtigkeit des Spezialkorrespondenten begangen, sich überall mit Reporterausweis und Notizblock unbeliebt zu machen. Er hatte sich die Anonymität eines Feriengastes bewahrt. Er war gekommen, um einen kaufmännischen Vertrag abzuschließen, den guten Ruf und die Präsenz der Zeitung bezweckend – hatte dies aber niemandem außer dem Redaktionssekretär mitgeteilt.

Zwei Tage hatte er in einer unbekannten Stadt verbracht, sich mit zufälligen Bekanntschaften amüsiert, Gedankenfäden fortgesponnen, die er in der Jugend, vor seiner Karriere, auf-

gegriffen hatte, sich die Zeit auf der Straße mit den Pappeln vertrieben und Konditoreien und Kirchen besucht. Fast hätte er den Grund seines Kommens vergessen. Der Direktor hatte sich noch nicht ganz in einen Roboter verwandelt. Hinter der finanziellen Arbeit, hinter den politischen Ambitionen wurden menschliche Verbindungen geknüpft, die Freuden und Verzweiflungen umfaßten, mit einem sicherlich erloschenen Virus und eher mit abendlichen Reminiszenzen in Weingärten und literarischen Abschweifungen. Diese waren heimlich nach dem ersten, auf dem fremden Marktplatz mit den unnötigen Türmen verbrachten Tag aufgetaucht.
Der alternde Herr George hatte sich während jener kurzen Ferienzeit an seiner persönlichen Melancholie und Philosophie ergötzt, hatte diese genossen, war irgendwie damit zufrieden gewesen, daß er nichts von dem erfahren konnte, was er sich gewünscht hätte (eine übertriebene Sache), und hatte seine gegenwärtige Schwäche geduldet.
Am Morgen von Cesares Abreise war er spät und gelangweilt aufgewacht. Es war immer wärmer geworden. Der Hotelier ging ihm auf die Nerven, das Zimmer kam ihm schmutzig, die Stadt fade vor. Er erkannte die Notwendigkeit des Komforts und wünschte sich wie ein Jugendlicher die Freiheit. Die Angelegenheit, wegen der er gekommen war, ermüdete ihn. Fast hätte er es abgelehnt, noch daran zu denken. Gelangweilt blätterte er den Haufen der lokalen und städtischen Zeitungen mit dem stets gleichen Thema durch. Seine eigene Zeitung erschien ihm nicht weniger platt und lächerlich, mit einer Photographie Cesares, die man aus einem illustrierten Magazin schlecht reproduziert hatte. Der Direktor kostete jenes schreckliche Gefühl des Ekels und der irritierenden Verzweiflung angesichts seiner eigenen Handlungen oder Besitztümer aus, ein Gefühl, das sich in einigen Hirnen bis zum Selbstmord ausdehnt. Die Visionen, die ihn zu einer ehrgeizigen Jugend angestachelt hatten, erwiesen sich jetzt als unbedeutend und aschgrau. Die Melancholie hatte sich in Nervosität verwandelt, und diese drohte in Verzweiflung zu

münden. Die kalte Dusche vermochte ihn nicht zu erfrischen. Er aß angewidert und verweigerte die Teller, die ihm ungewaschen vorkamen. Ein ungeöffnetes Telegramm lag auf dem Tisch. Er war nicht neugierig, es zu öffnen, weil er wußte, daß es von seinem Sekretär geschickt worden war. Diese Krise, die ihn um so seltener ergriff, je tiefer er seine Jugend vergrub, verlangte nach einem Ende. Und Herr George, der sich glücklich sein graues Haar kämmte, beschloß abzureisen.
Natürlich konnte er nur an einen Ort reisen, von dem er wußte, daß er dort einige Tage in Ruhe verbringen durfte. In der Stadt der Sommerfrischler, abgelegen in einer Bucht ohne Schiffe und ohne Docks, besaß Herr George eine Villa. Er hatte sie gleich nach seiner Heirat gekauft. Das Haus war sein erster erfüllter Wunsch. Er kam rechtzeitig am Bahnhof an. Von den ganzen Ereignissen, die sich an einem einzigen Morgen großartig überstürzt hatten, hatte er nichts erfahren. Von Cesare dachte er, daß jener bereits mit dem Zug, den die Zeitungen genannt hatten, in die Hauptstadt abgefahren wäre. Im Zugabteil traf er jenen affektierten und stotternden jungen Mann – und dann folgte Cesares Erscheinen und seine Offenbarung, mit jener aufregenden Mitteilung eines traurigen Schicksals, eines unverantwortbaren Schicksals und eines Schmerzes, dessen sich der Bibliothekar nicht ganz bewußt war. Sobald die Beichte im Speisewagen angefangen hatte, begann Herr George, fest daran zu glauben, daß dieser arme Mensch unfähig war, die steinerne Weite des Leidens abzuschätzen, in die er gefallen war. Jenes Hinauszögern der Erblindung, jene Rückkehr in das Licht wie für einen einjährigen Besuch, der Charakter der vorläufigen Ferien, die die Ereignisse dem Augenlicht gewährten, bewegten ihn weniger aufgrund der Tatsache an sich, sondern durch die Leichtsinnigkeit des Bibliothekars. Dieser schien die Reihe der Tage mit der gleichen Langsamkeit leben zu wollen wie der Rest der Menschen. Die Notwendigkeit der Beschleunigung, der Verdichtung spürte er nicht. Ein einziger Tick unterschied

ihn von der Normalität: die Nervosität, die Unfähigkeit, sich zu beherrschen und nachzudenken.

Doch dies waren neurotische Erschütterungen; sie verrieten nicht den lebhaften Schauder *der Augen*, des Lichts. Es waren Nerven, keine Tränen. So dachte aufgeregt und selbstgefällig Herr George die ganze Zeit der Beichte über. Und trotzdem wußte er nicht, was er glauben sollte, er konnte sich nicht entscheiden, seine Ehrlichkeit oder sein Geld dem neuen Fall zu widmen; ruhig wartete er ab, obgleich ihn das Warten des anderen erzittern ließ. Der intime und fortwährende Widerspruch war ihm nicht fremd.

Aber nachdem Cesare endgültig innehielt, verließ auch der andere Tischgenosse den Waggon, sobald die Lichter verfrüht angegangen waren und sich die Einöde an den Rändern des Himmels blau verfärbt hatte – den Direktor überwältigte ein tiefes Mitgefühl für den Mitreisenden, und er dürstete danach, seine Seele zu öffnen, jenem, der es zuerst und ohne Grund getan hatte. Das philosophische Interesse verlor in jener Minute seinen Glanz. Er spürte, daß die größte Wertschätzung der Enthüllung vor allem in der Tatsache bestand, daß es eine Enthüllung war.

In einer anderen Umgebung hätte er innegehalten, um die Ideen Harunis oder die amüsanten und ideenreichen Koinzidenzen zu kommentieren. Aber zu jener Stunde war Herr George weder Zeitungsdirektor noch ein fatalistischer Dilettant, sondern ein Mensch, der seine von Gefühlen übervolle Seele öffnete. Und so begann er, irgendwie verlegen aufgrund der Heuchelei, die er anfangs bei der Bekanntschaft mit Cesare an den Tag gelegt hatte, zu erzählen, warum und wie er in die Stadt gekommen wäre, wie er daran gedacht hätte, Cesare zu interviewen, ihm Gewalt anzutun, um die Wahrheit zu erfahren – wenn es eine gab – und mit all dem Geld zu machen, indem er die Ergebnisse seiner unerwarteten Nachforschungen mit Druckbuchstaben aufs Papier gebracht hätte. Herr George sprach hastig, keuchend, flüsternd, irgendwie gedemütigt durch das, was er getan und

gedacht hatte, in Angst, daß die Nachbarn sein Geheimnis hätten erraten können.
Herr George sah verändert aus, und er wußte nicht, warum er den Eindruck hatte, daß nicht er, der Direktor, sondern der schon längst überholte junge Mann sprach, jemand, der nach der Heirat erstickt worden war, der zusehends verschwunden war – so wie es jene nicht machen, die auf den Kontinenten jenseits der Meere und Länder verschwinden. Auch er sagte alles, von jenem fremden Gebot geleitet, das auch Cesare zum Reden verführt hatte. Ein Gefühl, das er menschlich genannt hätte, wenn es nicht auf so seltsame Art erschienen wäre, ein brüderliches Mitleid, noch mehr, eine organische, körperliche Notwendigkeit, in den Knochen und im Blut, *zu sprechen*, sich dem anderen zu öffnen, im anderen zu leben.
Vor den Augen Cesares, der gerade erwachte, erzählte er, wie er sich mit kaufmännischer Lust an dem Gedanken ergötzt hätte, das Rätsel jener drei zu lösen, und mit welcher Befriedigung, ja beinahe mit dem Gefühl des Ruhms, er das Interview mit dem blinden Bibliothekar vorweggenommen, mit welchem Scharfsinn er ihn ausgefragt und veröffentlicht hätte. Noch stärker war jedoch seine persönliche Neugier an dem Besuch, der sich unerwarteterweise in einen Urlaub verwandelt hatte. Vielleicht hatten ihn gewisse spekulative Instinkte, die sein Beruf noch nicht ausgetrocknet hatte, die sich aus der Lektüre und seinem »humanistischen« Geist heraus speisten, ihn dazu angespornt. Vielleicht... Er wußte nichts (er log unbewußt, indem er sich das eingestand; er log aus der Notwendigkeit heraus, sich mit dem Kern der Beichte zu arrangieren, aus einem inneren Rhythmus heraus, der sich seltsam einfach und menschlich gab). Aber er mußte Cesare all dieses sagen, damit er, der von Zufällen geplagte Bibliothekar, erkennen könnte, bis zu welchen ungeahnten Spitzen sich die Vorsehung erstreckte, die er Schicksal oder Koinzidenz nennen mochte. Ihre von den ganzen Girlanden der Offenbarungen und Innenschauen begleitete Begegnung

– bezeugte Herr George – wäre der letzte Beweis, daß Cesare das Spielzeug der Vorsehung war, obwohl er selbst es noch nicht verstand.
Zwischen jenen zwei Männern, die sich lange an einem Tisch aufhielten, war eine unaussprechliche Verbindung zu spüren, sie glich der unsichtbaren Verbrüderung von Zeugen angesichts eines Wunders oder einer Monstrosität. Ihre Gehirne wurden vom gleichen Staunen beherrscht, und vielleicht verbündeten sich die entsetzten Seelen aufgrund von Geheimnissen, die sich natürlich und endgültig enthüllt hatten. Deshalb wunderte sich Cesare nicht über das Bekenntnis des anderen, auch diese neu enthüllte »Koinzidenz« verwirrte ihn nicht allzu stark. Dieser Tag seines Daseins weitete sich krampfhaft aus, die Zeit mit soviel Intensität anfüllend, daß ihm der Morgen, als er mit dem Wagen zum Bahnhof gefahren war, beträchtlich weit zurückzuliegen schien, während seine Befreiung von der Dunkelheit – ungefähr vierzig Stunden zuvor – ihm wie die Erinnerung an einen Albtraum vorkam, über den Jahre hinweggegangen waren und auf den man Säulen errichtet hatte.
Zwischen jenen beiden entwickelten sich ehrliche und erschütternde Schwingungen. Dies beruhigte Cesare in gewisser Weise, weil es die Beziehung ausglich; aber es beunruhigte Herrn George. Trotzdem erlebten sie eine einzigartige und ungezwungene Stunde, als die Offenbarungen nicht mehr überraschten, sondern die vorangegangene Enthüllung vervollständigten. Ihre instinktive und unwahrscheinliche Annäherung entsprang einem seltsamen Zufall. Da er nicht zu erklären war, vermieden beide, ihm auf die Spur zu kommen und setzten ihre Bekenntnisse fort. Als Herr George seine Erzählung beendete, sprach Cesare, der bis dahin sich mit Zustimmungen zufriedengegeben hatte; er sagte nicht viel, ging nicht in die Tiefe; er redete, wie es zwischen unglücklichen Freunden üblich war, irgendwie tröstend, beschützend, demütig und verwirrt ...
Es dämmerte schon stark. Das Meer kam näher. Die Einöde

wurde immer sandiger, mit schräg erleuchteten Dünen in der Dunkelheit. Die beiden verließen den Speisewagen und kehrten in ihr Zugabteil zurück.

Herr George hatte galant die ganze Rechnung bezahlt, indem er eine Tausenderbanknote wechselte. Das weckte vielerlei Erinnerungen in Cesare. Ohne nachzudenken und ohne zu zögern, erzählte Cesare belustigt die Szene mit Julius, wie er ihm das ganze Geld geschenkt hatte, wie unsicher der Sommeraufenthalt für ihn wäre und wie er sich davor fürchtete, was die Städter von seiner Verrücktheit halten würden.

Diese frische Episode aus Cesares Karriere eines Don Quichotte alarmierte seinen neuen Bekannten ungemein. Herr George hatte für die Phantasie und die selbstlosen Taten Verständnis und schätzte diese, aber nicht wenn diese aus heiterem Himmel jemanden verarmten. Er versuchte, seinen Mitreisenden von dieser Wahrheit zu überzeugen, aber nicht geradeheraus, sondern indem er die Gefahren hervorhob, in die der andere Julius verstrickt hatte, als er ihm einen Reichtum vermachte, der über seine Kräfte ging. Mehr noch, fuhr Herr George fort, werde die Stadt von nun an schlecht über ihn reden, ihn wenn nicht für gänzlich verrückt, so doch für krankhaft freigebig, für manisch, für einen aus dem Sanatorium Entlaufenen oder Wichtigtuer halten. Die Masse hätte immer schon den Sinn fürs Gute pervertiert, weil ein Kollektiv unfähig wäre, ein individuelles Gut zu schätzen – nach Herrn Georges Philosophie. Aber Cesare war unaufmerksam, verlor sich in Gedanken.

Sobald er das Zugabteil betreten hatte, hatte er nach dem Koffer geschaut und lachte zufrieden, da er ihn in einer anderen Stellung vorfand. Er *wußte*, daß jemand versucht hatte, ihn zu öffnen, er hatte dies bereits geahnt, als er sich vom Tisch erhoben hatte, und es hätte ihn verwundert, wenn dem nicht so gewesen wäre. Bestimmt hatte jener stotternde Fremde ihn ausspioniert. Doch was hätte er schon in einem Koffer ohne Bücher, ohne Memoiren, sogar ohne Schreibpapier finden können, in einem armseligen, alten Koffer, der nachts in Eile mit frischer Wäsche von der Wirtin gefüllt worden war? Cesare kannte niemanden; er würde niemandem schreiben und auch keine Briefe empfangen. Noch nicht mal seine neue Adresse kannte er. Aber die Tatsache, daß er ausspioniert worden war, beschäftigte ihn weiterhin, und die Gedanken vermochten sie nicht aus der Welt zu schaffen.

Sein Schweigen machte Herrn George wirklich verlegen. Ob die Vorwürfe jetzt, nach der Stunde der Verbrüderung, an der Schwelle des Abschieds, unschicklich sein mochten? Das gerade enthüllte Räderwerk der Menschlichkeit drehte sich prompt in der Seele des Direktors. Er hatte Ferien in der Einsamkeit gesucht, ein Wochenende ganz allein in seiner Villa; begierig nach Komfort und Ruhe, nach meditativen, kühlenden Träumereien, mit Havannas und im Schlafanzug, wenn die Philosophie ihr Dornengestrüpp verliert und die Toleranz erblüht, süß und kosmisch. Aber anscheinend stand die Annäherung des dämonischen jungen, von Rätseln und Peitschenhieben gezeichneten Mannes, des Unbekannten, der sich versteckte und trotzdem jedem Menschen Absonderlichkeiten enthüllte, die einen wie ein Mord erstarren ließen, in Verbindung mit einer primordialen Verbrüderung, einer unnatürlichen Viper, die aus dem Hinterhalt beißt und Zauberkunststücke beherrscht. Nur so erklärte sich Herr George später die absurde Einladung, die er Cesare aussprach. Er redete von den unüberwindbaren Schwierigkeiten, in denen sich Cesare befand, und schlug mit einer Nachdrücklichkeit, die nur eine bewährte Freundschaft gerechtfertigt hätte, sofortige Hilfe vor.

»Seien Sie vernünftig und suchen Sie keinen Grund der Erniedrigung in der Hand, die ich Ihnen freundschaftlich und uneigennützig entgegenstrecke«, sagte Herr George schönrednerisch. »Es versteht sich von selbst, daß Sie nicht mal drei Tage von dem Geld leben können, das Ihnen geblieben ist, an Ihrem ersten Aufenthalt in der Sommerfrische...

Aber Sie werden in meinem Haus wohnen, solange es Ihnen gefällt... Es macht überhaupt keine Umstände, meine Frau wird erst im August kommen. Ich selbst werde nicht länger als eine Woche bleiben können. Verwandte von mir werden einen Teil des Sommers da sein... Nein, nein, es macht keinerlei Umstände...«

Cesare, der aus Verfolgungswahn glaubte, daß ein neuer Feind ihm auflauerte, sah im Angebot des Direktors etwas ganz anderes als Freundschaft. Wer wußte, ob es nicht ein neuer Trick ist? Wem konnte man schon vertrauen? Sobald er den Speisewagen verlassen hatte, ließ ihn eine irritierende, vielleicht vorwurfsvolle Verwirrung taumeln. Er ahnte, daß der junge Snob ihn ausspionierte. Und was ihm am meisten Sorgen bereitete, war das Gefühl, daß auch Herr George, mit dem er mädchenhafte Umarmungen ihrer entblößten Seelen austauschte, ihn verraten und Spott mit ihm treiben würde. Er konnte diese Vorahnung nicht verjagen und zögerte deshalb etwas.

Aber Cesare fehlte die Kraft zum Widerstand. Unfähig, den rechten Weg zu wählen, beschritt er jeden Weg, der ihn vermeintlich vorwärtsbrachte. Doch diese Willensaufgabe angesichts der Ereignisse beunruhigte ihn nicht weiter. Er hatte nicht den Mut, auf die Gegenstände zu verzichten, von denen er wußte, daß sie sich entfernten, sondern trug sie wirklich in seiner Seele herum, beschwor ihre Gegenwart und sehnte sich nach ihnen. Diese Schwäche rieb ihn um so mehr auf, da sie eine seiner letzten Entdeckungen war. Sie war seinem früheren Äußeren so fremd, daß Cesare versucht war zu glauben, daß alle Zustände, die seine Seele ausprobierte, weder die seinen noch die fremder Menschen waren, sondern einer grotesken, krankmachenden Vitrine angehörten, mit Skeletten und Masken, aus denen jeder, der den Faden des Lichts verloren hatte, Absonderlichkeiten oder Nippsachen wählen und mit sich herumtragen mußte, unter einem Licht herumtappend, das von dreihundertsechzig Tagen filtriert wurde.

Und so nahm Cesare halbherzig die Einladung an, Vorbehalte bezüglich der Dauer seines Aufenthalts als Gast äußernd. Aber er hatte nichts dagegen, Herrn George noch am selben Abend in seiner Villa am Meeresstrand Gesellschaft zu leisten. Seine Zustimmung gab er, als der Zug mit einer sanften, eisernen Müdigkeit im unbekannten Bahnhof anhielt. Die Gepäckträger stürzten auf den Gang. Herr George faßte Cesare am Arm, überquerte gutgelaunt den Bahnsteig und fand sogleich ein Auto. Es war schon tief in der Nacht und der Boulevard zum Kai fast öde. Die Passanten trugen Mäntel. Cesare schauderte leicht beim ersten Windstoß. Das Auto fuhr um den Hügel und sauste in Richtung Villenviertel.

Das Meer lehnte sich gehorsam an kalte Strände.

V. DER ERSTE TAG

Das Zimmer, in dem Cesare jene erste Nacht verbrachte, vermehrte noch den Schatz seiner Überraschungen, trug zur reichen Ernte weniger Stunden bei. Das Zimmer war gediegen und stilvoll möbliert, die einzigen Bilderrahmen umschlossen drei Holzschnitte. Beide Fenster, die bis zum Parkett hinunter reichten, öffneten sich zur Veranda in Richtung des Meeres. Sobald Cesare das elektrische Licht angeschaltet hatte, spürte er, daß ihm der Raum bekannt war. Das veranlaßte ihn zu einem ängstlichen Lächeln. Das krankhafte Gefühl vermeintlicher Wiedererkennung war ihm nicht fremd, wenn das erschöpfte Gehirn und die verödete Seele, die Zeit vertreibend, sich ausruhten und wunderbare und zugleich erschreckende Vorstellungen hervorbrachten, nämlich jene, daß die Szenerien und Orte, die sich jetzt auftaten, einem schon früher einmal bekannt waren. Er fürchtete sich vor seinen Nerven, und seine Angst, die sich durch so viele Krisen bewahrheitet hatte, verließ ihn nicht mehr. Doch Cesare verordnete sich selbst, an nichts mehr zu denken, sondern schlafen zu gehen. Hartnäckig lehnte er die Einladung des Gastgebers ab, ein benachbartes Restaurant aufzusuchen. Er nahm lediglich den parfümierten Tee und die Schachtel mit den englischen Biskuits an, aus der er zerstreut naschte, während er sich auszog.

Er war müde, wollte jedoch nicht schlafen. Trotzdem zog er sich hastig aus, trank seinen Tee im Bett, öffnete die Fenster und rauchte, in der Hoffnung, daß ihn der inhalierte Rauch berauschen würde.

Sein Schlaf wurde von kurzen Träumen zerrissen, aus denen er bestürzt für einige Augenblicke erwachte. Er traf Haruni und den jungen Stotterer, die mathematische Diskussion stellte sich als Kartenspiel heraus, danach hörte er es knallen. Aber er merkte sogleich, daß er sich getäuscht hatte; das Knallen war nur ein Pochen an die Tür Harunis; jemand wollte eintreten. Haruni erhob sich vom Tisch, nahm das Päckchen mit dem Kartenspiel, das sich lediglich als Wundverband erwies, und öffnete die Tür. Dr. Weinrich erschien mit einem grauenhaft entsetzten Gesichtsausdruck und stürzte auf Cesare zu, ihn »Schwester« nennend und undeutlich sprechend. Alle waren aufgeregt. Haruni fragte nach Fräulein Melania, Cesare protestierte, während er rot anlief. Es folgten verschwommene Szenen, wie sie für Träume typisch sind. Jemand meldete ihm, daß es wirklich geknallt hätte, da sich Manuel umgebracht hätte. Haruni fing an zu lachen, entschuldigte sich, weil er eine dringende Verabredung hätte, deutete auf die Uhr und verließ den Raum, indem er bemerkte, daß »Manuel die Partie verloren« hat...

Die Träume rissen ab und knüpften sich neu. Aber am Morgen zerstreute er sie mit Erfolg. Als er ungewöhnlich gutgelaunt erwachte, erklärte er sich belustigt das krankhafte Gefühl während der letzten Nacht: Das Zimmer besaß eine gewisse, wenn auch nur oberflächliche, Ähnlichkeit mit jenem aus der Rue Nicelle. Es handelte sich lediglich um einen Eindruck.

Er begann sich anzukleiden und fand eine ungeahnte Freude beim Aussuchen der Krawatten, gleichzeitig ärgerte er sich ein wenig über die Ärmlichkeit seiner Garderobe. Er wählte jugendliche Farben aus, begutachtete aufmerksam sein Gesicht im Spiegel und zündete sich eine Zigarette an, glücklich darüber, daß er noch jung aussah, den dunklen, von der Lektüre herrührenden Ringen unter den Augen und den ergrauten Schläfen zum Trotz. Der Gastgeber klopfte leise an die Tür.

»Demnach haben Sie sich nicht erschossen?« sagte Cesare lachend, ihm einen guten Morgen wünschend.

»Wer?« fragte jener.

»Oh! Ein gewisser Manuel aus meinem Traum... Stellen Sie sich nur vor, was für einen Kriminalroman ich heute nacht geträumt habe...«

Er erzählte ihm den Traum. Beide lachten fröhlich und gingen zum Fenster, um das Meer zu betrachten. Cesare versuchte, seine Eindrücke nuanciert auszudrücken, ein schwieriges Unterfangen angesichts seines geradlinigen Satzbaus und seines technischen Vokabulars. Er ertappte sich dabei, Worte zu wiederholen – fast in jedem Satz sagte er »wirklich«, »ödipal«, »unlösbar«, und das irritierte ihn. Sich seinem Gastgeber zuwendend, versuchte er aus dem Stegreif eine Analyse der menschlichen Äußerungen, indem er seinen Bekannten davon überzeugen wollte, daß der richtige Ausdruck der ersten Erkenntnisse, der ersten Wahrnehmungen und vor allem jeder Erfahrung mit offenbarendem Inhalt äußerst selten sei.
»Kommen Sie zum Tee«, unterbrach ihn Herr George höflich. »Wenn Sie wollen, erzählen Sie mir von Sappho, denn das Meer, so wie es ist, mit seinen Wellen und seinem Strand, kenne ich seit meiner Kindheit ...«
Cesare willigte glücklich ein. Er spürte einen sprachlichen Widerstand bei jeder Mitteilung, die über seinen Wortschatz hinausging, und freute sich über die Ehrlichkeit Herrn Georges.
»In einem gewissen Sinne bin ich ein Balte«, fuhr jener fort, als er den Gast in ein wunderbares Eßzimmer führte. »Das heißt, daß meine Vertrautheit mit dem Meer von einem natürlichen Aufstieg herrührt, von süßem zu bitterem Wasser. Aber die natürlichen Aufstiege, ich glaube, Sie haben es auch bemerkt, sind kreisförmig, es sind also gar keine Aufstiege. Deshalb habe ich mich immer wieder erstaunt bei der Frage ertappt, warum es keine Enten auf den Wellen gibt.
Sie schätzen meinen sumpfigen Ursprung, nicht wahr ...? A propos, wenn Sie die Eier sehr weich bevorzugen, werden Sie enttäuscht sein. Mein Koch ist erst vor einer Stunde zur Arbeit gekommen und hat alles nach dem gewohnten Ritual vorbereitet, für mich und für Frau George ...«
Cesare bedankte sich eifrig mit freundlichen Worten, niemals zuvor habe er derart schmackhaft zubereitete Eier gegessen.

Der Tee ging zur Neige, die beiden Männer unterhielten sich lange und ehrlich mit jener dezenten Frivolität, wie sie den Morgenstunden zu eigen ist. Während er Cesare die Schachtel mit den türkischen Zigaretten anbot, wählte sich der Gastgeber eine Havanna aus, roch lächelnd an ihr und biß ihr den Kopf mit den Zähnen ab, all diesen Einzelheiten eine erprobte, unverbrauchte Wollust verleihend. Mit einem Stoß von Zeitungen und einem Vorrat an Zigaretten trat er auf die Veranda hinaus.

»Nein, nein, setzen Sie sich auf die Chaiselongue! Ich selbst kann nur auf der Bank glücklich sein. Meine Frau macht sich sogar einen Spaß daraus, mich Gymnasiast oder Führer zu nennen ... Es ist eine dumme Angewohnheit, aber da die Frau nicht hier ist ...«

Er atmete eine erstaunliche Menge parfümierten, schweren Rauches ein, den er mit Verspätung und Bedauern qualmend wieder ausstieß.

»Es ist seltsam ... Sehen Sie nur einen wirklichen und sichtbaren Einfluß der Literatur. Soll ich Ihnen sagen, wie ich ein süchtiger Zigarrenraucher geworden bin? Indem ich Thomas Manns Roman *Der Zauberberg* gelesen habe, meinem Anspruch nach ein mittelmäßiger Roman, der aber die beste Seite über die Zigarren enthält, ›Maria Mancini‹, lyrisch und ansteckend ... Früher konnte ich die Zigarren nicht ausstehen. Ich habe das Buch im Zug zwischen Innsbruck und Zürich zu lesen angefangen. Nach einer Stunde hätte ich zehn Franken für eine ›Maria Mancini‹ gezahlt. Nach zwei Stunden spürte ich, daß ich nervenkrank würde. Glücklicherweise rauchte ein neuer Nachbar Zigarren, keine ›Maria Mancini‹, aber immerhin ... Es war drollig, wie ich mich vorgestellt und eine verlangt habe. Ab Zürich begann also meine Karriere als Raucher ...

Meine Frau, die eine unangenehme Mathematikerin ist, hat ausgerechnet, daß ich ein Vermögen verraucht habe, etwas mehr als diese Villa ... Aber, ich glaube es Ihnen schon gesagt zu haben, ich mache mir nichts aus der Mathematik ...«

Das Gespräch wurde von biographischen Details und dem Humor des Gastgebers bestimmt und von gelegentlichen Abschweifungen Cesares in eine Wirklichkeit, nach deren Sprache er suchte. Das Meer stand still, magisch, nur wenige Meter vor dem Villenweg. Cesare betrachtete es mit einem Erstaunen, das weder Neugier noch Hypnose verriet, vielmehr eine Bewunderung für die Weite dieses flüssigen Elements, das alle verherrlicht hatten, sogar die Griechen.
›Was für ein grenzenloser Kelch die Seele doch ist‹, philosophierte Cesare, ›und wie viele Arme und Saugnäpfe sich hungrig in diesem menschlichen Behälter umeinanderwinden – und wie schnell sie hervorsprudeln und flattern, sie heften sich an jede Wand, sie finden ihr Gleichgewicht in jeder Stellung und sei sie noch so verdreht, und immer suchen sie den guten Willen, die Versöhnung mit sich selbst und mit den anderen. Wie bequem und vertraut man sich doch auf dieser Veranda fühlt. Wie dauerhaft sich die Welt erweist, jene Objekte dort draußen‹, die er aus Furcht, sie animistisch zu beseelen, nicht als »Natur« bezeichnete; ›und wie unbeständig die Beziehung des Menschen mit den Objekten doch ist, wie viele peinliche Abweichungen, wie viel Zeitverlust und Verschwendung von Nerven, nur weil die Vorstellung sich verdunkelt, das Licht verlischt, von Zeit zu Zeit geht es mit dem Ruf der Scheinwerfer wieder an, um dann, vielleicht für immer, zu verlöschen.‹
»Schauen Sie nur, etwas, das Sie interessieren dürfte«, sagte der Gastgeber und streckte ihm eine Lokalzeitung entgegen. »Sie bringen interessante Sachen über Sie ... Es würde mich wundern, wenn Sie sie kennen«, fügte er belustigt hinzu, den Zigarrenstummel über das Geländer der Veranda schnippend.
Cesare las eineinhalb Spalten mit einem gewissen Interesse, war aber mehr durch den geheimnisvollen Ton des Artikels als durch seine Ungenauigkeiten irritiert. Es handelte sich eher um eine Parodie der letzten Ereignisse, um Interviews mit Fräulein Marta, mit dem Bürgermeister und mit Julius.

An dieser Stelle der Lektüre wurde Cesares Herz von Panik ergriffen. Ob der Pförtner ihnen wohl seinen Wahnsinn enthüllt hat? Er las die Zeilen, während er sich bemühte, seinen Atem zu beruhigen. Seinen Kopf stützte er auf die Lehne des Sessels. »Oh! Julius, Julius! Sein Instinkt und seine Verschwiegenheit... Der Alte hatte nichts gesagt, er hatte geschwiegen, hatte die Danksagungen für sich behalten, die Überraschung versteckt.« Cesare begann, die Diskretion und das menschliche Gefühl der Würde zu rühmen. Herr George hörte ihm äußerst interessiert zu.

»Enthüllungen akzeptiere ich nur zwischen zwei Menschen«, fügte Cesare hinzu. »Es ist ein irrationaler Augenblick, den das Gehirn dank der gegebenen Umstände hinnimmt und dann, mit sieben Schlössern versehen, an die Seele weitergibt.«

»Demnach glauben auch Sie an die Seele?«

»Nein, nein, wahrscheinlich nicht, ich habe nie darüber nachgedacht. Aber es ist nur eine verbale Anleihe... Was wollte ich sagen? Daß jedes Ausplaudern von gehörten Geheimnissen ein Verbrechen, eine Sünde ist. Das Wesentliche fehlt: der Augenblick. In Abwesenheit dieses panischen oder lyrischen Augenblicks hätten nicht mal die beiden einander etwas enthüllt. Es ist peinlich, sich bloßzustellen. Übrigens habe ich gehört, daß selbst Liebende nur nachts ihre Körper entblößen.«

»Nicht immer«, bemerkte Herr George nachdenklich.

»Letztendlich ist das nicht von Bedeutung... Ich wiederhole, das Ausrufen eines Geheimnisses in aller Öffentlichkeit, eines Eigentums, einer Niederlage ist die Handlung eines Nervenkranken oder eines Emporkömmlings. Das Bekenntnis an sich ist eine große Schwäche, ein moralisches und nervliches Unvermögen, aber es wird von Umständen provoziert, auf die wir keinen Einfluß haben. Doch das *Veröffentlichen*, das Veröffentlichen ist schauderhaft... Ich weiß nicht, wie ich mich ausdrücken soll: diese idiotische Krankheit, alles zu sagen, alles zu schreiben, ob geschehen oder

nicht ... Und wozu das alles? Wegen eines Aberglaubens: der literarische Ruhm; wegen einer Last: das Geld – weshalb denn sonst?«
»Hm! Gut gesagt«, bemerkte Herr George wieder, immer nachdenklicher werdend.
Cesare faltete die Zeitung zusammen und reichte sie mit Dank wieder zurück. Herr George bedankte sich seinerseits, als er die Streichhölzer bekam. Beide hingen ihren Gedanken nach und blickten aufs Meer. So verging ungefähr eine Viertelstunde, die für Cesare wollüstig, für Herrn George aber unklar war.

*

»Und Sie wollen nichts aus Sappho rezitieren?« fragte der Gastgeber lebhaft. »Ich verstehe nicht einmal eine Silbe griechisch, aber der Sapphismus bezaubert mich; er ist anmutig und rein, irgendwie asexuell, auf jeden Fall hermaphroditisch, und ich vermute, daß auch in den eindeutigsten Spasmen die Körper ihr schlängelndes, luftiges, jugendliches Gleichgewicht nicht verlieren.«
»Haben Sie ›Sophismus‹ gesagt?«
»Nein, wie konnte ich nur? ›Sapphismus‹.«
»Ah ...!«
Er schwieg verwirrt, als hätte er sein Gedächtnis gequält.
»Was glauben Sie?« fragte Herr George voller Neugier.
»Um ehrlich zu sein, ich erinnere mich nicht genau an das Wort. Es kommt von Sappho nicht?«
»Genau. Es ist, wie soll ich es sagen? Liebe, nein, vielmehr eine erotische Beziehung zwischen ... Mein Gott! Haben Sie niemals von Sapphismus gehört?«
»Wahrscheinlich habe ich davon gehört, aber ich habe nie darüber nachgedacht.«
»Darüber muß man doch nicht nachdenken!« protestierte Herr George offenkundig belustigt. »Es ist ... zwischen Frauen ... Wie soll ich sagen?«

»Oh! Der Platonismus, ich weiß!« ging Cesare ein Licht auf.
»Keinerlei Platonismus, mein Herr!« protestierte wiederum Herr George, dieses Mal ein bißchen irritiert über die Unwissenheit des Bekannten und enttäuscht darüber, daß dessen hellenische Bildung keine neuen Stücke seinem Museum aus Kuriositäten und erotischen Anekdoten hinzufügen konnte.
»Wenn es kein Platonismus ist... Um ehrlich zu sein, ich habe mehr auf dem Gebiet der Lexikologie und Papyrologie gearbeitet, wie Sie wissen, habe mir beizeiten das Thema eingeschränkt... Ich habe vor allem mit Abschriften von Palimpsesten zu tun gehabt, Sie wissen ja, eine Zeitlang mit der alexandrinischen Hagiographie und zuletzt mit Johannis Scholasticus...«
»Es ist unglaublich! Aber es ist nicht notwendig, ein Hellene zu sein, um die Bedeutung des Worts Sapphismus zu kennen, auch wenn sie ihn nicht praktizieren, *auch wenn Sie ihn nicht praktizieren*«, wiederholte Herr George mit Betonung.
»Was sollte ich praktizieren?«
»Genau das ist unmöglich...«
»Ah...!« wunderte sich Cesare, halb verständig.
»Es ist eine Perversität, es ist alles mögliche, aber es ist sublim, natürlich nur im künstlerischen Sinne gesprochen. Stellen Sie sich nur die weiße oder kupferrote Girlande vor, aber wenn sie braun ist, verstehen Sie mich? Braun und jugendlich. Was glauben Sie?«
»Schön«, bestätigte Cesare wiederum ratlos.
Eine unschuldige Schüchternheit kündigte ihm an, daß die »Girlanden« nicht im literarischen Sinne zu verstehen wären, aber er genierte sich, nachzufragen. Ein einzigartiges Paradoxon, Cesares Reinheit und Unschuld in bezug auf alles Anatomische, auf die Physiologie oder die erotische Poesie – sie wurden in eine gediegene Würde gehüllt, ohne alle Ästhetik, ohne jede Qual, eine Würde und Distanz, wie jede Haltung, die von einer vollkommenen Gleichgültigkeit ange-

sichts des Gegenstandes geprägt wird. Über die Sexualität wußte er nur soviel, wie es für Hygiene und Zoologie notwendig war. Der Rest hatte ihn nicht interessiert, genauso wie eine Reihe anderer Dinge nicht, an denen die Zeitgenossen zugrunde gingen. Er war weder frigide noch pervers noch lasterhaft, sondern ein Mann, der erfolgreich die Krisen der Pubertät überwunden hatte, weil er es verstanden hatte, den Versuchungen aus dem Wege zu gehen und seine Lektüre richtig auszuwählen. Er war ein reiner Mann, und diese Eigenschaft mußte gegen jede medizinische oder journalistische Anschuldigung verteidigt werden.
Vielleicht war es nicht das erste Mal, daß er einem Gespräch über Sexualität beiwohnte, aber bestimmt hatte er noch nie ganz *allein* vor einem Rätsel gestanden. Er, der sich seine Meditationen mit der natürlichen Gewissenhaftigkeit auswählte, daß er jene Rätsel beiseite schaffen würde, die ihn nicht interessierten, die »nicht die seinen waren«. Deshalb stellte das Gespräch, mit dem ihn der Gastgeber belagerte, in einem gewissen Sinne eine Schwierigkeit und ein Attentat auf seine männliche Ernsthaftigkeit dar. Herr George begriff das, fuhr aber trotzdem mitleidslos fort.
»Bitte, verstehen Sie, wie es geschieht...?«
»Ich ahne es«, erniedrigte sich Cesare. »Also eine übertriebene, romantische Freundschaft... Ich halte nichts vom Romantizismus... Er ist epidemisch, und ich...«
»Nein, nein, kommen Sie zum Thema zurück. Sie sagten, daß es schön wäre; warum? Die Leute sagen, es wäre pervers. Daß wir uns verstehen... Aber erzählen Sie mir zuerst, was Sie vom Sapphismus halten...«
»Ich... Wahrscheinlich haben auch Sie nichts davon gesehen. Das war zu einer Zeit, als Sappho lebte...«
»Unglaublich! Dann haben Sie nichts begriffen. Der Sapphismus, wie soll ich mich ausdrücken? Wissen Sie, im Pensionat...«
»Was im Pensionat?«
»Vielleicht verstellen Sie sich, um mich zu ärgern. Aber, ver-

zeihen Sie mir, Sie verstehen mich nicht; ich bin ein neugieriger Alter, furchtbar neugierig, vor allem, was Fremde anbelangt. Obwohl Sie selbst kein Fremder mehr für mich sind, habe ich Sie schließlich erst gestern kennengelernt. Ich scheue mich nicht, Sie zu fragen... Aber ich bitte Sie, hören Sie auf, sich zu verstellen...«

»Ich glaube, alles gesagt zu haben, was ich weiß...«

»Aber Sie wissen überhaupt nichts, ich versichere Ihnen, daß Sie *nichts wissen*«, wiederholte Herr George.

»Wahrscheinlich interessiert es mich dann auch nicht«, schloß Cesare philosophisch.

»Aber wieso denn? Es ist eine der brennendsten Tatsachen. Haben Sie nichts von dem Prozeß des Kapitäns im letzten Jahr gehört? Wir leben in einer verschwommenen Zeit«, theoretisierte Herr George. »Gerade im Interesse der Keuschheit ist das Studium der Perversitäten eine Pflicht.«

»Ich habe über diese Sachen niemals nachgedacht, ich fürchte, daß ich nichts darüber sagen könnte.«

»Aber Sie müssen gar nicht darüber nachdenken, ich wiederhole es, das sind keine *Probleme*, das sind Dinge, die man einfach weiß, die zum unverzichtbaren Gepäck jedes Menschen gehören, der in der Zivilisation dieses Jahrhunderts lebt.«

Cesare stockte verwirrt; der Gastgeber erwähnte den »kultivierten Menschen«, und vielleicht zielte er auf ihn ab. Eigentlich war dieser Begriff in seinem Bewußtsein, vor allem jetzt, äußerst vage. Er wußte nicht, was Kultur bedeuten könnte, wenn das Material der psychologischen und sexuellen Perversionen dafür unverzichtbar wären. Erneut versuchte er, den Gesprächsgegenstand zu wechseln, doch Herr George war allzu erregt und allzu beharrlich.

»Nicht nur das«, ergriff er wieder das Wort. »Wie können Sie die sapphische Poesie schätzen, wenn Sie nicht die Motive kennen, die sie hervorgerufen haben? Es ist absurd...«

»Im allgemeinen schätze ich die Poesie nicht«, verteidigte

sich Cesare. »Und wenn Sappho nicht auf Griechisch geschrieben hätte, hätte ich nicht einmal ihren Namen behalten. Oh! Wenn nicht eine Frau Poet gewesen wäre, sondern ein Antiquar, ein Glossograph, irgendein Name...«
»Haben Sie jemals ihre Gedichte gelesen?«
»Vielleicht, auf der Universität. Bestimmt habe ich von ihr gehört, glauben Sie nicht, daß... Doch die Dichter lese ich vor allem wegen ihres Wortschatzes. Sie sind sehr nützlich und tragen stark zur Aneignung des Geistes einer Sprache bei; außerdem ist die Dichtung, grammatikalisch betrachtet, ein wahrer Schatz... Jetzt interessiert sie mich aber auch vom grammatikalischen Standpunkt her nicht mehr. Ich bin ein Abtrünniger, Sie wissen ja...«
»Aber hier ist nicht von Grammatik die Rede, sondern vom Leben, von Liebe, von Sex, von *allem*...«
»Sicher, sicher«, stimmte Cesare gemächlich zu. »Auch ich selbst hege Zweifel an meinem früheren Leben. Ich habe mich stark verändert. Es ist so viel mit mir geschehen... Als ich das Sanatorium verlassen habe, war ich körperlich und seelisch vergiftet. Ich wäre von der Erde fast ins All gesprungen, ungefähr so war ich, kriegerisch, dionysisch, ergriffen von einer Art mediterraner, eroberungssüchtiger Raserei, schwer zu sagen, weil ich mich seither verändert habe. Das Unglück ist, daß ich mich von Stunde zu Stunde verändere; ich selbst weiß nicht, wie das vor sich geht. Etwas ist mit mir geschehen, bestimmt ist etwas mit mir passiert. Ich finde meinen Platz nicht mehr, ich weiß nicht, was ich will, und unzufrieden bin ich auch. Oh! Bestimmt habe ich mich verändert...«
»Also *incipit vita nova*... Aber wenn Sie sich verändern, müssen Sie sich doch die unerläßlichen Kenntnisse der Zeit aneignen. Und ich fürchte, daß Ihnen viele fehlen, wenn Sie normale Dinge, wie den Sapphismus ignorieren...«
Herr George erklärte, was Sapphismus war, klar und deutlich, mit Überlegenheit und einer gewissen Pedanterie, um seine Anekdoten einschränken zu können – aber er erklärte

alles, mit medizinischen Begriffen und mit würdevollem Gesicht, ungeachtet der panischen Hemmungen Cesares, belustigt über das Rotwerden dieses vorzeitig ergrauten Mannes. Er sprach die Fachbegriffe mit der Begeisterung eines jungen Arztes aus und überprüfte grimmig, ob Cesare diese auch verstand. Herr George wurde von einem starken Hunger nach wissenschaftlichen Schweinereien, nach geschlechtlichen Dingen in steriler Sprache ergriffen – und vor allem angespornt, den keuschen Gast an seiner Seite im Dreck herumzuwälzen, jedes Geheimnis auszubreiten, jede Spur von Anstand zu vernichten; ein vulgäres Gefühl, das man auch von den Freundschaften her gut kennt, die die Pornographie gestiftet hat, wenn jemand einen anderen »du« nennen darf, weil er ihm eine Bordellszene erzählt oder ihm die Überraschungen der ersten erotischen Erfahrung enthüllt hat.

»Wenn das Sapphismus bedeutet«, brach es aus Cesare mit einer ungewöhnlichen und ehrlichen Heftigkeit hervor, als der Gastgeber sich gerade eine neue Havanna anzündete, »wenn das alles ist, dann bin ich ja froh, daß ich es ignoriert habe. Es interessiert mich nicht. Selbst wenn ich mich völlig verändert habe, selbst wenn ich davon überzeugt bin, daß mein Dasein als Archivar in einem gewissen Sinne falsch und ungenügend gewesen ist, kann ich trotzdem nicht die Notwendigkeit solcher Schweinereien und krankhafter psychologischer Interessen akzeptieren, die Sie für den modernen Menschen als unverzichtbar erachten ... Es ist richtig, daß ich niemals wieder in einer Bibliothek arbeiten werde. Ich bin in die Welt hinausgezogen; vielleicht werde ich weit herumkommen oder mich wartend irgendwo ansiedeln. Das ist nicht von Bedeutung ... Doch in der Welt gibt es noch so viel zu erobern, zu erforschen und zu genießen. Warum also nur Frauen und weibliche Krankheiten? Auch wenn ich die Bibliothek verlassen habe, sollte es in der Welt außer Sex nicht noch anderes zu erkunden und zu sehen geben? Als ich mir die Flucht tatsächlich wünschte, spürte ich große Dinge, aber ich erinnere mich nicht, dabei an Frauen gedacht zu haben.

Ich sah die Welt vorbeiziehen, Meere und Länder, Menschen verschiedenster Art, die Schätze, wertvolle Schätze mit sich herumtrugen... Ich sah so viele Türen, so viele Schlösser, so viele Mauern, so viele Wege voraus«, fuhr Cesare erregt und pathetisch fort. »Wenn ich ›Welt‹ sage, verstehe ich darunter nicht nur die Stadt mit elektrischer Reklame, mit Bars und Bordellen. Ich sehe Wahrsager oder Heldenepen, ja *Epen*, und in gewisser Weise bin auch ich wie ein Ritter losgezogen; meine Seele war damals angefüllt mit dem Mittelalter...«

Herr George wurde wieder nachdenklich. Er rauchte mit einer zerstreuten Befriedigung, scheinbar mit den geheimnisvollen, unvermuteten Verflechtungen von Cesares Bekenntnissen beschäftigt. Jener fuhr damit fort, sich zu erklären, sich zu untersuchen, hingerissen von dem seltenen Gefühl der Wertschätzung seiner Seele. Man hätte sagen können, daß er seine ganze innere Struktur und die Instinkte, die sie webten, klar erfaßte, und er beeilte sich, sie auszudrücken, sie zu spiegeln, sie zu fixieren, solange die Offenbarung andauerte...

Der Mittag nahte, als die beiden Freunde ihr langes Gespräch unterbrachen, indem Herr George die Zeitung durchblätterte und der andere seinen Blick am Horizont ruhen ließ. Er fragte sich selbst, ob all das, was er gesagt hatte, für seine wandelbare Seele immer noch gültig wäre – und er wunderte sich, wie er sich derart radikal und organisch hatte verändern können, daß er mit solcher Klarheit sein früheres Wesen überdenken konnte.

Um halb zwölf bat der als Dienstbote gekleidete Koch sie zum Mittagessen. Herr George plante einige Besuche in der Stadt – selbstverständlich keine geschäftlichen – und beraumte die Mahlzeit etwas früher an. Der Bursche bediente korrekt und zog sich zurück, nachdem er den Kaffee auf der Veranda serviert hatte. Herr George zeigte sich unruhig und mundfaul. Die vierte Havanna wurde mit einem kurzen Ritual angezündet. Dagegen fühlte Cesare sich äußerst gutgelaunt und erquickt, wenngleich mit einer süßen Schläfrigkeit in den Gliedern. Sobald die Kaffees ausgeschlürft waren und Herr George auf die Uhr geschaut hatte, trennten sich die beiden; Cesare, um an den Strand hinunterzugehen, der andere, um sich auf die Besuche vorzubereiten.

*

Sie wollten sich erst zur Teestunde wieder treffen.
Cesare stieg ohne Hut zum Strand hinunter. Da waren wenig Leute; einige Familien mit vielen nackten und lärmenden Kindern. Die Mütter lasen Romane unter weißen und roten Schirmen. Die sich bräunenden Herren spielten Schach auf dem Sand. Nur wenige Begeisterte schwammen weit hinaus, dorthin, wo das Wasser sich blau färbte.
Der Eindruck grenzenloser Durchschnittlichkeit. Er kaufte sich eine Zeitung, um seinen Kopf vor einer Sonne zu schützen, die ihm von der Bibliotheksstadt her unbekannt war. Er suchte sich eine Stelle, wo er sich ausruhen und nach Wunsch auf das Meer blicken konnte und wo er auch hätte schlafen können, wenn er es gewünscht hätte. Und tatsächlich fand er einen angenehmen Platz, mit festgetretenem Sand als Kissen. Gedankenlos legte er sich hin. Er faltete die Zeitung zu einem Helm und grub sie zur Hälfte in den Sand ein, um sie nicht mit den Händen halten zu müssen. Die Brise war leicht und warm. Er legte seine Jacke ab und fragte sich, ob es auch erlaubt wäre, sich die Schuhe auszuziehen. Warum nicht? Die Herren dort waren fast nackt. Cesare atmete erleichtert auf, legte seine Jacke neben die Schuhe und begann, mit Genugtuung das Meer zu betrachten. Grünes und weißes Wasser, ohne allzuviel Schaum, ohne Ränder, wahrscheinlich rein und salzig. Angesichts des Meeres spürte er weder die Nostalgie des Vergehens noch die Last der Nichtigkeit. Er untersuchte das Meer, zur Hälfte eingenickt, und machte sich selbst den Vorschlag, entweder einen Gegenstand zum Nachdenken zu finden oder, falls ihm dies nicht gelänge, einzuschlafen. Auch plante er einen Mittagsschlaf, bei dem er

das Geld in der oberen Tasche aufbewahrte und die Jacke dergestalt hinlegte, daß, wenn jemand versucht hätte, es zu stehlen, er sofort erwacht wäre. Nach einigen Minuten schlief er, wie er es für gut befunden hatte, in einer strategisch günstigen Stellung ein.

Als er erwachte, schaute er sogleich nach der Sonne; vielleicht war es drei Uhr nachmittags. Er hatte stark geschwitzt; seine Jacke war zerknittert, er selbst verstimmt, und seine Knochen schmerzten. Gähnend streckte er die Arme aus und betrachtete dabei seine irgendwie skelettösen und roten Füße. Gerade in dieser Haltung überraschten ihn zwei Frauen im Badeanzug, die weiße Hüte und Säckchen mit Büchern, Thermosflaschen und Brötchen trugen. Cesare sah das alles erschrockenen Blickes und erkannte mit grausamer Deutlichkeit die peinliche Stellung, in der er sich befand.

»Oh!« wunderte sich eine der beiden verärgert, indem sie französisch sprach. »Was für ein Pech! Ausgerechnet unsere Stelle ...«

»Verzeihen Sie bitte«, entschuldigte sich Cesare besorgt, um so mehr, als ihm das Gesicht des anderen Fräuleins bekannt vorkam.

Das erste Fräulein antwortete nicht und schickte sich an, eine andere Stelle zu suchen. Auch Cesare bereitete sich vor, wegzugehen, wenngleich er schrecklich verwirrt war und nicht wußte, was er zuerst anziehen sollte, die Jacke oder die Schuhe. Er versuchte, seine Schuhe unter der Zeitung und seine Füße im Sand zu verstecken. Seine panischen Blicke entdeckten aufgekrempelte Hosen mit verzogenen Bügelfalten. Er wähnte sich voller Sand, mit nassem, ungekämmtem Haar, wahrscheinlich voller Flocken und wer weiß was für anderem Strandunrat.

Diese unbequeme Situation wurde auf angenehme Weise von dem zweiten Fräulein gemeistert, die sich ohne Scheu Cesare näherte und ihre Begleiterin auf französisch beruhigte.

»Den Herrn kenne ich aus dem Zug. Wir sind mehr oder weniger im Speisewagen zusammengekommen. Ohne uns einander vorzustellen, ist es nicht besser so? Adrianne, du kannst dich hierher setzen, und wenn der Herr seine Jacke beiseite legt... Oh! Es ist ausgezeichnet, ausgezeichnet... Nur keine Umstände...«

›Wie sagt man um Gottes willen – wäre es nicht besser zu gehen – auf französisch?‹ fragte sich Cesare, der seine Pariser Jahre zu vergessen begonnen hatte. Doch die beiden Fräulein, von einem einsam verbrachten Vormittag wahrscheinlich gelangweilt, ließen ihm keine Zeit zum Überlegen, weil sie sich bequem hinsetzten, ihre Schuhe von sich warfen und aufhörten, miteinander französisch zu sprechen.

»Wie lange werden Sie am Meer bleiben?« fragte interessiert das Fräulein aus dem Zug, indem es sich die Locken richtete.

»Ich weiß es selbst auch nicht«, versuchte Cesare korrekt zu antworten... »Aber vielleicht störe ich Sie, nicht?«

»Im Gegenteil, im Gegenteil. Wir waren schon nahe daran, uns zu langweilen, obgleich Adrianne eine wunderbare Freundin ist... Weder Bekanntschaften noch Chancen für einen Tanz... Ich würde verrückt werden, hier allein auf die Saison zu warten! Tanzen Sie?«

»O nein!« entschuldigte sich Cesare wieder.

»Vielleicht haben Sie einen Grund dafür?« versuchte das Fräulein, das auf den Namen Maura hörte, das Gespräch anzuregen.

»Es wird warm«, bemerkte die andere nachdenklich.

»Wie auch immer, hier gibt es eine Brise«, beteiligte sich auch Cesare. Dann schwieg er. Wiederum ergriff Maura das Wort.

»Wenn Sie erlauben, würde ich Sie gern etwas fragen. Wir haben das Thema heute morgen an dieser Stelle bereits erschöpft. Das Thema macht im übrigen seine Runde, es ist ein Wahnsinn; es handelt sich um die äußerst originelle Umfrage aus *Le Journal*: Wenn Sie für ein Jahr allein bleiben müßten, ganz und gar allein, welche fünf Bücher würden Sie zur Unterhaltung auswählen? So lautete ungefähr die Frage.«

»Fünf Bücher?«
»Nicht mehr. Darin besteht der ganze Reiz; nur fünf Bücher, für ein Jahr, und es könnte das letzte sein, ein *anno domini* sagen wir...«
»Ah...!« wunderte sich Cesare.
»IchhabedieBibel,Hafiz,das*Heptameron**,*Zadig***und*Faust* ausgesucht. Oh, die Frau! Stellen Sie sich vor, sie hat nur Shakespeare gewählt, und nicht einmal das Beste.«
»Shakespeare ist sublim, ist unübertroffen. Glauben Sie nicht?«
»Ich kenne ihn wenig, ich habe ihn fast vergessen«, entgegnete Cesare ruhig.
»Ist das die Möglichkeit? Was haben Sie von Shakespeare gelesen?«
»Hamlet, glaube ich, und jene Komödie aus Venedig, mit dem Geizhals...«
»O weh...!«
»Oh! Adrianne, hör mit diesen Ausrufen auf! Der Herr ist vielleicht nicht so anglophil wie du. Aber was halten Sie von der Bibel...? Ich habe sie ausgewählt, weil ich dort alles finde, und wenn man in der Einsamkeit eine religiöse Krise haben sollte, beruhigt sie einen... Hab ich nicht recht?«
Cesare war augenscheinlich verwirrt, aber mit seiner (zum Himmel schreienden) Unfähigkeit, zu lügen oder die Dinge zu vertuschen, konnte er nichts als die Wahrheit sagen.
»Um ehrlich zu sein, mit der Bibel kenne ich mich nicht aus, ich habe lediglich ein Evangelium gelesen, im Kolleg... Die religiösen Dinge interessieren mich nur in ihren literarischen Erklärungen, in der Papyrologie und in anderen...«
»Gut, aber das ist doch wirklich außerordentlich, die Bibel wird täglich zitiert; man muß nicht religiös sein, um sie zu lesen...«

* Heptameron: »Siebentagewerk«, Novellensammlung der Margarete von Navarra. A. d. Ü.

** »Zadig ou la Destinée«, philosophisches Werk von Voltaire, 1748. A. d. Ü.

»Oh! Zitate und Geschichten daraus kenne ich natürlich auch, glauben Sie ja nicht ... Aber das Buch habe ich niemals gelesen; es ist so umfangreich und nicht ganz auf griechisch geschrieben ... Haben Sie es gelesen?«
»Nein, ich gebe zu, daß ... Natürlich habe ich es nicht ganz gelesen, Teile daraus bestimmt«, sagte das Fräulein aus dem Zug, als sie an der Reihe war. »Aber wenn ich ein Jahr lang allein bleiben würde, vielleicht mein letztes Jahr, was könnte ich Besseres lesen ...?«
»Oh! Wenn ich das letzte Jahr allein leben müßte, würde ich überhaupt nichts lesen«, log Cesare.
Die Fräulein übertrafen sich gegenseitig mit Ausrufen und Fragen. Cesare beantwortete alle korrekt, indem er den gleichen ehrlichen und offenen Tonfall bewahrte, aber nur unter Mühen dem Gespräch folgen konnte, weil die Begleiterinnen mit einer Schnelligkeit abschweiften, die ihn durcheinander brachte. Voller Indiskretionen bezeugten die Fräulein dem grauhaarigen Jungen so mancherlei – doch verschwiegen sie ihm, daß sie sich ihm genähert und seine Bekanntschaft gesucht hatten, weil seine weißen Schläfen sie angenehm beeindruckt hatten. Es war eine unschuldige Anmut, die Cesare aufgrund seiner ganzen schüchternen Haltung ausstrahlte und die rasch mit einer Maske versehen wurde, die sowohl Gleichgültigkeit wie auch Neugier für Dinge verriet, die man nicht sehen konnte, die man aber *als Dinge* hätte sehen müssen. Das waren ungefähr die Eindrücke der Fräulein. Die erste, natürlich eine Studentin der Literatur, hatte ein Jahr in Oxford verbracht. Die andere, Maura, war eine junge Lehrerin auf Genesungsurlaub. ›Was für eine Krankheit konnte sie haben?‹ fragte sich Cesare. Sie war nicht allzu bleich, von der Sonne gebräunt, von einer gesunden Nervosität erfaßt, ein Exzeß der Jugend. Weil die Frauen an den folgenden Tagen Spaziergänge am Strand vorschlugen und vielleicht sogar Besuche in der Stadt – sie kannten niemanden –, fragte sich Cesare, ob er sich nicht weiße Kleider und neue Hemden kaufen müßte, vielleicht sogar Leinenschuhe. Er fragte sich,

wieviel all das kosten mochte und errötete, als er an das Geld dachte, das ihm noch geblieben war.
Aber trotz all der neuen Situationen, die seine große Schüchternheit anregten, fühlte sich Cesare ungewöhnlich wohl bei den unerwarteten Begleiterinnen. Die Panik – das einzige Gefühl, das Cesares Seele offenbarte – ergriff ihn zwar häufig, aber nicht stark. Er paßte sich schnell an, und nach einer Stunde der Unterhaltung spürte er, daß er sich an die Sanddünen anlehnen konnte, wie es ihm gefiel, und er betrachtete seine Füße ohne jede Scheu, irgendwie ungezwungen und sanftmütig. Er dachte sogar daran, wie überrascht Herr George wäre, wenn er die ganze Geschichte hören würde.
Weil das Gespräch sich wirklich mit einer unerwarteten Leidenschaft vollzogen hatte – Cesare verharrte in seiner erstaunlichen Ehrlichkeit, während die Fräulein seine »Paradoxa« nicht begreifen konnten. Um so mehr als Cesare unvorsichtigerweise seinen Beruf, Archivar und Hellenist, preisgegeben hatte.
Von einem Brötchen abbeißend, fragte sich Cesare, wie er sich gegenüber seinen neuen Bekannten zu verhalten hätte, wenn er fortgehen würde, ob es angebracht wäre, mit der Jacke und den Schuhen in einer Hand aufzustehen, oder ob es bequemer wäre, sich die Schuhe vor den Frauen anzuziehen. Nach der Uhr von Fräulein Adrianne wußte er, daß die Zeit der Rückkehr in die Villa nahte. Aber in jenen Minuten kam ein unerwartetes Ereignis dazwischen. Maura stand mit einem Mal auf und deutete, aufgeregt und errötend wie bei einer Begegnung, mit einer kindischen Genauigkeit auf den Horizont.
»Ein Schiff! Ein Schiff...!«
»Wo?« fragte Fräulein Adrianne, die sich ebenfalls erhob.
»Schau auf meinen Finger, siehst du es? Links davon ist eine Rauchsäule und dann etwas Weißes und Silbriges...«
»Ja, ja, oh! Ja...!« freute sich Fräulein Adrianne. »Sind es zwei? Nein, nein, das zweite ist die Rauchsäule, wie ein Wunder. Oh, wie zauberhaft!«

»Sehen Sie es auch?« fragte Maura Cesare.
»Noch nicht... Wo sagen Sie, ist es?«
Die beiden tüpfelten mit den Fingern den Horizont entlang, präzisierten, zwangen ihn aufzustehen, riefen und regten sich in lärmender und jugendlicher Weise auf. Er schaute mit aller Aufmerksamkeit hin, die ihm das sich ankündigende Unheil noch erlaubte, kniff die Augen zusammen, zielte erfolglos Millimeter für Millimeter auf das Stück, das die Mädchen angaben. Um die Situation abzubrechen und seine Augen auszuruhen, setzte er sich auf den Sand und täuschte Gleichgültigkeit vor.
»Ich sehe überhaupt kein Schiff«, schloß er.
»Aber ist das möglich? Jetzt ist es deutlich, ganz deutlich. Versuchen Sie es noch einmal...«
»Nein, nein, es ist unnötig, *ich sehe nicht*«, erwiderte er schroff.
»Oh! Sind Sie kurzsichtig?« fragte das Fräulein gerührt, das Shakespeare bewunderte.
»Warum tragen Sie keine Brille?« schlug Maura vor. »Es würde Ihnen gut stehen, wenngleich es Sie irgendwie älter aussehen ließe...«
»Ich bin halbblind«, rief Cesare mit einer Wut aus, die ihn am Weinen hinderte.
»Oh! Ein Unfall?«
»Nein, ich wurde so geboren...«
»Sie übertreiben, das kommt von der Lektüre. Auch mein Cousin, ein Mediziner, mußte eine Brille nach dem ersten Universitätsjahr tragen, weil er nachts zuviel las; du kennst ihn, Adrianne... Bei Intellektuellen kommt das häufig vor...«
Cesare war geneigt, seine Schuhe in die eine und die Jacke in die andere Hand zu nehmen – und über die Sanddünen davonzulaufen. Demnach sah er nicht, bestimmt begann er, nicht mehr zu sehen, genauso wie es ihm der Arzt nur drei Tage zuvor eingeflößt hatte. Wieviel hatte er seitdem gesehen und kennengelernt ... Doch die Augen waren dieselben ge-

blieben, unterhöhlt, mit der Welt wie durch einen Algensteg verbunden. Er hatte ein seltsames, unerklärliches Gefühl. Alles war wie zuvor, alle Dinge befanden sich an ihrem Ort, lediglich bestimmte, entfernt gelegene Gegenstände, die die Augen glücklich noch erreichten – nur bestimmte Gegenstände *zeigten sich nicht*. Andere sahen sie, die Fräulein sahen sie, Schiffe oder grünliche Gräser, die auf dem Wasser trieben – er nicht. Und trotz alledem war alles wie früher. Das war das Gefühl, das ihn erstickte; daß er bestimmte Dinge nicht mehr sehen konnte, daß jemand sie raubte, ohne daß er wußte woher, ohne daß er wußte wie.
Cesare sah weder neblig noch trüb, auch die Welt erschien ihm nicht durchsichtig, blaß oder fleckig. Und jene Furcht, daß es entferntere Dinge gab, die er nicht mehr sah, wühlte ihn voller Spuk und Aberglauben auf. Wie durch ein Wunder, schwanden alle Erfahrungen dieser letzten beiden Tage, lösten sich wie trockene Häutchen ab – und die Bestürzungen der ersten Tage erfaßten ihn. Es war ihm nicht möglich, zusammenhängend zu sprechen. Die Begleiterinnen schauten ihn verwirrt und mitleidig an.
Er schwieg nur einige Minuten lang, doch die Fräulein fühlten sich sehr unbehaglich. Dann erhob sich Cesare wie zufällig, entschuldigte sich stotternd und ging fort, seine Schritte stark beschleunigend. Sein Haar erschien in der Sonne noch grauer, sein Gesicht noch blasser, während das Laufen ihn krumm und vertrocknet aussehen ließ. Mit der schlampig unter den Arm gesteckten sandigen Jacke und mit den an den Schnürsenkeln gehaltenen Schuhen, aus denen die Socken heraushingen, überquerte er in weißen Hosen den Strand, zum Vergnügen der Herren und zur Verlegenheit jener beiden Fräulein. In der Nähe der Gaststätte setzte er sich, ohne an etwas zu denken, hin und zog seine Schuhe an, ungeachtet der Paare, die auf der Terrasse speisten. Er behielt die Zeitung als Kopfbedeckung und klopfte sich während des Gehens den Sand ab. Als er Herrn Georges Villa erblickte, begann er, sich zu beruhigen und wunderte sich

sogar darüber, daß er sich von derartigen Krisen hatte einschüchtern lassen.
»Etwas ist mit mir passiert«, rief er verwirrt aus, als er das Zimmer betrat, um sich zu waschen.
Herr George suchte ihn wenige Minuten später auf. Er erschien im Pyjama, rauchend und gutgelaunt.
»Wann sind Sie zurückgekehrt?« fragte Cesare.
»Ich bin überhaupt nicht ausgegangen... Es war zu warm, und ich fühlte mich müde... Ich habe bis um vier geschlafen, danach habe ich Briefe geschrieben... Wo möchten Sie den Tee einnehmen? Auf der Veranda ist es ziemlich warm...«
Dann begann er ihn auszufragen, wie er seinen Nachmittag verbracht hätte. Von der Ruhe der Villa und von der Dusche erquickt, erzählte Cesare seine Eindrücke und seine Begegnung, vermied es aber, die Episode mit dem Schiff zu erwähnen. Herr George ließ sich davon anstecken und reihte Dutzende von Anekdoten aneinander, denen Cesare nur mit halbem Ohr zuhörte, da seine Gedanken – wenngleich ruhig – an jenem Ereignis hafteten, das ihn vom ganzen Nachmittag am meisten interessierte.
»Haben Sie ein Treffen für morgen verabredet...?«
Cesare schüttelte, von der Frage verwirrt, den Kopf. Alles, was er danach redete, entbehrte jeder Bedeutung, war einsilbig oder freudlos. Seit jener Stunde ermüdete ihn eine Frage, die er nicht zu formulieren imstande war. Er wurde so schläfrig, daß er fast nicht zu Abend essen konnte. Herr George machte sich schon Sorgen, glaubte, daß er sich am Strand erkältet hätte, und brachte Chinin, Konfitüre und das Thermometer. Der Abend senkte sich mit den vom Meer widergespiegelten Lichtern der Stadt herab. Das war alles, was Cesare, von dem bösen Blick des Wassers verzaubert, sehen konnte. Als es Zeit wurde, sich eine gute Nacht zu wünschen, fragte Cesare den Gastgeber überstürzt:
»Einen Augenblick bitte... Sehen Sie irgendwelche Schiffe, sagen Sie es mir? Vielleicht eine Rauchsäule... Sehen Sie genau hin...«

»Wo?« fragte Herr George erstaunt, sich dem Fenster nähernd.
»Ich sehe keine, Sie wissen doch, daß ich nicht klar sehen kann ... Aber Sie, bitte, schauen Sie genau hin, nach rechts und nach links ... So genau wie möglich ...«
»Nein, nein, um diese Zeit kommen keine Schiffe. Sie wissen ja, daß der Hafen ohne jede Bedeutung ist. Die Fähre ist um halb sechs gekommen. Die letzte wird um Mitternacht ankommen ... Andere Schiffe gibt es nur selten ...«
Cesare bedankte sich ruhig und wünschte abermals eine gute Nacht, obgleich es erst neun Uhr war. Herr George verließ besorgt und nägelkauend das Zimmer. Seine letzte Frage lautete:
»Ist etwas mit Ihnen geschehen? Sagen Sie es mir bitte ... Bestimmt nichts?«
»Nein, nein, was soll schon passiert sein?« erregte sich Cesare fiebrig.
Er hüllte sich in die Seidendecke ein und kauerte sich gegen die Mauer hin zusammen. Der Wind ging heftiger, die Vorhänge zitterten. Er glaubte, Rhythmen und Jazzmusik zu vernehmen, er strengte sich an, zuzuhören, wurde aber zurückgeworfen und schlief mit der Leichtigkeit eines Kranken ein.

VI. DER RUHM DES HERRN GEORGE

Am Morgen weckte ihn der Dienstbote auf, der den Kaffee brachte. Cesare wunderte sich, wie dunkel das Zimmer war, und eilte, ohne sich noch die Schuhe anzuziehen, ans Fenster. Auf Meer und Himmel warf er nur einen einzigen gierigen Seitenblick. Der Himmel war nahe, eine Masse schwerer Wolken aus Zink. Das Wasser trüb, schaumig, seltsam. Der Dienstbote erklärte ihm, daß nachts der Sturm gewütet hätte.
Herr George war noch nicht aufgestanden, und niemand dachte daran, ihn zu stören, bis er nicht läutete. Bereits am Abend hatte er angeordnet, was für den Gast getan werden sollte.
Es war kühl und das Zimmer feucht von der Meeresbrise, was Cesare irritierte, weil sie den Duft der Markthalle, der knorpeligen Fische und Schnecken mitbrachte. Rasch zog er sich an, schlürfte den Kaffee und trat auf die Veranda hinaus, ohne die Zeitungen zu öffnen, die der Dienstbote zusammen mit den zwei Kissen für die Chaiselongue gebracht hatte. Dösig legte er sich hin. Die Feuchtigkeit und die Monotonie durchdrangen ihn auf angenehme Weise, ihn zu einem Morgenschlaf verführend. Cesare leistete Widerstand, indem er an zurückgelassene Freunde dachte. Was würden wohl Marta und der Direktor machen, was jener verrückte Arzt? Er sehnte sich nach Julius und ertappte sich dabei, wie er an Manoil dachte. Der sonderbare Brief und die geheimnisvollen Anspielungen, vor allem aber die ganze Rolle, die der junge Dämon spielte – für ihn waren es unerklärliche Tatsachen. Er hatte lediglich ein undeutliches, schlechtes Gefühl dabei, und sein Herz zog sich zusammen, als er all jene Krisen und aufreibenden Widersprüche wieder durchlebte, die er unfreiwillig durchmachen mußte. Abermals begriff Cesare – nunmehr ruhig und beschaulich –, daß seine Veränderung endgültig war, daß er das Gleichgewicht für alle Zeiten ver-

loren hatte. Und er fühlte, daß er unfähig war, sich ein Ziel zu setzen, daß er allzu überstürzt war, um den Weg abzukürzen, derart überstürzt und aus dem Hinterhalt verfolgt, daß er nichts anderes machen konnte, als die Arme zu kreuzen und abzuwarten. Wie könnte jemand *ein Jahr* leben? Jedes Leben besteht aus Macken, Aberglauben, Zeitverlust, überflüssigen Risiken und verschwenderischer Gleichgültigkeit – und alles dies war jetzt für ihn nichtig. Er mußte auswählen und nur das Allernötigste festhalten, mußte maximal leben, das Wesentliche genießen. Doch wo sollte er es jetzt finden? Er hätte fortgehen wollen, überlegte es sich jedoch anders, sich die Frage stellend: Wohin und wie? Es wäre vielleicht besser gewesen, sich im Verborgenen auszuruhen oder seinem Augenlicht lesend ein Ende zu setzen.
An die zahlreichen Folgen seiner Freundschaft mit Haruni verschwendete er keinen Gedanken mehr. Für sein von Trugbildern zerrüttetes, aber nicht minder nach der Wirklichkeit, der festen Erde und dem kalten Himmel hungriges Gehirn waren jene verworrenen Heldentheorien, jener okkulte Dilettantismus mit all den ausschmückenden Aphorismen über das Schicksal und die Freiheit, einfach lasterhafte Zerstreuungen, die ihn aufregten und ihn demütigten. Cesare, das Opfer einiger sonderbarer Ereignisse, glaubte nicht an ihre Seltsamkeit. Für ihn hatte der Brand keine Hintergründe; er war ein Geheimnis, eine Offenbarung, eine persönliche Ohrfeige – demnach eine Tatsache. Für die anderen hätte er alles mögliche sein können. Für ihn war es *die Tatsache*. Die anderen untersuchten den Brand und philosophierten darüber, aber er ertrug die Schmerzen, und seine ganze Qual bestand in der Anstrengung, geheilt zu werden. Peinlich genau spürte er, daß die Theorie nichtig und falsch war. Wer könnte mit Hilfe von Worten und Ideen den merkwürdigen und brutalen Vorfall erklären, der sich an seiner Seite vollzogen hatte?
Cesare war kein Privilegierter; er war derjenige, der litt. Natürlich war es kein niederschmetterndes Leiden, sondern

aufgrund der Auflösung seines eigenen Bewußtseins ein langsames, vermindertes – aber nicht jenes heroische, stumme, tragische, architektonische Leiden, das die Vorstellung der anderen ihm zusprach. ›Cesare wird nur noch ein Jahr leben‹, dachte Fräulein Marta eine Zeitlang. Er würde von einer Festung in die andere gehen, würde die Weisheit der Katheder kritisieren, würde den bestialischen Optimismus der Jugend vergeuden, würde den Sinn für das Tragische am Dasein den Leuten einflößen, würde sie einen neuen, luftigen, heldenhaften Weg lehren – er würde ein Magier sein, ein Zarathustra, weil das Licht von nun an für ihn eine Nahrung wäre und keine Leere, wie für die anderen, und das Nahen des Todes würde ihn das wahre Leben schätzen lehren. Einem Erlöser gleich. Cesare opferte sich selbst. In der Agonie würde man es sehen. Seine Erblindung würde die offenbarte Wahrheit besiegeln, weil es keine Wahrheit aus bloßen Gedanken, sondern eine aus Fleisch und Blut war – wie ein Lieblingsschriftsteller Fräulein Martas zu sagen pflegte.

Wiederum andere, zu denen auch Herr George in jenen Stunden der Bekenntnisse im Zug zählte, schätzten Cesare, weil er eine Theorie bestätigte oder widerlegte. Sein Vorfall sprengte die Schale des Anekdotischen und offenbarte eine abstrakte, schwer zu fassende Silhouette von allgemeingültigem Wert. ›Der Mensch wird erst aufgrund der Idee, die er weiterführen kann, wertvoll und interessant‹, hatte Herr George gedacht. ›Die Menschen des Alltags überprüfen stets die gleichen Binsenwahrheiten, daß das Brot und der Schlaf unerläßlich, die Liebe hingegen unvermeidbar wären. Nur wenige können höhere Wahrheiten abwägen, diese müssen jedoch von der Gesellschaft in Glaszellen aufbewahrt, beobachtet und gemessen werden. Frei oder nicht frei sein, hier liegt das Hauptproblem, das man mit einem Material aus erster Hand lösen sollte.‹ Cesares Leben war ein blendend weißes Papier, an dem kein Forscher vorbei konnte. Deshalb mußten alle an der Schaffung eines geeigneten Mediums teilnehmen, um dieses »Thema« zu entfalten. Herr George reagierte sensibel auf die Verstimmtheit Cesares – als dieser begriff, daß er nur ein Studienobjekt war –, hoffte aber auf Entlohnung. Die Menschen würden ihn mit Ruhm belohnen. Sollte nicht die gleiche Sache mit Helden, mit Genies, mit den außergewöhnlichen Exemplaren der Gattung passieren, die sich danach verzehrten, eine Überschreitung zu verwirklichen? Reicht der Ruhm, diese riesige kollektive Erscheinung, das Echo der tellurischen Sympathien nicht aus, um die Isolation und die Brandwunden der großen Menschen zu lindern? Auch Cesare könnte aufgrund der Grausamkeit seiner Bestimmung ein derartiges Exemplar sein; aber zuvor mußte er noch seine Prüfungen bestehen, mit zusammengebissenen Zähnen tragisch leiden, seinen Schädel mit den ergrauten Schläfen vor den Augen der anderen tragen, mit der Bürde der Offenbarung herumlaufen bis zu dem Tag, da das Licht für immer verlöschen würde, blind und erschöpft umhertastend, aber schließlich befähigt, *zu sagen*, was jenseits war. Wenn der Verzicht auf die Morgen- und die Abenddämmerungen endgültig sein würde, wenn die Menschen sich tastend davon überzeugen könnten, daß seine Augen erloschen wären, daß seine Freuden sich losgerissen hätten, daß er ein Einsamer, Isolierter, Gereinigter wäre – dann würde sich Cesare ausruhen können, man seinen Namen ehrfurchtsvoll ausrufen und sein Mythos tatsächlich leben. Wenn all die anderen Staub wären, würde Cesare leben – wenn er zum Leiden befähigt wäre, wenn jeder ihn anschauen könnte. Herr George glaubte an den Ruhm.

Cesare war jedoch weit davon entfernt, sich seinen Platz im Bewußtsein seiner Zeitgenossen vorzustellen. Die Tatsache, daß man über ihn redete, erregte und demütigte ihn, weil die Menschen nicht über Contra Procli sprachen – was letztendlich das eigentliche Gesprächsthema hätte sein müssen –, sondern über seinen persönlichen Vorfall, seine Demütigungen und sein Mißgeschick. Eine Sache lehnte er klar, organisch, beinahe angsterfüllt ab, nämlich zu glauben, daß sein

Unglück möglicherweise durch den Blödsinn des Mathematikers bedingt wurde, daß hinter dem freien und spontanen Ereignis das abgekartete Spiel Harunis und Manuels stecken könnte. Bestimmt konnten diese überraschenden Koinzidenzen jene begeistern, die aus seinem Leben ein Buch machen wollten, wie Cesare es verstanden hatte. Aber für ihn war jenes Buch verlogen und überflüssig.
Cesare hatte vielleicht die Eigenschaft, sich seiner Leiden nicht bewußt zu werden, wie Herr George geglaubt hatte. Doch vielleicht war die Wahrheit viel einfacher; vielleicht interessierten ihn die Folgen gerade deshalb nicht, weil er sich nämlich zu sehr beeilte, ihnen zuvorzukommen. Er schenkte seinem Fall soviel Aufmerksamkeit, daß er jeden unbedeutenden Grund zum Vorwand nahm, um ihn zu vergessen. Daher verlebte er seine Stunden wie zufällig, mehr oder weniger tüchtig, nur dann zu sich selbst zurückkehrend, wenn eine neue Offenbarung ihn an das Ende erinnerte.
Es blieb den ganzen Morgen lang dunkel, und ab Mittag setzte der Regen ein. Auf dem Meer faltete sich die Dünung, das Wasser begann zu tosen. Auf der Veranda regnete es im Überfluß, und Cesare betrachtete eine Zeitlang den Schaum. Danach hatte er außer Herrn George keinerlei Zersteuung mehr. Jener war verstimmt; er hatte über die Maßen geschlafen, obwohl er bereits in der Morgendämmerung und ein zweites Mal zur Teestunde aufgestanden war. Mürrisch erschien er zum Mittagessen, sprach wenig und ohne jedes Interesse. Der Tag ging nur langsam zu Ende, jeder dämmerte in seinem Zimmer vor sich hin. Wenn sie sich trafen, hätte ein heimlicher Zuschauer geglaubt, daß jene beiden Freunde einander gegenseitig verdächtigten, so mißtrauisch war das Gespräch. Cesare hatte angefangen, sich im Hause des Direktors ungelegen zu fühlen. Wenn er im Hotel gewohnt hätte, in einer angemieteten Villa, wäre er freier gewesen. Selbst die Blicke des Dienstboten störten ihn. Er genierte sich zu rauchen. Beim Tee verdrückte er voller Ekel

nur zwei Biskuits. Herr George hatte das wahrscheinlich begriffen, denn er tadelte ihn und versuchte abermals, die Gemeinschaft an diesem verschlafenen und regnerischen Tag zu beleben. Doch es gelang ihm nicht. Eine unnatürliche Kälte drängte sich zwischen die beiden. Cesare schloß sich bis zum Abendessen in sein Zimmer ein. Schon früh hatte er das Licht angeschaltet. Er ging auf und ab, sah sich aufmerksam die Bilder an, untersuchte das Bett, nahm die Sachen aus dem Koffer, machte unnötige Rechnungen – und begann erneut durchs Zimmer zu spazieren. Es regnete, die Rollenvorhänge gegen die Veranda hin waren zugezogen. Er langweilte sich zu Tode, kleidete sich zweimal aus und legte sich ins Bett, ohne wirklich an etwas denken zu können. Er erinnerte sich an eine Reihe unnötiger Dinge, ordnete sie, sprach sie aus – war aber nicht zufrieden, sondern sprang aus dem Bett und fragte sich erstaunt: »Was zum Teufel ist los mit mir?!«

Das Abendessen war eine Befreiung. Er wusch sich sorgfältig und erschien mit dem Gesicht eines Erlösten zu Tisch. Und was merkwürdig war, war die Tatsache, daß auch Herr George erfrischt, ausgeruht und gesund aussah. Doch das Gespräch erreichte die Ehrlichkeit und Mitteilsamkeit des ersten Morgens nicht.

Während des Abendessens erwähnte Herr George wiederum die unsichere Lage, in der sich Cesare befand, und schlug eine Lösung vor; sei es, daß er sich bei Fräulein Marta über Julius informierte, sei es, daß er von der Leitung der Archive Geld für sechs Monate im voraus verlangte, indem er es mit einem Genesungsurlaub begründete. Cesare akzeptierte den Vorschlag. Tatsächlich fühlte er sich mit dem wenigen Geld überhaupt nicht wohl. Übrigens hätte er gerne den Ort gewechselt, einen zurückgezogeneren aufgesucht. Herr George protestierte, indem er den Strand, die Temperatur und die Einsamkeit hier lobte; abermals bot er ihm Geld an. Cesare zuckte diesmal alarmiert zusammen und lehnte lächelnd ab. Herr George wurde wirklich verlegen. Nach dem

Angebot kroch das Gespräch wiederum träge dahin. Der Diener wunderte sich, als er den Kaffee brachte und sie derart schweigsam und bedrückt vorfand. Wiederum schien es, daß sie sich mißtrauisch überwachten. Sogar Cesare bemerkte dies, selbst der letzte Rest von Leichtigkeit und Vertrauen wurde zu Eis. Herr George fragte sich, ob der Gast nicht vielleicht etwas *ahnte*. Das freundschaftlich angebotene und zweimal mit fast körperlichem Schaudern abgelehnte Geld begann, ihn zu verwirren. Auch Herr George wußte nicht, warum er es ihm angeboten hatte. Vielleicht um sich von einem unklaren seelischen Zustand zu befreien, von einer unnatürlichen, verlogenen Ahnung, die ihn quälte.

Nach dem Abendessen ging Cesare auf die Veranda hinaus. Der Regen hatte aufgehört, aber der Himmel war immer noch bewölkt, und das Meer hörte sich zornig an. Die Feuchtigkeit erstickte ihn. Zum ersten Mal spürte er, soweit er sich erinnern konnte, daß der bestirnte Himmel und die Sterne, jene toten und unschuldigen Rufe, dahinsiechten. Herr George hatte sich sogleich in sein Zimmer zurückgezogen. Die Gemeinschaft war für beide zur Tortur geworden.

Wieder alleine im Zimmer, fühlte sich Cesare leer und überflüssig. Er hätte gerne gelesen, fand aber merkwürdigerweise nichts im Zimmer außer Zeitungen, die er nicht ausstehen konnte, so daß er gezwungen war, sich auszuziehen. Müde, angewidert und aufgeregt machte er das Licht aus.

Er plante, tags darauf dem Leiter der Archive wegen des Gehaltes zu schreiben und gleich nach Erhalt des Geldes abzureisen. Bis dahin könnte er im Hotel verweilen. In Herrn Georges Haus konnte er unmöglich noch länger bleiben. Er spürte, daß er für den Gastgeber zur Last wurde – dies empfand er als einschüchternd und demütigend. Doch nicht er war der Schuldige. Er hatte die Einladung abgelehnt; eigentlich hatte er die gewaltsame Begleitung dieses Mannes von Anfang an abgelehnt, gleich nach dem ersten Blickkontakt im Zugabteil.

Mühsam schlief er ein und erst nachdem er noch einmal sorgfältig über die Begegnung mit den zwei Frauen nachgedacht hatte; abermals überkam ihn, natürlich in veränderter Gestalt, das Gefühl des unsichtbaren Schiffes auf der Netzhaut. Er wunderte sich, beinahe mißmutig, wie langsam die Zeit verfloß.

Herr George war immer noch gleichermaßen verwirrt. Nachdem er sich Cesares Geschichte vom Strand und den zwei Frauen angehört hatte, trocknete ihm eine unverständliche Plage die Freuden der Stunde aus. Vorwürfe – deren Grund Cesare nicht ahnen konnte – regten ihn auf, erdrückten ihn. Demnach war alles, was er an jenem Nachmittag getan hatte, schlecht, war ein Attentat auf die Freundschaft und die Menschlichkeit gewesen, und er selbst hatte sich vulgär wie ein Schurke benommen ...

*

Bevor der Diener ihn zum Tee rufen konnte, verließ Cesare das Zimmer und ging zu Herrn Georges Zimmer. Sein Gang war nervös, aber ohne Furcht. Er glich eher dem eines eiligen und ungeduldigen Menschen.

»Darf ich eintreten?« fragte er, leise anklopfend.

»Sie? Natürlich, natürlich ... Aber was ist denn passiert?« wunderte sich Herr George, sich aus dem Bett erhebend und ihm einen Stuhl anbietend.

»Hm! Es ist etwas merkwürdig, Sie werden lachen ...«, begann Cesare. »Wie soll ich mich ausdrücken? Glauben Sie nicht, daß ... Ich habe das getan, um Ihnen einen Beweis meiner Freundschaft zu geben, um Ihnen zu beweisen, daß das Vertrauen, das Sie mir gegenüber gezeigt haben ...«

»Aber ich verstehe nichts; warum setzen Sie sich nicht richtig auf den Stuhl?«

»Nein! Es geht schon«, bedankte sich Cesare, immer noch die gleiche seltsame Stellung auf der Stuhllehne einnehmend.

»Haben Sie wieder etwas Interessantes von Haruni geträumt ...?«

»Von wegen!« lachte Cesare, »ich träume nur selten und glaube nicht an Träume. Ich bin gekommen, weil ich mir fünftausend von Ihnen borgen möchte...«
Er hielt lächelnd inne, aber seine Finger zitterten auf der Stuhllehne. Er nahm eine Zeitung zur Hand und spielte damit, um seine Ungeduld zu zügeln. Herr George nahm den Antrag mit verklärtem Gesicht auf. Man hätte sagen können, daß seine Freude zu groß war, als daß er an sie glauben könnte. Schon seit langem hatte er gehofft, daß Cesare seine mit so viel Ehrlichkeit und Uneigennutz angebotene Hilfe annehmen würde. Die Kaltblütigkeit, mit der er diese einen Abend zuvor zurückgewiesen hatte, quälte ihn. Er fürchtete, daß der Gast eine Ahnung davon hatte, und jede Ahnung lähmte ihn genauso wie Cesare; deshalb belebte ihn die unvorhergesehene und offene Einstellung des anderen. Als er den Grund dieses Besuchs erfuhr, wäre er gerne aus dem Bett gesprungen, um ihn zu umarmen. Es schien, als ob Cesare ihm verzeihen würde, daß er ihm schon verziehen hätte.
Seine Antwort bestand aus einem freudigen und begeisterten Stottern.
»Natürlich, natürlich... Warum habe ich Ihnen denn sonst geraten, etwas Geld anzunehmen... Ohne ist es unvorsichtig, und da Sie schon einmal die Unvorsichtigkeit begangen haben, Ihre Ersparnisse einem Türhüter zu schenken... Schlußendlich bin ich glücklich, ich kann Ihnen gar nicht sagen, wie glücklich ich bin... Machen Sie sich keine Gedanken, es ist überhaupt keine Belästigung... Ich habe sowohl Geld bei mir als auch auf der hiesigen Bank ein offenes Konto... Warum wollen Sie nicht zehn-, zwanzigtausend?«
Cesare bedankte sich verlegen.
»Nein, nein, selbst fünftausend sind schon zuviel... Ich glaube, daß ich sie nur für eine Woche benötigen werde, bis das Geld von den Archiven kommt. Ich habe daran gedacht, meine Garderobe erneuern zu müssen, und wenn ich fortgehe...«

»Perfekt, perfekt, wie Sie meinen«, erwiderte Herr George, zog seine Leinenschuhe an und näherte sich dem Tisch.
Cesare wurde ein bißchen eingeschüchtert. Es war das erste Mal, daß er den Gastgeber im Pyjama sah. Und das erste Mal, daß er ihn Schubladen aufmachen und Banknoten zählen sah. Doch die Entscheidung, die er plötzlich in der Morgendämmerung getroffen hatte – daß er sich Geld borgen müßte, um der Kälte, die zwischen ihnen herrschte und für die er sich verantwortlich gefühlt hatte, ein Ende zu setzen –, diese Entscheidung war stärker. Um dem anderen zu beweisen, daß er nicht hinschaute, öffnete er die Zeitung. Aber Herr George wandte sich erschrocken beim Rascheln der Blätter um und riß sie ihm grundlos weg. Cesare blickte bestürzt; Herr George war völlig aus der Fassung geraten.
»Nichts, nichts«, sagte er und lachte peinlich berührt. »Es ist nicht gut für Sie, jeden Blödsinn zu lesen. Sie wissen doch, daß ich den Journalismus hasse, seitdem ich Ihren Bekenntnissen gelauscht habe. Wenn Sie etwas durchblättern wollen, nehmen Sie den *Sturm*, von Dulac illustriert. Er ist der Liebling meiner Frau... Sie sind doch nicht verärgert, oder...?«
Mit der in der Faust zerknüllten Zeitung eilte er dann zur drehbaren Bibliothek, nahm Dulacs Band heraus und bot ihn dem erstarrten Cesare an. Freundschaftlich klopfte er ihm auf die Schulter. Cesare glaubte, einen Schrecken auf dem Gesicht des Gastgebers zu sehen. All dies hätte ihm zu denken gegeben, wenn er selbst sich nicht in einer außergewöhnlichen Spannung befunden hätte. So wurde die Szene, trotz ihrer Merkwürdigkeit, von beiden Männern in wenigen Minuten gemeistert – durch Herrn George, indem er wegen des Geldes an den Schreibtisch zurückkehrte (die Zeitung schloß er in eine Schublade ein), durch Cesare, indem er den Band durchblätterte, dessen Autor ihn an die Begegnung am Strand erinnerte und ihn lächeln ließ. Er fragte sich sogar, was die jungen Frauen wohl tun würden, und dachte daran,

daß eine zweite Begegnung gar nicht unangenehm wäre, obwohl ihm jetzt nur schwer Gründe eingefallen wären, mit denen er seinen verwirrten Abgang hätte entschuldigen können.

Herr George kam mit einem Stoß Banknoten zurück. Cesare nahm sie, ohne sie nachzuzählen, obgleich er ahnte, daß es mehr als fünftausend waren.

»Soll ich Ihnen eine Quittung geben?« flüsterte er peinlich berührt.

»Oh! Nein, ich bitte Sie, kränken Sie mich nicht, ich bitte Sie, ich bitte Sie...«

»Verzeihen Sie, es ist eine Angewohnheit von mir, mich unzivilisiert zu benehmen«, erwiderte Cesare lachend. »Aber ich glaube, daß Sie mir mehr gegeben haben, als ich verlangt hatte.«

»Beenden wir dieses unfreundschaftliche Gespräch«, sagte Herr George, ihm wieder auf die Schulter klopfend. »Zehntausend sind viel...«

Cesare regte sich auf und legte das Paket auf das Tischchen neben dem Bett.

»Ich habe nur um fünftausend gebeten«, betonte er korrekt.

»Sie sind vielleicht hartnäckig«, entgegnete Herr George wachsbleich und zitternd.

Dennoch konnte er nicht umhin, fünftausend wieder zurückzunehmen. Cesare hatte noch Kraft, ruhig herumzugehen, die Banknoten in die Jackentasche zu stecken und Dulacs Band zu nehmen. Er spürte, daß das Gespräch schnell und aufrichtig beendet werden müßte, ansonsten hätte der andere, wie er vermutete, auch noch den Rest des Geldes zurückgenommen.

»Ich nehme das Buch mit mir; es ist wunderbar.«

»Oh! Ja, Dulac ist göttlich. Soll ich Ihnen noch etwas geben?«

»Nein, das reicht für heute... Kommen Sie jetzt zum Tee, oder nehmen Sie ihn alleine ein?«

»Mit Ihnen, natürlich mit Ihnen«, erwiderte Herr George erfreut. »Nur fünf Minuten, wenn Sie so freundlich sind, auf mich zu warten...?«

»Gut, ich gehe auf die Veranda hinaus. Es ist ein prächtiger Morgen. Dann gehe ich sofort in die Stadt hinunter, um einzukaufen...«

»Ausgezeichnet, ausgezeichnet!« sagte der andere, sich die Hände reibend.

Erschöpft und mit einer unerklärlichen Aufregung verließ Cesare das Schlafzimmer.

*

Glücklich stieg er zum Hafen hinunter. Die Ängste, die Zweifel und die krankhaften Vorzeichen lösten sich in Nichts auf; man hätte sagen können, daß er zum ersten Mal das Meer sah und den Himmel, der ihn erfrischte. Er empfand sich wieder als eine solidarische Zelle des Stadtlebens am Golf; in seinem Rhythmus spürte er den Widerhall aller anderen, eine tröstende Stimme, die die Einsamkeit vertrieb. Er sang Solfeggien. Sein Unglück, das Elend, durch das er gegangen war, jenes, das ihn noch erwartete – sie verschwanden. Er selbst wußte nicht wieso und fragte auch nicht danach. Er fand zu einer starken, leidenschaftlichen Ruhe zurück; er erinnerte sich an viele vergessene glückliche Tage.

Allein stieg er mit den Adressen, die ihm der Gastgeber gegeben hatte, hinunter. Er war glücklich, daß Herr George nicht darauf gedrängt hatte, ihn zu begleiten, obwohl er ihm gegenüber lachend geäußert hatte (jenes spezielle Lachen), daß man ihn überall betrügen würde. Beide hatten gelacht und sich danach getrennt.

Alle Magazine verlockten ihn, aber er suchte nach jenem, das Herr George ihm ins Notizbuch geschrieben hatte. Er trat ein. Es war noch früh, das Geschäft leer. Die Verkäuferinnen umringten ihn aufgeweckt. Er begann, Krawatten auszuwählen, weiße Handschuhe und Strandhüte anzuprobieren.

Aufgrund eines Restes von männlichem Schamgefühl brachte er es nicht fertig, um den Preis des Badeanzuges zu feilschen. Das Paket wurde voluminös. Ein blonder Backfisch, der den Kunden mit erstaunten und zugleich ängstlichen Augen ansah, ging ihm zur Hand. Cesare bereitete sich auf eine hohe Rechnung vor. Er gab die Adresse an, wohin das Paket geschickt werden sollte, und die Verkäuferinnen riefen überrascht im Chor aus:

»Oh! Sie sind bei Herrn George ...!«

Im selben Augenblick hörte Cesare Stimmen und drehte den Kopf.

»Sie hier? Maura, was für ein Zufall!« rief das Fräulein vom Strand mit großen und erstaunten Augen aus.

»Guten Morgen, Herr ... Cesare!« sagte die andere lachend. »Oder wie sollen wir Sie nennen? Sollen wir noch ›Herr‹ sagen, wenn man Sie doch Cesare ruft?«

»Oh! Ja, jetzt wissen wir alles!« setzte die eine fort. »Stellen Sie sich vor, gerade jetzt haben wir über Sie gelesen. Und wir haben Sie nach der Photographie wiedererkannt. Wir haben auch schon vorher über Sie gelesen; alle Leute wissen es. Aber das Photo war so ungenau, so fett, so verschmiert. Das von heute ist hingegen ausgezeichnet. In der *Flamme* sind Sie zusammen mit dem Bürgermeister, und in der *Meinung* als glänzendes Profil und mit einem wunderbaren, vom Direktor unterzeichneten Artikel, neben einem Interview zu sehen ...«

»Ja, ja, wir haben soviel Neues aus dem Interview erfahren! Es ist etwas Tragisches, Wunderbares ... Und uns haben Sie nichts gesagt ... Sie bleiben inkognito, wie ich sehe ...«

Cesare spürte, wie der Laden aus den Formen geriet und wie seltsame, trunkene Trugbilder ihn umgaben, ihn bissen. Leere. Die jungen Frauen und die Verkäuferinnen waren aufgeregt, öffneten die Zeitungen, verglichen die Photographien und redeten laut durcheinander.

Erschöpft lehnte sich Cesare an den Ladentisch.

»Aber ich verstehe kein Wort«, wiederholte er.

»Verstellen Sie sich nicht!« protestierte Maura tadelnd und vertraulich. »Sind Sie nicht Cesare?«
»Ich kenne ihn nicht!« empörte sich der andere.
»Uff! Uff...! Sie haben die Wette verloren und wollen hartnäckig das Inkognito wahren... Alle Welt kennt Sie. Das Interview ist klar und verständlich. Herr George hat ausdrücklich betont, daß Sie sich hier aufhalten. Alle Leute erwarten Sie am Strand, alle werden Sie wiedererkennen... Kommen Sie, wir sind doch unter Freunden...«
Die Verkäuferinnen gerieten in Begeisterung, sie riefen den Chef und verwirrten ihn. Aber jene beiden Fräulein umkreisten ihn eifersüchtig.
»Warum sind Sie vorgestern weggelaufen?« scholt ihn Maura.
Bestürzt sah Cesare den Haufen Unbekannter an. Er war geneigt, so vieles und so schnell zu sagen, daß er sich nicht entschließen konnte, anzufangen. Er erinnerte sich an den Ausdruck »Willenlosigkeit«, bestimmt handelte es sich hierbei um »Willenlosigkeit«. Die Kräfte, die Zartheit, das Vertrauen verließen ihn feige und feindselig. ›Bestimmt werde ich verrückt‹, dachte er. Aber die Spitze der Angst war jenes Interview mit Herrn George, dem Gastgeber; der Freund, dem er sich enthüllt hatte. Unbewußt griff er nach der Zeitung. Auf der ersten Seite stand mit fetten Lettern geschrieben... Er konnte es nicht lesen. Die Buchstaben verzweigten sich, verwuchsen mit dem Namen des Direktors und mit seinem Photo. Nackt, er war nackt. Innerlich leer und öde. Nichts, an das er sich hätte anlehnen können. Wenn er nur hätte denken und entscheiden können... Das Fieber näßte ihm die Augen, verkrampfte ihm mit einer seismographischen Genauigkeit die blassen Hände, mit ihren langen, knochigen Fingern.
Die Gruppe blickte ihn ebenfalls seltsam an, weil Cesare nichts sagte, weder protestierte noch sich entschuldigte. Er blieb einfach am Tresen stehen, wo ihn die Fräulein vom Strand demaskiert hatten.

»Kommen Sie auf den Ball heute abend?« interessierte sich Maura.
Die Fräulein geleiteten ihn zur Tür, gefolgt von der Gruppe der verstummten Verkäuferinnen mit ihrem aufgrund des schweigenden Helden fassungslosen Ladenbesitzer.
»Möchten Sie noch neue Modelle?« fragte der Chef lächelnd.
»Oh! Demnach haben Sie gefeilscht, demnach kommen Sie zum Ball«, freute sich Maura.
Schließlich sprach Cesare, seine seltsame Rede eher flüsternd, die er nur in schweren Stunden beherrschte, wenn die Umgebung auf ihn losstürmte und er von den Menschen gequält wurde. Er sprach nur wenig und hart. Zu sich selbst sagte er: ›Folglich hat Herr George das getan, er hat es getan . . .‹
Zitternd tastete er nach der Jackentasche. Dort befanden sich zusammengeknüllt die Banknoten minus der Summe, mit der er die Rechnung bezahlt hatte. Er schüttelte sich und hielt den Ladenbesitzer an:
»Hey, mein Herr! Schicken Sie das Paket nicht los: Ich brauche nichts mehr. Ich reise heute ab . . .«
»Wie kann das sein? Aber wie kann das sein?«
»Ich brauche kein Geld, ich verlange nichts zurück. Aber Sie schicken nichts, haben Sie mich verstanden? Ich möchte niemanden zu Hause erwischen . . .«
Er sprach und blickte so wild, daß die Mädchen und der Chef verstummten. Die Fräulein mußten zum zweiten Mal die Ratlosigkeit und Verlegenheit vom Tag der Begegnung erdulden. Cesare nahm die Zeitung und ging allein zur Tür hinaus, ohne sich zu verabschieden. Gleich das erste Taxi rief er zu sich. Erstaunlicherweise gelang es ihm, sich vor den Fräulein zu beherrschen.
»Hey, Junge«, flüsterte er ins Ohr des ob der Vertraulichkeit erstaunten Fahrers. »Verstehen Sie mich? Zu Herrn George, Sie wissen . . . Jener mit dem Interview von der Gazette, Sie wissen . . .! Jener mit den Photographien . . .«

Durch die Vitrinen konnte man die erstarrten Häupter der Verkäuferinnen sehen, während die zwei Fräulein vom Strand ratlos und feuerrot auf der Türschwelle stehengeblieben waren. Ein voluminöses Paket wartete neben dem Ladenbesitzer auf dem Tresen.

*

Als er die Villa erreichte, weckte ihn ein Krampf auf, er zahlte, wartete aber nicht auf den Rest und stürzte die Treppen zu Herrn Georges Zimmer hinauf. Der Gastgeber kehrte gerade vom Bade zurück und trug noch einen dünnen Pyjama. Als Cesare stürmisch die Tür öffnete, schloß Herr George schamhaft einige Knöpfe und zog sich bleich zum Fenster zurück.

»Entschuldigen Sie«, begann Cesare. »Fünftausend, nicht? Bitte, hier sind zweitausenddreihundert... Den Rest werde ich morgen übergeben. Unglücklicherweise hatte ich eine Reihe nutzloser Sachen gekauft, als ich erfuhr... Bitte, das Geld, zählen Sie es bitte nach...«

»Was ist passiert? Um Gottes willen, was hat das zu bedeuten?!«

»Das Interview, mit den Photographien, mit Haruni, mit Ortsangaben, mit dem Sapphismus, mit all dem, worüber wir im Zug gesprochen haben, bei Tisch, hier, alles, alles...«

»Aber...«, begann der Direktor bleich, ein Felsblock.

»Wann haben Sie es geschrieben, um Gottes willen?!« schrie Cesare heiser und schweißnaß. »Warum haben Sie es geschrieben, Herr, warum haben Sie es geschrieben, Bruder?!« wunderte er sich mit zitternder Faust auf der Stuhllehne.

»Ich bitte Sie, einen Moment... Ich wußte nicht, daß...«

»Wann werden Sie wissen, meine Herren?! Wann werden Sie verstehen, meine Herren?!« rief Cesare theatralisch mit einer verkrampften Ehrlichkeit aus.

»Regen Sie sich nicht auf, ich bitte Sie... Setzen Sie sich hin, damit ich es Ihnen erkläre... Es war nur...«

»Warum *haben Sie das gesagt*, Herr, warum? Alle sehen mich jetzt an, alle kennen mich jetzt, alle zeigen mit dem Finger auf mich. Ich bin nackt, bloßgestellt, ich kann Ihnen gar nicht sagen, wie bloßgestellt ich mich fühle... Ich schäme mich, ich schäme mich, Bruder...!« fing der in sich zusammenfallende Cesare an zu jammern.

Herr George war der Szene machtlos ausgeliefert, völlig vom Schmerz des anderen beherrscht, unfähig, Trost zu spenden, unfähig, sich zu erklären. Die Freude über das ihm bekannte Geheimnis, der Wahn des Sensationellen hatten an jenem Nachmittag, als Cesare zum Strand hinabgestiegen war, von ihm Besitz genommen. Dann hatte er »Das verlöschende Licht...« geschrieben. Er hatte alles geschrieben, inspiriert und in Eile, ein erstaunliches Manuskript, eine Zierde für die Porträtisten, eine Analyse, die die Gelassenheit des Redaktionssekretärs untergraben und die Hauptstadt am Morgen der Veröffentlichung begeistert hatte. Herr George hatte aus Cesare einen Shakespeare-Helden gemacht. Auf die Dunkelheit wartend, war es der Persönlichkeit Cesares unmöglich, vom Licht zu kosten und es zu genießen. Er war unfähig zu leben, weil er auf den Tod wartete. Er war ein wiedererweckter Lazarus, sagte Herr George, der Andreev gelesen hatte. Er war ein Fiebernder der ersten christlichen Jahrhunderte, der in prophetischer Angst vor dem Jüngsten Gericht lebte, schrieb Herr George, der sich in der Kirchengeschichte auskannte. Und wie viele tragische Züge hatte der sich als Instrument Harunis fühlende Archivar... Und wieviel Unvermögen, sich gegen die Vorsehung aufzulehnen, und wieviel Mißachtung des Lebens, und wieviel Orientierungslosigkeit in allem, was mit der Zukunft zu tun hatte, und was für eine reizende Unwissenheit jenes von der Akademie geschätzten Hellenisten, der Sappho nicht gelesen hatte und nicht wußte, was Sapphismus bedeutete...

Herr George hatte alles niedergeschrieben, von der Wollust des Enthüllens und von der Furcht gegeißelt, daß Cesare zurückkehren und ihn dabei überraschen könnte. Er hatte mit einer heidnischen Indiskretion geschrieben, dessen Verlegenheit geschildert, als jener seinen pornographischen Anekdoten zugehört hatte, die unvergleichliche Szene aus dem Zug beschrieben – er hatte alles geschrieben, alles entblößt, Häßlichkeiten und Geheimnisse offenbart, nichts verborgen, nichts maskiert. Cesare war unnatürlich aufgewachsen, ein lichtvoller Entwurf; ein falscher, weil er zu ehrlich war; eine allzu geradlinige Persönlichkeit. Die Öffentlichkeit war von jener Gestalt aus griechischer Zeit bezaubert, die gegen die Dunkelheit kämpfte, aber den Kampf ebenso wie das Dunkel ignorierte, die sich nur ihres Schicksals bewußt war und den eigenen Schmerz beklagte. Cesare hatte von nun an einen Herren, einen anderen Cesare – einen kräftigeren, unnatürlicheren, schöneren –, und die Handlungen würden von jetzt an von jener verborgenen Persönlichkeit diktiert. Andernfalls würden die Leute glauben, daß es sich um Lügen handelte, und selbst versuchen zu lügen.

Während er unter Schmerzen Herrn George tadelte, war sich Cesare aber über die Schwere der Handlung noch nicht bewußt. Er scholt seinen Freund wegen der unmenschlichen Enthüllung, wegen des heidnischen Zauberbruchs. Ihr gebrochenes Geheimnis, auf das nun mit dem Finger gezeigt wurde, blutete wie die übernatürliche Wunde eines Heiligen.

»Um Ihnen zu erklären ...«, lallte Herr George. »Ich dachte nicht daran, daß es Sie derart kränken würde. Sie haben mir nichts davon gesagt. Und vorgestern, als Sie vom Strand zurückgekehrt waren, sahen Sie so gutgelaunt aus. Ich dachte, daß ... Ich habe Sie immerzu gefragt, ob Sie sich gut fühlen, ob etwas mit Ihnen passiert wäre. Sie haben mir nichts gesagt ... Ich war so stolz über meinen Artikel ... Die Versuchung war zu groß. Ich weiß nicht, warum ich ihn geschrieben habe ... Ich mußte *es sagen*, dem Publikum, allen Unbekannten und allen Unmenschen, obgleich ich wußte, daß es Ihnen nicht gefallen würde, obgleich es auch mir nicht gefallen hatte, aber ... die Versuchung war stärker. Ich konnte nicht widerstehen. Wenn Sie mir geholfen hätten, mir gesagt hätten, daß Sie leiden, daß Ihnen die Augen schmerzen, wenn Sie den Menschen in mir geweckt hätten ... Allein war ich bezwungen. Jemand in mir hat gesiegt, jemand in mir ...«

Cesare ahnte, daß die Schwäche des Nachgebens, der sentimentalen Erklärungen näherrückte.

»Aber warum haben Sie diesen Artikel geschrieben, warum haben Sie alles veröffentlicht, jetzt, gleich nach der Enthüllung, gleich nach unserer Freundschaft ...? Wem soll ich mich von nun an noch anvertrauen? Ich werde noch verrückt, schon heute oder morgen. Ihr macht mich verrückt, ihr, die ihr mich glauben machen wollt, daß ihr meine Freunde seid! Was nennt man Freundschaft bei euch ...?«

»Ich bitte Sie, lassen Sie mich auch zu Wort kommen ...«

»Und nachdem Sie gesprochen, erklärt und sich entschuldigt haben? Wozu soll das alles gut sein, jetzt? Wo soll ich jetzt hingehen ...? Bruder, warum haben Sie alles geschrieben ...?« jammerte Cesare erschöpft mit zwei getrockneten Tränen in den Augenwinkeln.

Herr George wollte zum Reden ansetzen, doch der Satz blieb ihm im Halse stecken. Cesare schaute ihn bestürzt an. Die Szene entfaltete sich immer unnatürlicher, phantastischer. Cesare hatte sich auf den Stuhl gesetzt, wo er einige Stunden zuvor versucht hatte, die Zeitung zu lesen, die Herr George ihm unerklärlicherweise weggerissen hatte. Cesares Gehirn war zu dieser Assoziation nicht fähig, er ahnte nichts. Sogar sein Gedächtnis war wie betäubt, vom vorangegangenen Leben losgerissen, isoliert und nur auf die große Sünde Herrn Georges begrenzt.

Doch dann kam ein Ereignis dazwischen, das ihn noch stärker erschaudern ließ. Aus der Betäubung, die ihn auf dem Stuhl zusammenstürzen lassen hatte, erwacht, führte er seine Hand an die Augen und fing an zu zittern. Ob aufgrund der

Tränen, ob aufgrund der Erschütterung, er glaubte, schwächer zu sehen. Der Gedanke daran lähmte, erschreckte ihn – wie alles, was ihn körperlich an das vom Arzt prophezeite Ende erinnerte. Er öffnete die Augen, umgarnte das Zimmer mit panischen Blicken, stürzte ans Fenster und zeigte seinem Bekannten das Meer.

»Sagen Sie mir ... Sehen Sie irgendwelche Schiffe, mit Rauch, Schiffe mit Rauchsäulen an ihrem Ende? Sagen Sie ...!«

»Das ist absurd ... Was wollen Sie sagen? Die Fähre kommt mittags.«

»Sicher, sicher ...! Aber gibt es Dunst auf dem Meer? Sagen Sie, sehen Sie Dunst, eine Art flüssigen, weißen, nach rechts und nach links strahlenden, aber zur Mitte hin trüben Nebel ...? Ich bitte Sie ...«

»Nein, heute gibt es keinen Nebel ...«

»Nein, das heißt also *nein*?!« fuhr Cesare brüsk dazwischen. »So habe ich es auch gesehen, als ich gekommen bin ...«

»Was ist geschehen?« fragte der andere, voller unguter Vorahnungen.

»Ich sehe nicht ..., ich fange an, nicht mehr zu sehen ...«, betonte Cesare verwirrt.

Das Licht schien stark, ein schwerer Streifen von Gold. Grelles und warmes Licht, das vom Meer zur Villa hinströmte und sein Wesen auf die Fenster schüttete. Cesares Augen ließen sich von der unreinen Quelle anziehen, verweilten auf dem Horizont, der sich häßlich verwandelt hatte, sich sinnlos verdunkelt und mit einem Firnis überzogen hatte.

Dann wandte er sich stumm zu Herrn George, der dachte: ›Komm, komm, wieder auf die Füße, du Unglücklicher; verzeihen wir uns gegenseitig; vielleicht wirst du morgen gar nichts mehr sehen können. Rettung. Der Arzt wird kommen. Die Klingel: sssr ...! Er ist ungeduldig, beinahe nervös, als er die Klingel hört. Der Arzt wartet niemals, klingelt nicht. Er muß die Tür offen vorfinden. Ich werde ihn erwarten, an der Tür, ich, ich. Ich werde sehen, wie er aus dem Auto aussteigt: Bitte Herr Doktor ... Mein Freund ... Mein bester Freund ... Aber warum soll ich Bruder zu ihm sagen? Sieht er noch ...? Im Prozeß, der Prokurist: Herr, wir beschuldigen ... Die Gattin: George! Wie soll ich es ihr sagen, Tausende von Teufeln ...‹

Er berührte Cesares Arm, nicht auf den pfeifenden Strom hörend, der sein Hirn durcheinanderbrachte.

»Gut, aber wie kann das sein? Heute morgen ... Vielleicht handelt es sich nur um eine vorübergehende Krise, etwas Staub, der die Augen zum Tränen bringt. Soll ich den Doktor holen?«

Cesare schwieg. Flüchtig betrachtete er das Büro, aber seine Augen geboten ihm Aufmerksamkeit. Die Bücher schienen in einen festen, unregelmäßigen Körper zu zerschmelzen, mit farbigen Facetten, ineinander übergehenden Rändern, die anstelle von Teilen ein monströses Ganzes zeigten. Die Dimensionen fielen in sich zusammen, schrumpften stumpf auf eine einzige Ebene, die Tiefe des Raumes auspressend. Einen kurzen Augenblick lang durchlebte Cesare wieder die optische Halluzination der zweidimensionalen Fläche, die ihn im Sanatorium gequält hatte. Doch das Gefühl war jetzt ein anderes, milderes. Er sah die Gegenstände, nahm die Tiefe des Raumes zwischen sich und ihnen wahr, nur daß die Tiefe jetzt ihre Frische verlor, verwelkte, sich verdunkelte. Die Gegenstände bekamen unbestimmte, häufig doppelte und vom Licht gezackte Ränder, andere Male verwischte, verkrüppelte, als wären sie mit dem Raum verschmolzen, der sie umhüllte. Die Linien zeigten sich nicht mehr deutlich, zogen keine kräftigen Konturen mehr nach, schrien nicht mehr ihre Freude des Individuellen heraus, sondern dehnten sich wie Tusche aus, nahmen Schatten und durchscheinendes Halbdunkel an. Die Reflexe wurden von nun an wirklich, weil sie, wie die Dinge, Flecken aus Licht zeigten.

Cesare erduldete eine Furcht, die langsam und bestimmt unter den Offenbarungen des Zimmers wuchs. Er ängstigte sich, seinen Augen zu glauben, sobald die Wiederholungen mit den Schatten der Gegenstände anfingen, die die Lider zusammenpreßten, um das Bild zu korrigieren, den Augapfel durch einen schmerzhaften Krampf fixierend, sich den Lichtlein anpassend und durch die zittrigen Wimpern schauend wie ein Ozean. Je stärker er die Lider und den Augapfel zusammenpreßte, um so mehr zerstreuten sich die Linien der Gegenstände, und der Raum vertiefte sich deutlich. Aber die Spannung konnte nicht lange anhalten. Tränen sammelten sich in den Augenwinkeln, und eine flaumige Trübung überfiel ihn.

Als er sich den Büchern näherte, unterschied er die Ränder und konnte die Titel lesen – aber von weitem blieben diese farbige Kleckse ohne Sinn, ein anonymer Haufen aus Papier und Karton. Er verbarg seine Leidenschaft für die Bücher, die das große Ereignis nicht ganz aus seinem Herzen hatte herausreißen können, erduldete die demütigende, ohnmächtige Erfahrung. Ein ungeheuer schlechtes Gefühl befiel ihn. Er begann zu verstehen, daß der Abschied von den Büchern nahte, kein männlicher Abschied aufgrund eines einzigen Rucks, sondern ein langer, vergifteter Abschied, Tropfen um Tropfen, mit Reue und Rückkehr und Nachgeben.

Eigentlich erinnerte er sich an die Tat des Direktors wie an ein längst vergangenes Ereignis, über das er nachdenken, das er kommentieren konnnte, jedoch ohne die Frische und den Schmerz, mit denen er ihn nur eine halbe Stunde zuvor belastet hatte. Die Enthüllung kam ihm nicht mehr wie ein Verbrechen, sondern wie ein nutzloses Spiel vor, das gut oder schlecht für die anderen, für ihn aber ohne jeden Sinn war. Es beleidigte ihn nicht mehr. Die Bekanntschaft Herrn Georges erschien ihm nicht mehr verhaßt. Im Gegenteil, die unerwartete Erneuerung der Welt entsetzte ihn derart, daß ihm die Einsamkeit wie eine Strafe vorkam. Die Furcht verwandelte sich in eine sanftmütige Dummheit, in eine Ratlosigkeit, die mit Wut und Bestürzung begann und mit Wahnsinn und dem alltäglichen Bedürfnis nach Trost, Unterstützung und Hilfe endete.

Herr George verfolgte überwältigt den Zerfall. Er hatte

mehrmals versucht, seinen Monolog zu beenden, doch Cesare hatte keine passende Antwort bereit, hatte nicht gewußt, wie er wieder ins Leben zurückkehren sollte, und hatte geschwiegen. Herr George deutete jenes Schweigen auf eine andere Art und Weise, deutete es in einem übertriebenen Maße: er dachte, Cesare sei von seinem Schicksalsschlag derart niedergeschmettert, daß er ihn nicht hörte.
Trotzdem konnte die Szene nicht mehr in die Länge gezogen werden. Entschlossen läutete Herr George, begleitete den Kranken zusammen mit dem Diener zu seinem Zimmer und lief, um den Arzt zu holen. Während der ganzen Zeit der Veränderung handelte Cesare schlafwandlerisch, dem Gastgeber zerstreut dankend und dann sich im Bett fragend, was wohl mit dem Geld, das er in der Jackentasche hatte, geschehen wäre. Er fürchtete, daß es in dem »Durcheinander« verlorengegangen wäre (er war unfähig, sich zu verdeutlichen, wann dies passiert war), wiederum durchbohrte es ihn kalt und schneidend. Eine Zeitlang vermischten sich seine Gedanken völlig, er verlor das Gefühl für die Gegenwart, glaubte, in Paris zu sein, dann im Sanatorium und wieder in Umgebungen, die er weder lokalisieren noch wiedererkennen konnte, obgleich er spürte, daß er durch sie gegangen war.
Als er erwachte, sah er mit Erstaunen zwei Fremde am Kopfende seines Bettes und in der Nähe des Fensters Herrn George. Sobald er die Stellung des Armes veränderte, spürte er, daß er ausgezogen war, von fast allem entblößt, und eine peinliche Scham holte ihn aus der Apathie. Er stieß die Decke mit einem nervösen Fußtritt hoch. Dies ließ die fremden Ärzte wieder aufleben und machte Herrn George Hoffnung, der den Kopf verloren hatte, als er Cesare halb bewußtlos und den Diener verwirrt vorgefunden hatte. Er hatte ihn mit Wasser bespritzt und ihm Rum zum Trinken gegeben.
»Was ist passiert, um Gottes willen?!« flehte der sich nähernde Herr George den Kranken an.

»Es ist nichts, wir werden es auch ohne Gott erfahren«, scherzte einer der Ärzte. »Wie fühlen Sie sich jetzt?«
»Danke, gut«, antwortete Cesare irgendwie abwesend.
»Regen Sie sich über den Anfall nicht auf. Ohne Ruhe können wir nichts unternehmen. Offensichtlich rührt alles von der plötzlichen Beschleunigung der Kurzsichtigkeit her, wie mein Kollege, der Augenarzt, feststellen konnte ...«
Der Augenarzt war ein junger Mann von der Universität mit einer erstaunlichen Karriere, berühmt geworden aufgrund einer vermeintlich fatalen Operation und einer speziellen Behandlung der Kurzsichtigkeit. Der Arzt erkannte die quälende Lage deutlich, in der sich der Bibliothekar nach der just am Tag der Befreiung von der Dunkelheit bekommenen Warnung im Sanatorium befand. Herr George hatte in seinem Artikel gegen die Unvorsichtigkeit jenes Arztes protestiert und hatte sogar einen medizinischen Prozeß mit einer besonderen Kommission vorgeschlagen. Der Augenarzt betrachtete jenen alten Kollegen vom medizinischen Standpunkt her als kriminell. In erster Linie hatte er die Abnahme des Verbands überstürzt und somit zugelassen, daß kritische Schocks den Augennerv verhängnisvoll beeinflußten. Dann hatte er ihm aufgrund jener exzessiven Ehrlichkeit, die ihm ein unerbittliches Schicksal offenlegte, das nervöse Gleichgewicht völlig zerstört. Der Augenarzt glaubte nicht an die Voraussage des alten Arztes, fand sie auf jeden Fall übereilt, willkürlich und war der Meinung, daß wissenschaftlich gesehen, jede Vorwegnahme falsch wäre. Was man Cesare hätte vorschreiben müssen, wäre eine Verlängerung des Aufenthalts im Sanatorium gewesen, unter der Aufsicht eines Spezialisten, bis die Hintergründe des Falles geklärt wären und man von einer sicheren Diagnose zu einer geeigneten Behandlung hätte übergehen können. Die ungestüme Ehrlichkeit des Arztes, die unnötige »Humanität«, wie der junge Universitätsarzt sarkastisch bemerkte, brachte Cesare an die Schwelle der Neurasthenie und durch einen raschen Verschleiß des Augennervs in die Nähe der Erblindung. »Einige

Aufregungen mehr und das Augenlicht könnte völlig zerstört sein.« Mit diesen Worten hatte der Arzt seine Darlegungen in Cesares Zimmer beendet, bevor der Patient erwachte. Für eine langsame Behandlung war es jetzt zu spät. Dringend und unerläßlich war nun eine Einlieferung in das nahegelegene Sanatorium, wo der Patient vor nervösen Schocks geschützt wäre, wo man ihm weder das Zeitunglesen (der Arzt hatte von Herrn George den Grund der Verwirrung erfahren) noch den Empfang von Freunden erlauben würde.

»Stört Sie eine vollständige Untersuchung der Augen nicht?« fragte der Augenarzt freundschaftlich, indem er einen seltsamen Apparat, eine Art Telephonhörer versehen mit einer Lupe und einer winzigen elektrischen Lampe, aus dem Arztköfferchen herausholte.

Durch den Apparat begann er aufmerksam Cesares Lider zu betrachten, die er geschickt umdrehte und die purpurfarben und geschwollen erschienen. Danach untersuchte er die Pupille, das Spiel der Lichter verfolgend, die er mit Hilfe eines gewölbten Spiegels erzeugte. Mit dem seltsamen Apparat konnte er noch tiefer in die *Camera obscura* des Kranken eindringen, konnte den undeutlichen Krampf des Lichtes, das aufgeregt in dem Nest aus Samt und Spiegeln zuckte, noch besser erhaschen.

»Alles ist vorläufig heute, alles ist vorläufig und kann nach der Untersuchung radikal geändert werden«, glaubte er den Gastgeber informieren zu müssen. »Auf jeden Fall kann der Herr aber nicht in dem Zustand gelassen werden, in dem er sich jetzt befindet. Morgen wird er ins Sanatorium eingeliefert werden.«

»Ich?« protestierte Cesare erstarrend. »Wieder ins Sanatorium? Anscheinend wollen Sie mich verrückt machen ...«

»Sehen Sie?« sagte der Augenarzt zu Herrn George, ohne Cesare gleich zu antworten, »sehen Sie, in welchen Zustand ihn die humanen Warnungen des Herrn aus der Provinz gebracht haben ...?«

»Was für Warnungen?«
Der Arzt gab vor, ihm nun Beachtung zu schenken.
»Wenn Sie mir versprechen, ruhig zu bleiben, werde ich es Ihnen sagen. Aber, in Ihrem eigenen Interesse, beherrschen Sie sich; Sie sind ein Mann, und Ihre Männlichkeit haben Sie ja bereits unter Beweis gestellt... Doch Sie haben das Unglück gehabt, von einem Rückständigen, von einem... behandelt worden zu sein... Letztendlich ist das nicht von Bedeutung. Für Sie ist es jetzt wichtig, eine einzige Sache zu verstehen: Daß Sie nicht in Gefahr sind, Ihr Augenlicht binnen eines Jahres zu verlieren, wie es Ihr Arzt aus der Provinz zu Ihrem Erschrecken prophezeit hat...«
Cesare: ›Vielleicht ist das Geld im Durcheinander gar nicht verlorengegangen, vielleicht war es nur ein Traum, nur eine von Furcht gespeiste Annahme gewesen. Jetzt stehe ich auf, komm! Mit einem Mal stehe ich auf! Wie ich die Decke ans Ende des Bettes auf die Stuhllehne werfe. Und mich anziehe. Glück, George, Glück, Doktor! Komm! Komm! Oder vielleicht... Oder vielleicht... Ob er mich vielleicht nicht anlügt...? Weiße, glänzende Glatze. Wie soll ich es ihm sagen? Solche Menschen haben keinen Namen. Glatzen. Bücher und Instrumente aus Silber.‹ »Doktor...!«
Cesare sprach lebhaft von seiner Verwunderung.
»Bestimmt«, fuhr der Arzt fort, »bestimmt sind alle Prophezeiungen und die Zeitfolge des werten Kollegen Illusionen, Beweise der... auf jeden Fall der Unkenntnis. *Es sind keine Beweise*; bis jetzt haben wir lediglich von einer gegenseitigen Beeinflussung Kenntnis, die verhängnisvoll durch die Unbeholfenheit jenes Herrn erzeugt wurde... Daß Sie dank jener Ungeschicklichkeit heute fünf Dioptrien und sechs Grad haben, ist eine andere Geschichte, und wir werden ein Heilmittel finden... Aber daß Sie das Augenlicht völlig verlieren würden, daß dieser Verlust langsam und binnen eines Jahres vonstatten gehen soll, ist etwas..., gelinde gesagt, Kindisches und Verdammenswertes...«
»Demnach werde ich nicht erblinden?« fragte Cesare betont

verwirrt, weil er den vollen Wortsinn nicht verstehen konnte.

»Das auf keinen Fall!« antwortete der Arzt bestimmt.

›Nein, nein, und dennoch, wo sind die Freuden? Wo sind sie? Warum tut es mir leid? Ich darf ihm nicht glauben. Nein, nein, ich werde nicht erblinden! Ein Sarg; das bedeutet ›nein‹. Und wenn ich nein sage, nein, nein, tausendmal – werden Tausende von Särgen begraben. Bestattungen, schwarze Wasser, schwarze Blätter. Oder? Gelbe Blätter, aber das ist alles eins. Ich werde nicht erblinden! Komm, schrei, freue dich! Schau, ich freue mich, so sehr, so sehr freue ich mich! Soll ich ihm danken? Und George ... Was soll ich ihm sagen, um Gottes willen! Eine Umarmung. Und danach, was wird danach geschehen? Denn ich werde zurückkehren, bestimmt, und dann ... Die Waggons, einer nach dem anderen, und die blasse Ebene, die rückwärts läuft, zurück ... Die Waggons sind mit schweren Eisenhaken aneinandergebunden. Sie werden sich nicht lösen. Und ich. Ich habe keinen Fahrschein, mein Herr, ich habe kein Geld. Aber ich *kehre zurück*, mein Herr, ich kehre zurück ...!‹

Der Arzt, der sich bemühte, den Kranken mittels tröstlich-markiger Worte aufzurichten, fixierte währenddessen die rauchgrauen Linsen in einen Metallrahmen und bot Cesare mit abstoßender Geschwindigkeit ein Paar Augengläser an.

»Zwei Dinge sind dringend und unerläßlich«, setzte der Arzt zu einer langen Rede an, »eine schwarze Brille und Ruhe. Es ist ein zweifacher Schutz; sowohl das Licht als auch die Ereignisse werden Sie nicht mehr ärgern können. Schutz vor Aufregungen und grellen Formen. Eine filtrierte Diät, lassen Sie alles sich in den Schatten zurückziehen, in der Asche überleben.« Der von seinen eigenen Worten begeisterte Arzt wurde feuerrot. »Vergessen Sie alles. Sehen Sie sich nichts an. *Tenebris et pulveris*... Ich scheue mich, Ihnen jetzt starke, Ihrem Augapfel angepaßte Linsen zu verschreiben. Eine Verbesserung werden Sie trotzdem bemerken. Ich habe Ihnen eine Minus-Drei gegeben, die Ihnen helfen wird.«

Der Arzt sprach mit einer warmen und falschen Redseligkeit, die Brille mit den Fingerspitzen pedantisch haltend. Als Cesare die schwarzen Gläser und die Bügel aus Draht erblickte, verdüsterte sich seine Stimmung: ein abergläubisches Mißtrauen und eine grundlose Beleidigung. Aber nicht die Brille, sondern die ungewisse Behandlung störte ihn, zu der ihn der Arzt wärmstens eingeladen hatte. In jener enthaltsamen »Schattendiät« wähnte er das Sanatorium, das den Menschen in ihm befreit hatte; ein dunkler Korridor, mit Tinkturen und Kreolin durchtränkt.

Der Arzt setzte ihm die Brille auf, als ob er der Handlung überhaupt keine Bedeutung geschenkt hätte, sich davor in acht nehmend, seine Sensibilität zu kränken. Die Eklipse verdüsterte das Zimmer gänzlich; ein ärmliches, schwaches, aus einer kalten, kaffeebraunen Sonne fließendes Licht ließ die Formen alt aussehen und zog die Schatten zusammen. In jenem durch rauchfarbene Gläser zerlegten Licht lagen eine Prophezeiung und ein Rhythmus. Weder eine Gewalttätigkeit seitens der Gegenstände noch eine Überraschung im Raum ... Die Seele konnte jederzeit ohne Furcht und Gewalt entweichen.

Cesare sah sich das Meer durch das geöffnete Fenster an, aber das Meer schien verregnet, sah verwischt und fahl aus. Es war ein bläulicher Streifen, ohne die Frische des Wassers, ohne die Brunst der Wellen. Jene drei Dioptrien, die der Arzt gelobt hatte, nutzten ihm nicht viel. Die Unsicherheit über die Tiefe des Raums blieb weiterhin bestehen, und die Konturen waren immer noch so elastisch. Aus den Augenwinkeln am Schutz der Gläser vorbeiblickend, entdeckte Cesare ein weißes, lebhaftes, flüssiges Licht. Doch das Spiel der Pupillen ermüdete ihn völlig. Resigniert schaute er durch die Linsen. Die Ärzte und Herr George standen vor ihm – Männer ganz und gar aus Wachs.

Der Arzt begann seine Konditionen darzulegen. Noch am

zweiten Tag sollte Cesare Herrn Georges Villa verlassen, um das wunderbare, zwanzig Meilen nordwestlich gelegene Sanatorium am Meer zu besuchen (Cesare fragte sich, wo in dieser Stadt Norden war). Falls es nötig wäre, könnte auch ein treuer Freund oder ein Verwandter im Sanatorium wohnen. Aber unter keinen Umständen wären ihm aufwühlende Gespräche, Lektüre, Musik oder Meditationsstunden erlaubt. Die Ruhe müßte mit allen Mitteln bewahrt werden. Um zu leben, müßte Cesare eine Zeitlang auf das Dasein, die Menschen und die Gedanken verzichten. »Eine larvenhafte Existenz ist nicht weniger heroisch als eine aktive«, kommentierte der Arzt.

Cesare, der es immer ablehnte, an das Leben zu denken, das er nach seiner Erblindung erdulden müßte – eine einfache Frage, die ihn derart versteinern, ihm die Brust gefrieren ließ, daß er sogleich einen fremden, unnützen Gedanken faßte –, ahnte, daß die neue Diät des Sanatoriums noch schlimmer sein würde als die Jahre der völligen Dunkelheit. Jenes Lebendig-begraben-Werden, zu einer Zeit, da er wußte, daß er noch leben könnte; jener Verzicht auf den Bruchteil des Lichts, der ihm noch erlaubt war; jene asketische Stellung, in der er seine Sensibilität und sein Denken zügeln müßte, die Isolation, die er kultivieren müßte, die ängstliche und pharmazeutische Vorsicht – all diese Sachen entsetzten ihn nicht aufgrund ihrer Gegebenheit, sondern aufgrund des Zweifels, die sie in Cesares Bewußtsein aufkommen ließen. Was, wenn der Arzt sich täuschte, so wie er es von dem anderen behauptete? Wenn jene Monate, jenes Jahr *wahr* wären – und danach die Dunkelheit? Wer von den beiden oder von hundert *wußte* es? Wem sollte er jetzt Glauben schenken, wenn einer sich getäuscht hatte? Die Offenheit des alten Arztes war voller Gewißheiten. Sie brachte eine neue Angst vor der Begrenzung, vor dem völligen Ende mit sich, aber auch eine stärkende Sicherheit, die Bitterkeit des Absoluten; einen neuen Fatalismus, den Cesare zu entdecken begann und durch den sein geringes Leben die Ruhe und die Kraft zum

Durchhalten finden könnte. Doch das, was der junge Arzt autoritär erneut erklärt und verschrieben hatte, schloß jede Festigung dieser philosophischen Tröstung aus.
Die beiden Ärzte verließen das Zimmer unter freundschaftlichen Ratschlägen und Händeschütteln. Der Kranke schien sich der Schwierigkeiten seines Falles bewußt und bereit zu sein, ihnen die Stirn zu bieten, indem er die Vorschriften der Wissenschaft respektierte.
Herr George leistete Cesare bis zum Abend Gesellschaft, aber ihr Gespräch blieb karg, bestand mehr aus Lobreden über die neue Diät von morgen und über die Hoffnungen. Herr George wirkte in seinen Bewegungen freier und in den Gedanken mit Cesare offener, seitdem der Arzt jenen aus der Sphäre des fürs Erblinden auserwählten Helden herausgeholt hatte. Cesare war jetzt ein kranker Freund, nicht mehr. Die neue Erfahrung, die im Sanatorium auf ihn wartete, war nicht übermenschlicher Natur, weil sie mit der Sicherstellung und Gesundung des Augenlichts und nicht mit einer großartigen Erblindung enden würde. Die Gegenwart Cesares störte und lähmte ihn nicht länger wie ein Gott, der im Entstehen begriffen war. Er war lediglich ein leidender Mensch, dem er geholfen hatte und dem er auch weiterhin helfen würde.
Herr George quälte sich nicht länger mit Gewissensbissen aufgrund der journalistischen Enthüllung; er fragte sich lediglich, ob sie für diesen neuen Cesare ohne das tragische Ende, der sich auf eine durchschnittliche und endgültige Heilung vorbereitete, noch zuträfe.

Die Arme auf den Fensterrahmen der Veranda gestützt, konnte Cesare sich zu keiner Entscheidung bewegen lassen. Er wußte nicht, wie spät es war, ahnte jedoch – aufgrund der kalten Brise und der stillen Straßen –, daß es bald Mitternacht würde. An dem hohen, mondlosen Himmel gab es eine Unmenge von Sternen; Cesare erblickte nur einen Abendstern, der ausgedehnt und weißlich flackerte. Durch die schwärzliche Brille begegnete er mehreren Sternen, aber ihr Anblick war erschreckend. Die Nacht und der Himmel waren ein und dasselbe, wie ein wunderbares und unwirkliches Vakuum, die Dunkelheit und die rauchfarbenen Gläser schluckten die Grenzen, verwischten die Mauern, vereinheitlichten den Raum. Dann nahm er die Brille ab und steckte sie wieder in die Aluminiumschachtel zurück. Er zitterte, ohne seine Angst begreifen zu können; viele Stunden in der Einsamkeit des Zimmers waren vergangen, seitdem er die neuen Ereignisse wiederaufgerollt und beurteilt hatte. Es gab nichts mehr, wovor er sich hätte fürchten müssen. Er löschte das Licht und schaute durch das Fenster in die hohe Nacht zum Meer hinaus. Das Meer zeigte sich jetzt als eine undeutlich mit dem gekrümmten Horizont vereinte Leinwand.
Herr George hatte ihn allein gelassen, weil er dachte, daß Cesare von den Aufregungen noch niedergeschlagen wäre, hatte aber veranlaßt, daß sein Diener auf einem Kanapee im Vorzimmer schlief, während er selbst versprochen hatte, den Kranken zweimal in der Nacht zu besuchen.
Cesare fragte sich, wie er fliehen könnte. Er hatte sich dafür entschieden, als Herr George ihm eröffnet hatte, daß man ihn *mit Sicherheit* am zweiten Tag ins Strandsanatorium, einem Gefängnis aus Stein und Draht, einer Heilanstalt, verlegen würde. Um keinen Verdacht aufkommen zu lassen, hatte er akzeptiert und sich danach schläfrig gestellt, damit er allein sein konnte. Im Dunkeln dachte er nach und abermals erfaßte

ihm der Drang nach Veränderung, nach einer Tat, nach Loslösung, nach Ausbruch aus der fremden Unterkunft.
Er erwachte, als er gedämpfte Schritte wie auf Filz im Vorzimmer hörte. Wahrscheinlich war Herr George, wie angekündigt, aufgestanden und rückte zur Inspektion heran. Cesare legte sich aufs Bett und zog die Bettdecke in einem jugendlich-frischen Spieltrieb hoch, wie es Schüler im Internat tun. Die Freude an der Posse vertrieb den gleichgültigen Ekel, der sich in seiner Seele festgesetzt hatte. Als sich die Tür vorsichtig öffnete, schloß er die Augen und verlangsamte seine Atmung. Herr George näherte sich dem Bett, schaltete die Lampe auf dem Nachttischchen an und betrachtete Cesare mit der gleichen Aufregung, die ihn den ganzen Tag über beherrscht hatte. Der Kranke hielt die Bettdecke fest und drehte, vom Licht getroffen, nervös den Kopf zur Seite. Herr George legte ihm forschend die Hand auf die Stirn. Sie brannte nicht, aber das Gesicht war noch gerötet. Die Augenhöhlen hatten sich stark vertieft mit zwei bläulichen Schnitten, die zu den Backenknochen hinunterreichten. Der Gesichtsausdruck hatte sich seltsam verändert; der Mensch machte den Eindruck, als begönne er, sich über seine eigene Ruine zu amüsieren, denn die Lippen lächelten geduldig und gelöst im Traum, und das nächtliche Lächeln kontrastierte auffällig mit jenem Schatten, der von der Stirn über die Augenbrauen glitt und knochige Abhänge verdunkelte. Herrn George erstaunten diese Wunder aus Licht und Schatten; ›*Hic sint leones*‹, zitierte er in Gedanken, die bleiche und feuchte Stirn betrachtend. Cesare fragte sich: ›Was hat er vor?‹ Die Fragen hatten den Anklang müder Nerven und eines besessenen Gehirns verloren, waren von nun an flink und spontan.
Endlich schaltete Herr George die Nachttischlampe aus und zog sich mit der gleichen Vorsicht, mit der er gekommen war, wieder zurück. ›Was für eine Idee, zu nachtschlafender Zeit aufzustehen‹, überlegte Cesare, indem er die Lampe anschaltete und sich auf die Flucht vorbereitete.

Ein unerwarteter Ansturm von Jugend und Risikohunger half ihm sehr bei der Vereinfachung der Flucht. Er hatte nichts mitzunehmen. Er bewahrte die Brille auf und wechselte nur sein Taschentuch, aufgrund eines hygienischen Ticks, ohne zu wissen, daß er, indem er jenen unbedeutenden Fetzen nahm, den Zauber der Loslösung zunichte machte. Abermals blickte er zum Himmel hinauf, der von gähnender Schwärze und schwer von Sternen war, die man nicht sah. Mit Leichtigkeit kletterte er über die Balustrade und schlich vorsichtig und geduckt die Veranda entlang, als befürchtete er, aus den anderen Zimmern gesehen zu werden. Die Furcht schärfte seine Aufmerksamkeit und gab seinen Schritten Sicherheit. Der Abstieg über die Brüstung des Gartens ging mit einer ungeahnten Ruhe vonstatten, die Handflächen wurden zu Saugnäpfen an der Mauer, die Knochen entwickelten ein erstaunliches Gleichgewicht, das Fleisch bekam die Festigkeit von Mineralien oder streckte sich zu Bögen, die die Schwerkraft aufhoben. Cesare begann zu glauben, daß diese Balanceakte, die mit einer solchen Instinktsicherheit vollführt wurden, derart instabil wären, daß ein tieferer Atemzug ihn hinabstürzen ließe. Doch die Überlegungen und Zweifel sammelten sich wie immer erst an, nachdem die Gefahr durchschritten worden war. Jene letzte Anstrengung brachte ihn, elastisch und geübt, an den Straßenrand.

Ein kalter und feuchter Windstoß erfaßte ihn. Er stellte den Jackenkragen hoch, versteckte die Fäuste in den Taschen und ging ziellos, von der verlogenen Freude der Freiheit ergriffen, die Straße entlang. Rechts, auf der Anhöhe schaute Herrn Georges Villa, ein Koloß, ihm immer noch nach; man hätte denken können, daß sie aus dem Nichts, durch ein Geheimnis beseelt worden wäre.

Es gab nur wenige Lichter, in einer Garage, einer Mansarde und in einem Hotel. Die Straße führte ihn natürlich zum Strand. Wenn der Wind nicht aufbrauste, fühlte er sich in der bis dahin unbekannten Kälte sehr gut. An einer Ecke stolperte er über einen weißen Stein. Der Schmerz im Fußknöchel veranlaßte ihn dazu, sich auf die Lippen zu beißen und sich zu verfluchen. Wie ein Konvoi fielen die Obsessionen der Lichter über ihn her. Er blieb stehen und schaute in alle vier Richtungen. An die heillose Dunkelheit hatte er sich beinahe gewöhnt; doch der weiße, lange Stein widerlegte ihm die Gültigkeit seiner Fügung, derzufolge die Welt, in der er sich bewegte, nicht immer mit jener übereinstimmte, die er sah. Sein Fuß blutete etwas; der Knochen schmerzte zu seinem Verdruß immer noch, erwartete scheinbar Auflehnung. Cesare war versucht, gegen den Stein zu treten, ihn schimpfend auszupeitschen. Ein erneuter Windstoß hielt ihn jedoch davon ab. Er setzte sich jene schwärzlichen Brillengläser auf. Die Sicht war dieses Mal völlig düster, aber klarer. Wütend ging er seines Weges.

Nur schwer erkannte er den Strand wieder. Die Wellen wagten sich nun bis nahe an die Dünen heran, Sandhäufchen glättend und Schritte verwischend. Durch Cesares Brille gesehen, war der Strand jetzt schwarzes Eis, an dem einen Rand gläsern, an dem anderen erloschen und neblig. Mit aus Schutz gegen die Kälte verschränkten Armen blieb er stehen und wunderte sich über die Photographie, die unter seinen gestörten Augen auflebte und wieder verschwand. Die großen Wunder der Gläser und der Kurzsichtigkeit waren diese dunklen Filme, die sorgfältig entwickelt wurden, mit Körnchen aus Silber, mit der Gelatine zerschmolzener Strahlen; ein winziger und aromatischer Kosmos, in der sich das Leben wie durch Lamellen offenbarte.

Die Ellenbogen eng an die Brust gedrückt, schritt er auf dem nassen Sand. Die Schuhe waren naß geworden, die flüssige Kälte weichte ihm die Sohlen auf – doch er schritt, ohne sich stören zu lassen, erstaunt und fiebernd weiter. Die in sich zusammenstürzenden Wogen wurden zu schaumigen Wellen, die an seinen Fußknöcheln leckten und den Sand um seine Schuhe ausgruben. Cesare fühlte sich bis zu den Knien bespritzt und begann, sich nach rechts, zum Hügel hin zu orientieren. Der trockene und kalte Sand klebte jetzt an den Beinen wie eine zähe und rauhe Last. Dies ermüdete seinen Gang, ließ seinen Körper immer mehr auskühlen. Er stieg auf den Hügel, zog angewidert die nassen und schweren Schuhe aus, grub seine Füße in den Sand ein und seufzte, vielleicht aus Einsamkeit, vielleicht aus Schläfrigkeit. Auf der Seite liegend, den Kopf an die Schulter lehnend, erinnerte er sich an den ersten Tag am Strand und daß er die beiden Fräulein später wiedergetroffen hatte. Seitdem war noch nicht einmal ein Tag vergangen, aber er fühlte sich unsäglich alt. Die Zeit, eine Sache des Bewußtseins, verwirrte Cesare, seitdem er sie entdeckt hatte, und er konnte nicht einschlafen. Er fühlte sich unbehaglich, und seine Füße zitterten nervös in den nassen Hosen. Er fühlte sich von den Ereignissen gedemütigt und geschlagen. Seinen Kopf versteckte er in den Handflächen. Der Wind strich über ihn hin, wie über jeden im Sand vergrabenen Stein.

In jenen Minuten der Träumerei und des Mißgeschicks hörte er zum ersten Mal ganz deutlich eine Musik, die er seit seinem Abstieg zum Strand wie in einem Traum zu hören glaubte. Eine Art Walzer oder jedenfalls eine sanfte und wiegende Melodie aus dem Süden, aus Argentinien. Anfangs dachte er, es handelte sich um einen Streit im Fieberwahn – so wie er ihn zwei Nächte zuvor gehört und sich gefürchtet hatte. Es schien ihm, daß jederzeit ein symphonischer Albtraum bereit wäre, über ihn herzufallen. Die Formen und die Laute lösten sich von der mürrischen Spindel, die sie ordnungsgemäß spann und anständig zusammenflocht; diese fielen jetzt aus dem Nichts überall hin. Zweifel über das, was er sah und hörte, war der erste, durch die Dunkelheit offenbarte Instinkt.

Doch die Musik, das starke Trommeln und den Jazz, konnte man jetzt gut wahrnehmen. Es gelang ihm jedoch nicht auf Anhieb, ihre Quelle ausfindig zu machen. Erst nachdem er den Hügel bestiegen hatte, erblickte er ein erleuchtetes Dach, man hätte ein weitläufiges, aber niedrig gebautes, von den

Gärten und den umliegenden Villen irgendwie begrenztes Haus vermuten können. Soweit Cesare sich an das erinnerte, was Herr George ihm erzählt hatte, gehörten die Lichter zu dem Casino, während die Musik nur von dem Ball herrühren konnte, den die Fräulein erwähnt hatten. Freudig, wie ein von der Einsamkeit bedrückter Mensch, ging er auf die Lichter zu. Ein gutes Wegstück legte er auf dem Scheitel des Hügels, parallel zum Strand hin, zurück. Dann bog er, nach einem überstürzten Urteil seiner Augen, aufs Geratewohl ab, überquerte eine verlassene Straße und näherte sich dem Ballsaal.

Das Gebäude öffnete sich majestätisch und märchenhaft mit zwei übereinanderliegenden Terrassen zum Meer hin; im zentralen Saal war der Ball auf seinem Höhepunkt; in den anderen Zimmern nahm er verschiedene Gruppen wahr. Er wunderte sich, wie sich so viele Leute zusammenfinden konnten, da es erst Saisonanfang war und der Strand – den er an jenem Nachmittag besucht hatte – fast leer erschien. Einen unbebauten Platz umgehend, näherte er sich von der Seite, die er für die interessantere hielt; von der Veranda her, die unmittelbar in Verbindung mit dem Ballsaal stand, und stieg eine dreifach gewundene Treppe zum Garten hinunter.

Linkisch blieb er stehen, als er einige Männer und einige ärmliche Mädchen entdeckte, die sich vielleicht mit einer anderen Neugier dem Ball genähert hatten. Cesare wollte umkehren, wurde aber von der Möglichkeit einer Besichtigung der Säle an jenem Ort verführt, die bequem von zwei Fußwegen begrenzt wurden, welche von der Baustelle herführten und wunderbar vor den Türen des Haupteingangs und der Veranda lagen. Die Paare, das Orchester und das Buffet – das ganze lärmende und schwindelerregende Getümmel bezauberte ihn, ließ ihn in der Nähe des Lichts und des Lebens weilen.

Wie alle anderen, setzte auch er sich auf den Boden mit dem spärlichen Gras und zog seine Schuhe richtig an, in die er bis dahin nur halb hinein geschlüpft war. Die Handlung hatte die Aufmerksamkeit und die Sympathie der anderen Zuschauer auf sich gezogen, weil sie in dem Mann mit der schwarzen Brille einen unwürdigen Vagabunden, einen ihresgleichen, wiedererkannten. Cesare, den das nasse Leder der Schuhe und die Strümpfe voller Sand und Morast ärgerten, bemerkte jene Verklärung in den Gesichtern der Begleiter nicht.

Einer von ihnen, einer mit bösem Blick und abgearbeiteten Händen, erteilte ihm einen Ratschlag:

»Wenn du den Koch darum bittest, läßt er dich vielleicht die Schuhe in der Küche trocknen...«

»Dankeschön«, antwortete Cesare mit möglichst freundschaftlicher Stimme.

Wiederum schauten ihn die Menschen an. Jener mit dem bösen Blick begann auf einmal, ihn auszuhorchen:

»Bist du von hier oder bist du ein Fremder?«

»Ich komme vom Berg«, erwiderte er.

»Im Spital warst du?«

»Woher weißt du?« fragte Cesare verängstigt.

»Du bist mager wie ein Windhund, nur Haut und Knochen. Sobald du an die Arbeit gehen würdest, würde dich die Schwindsucht packen. Es ist besser, zum Berg zurückzukehren. Hier gibt es keine Arbeit; es ist ein sündiger Ort; und auch das Meer bekommt dir nicht.«

»Ich arbeite nichts«, beruhigte ihn Cesare, zerstreut auf die Terrasse blickend. »Ich kann nicht allzu gut sehen...«

»Deshalb trägst du schwarze Gläser?«

»Ja.«

»Das heißt, durch sie kannst du sehen?«

»Ein wenig.«

»Großes Unglück... Und wie ist es dazu gekommen, aus heiterem Himmel, von Geburt an?«

»Von Geburt an. Schon in der Schule habe ich sie getragen. Jetzt habe ich mich daran gewöhnt, als wüßte ich gar nicht mehr, daß ich sie habe!«

»Aber nachts, siehst du dann?«
»Ich sehe auch nachts, aber weniger...«
»Doch den Mond, wie siehst du ihn?«
»Als Mond. Nur daß er rauchfarbener und noch versteckter ist...«
»Ist er nicht grün?«
»Nein, so wie der Rauch, aber er ist immer noch der Mond.«
»Und immer noch rund?«
»Immer noch rund, wenn Vollmond ist, wie man sagt...«
»Und ohne Gläser, kannst du sehen...?«
»Schwer.«
»Komm, nimm sie ein wenig ab... Was siehst du jetzt? Erkennst du uns?«
»Ich sehe euch... Und auch das erleuchtete Haus sehe ich. Nur dahinter sehe ich nichts, weil es stockfinster ist...«
»So! Stockfinster ist es für dich. Ich sehe wie am Tag.«
»Auch ich sehe«, sagte ein vor Kälte zitternder Junge. »Ich sehe alle Sterne, bis auf einen. Und mag der Stern noch so klein sein, wenn er hell ist, sehe ich ihn. Mein Bruder kann nicht so gut sehen wie ich.«
Die Menschen schwiegen, waren damit beschäftigt, den großen Saal zu betrachten, wo der Tanz begonnen hatte. Cesare schärfte seine Augen und versuchte durch die unklare Luft die Paare zu erkennen. Zweifellos hätte es ihn amüsiert, von weitem seinen neuen Bekanntschaften vom Strand zu begegnen. Er hätte nicht gerne mit ihnen gesprochen, ihnen die Hände geschüttelt – sondern wollte sie nur sehen, sich ihrer Gegenwart vergewissern, das Gefühl der Isolation vertreiben, das ihn zu Eis werden ließ. Er suchte sie, allen Gegebenheiten zum Trotz, er suchte sie, obgleich es ihm unmöglich war, sie mit seinen getrübten Augen durch die schwarze Brille zu erkennen.
»Hey!« schnitt ihm jener Mann die Gedanken ab, »sag mir doch, wie viele Finger ich hier habe?«

Cesare drehte sich um und sah, wie der Nachbar, mit einem seltsam mitleidigen und spöttischen Lächeln die Handfläche über seinen Kopf hielt.
»Drei?« sagte er aufs Geratewohl, ohne hinzuschauen.
»Von wegen! Fünf! Alle fünf...«
»Er hat ihn genarrt«, sagte der zitternde Junge seinem Nachbarn. »Der ist stockblind...«
»Wenn du nicht mal die Hand vor den Augen erkennen kannst, was könntest du dort schon sehen?«
»Nichts«, entgegnete Cesare ruhig.
»Warum schaust du dann hin?«
Cesare schwieg, aber senkte wiederum den Kopf und begann, seine Strümpfe und die Hosenaufschläge zu säubern.
»Laß ihn doch, den Armen...«, sagte ein anderer. »Gott hat ihn genug gestraft...«
Es schien, als hätte Cesare die Reinigung seiner Strümpfe beendet, weil er wieder den Blick hob und ihn auf den Tanzsaal richtete. Schatten bewegten sich im Licht der Leuchter, Paare umschlangen und durchdrangen sich – und die Musik hörte nicht einen Augenblick lang auf. Cesare konnte die beiden Fräulein, die den Saal verließen und die Terrasse mit den Tischen zur Garderobe hin überquerten, nicht sehen. Er konnte sie in der aufgeregten Gruppe von Menschen, die ihre Mäntel anzogen und lärmend in den Hof mit den Autos strömten, nicht entdecken. Selbst als sie ins Auto stiegen, konnte er sie nicht wahrnehmen. Das Auto verließ den Hof als eines der ersten, und die Hupe klang feindlich und sinnlos vor der Maulaffen feilhaltenden Gruppe. Die Fräulein lachten belustigt, und ihr Lachen hätte Cesare wiedererkennen können; was er aber nicht tat. Als das Auto sich hinter den Bäumen des Boulevards verloren hatte, senkte sich aber merkwürdigerweise ein schmerzerfüllter, endgültiger Frieden in seine Seele. Es kam ihm vor, als wäre er, da es ihm nicht gelungen war, seine Bekanntschaften zu erkennen, für immer eingemauert worden. Er erhob sich und rieb sich mit den Handflächen die tauben, eingeschlafenen Knie.

»Gehst du, hey?« fragte ihn der Mann.
»Ich gehe. Ich bin müde.«
»Wo schläfst du?«
»Bei einem wohlhabenden Herrn.«
»Ist er ein Gutsherr?«
Cesare schüttelte den Kopf, während er sich den Kragen richtete und seine Hände in den Taschen vergrub.
»Und er erlaubt dir, nachts herumzugehen?«
»Er läßt mich ... Das heißt, er weiß gar nicht, daß ich nicht bei ihm nächtige ...«
Cesare ging auf die Baustelle zu, auf das Ende, das zum Meer hinunterführte.
»Hey!« rief ihm der Mann zu, »dort ist das Meer, hey!«
»Ich weiß, aber es ist der kürzere Weg.«
»Halt die Augen offen, hey ... Du kannst doch nicht klar sehen, nimm dich in acht ...«
»Von wegen, das Wasser kann ich gut sehen, mach dir keine Sorgen«, bedankte sich Cesare lachend.
Er lachte zum erstenmal in jener Nacht. Die Furcht des Mannes löste bei ihm eine Reihe von Gedanken aus, die er früher nicht geahnt hätte. Jene zwei Meere sahen sich ähnlich; beide waren schwarz und kalt. Das undeutlich im Sanatorium gesehene Meer und das wenige Stunden zuvor geschaute waren eins; Gewässer ohne Begrenzungen und ohne Sinn. Nur daß das letztere ihn mit einem Mal versinken ließ, um ihn danach tot und aufgeschwemmt treiben zu lassen – während das erste ihn langsam und sicher verhexte, ihm die Hände band, die Knie weich werden ließ und ihm Schauder durch die Brust jagte ...
Cesare näherte sich jetzt der sentimentalen und zugleich gräßlichen Problematik des Selbstmords. Er konnte nicht sagen, daß die Grausamkeit der Vagabunden ihn beleidigt hätte. Das, was ihn nun in Gedanken an die Grenzen des Wahnsinns, im Wasser zu verschwinden, trieb, war ein Gefühl der unermeßlichen Isolation, der wilden Einsamkeit. Wie es bei jeder tiefen Selbstversenkung geschieht, spürte er,

daß sein jetziger Zustand für alle Zeiten so bleiben würde, daß niemals ein Lichtbündel sein Eishaus durchdringen würde, daß jede Hoffnung auf Kommunikation, auf Umarmung absurd war. Und dieses Gefühl beschäftigte ihn derart stark und suchte sich mit großer Entschiedenheit ein Flußbett, daß das wie ein Ratschlag ausgesprochene Wort des Nachbarn am Feuer auf einmal einverleibt wurde und ihn zu Bewußtsein kommen ließ.

Cesare war unfähig zu entscheiden, ob die Selbsttötung eine Feigheit war oder nicht, ein moralischer Fehltritt oder eine Unhöflichkeit vor dem Christentum – bedingt durch die einfache Tatsache, daß er niemals zuvor an den Tod, an Gott, an den Ursprung des Lebens und an die anderen kardinalen Punkte in der »Philosophie« gedacht hatte, wie er jedes überflüssige, den Meditationen des gesunden Menschenverstands fremde Nachdenken nannte.

Zum Strand hinuntersteigend, von Visionen, Vorschlägen, Gegenvorschlägen und Hypothesen vergiftet, begegnete er – zwischen den Masken und Gesten, unter denen sich das verlockende Meer manifestierte – weder einer ethischen Fragestellung noch einem Zögern oder einer Neugier in bezug auf das Gute oder das Schlechte. Auf natürliche, ehrliche, organische Weise stellte sich Cesare beharrlich die Frage nach dem Vorteil des Selbstmords, nach seiner Wirksamkeit. Eine äußerst merkwürdige Erinnerung mischte sich unter diese Gedanken; nämlich der Zweifel, ob eine derartige Tötung *legal*, das heißt, ob sie mit seiner Struktur, mit seiner Ausrichtung vereinbar wäre. Heftige Reaktionen durchfuhren ihn aus intimen und dunklen geistigen Zonen, ihm ankündigend, daß die Selbsttötung nicht zu ihm paßte, daß sie ihn nicht interessierte, daß diese Handlung ihm gleichgültig wäre, nichts mit seinen Zielen und Notwendigkeiten zu tun hätte, daß sie wahrscheinlich nicht einmal seine große Einsamkeit befriedigen könnte, die ihn jetzt zum Meer hinunterführte. Der Konflikt spitzte sich keinesfalls dramatisch zu, und deshalb fand die Lösung auch nicht statt, sondern verlängerte, verzweigte, wiederholte sich, ohne jenes herzzerreißende Gefühl der Gleichzeitigkeit, sondern eher wie eine Folge visualisierter, widersprüchlicher, aber immer noch interessanter Vorschläge, die ihn zurückhielten und ihn der Reihe nach fesselten, ohne Neid und ohne Duelle. Es war ein pittoresk erscheinendes Leiden, und Cesare hörte seinen Akteuren mit einer völligen Enttäuschung zu, ahnend, daß kein Gedanke einen endgültigen Sieg davontragen würde, sondern daß er, als Mensch, als Mann, losgelöst von seinen Gedanken und seiner Seele, ihnen gleichgültig gegenüberstehend, die Wahl hätte.

Ein weißlicher, von langsamen Wellen geglätteter Streifen verlor sich wie eine Schneckenspur in den schwarzen Nebeln, die Cesares Augen nicht durchdringen konnten. Der Strand war gefroren, sah resigniert aus, wartete auf die Morgendämmerung.

Die Kälte und Feuchtigkeit führten ihn zu einer überstürzten Entscheidung. Festen Schrittes überquerte er den Strand. Ungeduldig zog er seine Schuhe aus und erzitterte, als er die feuchte, flaumige Spur berührte. Doch bald näßte ihm die Welle die Hosenaufschläge, und das unangenehme Gefühl sandigen Wassers verstimmte ihn. Als die Welle seine Schienbeine umspülte, blieb er stehen und krempelte die schweren Hosen bis über die Knie hoch. Er tat dies mit großer Aufmerksamkeit und Befriedigung, wie bei der Erfüllung einer Pflicht. Danach tastete er mit dem rechten Fuß nach dem davor liegenden Sand. Er befand sich noch auf gleicher Ebene und schritt furchtlos weiter, fast ohne zu bemerken, daß ihm das Wasser bis an die Brust spritzte. Er fragte sich, wie weit er gehen müßte, um eine günstige Grube zum plötzlichen und wirksamen Untertauchen zu finden. Als das Wasser ihn bis zum Gürtel umschlossen hatte, zog er seine Hände aus den Taschen und legte sie über Kreuz an die Schultern. Auf diese Weise schritt er noch wenige Meter voran. Das Wasser war von nun an dichter und sein Gleichgewicht weniger beständig. Er erprobte jenes Gefühl des langsamen Geschütteltwerdens, des Bodenverlierens, das den Körper dazu zwingt, seine lotrechte Stellung aufzugeben und sich gekrümmt nach vorne zu werfen und zu schwimmen. Das Schwimmen nicht beherrschend, wagte es Cesare nicht, seine vor dem Wasser noch geschützte Brust aufs Spiel zu setzen. Ohne an etwas zu denken, schritt er voran. Lediglich ein Gefühl der Reue, blaß wie eine Anspielung: ›Ich gehe, um mich zu ertränken... Ich werde mich ertränken...‹ Er geriet in Zorn, da er noch keinen Grund für den Selbstmord gefunden hatte und eine nicht rückgängig zu machende Handlung vollführte, während ihn noch Zweifel quälten. Aber es war schon zu spät, um sich noch zu konzentrieren. Die Entscheidung hatte der Mensch in ihm getroffen, der Mensch, der sich niemals Cesare genannt hatte, der niemals gelesen und nachgedacht hatte.

Als seine unsichere Stellung aber unerträglich und widerwärtig geworden war, bahnte sich in Cesare ein Wechsel an, der ihn noch einmal die Marschroute ändern ließ. Er glaubte wie aus einem Zauberbann zu erwachen, und der erste Gedanke, der im Lichte seines Bewußtseins zum Vorschein kam, war Manoil.

»Teufel«, hörte er sich plötzlich sagen, ein Wort, das er niemals zuvor ausgesprochen hatte. »Das ist zuviel...!«

Die Assoziation von Manoils Namen mit seinem verzweifelten Zustand, in den er sich hineingewagt hatte, konnte schwerlich auf normalem Wege erklärt werden, obgleich Cesare geheimnisvolle Mystifizierungen, Lichter am Wegrand abstießen; so daß er, an den Strand zurückkehrend, auf Erklärungen verzichtete und sich nur noch um die körperliche Pflege kümmerte. Sein Rücken war völlig steif, die Hände rot vor Kälte, die Hälfte seines Körpers naß und voller Sand. Niemals zuvor hätte er geahnt, daß eine Mainacht so kalt sein könnte. Angesichts seines ganzen Zustandes und seines Verlangens nach einem trockenen Ruheort war es jedoch merkwürdig, daß er, anstatt sofort auf den Strand zu gehen, parallel zum Ufer weiterging, den Streifen warmen Wassers wählend, wo die Wellen ruhig waren und nur bis an die Knie reichten. Sich Brust und Schultern mit den Händen reibend, ging er mit einem gewissen Erstaunen, jedoch ohne eine allzu starke Befriedigung, daß er sich selbst vor dem Ertrinken gerettet hatte. Die ganze Szene, zu der er sich unverantwortlicherweise hatte hinreißen lassen, war jedoch von offensichtlichem Ernst, wenngleich er, trotz der großen Aufregung und der quälenden Fragen, bei vollem Bewußtsein war, um sich nicht von ihr erwürgen zu lassen. Mit einer krankhaften Leichtigkeit hatte er darauf verzichtet, die Assoziation Manoil – Selbstmord zu bilden. Desgleichen hatte er darauf verzichtet, seine verrückte, aus heiterem Himmel gekommene, ungerechtfertigte Versuchung bis ans Ende zu verstehen. Die Stunde, in der er sich entschlossen hatte zu verschwinden, hätte genausogut die von gestern oder von morgen sein können; nicht die große, einzigartige, offenbarende Stunde, sondern das Metrum der äschernen, trockenen, gepreßten, numerierten. Es schien ihm, daß er sich in eine fremde Rolle hineinziehen lassen und die Tatsache vergessen hatte, daß er seine eigene Rolle noch nicht gespielt hatte. Es schien ihm, daß der langsame Schritt in die Tiefe des Wassers der Zug eines Spielsteins war, glücklich für den Gegner, aber erstaunlicherweise nicht übereinstimmend mit seinem Spiel, mit seinen Interessen. Dieses verstehend, beruhigte er sich, den Spielstein zurückstellend und die Zugrichtung ändernd. Cesare, der von Psychologie keine Ahnung hatte und alle Launen und Kadenzen eines aus dem Lot gekommenen Bewußtseins ignorierte, betrachtete die Ereignisse, durch die er gegangen war, so wie sie waren: als einfache, verrückte Abweichungen.

Er lief auf dem spärlichen Wasserstreifen entlang, um sich müde zu machen, ohne an die Rückkehr zum Strand zu denken. Vielleicht war eine Stunde seit der seltsamen Versuchung vergangen. Er hatte mehrere große Hügel umgangen und schritt jetzt vor einer kalkigen Anhöhe mit kleinen Büschen auf dem Scheitel und mit weißen Felsen, an denen sich die

Wellen brachen. Cesare sah jetzt nichts außer einer erdfarbenen Düne zu seiner Rechten und das graue Meer zu seiner Linken. Das Meer war immer noch genauso schwarz und kalt, und das versetzte ihn in Aufregung, er begann zu glauben, daß die Zeit sich verdünnte, daß alles, was seit dem Ball geschehen war, in einer Stunde stattgefunden hätte, weil er nicht ein einziges Zeichen einer Morgendämmerung erblickte. Durch seine Gläser verlor sich der weißliche Nebel der Ränder in denselben grauen Hintergrund. Doch für seine Städterseele, für die Erregbarkeit eines Bibliothekars blieb die unsensible Enthüllung der Umgebung, die fremdartige Transfiguration, aus dem Dunkel ins Licht, still, stumm und taub. Begrenzt, losgelöst, ohne Hilfe von außen, ohne Kontakt zu den Geheimnissen – Cesare mißachtete die Wunder der anderen und verstand seine eigenen nicht. Er ging an der Dämmerung vorbei, verzweifelt über die Verdunkelung der Gläser, über die Ewigkeit der Nächte.

Dann wurde er von einer Stimme, die vom Strand herkam, zur Menschlichkeit erweckt.

Im bläulich-schwarzen Hof, der das Wasser eindämmte, befand sich auf einem ausgehöhlten Stein ein Mann, ein Nachtwandler oder vielleicht ein auf die Dämmerung ungeduldig wartender Fischer. Die Stimme hörte er deutlich und nahe, wenngleich die Wogen sich getrübt hatten. Der Mensch rief nach ihm, halb erstaunt, halb vorwurfsvoll. Cesare, der froh darüber war, daß der Bann der Einsamkeit gebrochen war, wechselte, vom Ruf des Ufers erschüttert, die Richtung und schritt geradewegs auf den sandigen Hügel zu. Dort wartete, unwirklich und hell zwischen die Schatten projiziert, der Unbekannte auf ihn.

»Guten Morgen!« sagte der Mensch von weitem.

›Morgen?‹ fragte sich Cesare erheitert. »Wo ist er, daß auch ich mich freuen kann?«

»Es ist noch nicht ganz hell geworden, aber es dauert nicht mehr lang«, erklärte der Mensch. »Ich wundere mich, daß Sie die Dämmerung nicht sehen...«

»Wo ist sie?«
»Gott weiß wo sie sein könnte«, überlegte der andere, »aber sie zeigt sich am südlichen Ende, am Rande des Gestades...«
»Wo?« fragte Cesare geplagt, unfähig, die Durchsichtigkeit des Morgens auf der Leinwand aus Asche und Schwärze zu unterscheiden, die er seit Stunden durchstreifte...
»Aber was tragen Sie vor den Augen? Gläser? Vielleicht sehen Sie deshalb nichts... Nehmen Sie sie mal ab...«
Cesare erinnerte sich an sie und freute sich wie über die Lösung eines Rätsels oder die Erinnerung an einen Scherz. Er hatte die Brille vergessen, sobald er von dem Selbstmordgedanken erfaßt worden war. Mit Freuden entdeckte er sie und nahm sie von den Ohren ab. Sie war mit Salz bespritzt, asymmetrisch und sah alt und verbraucht aus.
Natürlich war die Dämmerung noch zurückhaltend, zögerlich, unsicher, aber ihre Gegenwart zeigte sich überall deutlich, die Ankündigung des Lichts wurde heftiger und offenbarte sich selbst Cesare. Das Licht sickerte entlang der beiden Horizonte, und wenn Cesare die Geheimnisse der Morgen, der Enthüllungen und des schweigenden Wartens verstanden hätte, hätte er das Licht vor sich, zwischen den Büschen des kalkigen Hügels, auf den Felsen, überall wiedererkannt. Ihn selbst dürstete es jedoch nach physischem Licht, nach vollem, nicht mehr zu leugnendem; er hatte Hunger nach Gegenständen, nach Gewißheiten. Vielleicht spornte ihn nur die Furcht vor den Schatten der Gruben und der Illusionen an, den Wasserweg zu wählen, auf ein festes Medium tretend, das einem deutlich und offenkundig das Gleichgewicht vorschrieb.
Der Ekel und der Schwindel, die ihn zu ersticken gedroht und ihn zugleich hatten erwachen lassen, als die Welle an seinen Brustkorb schlug, nahmen ab, sobald er einen festeren Boden entdeckte und seine Füße durch ein ruhigeres Wasser schritten.
Mit der Zeit war ihm das Gehen einige Meter vom Strand

entfernt als durchaus angebracht in einer derart langen und von Albträumen heimgesuchten Nacht erschienen. Je länger die Nacht sich hingezogen hatte, ohne daß der Tag anbrechen wollte, desto stärker hatten ihn die Ungeduld und das heftige Verlangen nach Licht mit Schmerzen erfüllt. Das Entgegenkommen des Fremden und die Aufhellung der Horizonte in dem Augenblick, als er seine Brille wegriß, minderten mit einem Male seine Verstimmung und Einsamkeit. In der Freude des Wiederfindens hatte Cesare völlig vergessen, daß, indem er die dunklen Gläser entfernte, das Licht die Formen einschmelzen, die Ränder in einen baumwollenen Hintergrund tränken würde, während seine kurzsichtigen Augen an den Gegenständen herumtasten würden.

»Ich komme vom Hafen... Ich suche einen kleinen Bahnhof, einen Ausweichbahnhof, wie man sagt... Könnten Sie mir nicht sagen, auf welchem Wege ich am schnellsten dahinkomme? Ich habe es satt, im Wasser herumzulaufen...«

Der Fremde schaute ihn ein wenig verwundert an.

»Vielleicht ist Ihnen etwas zugestoßen, ein Unglück. Sie sehen abgezehrt aus, nicht wie andere Leute«, fragte er voreilig.

»Ja und nein. Gestern nicht. Vorgestern ja. Das heißt, Moment mal, was für einen Tag haben wir heute? Wenn es morgens ist, haben wir Mittwoch, nicht?«

»Und wenn es Nacht ist, haben wir nicht auch Mittwoch?«

»Heute nacht nicht, heute nacht war es Dienstag, aber *heute nacht*, das heißt die kommende Nacht, ist Mittwoch. Das heißt, warten Sie, an welchem Tag fand der Ball statt?«

»...!«

»War es nicht Donnerstag? Bestimmt...! Montag, Dienstag, Mittwoch, Donnerstag... Wie der Mensch durcheinanderkommt... Was sagen Sie?«

Der Fremde sah ihn erschrocken an.

»Und ist der Bahnhof weit weg?« fragte Cesare wieder ernsthaft.

»Auf diesem Weg ist es weit, aber ich sage Ihnen, wie Sie hinkommen... Sehen Sie den Rauch am Ende des Berges?«
»Ich sehe ihn«, log Cesare.
»Das ist Rauch von der Wassermaschine, denn bei uns holt man das Wasser mit der Maschine. Die Maschine befindet sich am Dorfrand. Doch vor dem Dorf werden Sie auf ein Melonenfeld stoßen. Dort können Sie auch nach dem Weg fragen, denn in dem ganzen Ort gibt es anständige Leute. Nach dem Dorf laufen Sie die Straße entlang. Gehen Sie nicht um die Mittagszeit herum, denn es gibt keinen einzigen Baumzweig, die Sonne wird Ihnen auf den Scheitel brennen.«
»Ich habe verstanden... Und der Bahnhof?«
»Der Bahnhof liegt drei Kilometer vom Dorf entfernt.«
»Und der Zug, der zum Hafen fährt, hält er dort?«
»Einer macht halt, der der nachts kommt.«
»Ausgezeichnet...! Ich danke Ihnen. Alles Gute...«
»Warten Sie!« rief ihm der angesichts der ganzen Begebenheit ratlose Fremde nach. »Warten Sie, ruhen Sie sich einen Moment aus; dann können Sie weiter. Sie sehen müde und krank aus.«
»Krank? Sie haben krank gesagt, nicht?« schrie Cesare in einem Zornesausbruch, der den Fremden verstummen ließ. »Das heißt, ich bin verrückt, sagen Sie, sehe ich nicht verrückt, wahnsinnig aus? Schauen Sie mich an, seit wie vielen Tagen habe ich mich nicht mehr rasiert, heute nacht habe ich nicht geschlafen, und ich weiß nicht, seit wann ich nicht mehr gegessen habe...«
Cesare blieb erstaunt stehen, darüber verärgert, daß er einen armen Menschen erschrocken hatte, der gar nicht daran gedacht hatte, daß er verrückt wäre. Doch der Zweifel, den er in den Blicken des anderen vermutete, war derart ansteckend, daß er selbst jenen Zweifel wie eine Kralle spürte, die ihn aufriß. Jene flüchtige Ungewißheit, die sich zwischen zwei Augenpaaren hin- und herwiegte, Lücken und Rätsel entdeckend.

»Warum sehen Sie mich an? Warum schauen Sie mich so an? Was sehen Sie in mir?«

»Ich sah... Sie sehen... Sie werden vom Weg erschöpft sein...«

Mit einem Mal spürte Cesare die reißende Müdigkeit in den Gliedern. Sein Körper zitterte wie im Fieber mit rheumatischen Schmerzen an den Fußknöcheln, mit Schauern in der Brust. Eine plötzliche Schwäche aus dem Brustkorb überfiel ihn und nahm ihm den Atem. Die Versuchung, sich auf den Sand zu legen und einzuschlafen, ergriff ihn wie ein wildes, einlullendes Rufen, aber er befürchtete, daß er, hier auf dem Strand einschlafend, den Verdacht des anderen auf sich ziehen würde und die Fischer oder die Vorübergehenden ihn antreffen und zu Herrn Georges Villa bringen könnten. Deshalb erhob er sich mit einer Anspannung, die ihm die Gesichtsvenen anschwellen ließ, schaute zu den verschwommenen Schluchten, woher der Morgen entsprang, und setzte die Brille auf. Wiederum schmolz das Licht im Nebel dahin, doch der Teil des kalkigen Sandes vor ihm hellte sich auf. Cesare schickte sich an, dem Fremden einen guten Tag zu wünschen. Dieser sah ihn mit Schrecken an und wagte es nicht mehr, ihn zurückzurufen. Cesares Schritt war wacklig und ungestüm, eine unermeßliche, von Wahnsinn und vom Willen angepeitschte Schwäche verratend. Der in den Augen des Fremden auf feindselige Art steif gewordene Körper wurde nach wenigen Minuten wieder schlaffer, veränderte sich aber ansonsten kaum. Der Rücken blieb weiterhin fest, die Ellenbogen eng an den Körper gelegt.

Nur der Kopf neigte sich sachte zu den Schultern, auf die Brust – die Knie zögerten. So beobachtete der Unbekannte lange Zeit Cesares Kampf gegen das Fieber und den Schlaf. In der Helligkeit des weiten Horizontes sah er ihn zum weißen Hügel abbiegen. Cesares Silhouette; ein Rumpf ohne Kopf, mit angelegten Ellenbogen, mit schwankenden Knien; eine viel zu lange Jacke für die geschürzten und nassen Hosen.

Cesare glaubte, seine Beine würden dahinschmelzen, Trugbilder, als würden sie in den Kalk hinuntersteigen und weiß und trocken zerbrechen. Er wunderte sich. Dann erkannte er jedoch seine Täuschung. Cesare lief barfuß.

VIII. ERTRINKEN

Kurz nach dem Weggang Cesares geschah etwas Seltsames im Casino. Ein luxuriöses Auto drang mit wildem Gehupe in den Garten ein und machte vor der Haupttreppe halt. Zwei aufgeregte Männer stiegen aus, einer von ihnen hatte einen auffallend vernachlässigten Anzug, einen schwarzen Seidenschal anstelle des Kragens und einen kurzen, gestreiften Mantel an. Dieser ging direkt auf den Tanzsaal zu. Der andere, anständig und bescheiden gekleidet, setzte sich an das Portal und wartete auf ihn.

Es war fast zwei Stunden nach Mitternacht, und nur mühsam hielt sich der Mann wach. Mitten in der Nacht war er mit Rufen und Beleidigungen von seinem Herrn geweckt worden. Man hatte ihn losgeschickt, um das Auto eines Nachbarn zu holen, dann war er zur Wohnung des Arztes gefahren. Von dort aus waren sie mit dem Auto zum Ball gerast – ohne daß der Herr ihn darüber aufgeklärt und ohne daß er den Mut aufgebracht hätte, ihn nach dem Grund zu fragen. Diese wundersamen Fahrten durch die kalte Nacht waren unerwartet und unverständlich.

Die Tatsache, daß jener seltsame und kranke Gast in einer so eigentümlichen Umgebung verschwunden war, erklärte die Panik des Herrn nicht; um so schwerer waren die Fahrten zum Arzt und zum Ball zu begreifen. Der Diener verstand den Zweck nicht, den diese Leute verfolgten; ein Besuch bei der Polizei wäre viel wirkungsvoller gewesen. Der Entlaufene hätte noch vor dem Morgengrauen eingefangen werden können, wenn man eine Polizeistreife am Bahnhof und eine am Kai aufgestellt hätte. Die Stadt war zu klein, als daß ein fremder Mensch sich unbemerkt in einigen Stunden hätte verlieren können.

Herr George war jedoch anderer Meinung. Sobald er die Flucht entdeckt hatte – durch das Mansardenfenster steigend, denn die Tür war verriegelt geblieben –, hatte er sich aufgeregt. Mit erloschener Stimme machte er sich Vorwürfe – während der Diener sich verwirrt anzog –, daß er nicht rechtzeitig alle für einen Kranken in der höchsten Krise nötigen Vorsichtsmaßnahmen getroffen hatte, daß er ihn allein in der letzten Nacht seiner Freiheit hatte schlafen lassen. Dennoch konnte er sich nicht dazu entschließen, die Polizei zu verständigen. Eine unerklärliche Verlegenheit, vielleicht auch ein Verantwortungsgefühl, das sich unbewußt gebildet hatte, hinderten ihn daran, offiziell das unwahrscheinliche Verschwinden mitzuteilen. Er spürte, daß er zuallererst den jungen Arzt informieren müßte.

In einem Winkel seines Verstands erwachte die Hoffnung, daß Cesare vielleicht verrückt geworden und in einem Anfall von Mondsüchtigkeit davongelaufen wäre – und mit der letzten Verdunklung die Sünden Herrn Georges verschwunden wären. Seit dem Morgen, da Cesare das Zimmer betreten hatte, spürte Herr George ein ständiges Brennen, und dies offenbarte ihm überall den Geschmack von Asche, fade, trocken und von Instinkten zerstört. Niemals zuvor hätte er gedacht, daß ein derart nichtiges Ereignis, wie es die Veröffentlichung jenes Interviews darstellte, solche Folgen haben könnte. Herr George war von Selbstvorwürfen zerfressen, sah sich zur Sühne veranlaßt, war sich selbst so fremd geworden, so verändert, daß sein ganzes Verhalten ihm erregt und frech wie in einem Albtraum vorkam. Etwas aus dem zahmen Dämonismus, der das Schicksal Cesares antrieb, hatte sich ihm in den wenigen Tagen ihrer Gemeinschaft mitgeteilt, dem antitragischen Herrn George, in dessen Bewußtsein der Fatalismus ästhetisierend abzuweisen war, in dessen Leidenschaft sich die Sünde niemals offenbart hatte...

Der Diener fühlte, daß die Kälte und der Schlaf ihn überwältigen würden, wenn er nicht rauchte. In der oberen Tasche seiner Weste fand er zwei Zigaretten, die er sich abends gedreht hatte. Er tastete die Jacke nach Streichhölzern ab. Er hatte sie zu Hause vergessen, und der Chauffeur des Pächters rauchte nicht. Er erblickte jedoch wenige Schritte von der

Tür entfernt die Feuerstelle, an der sich jene wenigen Maulaffen wärmten, unter die sich Cesare eine Stunde zuvor gemischt hatte. Munter stieg er die Treppen hinunter und näherte sich ihnen.
Währenddessen durchstreifte Herr George die Säle auf der Suche nach dem Arzt. Es war schon zu spät, als daß man ihn hätte bemerken können, obgleich er mit Mantel, Schal und kaffeebraunen Schuhen den Tanzsaal betreten hatte. Den Arzt entdeckte er, als dieser gerade im Aufbruch war. Herr George packte ihn am Arm und zog ihn mit einer fassungslosen Unhöflichkeit aus der Gruppe heraus.
»Wissen Sie, Cesare ist fort! Er ist davongelaufen, durchs Fenster... Stellen Sie sich vor, wie ein Schlafwandler...«
»Was fällt ihm ein?« wunderte sich der plötzlich empörte Arzt.
»Ich weiß nicht. Als ich ihn gegen elf sah, schlief er. Vor einer Stunde wollte ich nochmals nach ihm sehen, doch die Tür war verriegelt... Ich bin über den Balkon eingestiegen und fand das Zimmer leer vor...«
»Wie kann das geschehen?« unterbrach ihn der Arzt irritiert. »Ist er verrückt geworden? Ist er sich der Schwere seines Falles nicht bewußt? Was sollen diese Eskapaden?«
»Aber er ist weggelaufen, verstehen Sie nicht? Er ist die Regenrinne hinuntergeklettert und über die Gartenmauer gesprungen... Gott weiß, wo er jetzt steckt... Was soll ich machen?«
»Rufen Sie die Polizeiwache an, schnell. Danach werden wir sehen, was zu machen ist.«
»Wieso ich?« beklagte sich Herr George. Und dann, zur Besinnung kommend:
»Nein, das ist *jetzt* unnötig. *Wir* müssen ihn finden, und Sie müssen mir helfen...«
Der Arzt ließ sich von der Dringlichkeit des Falles überzeugen und begleitete Herrn George. Er entschied sich, die Straßen des Villenviertels in Richtung des Deiches und des

Bahnhofs zu inspizieren und gleichzeitig direkt die Hafenpolizei zu benachrichtigen.
Die Treppen hinuntersteigend, bemerkte Herr George die Abwesenheit des Dieners, und das machte ihn plötzlich wütend, eine Wut, die ihn ins Schwitzen brachte und ihn am Denken hinderte. Brüllend rief er zweimal nach ihm. Der Chauffeur hupte. Herr George wurde ungeduldig. Der Arzt zitterte verlegen vor Kälte, darüber erstaunt, daß es erst zwei Uhr nachts war und der Schlaf ihn trotzdem in Versuchung führte.
Der Diener kam mit jenen drei Männern vom Feuer her gelaufen, die mit Cesare gesprochen und sein Aussehen kommentiert hatten.
»Wo läufst du mir herum, du Esel?« fragte ihn Herr George aus dem Coupé.
»Er war hier! Herr Cesare war hier, vor einer halben Stunde! Die Leute sollen es Ihnen sagen«, erwiderte er, auf die drei aufgeregten Gestalten deutend.
»Wir haben ihn gesehen, ein Herr mit schwarzer Brille, wir dachten, er wäre ein Arbeiter, weil er armselig aussah ...«
»Wann? Wann habt ihr ihn gesehen?« fragte Herr George überstürzt, aus dem Auto aussteigend.
»Es kann eine Stunde, vielleicht weniger her sein«, entgegnete der finster wirkende Mann.
»Eine halbe Stunde, vielleicht weniger«, präzisierte der Diener wichtigtuerisch.
»Misch dich nicht ein!« herrschte Herr George ihn an.
»Wißt ihr genau, daß er es war?« interessierte sich der Arzt.
»Er war es bestimmt, kein Zweifel«, sagte wieder der Mann, dessen Gesicht Cesare böse vorgekommen war. »Er kam, um sich am Feuer zu wärmen. Er sagte, daß er nicht sehen würde; er sah nicht mal bis hierher. Er sagte, daß er den Mond sehen könnte, aber Gott weiß ... Er ging so schnell, wie er gekommen war. Er sagte, er würde nach Hause gehen,

zum Gutsherrn, aber er ging zum Meer, ich habe ihn gesehen und ihn gewarnt ...«

»Wie zum Meer? Was fiel ihm denn ein?« fragte der aufgeregte Arzt wieder bestürzt.

Aber Herr George schwieg mit einem Mal, in sich zusammensackend. Ängstliche, teils auch kühne und beleidigende Vorstellungen durchschnitten den Lichtkreis, in dem Herr George die Gewißheit, das Gefühl der globalen, plötzlichen, nicht zu leugnenden Gegenwart einatmete. ›Furcht, Furcht, der Wahnsinn der Eskapade. Er läuft auf den öden Boulevard. Der Wind trifft ihn. Ekel. Sapphismus, Unwissenheit, Dunkelheit. Er hat niemanden. Er kennt niemanden, alles ist ohne Sinn, wesenlos, unverständlich. Alles ist unnötig. Er hat niemals gelebt. Das Licht hat er zu spät gesehen, nachdem er wußte, daß er es verlieren würde. Lob: Was für unnötige Gedanken du dir machst ... (Herr George lächelte amüsiert). So habe ich immer gelebt: Aus einer ungültigen Illusion heraus, ohne jede Bedeutung; ein liniertes Heft, Seiten, die auf Schönschrift warten. Das war alles. Und Cesare ist nach vorn gegangen. Eins, zwei, eins, zwei. Den Strand hat er gesehen; das geheimnisvolle Meer. Soviel. Wer hat ›soviel‹ gesagt, in einem Buch (in der Straßenbahn?)... Quand même, Cesare hat das Meer gesehen; das Wasser fühlt sich kalt, feucht an – was, um Gottes willen? Eins, zwei, eins ...‹

»Was soll getan werden?« fragte der Arzt, weniger erschrokken.

»Schicken Sie jemanden zum Kommissariat, schnell!« schrie Herr George, wie aus dem Schlaf gerissen.

»Es ist besser, wenn wir ihn suchen«, entschied jener friedlich, der als erster mit dem Diener gesprochen und die Szene geschildert hatte.

»Aber wir haben keine Straßenlaternen, es gibt keine Boote, keine Leute«, rief der Arzt aus. »Wie sollen wir ihn finden, angenommen, er hat sich ertränkt? Wo ist er ertrunken?«

Herr George wußte es: ›Ein großer Körper; mit gekrümmtem Rücken; er treibt und treibt; anfangs berauscht ihn die Woge wie eine Wiege. Dummheiten. Ertrinken. Das Ertrinken. Pierre Loti. S.O.S. Und etwas früher: Die Weiher saugen ihr Wasser aus dem Strom. Wieviel Zeit, bis der Strom vorübergeht! Schwimmen, treiben, ein lebendiger Körper treibt wie eine Blase. Das Wasser schiebt ihn von unten nach oben mit dem gleichmäßigen Druck des verdrängten Volumens. So oder die linierte Illustration aus dem Physikbuch? Das Gymnasium; die Ferien; das Boot auf dem warmen Kanalwasser; ein Weg oder eine Röhre aus dem Weiher? Iacob, dumm: ›Trinken wir, trinken wir, denn der Wein ist süß!‹ Iacob steht am Steuerruder, unnütz ausgestreckt. Faul. Die Jungs schrien: ›Rauch‹. Die Jungs: Ioan, Bill, dickbäuchige Grillen, Dum-Dum. Das Boot glitt, floß mit den Wassern. Das Volumen der verdrängten Wasser; nein. Die Schwere des Wassers; des Volumens von verdrängtem Wasser. Blubbblubb; blubb-blubb; Verdrängung. Bleibt es in der Luft? Nein, es schüttet sich über den Menschen aus, drückt ihn, füllt ihn voll. Iacob, dumm (der dumme Iacob), Wallenstein. *Ich bin der General Wallenstein*! Hohoho! Warum lachst du, hey? Wallenstein... Hinter den Seerosen; das Boot dreht sich im Kreise, gegen das Schilf. Das Pferd des Teufels, klapp, klapp. Die Wasser schmelzen; helles Silber, heißes; keine Sterbensseele. Schlaf, Mittag. ›Das Boot gleitet leicht durch die Wellen.‹ ›Halt's Maul!‹

»Einer muß zum Kommissariat! Wer geht?« fragte Herr George.

»Aber was ist denn passiert?« erkundigten sich die Damen und Herren aus den danebenstehenden Autos.

»Ich gehe!« entschloß sich der zitternde junge Mann.

»Wohin, Bruder?« hörte man die Stimme der Dame mit dem erdbeerfarbenen Schal.

»Nimm das Auto, schnell!«

Der Vagabund zögerte. Fratzen. Humor. Sollte er ihn am Kragen packen und ihn schütteln: ›Machst du Späße, Armseliger?! Vielleicht ist er ungewaschen; Läuse, Punkte. Alles treibt. Alles kann treiben, durch die Schwere des verdrängten Wassers; des Wasservolumens – oder umgekehrt.‹

»Lauf schnell, Junge!« stieß ihn Herr George ins Auto. »Sie sollen Straßenlaternen bringen. Nein, warte; sie sollen die Hafenschaluppe schicken, die mit dem Scheinwerfer, hast du verstanden? Sag, daß er ertrunken ist...«

»War er Knecht?«

»Ochse, er war Cesare! Vergiß nicht: Cesare von der Bibliothek des Fürsten Emmanuele. Das heißt, warte; sag nur Cesare, sonst kommst du noch durcheinander. Weißt du jener, von dem die Zeitungen sagen, daß er blind würde.«

»Ich weiß.«

»Rasch, mit dem Scheinwerfer.«

»Wohin denn, Bruder?« hörte man wieder die Stimme der Dame.

»Er ist ertrunken!« flüsterte ein Fräulein.

›Die Hupe klang feindlich, als das Auto um das runde Blumenbeet bog. Dieselbe Hupe; Boulevards, angezündete Leuchter, Kino. Wer zum Teufel hat mich veranlaßt? Verrückt, ein Verrückter, einer, zwei. Mit der umgekehrt proportionalen Schwere. Das Gesetz der Schwerkraft, der Fehlgeburt, des Schutzes der Minderjährigen. Crxxctz...! Der Chauffeur ist verrückt. Aber das Auto ist nicht meines. Was geht's mich an?‹

»Wer denn, Bruder?« regte sich die Dame mit dem erdbeerfarbenen Schal auf.

»Cesare, meine Dame, kennen Sie ihn? Haben Sie von ihm gehört? Jener, der erblinden wird...«

»In einem Jahr, bestimmt. Aber was ist passiert, um Gottes willen...!«

»Letztendlich weiß keiner etwas... Wahrscheinlich hat er versucht, sich umzubringen«, erklärte Herr George höflich, aber zerstreut.

»Er ist heute nacht verschwunden, durch das Fenster«, sagte der junge Arzt ernst. »Ein Automatismus, bestimmt, vielleicht ambulatorisch. Möglicherweise sogar ein Anfall von Somnambulismus...«

»O weh!« regte sich die Dame auf.

»*Maman*, es ist spät, gehen wir...«

Mehrere Herren hatten den kurzen Erläuterungen zugehört, während sich die Nachricht rasch in den Salons verbreitete. Jene, die noch wegen des Tanzes geblieben waren, stürzten auf die Veranda. Herr George wurde zum Blickfang. Viele erkannten ihn wieder, belagerten ihn. Die Autos stauten sich. Mit dem Arzt, dem Diener und mit einem Pulk von Neugierigen fuhr Herr George zur Baustelle. Einige Chauffeure schlossen sich ihnen mit elektrischen Lampen an. Den Kopf von einem Filzhut geschützt und die Hände in den Manteltaschen haltend, erklärte der Arzt kurz und in einer allgemein verständlichen Sprache die Wechselbeziehungen zwischen Nerven und Augen. Herr Georges Stimmung verdüsterte sich.

›... Damals zur Mittagsstunde. Das Boot: eine weggeworfene Brotscheibe mit ranzigem Schafsgeruch, fauliges Stroh, nasser Sack, in dem Fische und Käfer sich herumgetrieben haben... Küche. Das Bett der Dienstmagd. Einmal tastet er im Finstern umher, nachts, verwegen (zählte pochend: eins, zwei, drei... ich muß! Eins , zwei...), krank vor Kälteschauern.

Die Offenbarungen der Erektion, von rotem, salzigen Blut genährt, mit der Pumpe geschleudert, von Furcht gepreßtes Blut, aus allen Winkeln herausgesogen, in den Oberschenkeln gekocht. Bleich. Die Tür. Einmal hat er sie mit den Armen, den kalten Ellenbogen vor den nassen Brüsten erwischt. Der Körper roch warm und mörderisch. ›Was machst du, Gutsbesitzer?‹ Die Hand plötzlich dort. Er hielt inne. ›Der Gutsherr bringt mich um!‹ Dumme Gans! Die Brüste gefielen ihm. Er hatte sie einmal gesehen, weiß und fest, Geschlecht. Er hatte geträumt: Er würde sie entblößen, er würde sie mit seinen Handflächen bedecken, an ihnen saugen. Jetzt nicht. Gleich unten. Die Schenkel, Schere. Das erste Mal. Ihre Schreie, Junge und Mädchen. Danach: der Geruch, wie eine Decke auf der Brust, auf den Handflächen; ranzig (Läuse?), nach Fett und Haar. Er muß sich waschen; waschen, waschen. Huo! Es stinkt. Wenn sie was sagt, bring ich sie um . . .!

Der gleiche ranzige Geruch im Boot. Weiße, braune, jugendliche Rümpfe. Blendendes Himmelslicht auf entblößten Brüsten, schweißgebadeten, lebendigen.

Das war der Anfang: Alle litten unter der Hitze und dem schweren Geruch. Sie verfielen in Agonie. Niemand konnte schlafen. Wallenstein!! Der Vorschlag, die Zerstreuung. Dort, in Richtung des Pfahles, alle auf einmal. Den Pfahl konnte man mitten im Weiher sehen, ein vertrockneter Arm, der aus abgestandenen Wassern aufragte. Schwimmen unter Gelächter, alle auf einmal. Die Thermosflasche mit kühler Weinschorle als Preis. Mit den Armen durchschnitten sie das warme Wasser, in Form eines Polsters, das durch die Bewegungen der Achseln unter Bauch und Brust hinunterrutschte.‹

Das Schwimmen vom Boot zum Pfahl war Herrn George in lebhafter Erinnerung geblieben. Und wie er mürrisch zum Strand vorwärtsschritt – ein Zug von Amateuren, die keine Rettung brachten –, vertiefte sich die Erinnerung daran, entfaltete sich im Licht, rief ihn, entführte die Seele in längst totgeglaubtes Leben, in die Tage des Umherirrens auf dem Weiher.

Die Herren, die sich mit Begeisterung und Hingabe für den unglücklichen Cesare eingesetzt hatten, gingen mit eiligen Schritten zum Meer. Sie legten den Weg in wenigen Minuten zurück. Rasch stiegen sie zum Strand hinunter. Es bildeten sich Gruppen von zwei, drei Leuten, sie verstreuten sich, suchten in alle Richtungen, ohne Ergebnis, das Meer und den Sand mit den gleichen unschuldigen Forscheraugen betrachtend. Der Arzt wurde ganz ungeduldig, als er die Kopflosigkeit der Retter sah. Er hob die Arme.

»Bitte, meine Herren! Ein wenig Ordnung und Methode . . .

Sie, mein Herr, der Herr von links, ich bitte Sie… « Der Herr wandte sich irgendwie belustigt zu ihm, um die Vorschläge des Arztes anzuhören.
»Ich bitte Sie!« fuhr dieser fort. »Bis die Schaluppe mit den elektrischen Scheinwerfern kommt, müssen wir mit Methode allein den Strand absuchen…«
Herr George hörte ihm untertänig zu. In Gedanken dankte er ihm dafür, daß er die Rolle des Kapitäns in dieser bunten Schar übernommen hatte. Die Bilder aus seiner Jugend schienen ihn von nun an zu erwürgen. Die Ereignisse im Zimmer der Magd auf dem schmutzigen Bett, nachmittags, als alle im Schatten schliefen, vermischten sich mit jener langen Eskapade entlang des Flusses, auf dem Kanal, dem öden, von Fischen und Schilf überfüllten Weiher. Wörter, Gesten und bittere Erfahrungen von damals kamen gleichzeitig mit einer plötzlichen Stetigkeit und erstaunlichen Zartheit zum Vorschein. Aus dem Nichts löste sich Herr George aus der Gegenwart und betrat jetzt vergessenes Gebiet.
»Gehen Sie nicht in alle Richtungen«, tobte der Arzt mit immer noch erhobenen Armen. »Sie suchen das Ufer ab, bis Sie die Spuren finden werden«, wandte er sich den drei Vagabunden zu, die sich zu den lampentragenden Chauffeuren gesellt hatten.
»Aber wie sehen die Spuren des Herrn aus?« wunderte sich einer.
»Suchen Sie nach frischen Spuren. Vorsicht…!«
Die Fährte durch das Gewässer des Weihers konnte nach Belieben verlängert oder verkürzt werden. Herrn Georges Instinkte nutzten sie geradewegs als Ventil der Erinnerungen. Es machte ihm Spaß, die gleiche Fahrt wieder zu erleben – monotone Erhebungen und Rutsche mit geringfügiger Anstrengung – und den entscheidenden Augenblick zu verpassen. Herr George dachte über jenen Moment mit einer Intensität und einer Sympathie nach, die ihn überwältigten; die Szene entfaltete sich nicht mehr irgendwo hinter den Augenlidern; er sah und lebte sie auch nicht mehr. Man hätte

meinen können, daß eine übernatürliche Betäubung ihn mitten im Fluß seiner Erinnerungen packte, die Zeit in Schwindel umwandelnd, ihm jede Verbindung zur Vergangenheit und zu seiner Umgebung abschneidend, ihn mit den gleichen Bildern wie mit einer Zange zerdrückend: der Pfahl aus dem Weiher, das warme Wasser, das ehrgeizige, wilde Wettschwimmen. Die vollkommene Leere betonte die in den Raum des Weihers ragende Wirklichkeit noch gewaltiger.
Es gab nichts anderes mehr. Die Trance besiegte Herrn Georges Willenskraft. Jeder hätte ihm Befehle geben können, jeder. Es gab Dinge, die er nicht mehr verstand. Die Flucht Cesares hatte keinen Sinn mehr. Der Arzt war kein Arzt mehr, sondern jener Volksschullehrer aus der Stadt am Flußufer. Cesare war nicht entlaufen. Er war freiwillig ans Meer, zum großen Versucher, dem Tod, gekommen. Er kam, um sich zu ertränken. Befreit von der Zange des Nachsinnens über einen Augenblick aus dem Seeabenteuer des Jugendlichen – Weiher, Weiher – eilten Herrn Georges Gedanken unmittelbar zu den Ereignissen hin. Die Hypothesen zogen ihn nicht mehr an, und auch die Angst vor der Wirklichkeit verspürte er nicht mehr. Cesare war gestorben, ertrunken. Ein Tod im Wasser, bei Nacht. Er hätte gedacht: Ein Tod wie sein eigener, wenn jenes große Ereignis sich nicht mittags am Weiher zugetragen hätte. Unterirdische Assoziationen leiteten ihn: ›Cesares Tod, der Tod, den ich kenne, durch den ich gegangen bin ... Und dennoch bin ich am Leben, jetzt, lebendig seit siebenundzwanzig Jahren, seitdem bin ich auferstanden.‹ Das Paradox, die Absurdität machten Herrn George schwindlig. Er hob und schüttelte den Kopf. Die Gruppen regten sich auf. Mit einem amüsierten Lächeln teilte ein Herr (es waren nur wenige Minuten seit der Episode mit dem tobenden Arzt vergangen) seine Entdeckung mit.
»Cesare hat sich ertränkt!«
Der Herr kam mit dem nassen Paar Schuhe, die Cesare am Ufer zurückgelassen hatte, zur Gruppe. Die Scheinwerfer

richteten sich neugierig auf jene vom Sand deformierten und schweren Schuhe. Die rötlichen Lichter und die Lichtkegel der elektrischen Lampen spielten erschrocken und überreizt miteinander, Kreise entwerfend und Phantome verlängernd. Ein kurzes und vollkommenes Schweigen, den Spuren des nackten Fußes folgend. Entschlossene Schritte. Eins, zwei.

Die Schuhe sprachen zu Herrn George. ›Unheil. Zuerst der linke, auf einem Fuße stehend, ein Storch mit schwarzen Gläsern, zwischen Meer und Meer. Danach der rechte, auf nacktem Fuße stehend, die linke, weiße Fußsohle, die tief in der Aschensülze steckte. Er hatte sich gebückt, um sein Gleichgewicht zu halten, ein wenig gekrümmt. Danach ist er hineingegangen, ein Bad ohne Schrecken, ein Ereignis ohne Fragen. Anfangs, das Volumen des verdrängten Wassers – dann der Tod.‹

Eine krankhafte Kälte ließ sein Blut in den Adern gefrieren. Herr George wußte es. Er hatte sich vom Pfahl gelöst und den Weg des Wassers eingeschlagen, zu den Schilfrohren, um das Boot an der Küste zu erreichen. Die anderen schwammen tapfer auf geradem Wege unter der Sonne. Das Boot erstarrte auf dem Spiegel. Wallenstein emporragend mit einem symbolischen Humor auf der Bank am Steuerruder, die Thermosflasche mit der Weinschorle hineinwerfend. In seinem Umkreis die Mittagsaureole. Wärme und faulige Düfte, von Libellen heimgesuchtes Röhricht. Wiederum spürte er jetzt die Leere mit der Schwere eines Felsens, ein Berg ohne Wesen, auf dem Herzen, zwischen den Rippen, innendrin. Halt. Um zu atmen; ersticken. Um die Luft aus dem Mund zu schlucken; in die Nasenlöcher hineinstürzendes Wasser; die Ohren verstopfen sich knackend. Schaum vor dem Mund. Er streckte die Hände; Kohlen und Blei, sie fielen breit. Die Beine gaben nach, metallische Muskelkrämpfe. Spaß? Die Augen sahen; Schilfrohre zur Rechten, das Boot in der Nähe mit der Statue Wallensteins. Er lachte. Kaltes Erlöschen, denn der Körper sank, lotrecht, im Wasser stekkend wie ein Pfahl, nasser Rumpf und trockener Kopf, das alles unter der Sonne. ›Jetzt, jetzt. Wenn ich mich bewege, zerspringt mein Herz, Bögen bläulichen Geflügelmagens, rotes Lebewesen zwischen Därmen und Fett. Jetzt, jetzt. Wenn ich mich nicht bewege, ein schweres Aas.‹ Das Wasser beseelte sich, wurde böse, hielt und zog ihn. Anfangs warmer und heuchlerischer Weiher. Lügenhafter. Jetzt, die jähzornige Alte. ›Warte mein Bübchen, warte auf meine Güte.‹ Er verdrängte sie langsam, langsam. Er rief – das Wasser klatschte ihm in die Augen. Die Geräusche hatte er nicht gehört. Der Weiher nahm ihn, das Herz in den Gurten festhaltend. Das Herz. Wenn er sich bewegte, würde es zerspringen. Er wußte es. Er hatte es versucht, und das Messer hatte sich innen gedreht. Das war es: das Herz. Vielleicht ein Krampf, vielleicht Schwäche. Er hat die Augen im Wasser geöffnet; er sah wie im Bassin, wenn er unter Wasser schwamm, um die Mitte der Aurora zu fangen. Schweinerei. Niemand wußte es. Er wollte es jetzt sagen. Er hob den Arm hoch, und der Gedanke rief: ›Ich habe die Brüste Auroras unter Wasser geküßt!‹ Er hörte ein Geschrei. »George Washington! Jorj!« Aus Angst lächelte er. Ihn, ihn rief man. Ihn rief man Iacob, die Statue, der Bogen mit dem gespritzten Wein, Aureola.

Er sah und hörte eine lange Geschichte. Doch er vergaß sie Akt um Akt, sowie sie sich entfaltete. Aus Büchern wußte er: Wenn der Mensch das Tor des Todes öffnet, in jenen Augenblicken erinnert er sich an sein Leben. So starb er. Ein Ertrunkener. Er starb aus dem Herzen. Er starb, ohne zu sagen, daß er die Brüste Auroras, der Schwester Iacobs, geküßt hat. Sie würden ihn für ertrunken halten.

Und es ekelte ihn nicht vor dem Wasser; Angst, aber Gelassenheit.

»George Washington ...!«

Danach nichts mehr ...

»Was ist los, mein Herr?« fragte der Arzt erschrocken.

Herr George sah lächelnd aufs Meer. Eine reine und heuch-

lerische Fläche mit gedämpftem Rhythmus, die sich für den Morgen ausruhte.
»Was ist los mit Ihnen, mein Herr?«
»Demnach ...«
»Er ist verloren, verloren ...!«
»Die Schaluppe kommt ...!«
Herr George war ein Steinblock in der Schar der panischen Retter. Die Menschen wateten durchs Wasser, verfolgten die Spur von Cesares Schritten. Die Schaluppe hatte den Motor abgestellt und knisterte vor Schaum. Der Suchscheinwerfer – weißes, totes Auge – schaltete sich in Richtung des Strandes an. Die Leute wichen geblendet aus. Die Menschenschar erregte sich, die Scheinwerfer der Chauffeure glichen jetzt Öllämpchen. Dem Arzt war es unmöglich, Disziplin zu bewahren. Der Suchscheinwerfer bewegte sich langsam, indiskret und eindringlich leuchtend, grüne, goldene Kanäle in die dunklen Leinwände schneidend.
»Dort, dort ...«
»Nach rechts, ein wenig nach rechts ...«
»Aber warum, Bruder?«
»Er war ein Genie ...«
Das Fräulein, an den Arm des kräftigen Herrn gehängt, seufzte. Die Damen erschauderten.
»Er wußte, daß er erblinden würde ...«
»Große Sünde ...«
»Was für ein Mut!« rief die Dame mit dem erdbeerfarbenen Schal bewundernd aus, die dem Konvoi gefolgt war und sich die Ballschuhe auf dem aufgescharrten Sand schiefgetreten hatte.
»*Maman*, ich fürchte mich!«
Der Arzt war überrascht von der Erregung, die er von Herrn Georges blassem Gesicht ablas. ›Freunde; sie waren gute Freunde. Herr George hatte versprochen, ihn ins Sanatorium zu schicken. Und der andere ... Was war? Vielleicht Somnambulismus. Diese ungebildeten Damen, die den Mut eines Nervenkranken bewunderten ...‹

Er versuchte, den Direktor zu trösten, eine wohlwollende und sentimentale Persönlichkeit, unwürdig, einen Undankbaren zu beschützen. Herr George sah wirklich kaputt aus, mit einer grenzenlosen Leere in den Augen. Der Arzt las alles vom Gesicht des Patienten ab. Er wußte Bescheid.
»Warum grämen sie sich unnötig? Es war ein unerwarteter Anfall, hysterisch, vorübergehend, auf jeden Fall eine krankhafte Attacke. Sie selbst haben sich nichts vorzuwerfen. Ihr Gewissen ...«
Herr George lächelte zu Dank verpflichtet und drückte die Hand des Arztes. Er tat dies alles, ohne nachzudenken. Eine Reihe von Vorwegnahmen. Die Zeitungen würden wieder darüber schreiben. Seine Zeitung würde wieder dieselbe Photographie veröffentlichen. Der Redaktionssekretär würde telegraphisch einen neuen Artikel verlangen. Gespräche. Manoil vor der Justiz. Koinzidenzen. Herr Felix würde seine Hände in Unschuld waschen: »Ein Freund von mir kennt ihn.« Der Pächter: »Welcher, Herr?!« Die Fräulein vom Strand. Die Tragödie: Er war beim Ball, er war beim Stelldichein, er hat Wort gehalten und ist gestorben. Shakespeare. Weint, ihr Kinder des Vaterlandes. Den Körper würde man beim Leuchtturm finden. ›Er ist gestorben, weil ... Warum ist er gestorben? Wer hat ihn umgebracht? Er oder ich? Soll ich gestehen, soll ich jetzt schreien: Ich habe ihn umgebracht, daß Ihr es wißt! Warum schreie ich nicht? Geheimnis, Geheimnis ...‹
»Sollen wir auf die Dämmerung warten, oder sollen wir ihn schon vorher suchen?«
Der Suchscheinwerfer ging aus. Die Nacht senkte sich wieder herab, diesmal weniger unfreundlich, reiner. Sterne. Rechts und links Schweigen, Leben. ›Die Menschen schlafen. Wie gut ist es mir allein gegangen, ohne ihn ... Wer hat mich dazu getrieben, Herr?‹ Aber die Frage hatte nicht mehr die Kraft von früher. Herr George fühlte sich nicht mehr aufgebracht durch die Albernheiten der letzten Tage, die Langeweile und die Verbrechen, in die er dummerweise hineinge-

rissen worden war. Er fühlte sich befreit – aber an etwas anderes gebunden, etwas Größeres, Rauheres, Gebieterisches, Unbekanntes. Er spürte, daß er sich verlieren, daß er auf den Sand fallen müßte, wenn er sich nicht auf den Arzt stützen würde. Jener sah ihn immer noch erstaunt an. Herr George beugte den Nacken. Er hatte ihn vergessen. Er hatte vergessen, daß er keinen Hut trug. Aber er versuchte, ihn zu ziehen. Die Hand tastete verlegen am Scheitel entlang und hielt in der Luft inne. Herr George spürte in seinem Umkreis die Seele des toten Cesare und sprach:
»Gott… Verzeih mir…!«

IX. EMMAUS

Trübe ging die Sonne auf. Bläuliche Wolkenbüschel, wäßrige und kalte Geschöpfe, erwarteten ihn. Das Meer war jetzt grünlich, schaumig, und von weitem wehte ein fremdartig duftender, heftiger Wind, gleich einer Horde wilder Pferde, die die Rinde des aus der Tiefe zum Himmel aufspritzenden Wassers fortgerissen hatte, Sturm, Verschwendung, mit Lymphen genährte Algen. Der Duft der Anfänge, der Wasser, der Fischer, des Traums. Cesare schritt mechanisch voran. Er hatte sich gleichzeitig mit dem herrschaftlichen Sonnenaufgang von seinem Leben befreit: Die Sonne – Glut, anfangs Gott, danach hellenische Allegorie, Flitterwerk. Verwirrt und überrascht betrachtete er den Sonnenaufgang, obgleich er ihn schon seit Jahren verzweifelt erwartete. Ein Flecken Licht, eine Kugel, ein Bild. Nicht mehr als ein Bild. Wenn er die Hand ausstreckte, würde er es nicht zu fassen bekommen; wenn er die Augen schlösse, würde er es nicht mehr sehen. Aber er spürte die Sonne auch ohne Augen. Nur wenn er stürbe, würde er sie nicht mehr spüren.
Sie zeigte sich in ihrer ganzen Größe.
Seine Mühe löste sich in Begeisterung auf. Er wandte den Kopf zum Fremden hin (er war ihm einige Augenblicke zuvor begegnet, er hörte noch seinen Atem hinter sich), um ihm »guten Morgen« zu sagen. Der Strand, neblig und öde. Er ging noch einmal zurück. Der Halsansatz als Drehgelenk für den Beobachtungsstand. Die Augen als Ferngläser. Er suchte mit bohrenden Blicken. Sie kehrten wieder zurück, zum Ufer, zum Meer hin. Er glaubte, ein Schiff zu sehen; dort, die Rauchsäulen. Die Fräulein waren nicht beim Ball gewesen, sie hatten ihn angelogen. Eine hatte aus Shakespeare gelesen, die andere hatte auf dem umgestürzten Kanapee geraucht. Einsamkeit. ›Hamlet – vielleicht habe ich ihn gelesen. Bestimmt: Worte, Worte, Worte! Gut. Zum Kloster jetzt, zum Kloster Ophelia...! Ist der Fremde ertrunken?

Ich sehe ihn nicht. Wann ist er verschwunden, um Gottes willen? (Laß Gott in Ruhe...! Idiot!)‹ Er war fort, wahrscheinlich ist er weggelaufen. Andernfalls hätte er ihn gesehen.

Wiederum liefen ihm vor Anstrengung Tränen aus den Augen. Das Taschentuch war naß und salzig; die ganze Nacht über war er durchs Wasser gewatet. ›Jesus Christus? Lappalien... Warum sind Sie fortgegangen, Herr? *Allein* – aber ich darf keine Angst haben, ich darf... Was ist los mit mir...? Die Müdigkeit, bestimmt, die nervöse, zähe Erschöpfung, der Herr Doktor weiß es besser. Er soll es Ihnen sagen...! Idiot, wach auf! Allah ist fortgelaufen. Seine Mutter. Warum beschimpfst du ihn...? Aber ich bin doch allein, versteh mich! Lappalien...!‹

Von Sonne und Angst vorangetrieben, machte er sich abermals auf den Weg. Wenn er sich auf den Sand hinlegen würde, bliebe er allein. ›Warum habe ich eigentlich Angst? Aberglauben; hellichter Tag und dort das Dorf mit der Wassermaschine. Gute Menschen, habt Mitleid... Was für gute Menschen... (Er hatte Zweifel; würde gerne weinen). Dort sind sie, immer dort; sie gehen nicht fort. Sie haben keinen Mut, nicht den Mut zur Verantwortung! Zur *Verantwortung*.

Ich! Ich bin vor den Menschen geflohen. Letztendlich bin ich geflohen und mache mir aus niemandem etwas. Was wollen sie? Ich werde ihnen ins Gesicht spucken: Schweine!‹

Die Sonne verschwand hinter den Wolken. Atemlos blieb Cesare stehen. Es wurde plötzlich kalt. Wieder drehte er sich flink und nervös um. Wenn sich der Fremde versteckte, könnte er ihn überraschen. Er machte einige Schritte, gab vor, nicht verwirrt zu sein, ganz natürlich, wie alle Menschen, die ihres Weges gehen. Dann sprang er mit einem Satz zurück. ›Ich hab ihn, den Zwerg! Er ist dort, hinter dem Felsen versteckt. Er beobachtet mich. Er denkt, ich sei verrückt, Schurke...‹

Mit zitternden Händen setzte er seine Brille auf und drückte

sie so stark gegen die Augen, daß die Pupillen sich an den Gläsern festsaugten. ›Er ist dort, ich bin sicher ...‹ Den Stein fixierend, wartete er. ›Ein Stein. Niemand. Der Wind. Was wird aus mir? Was wird aus mir ...?‹
Von der Einsamkeit geplagt, schritt er voran. ›Wolken, Leinwände über dem Tag. Verantwortung. Hindernisse auf dem Weg, hopp, über sie hinweg. Sie wollen mich ins Asyl stekken, blind und verrückt. Wir, der Bürgermeister der Stadt usw. Unser Cesare – lebe hoch! Und ich im Asyl. Weil ich kein Geld habe ...‹
Pause. Welch ein Wunder, er konnte trotzdem gehen. Den Körper spürte er wie einen widerwärtigen Sack. Er wußte, daß, wenn er plötzlich stehenbliebe, ihn der ekelhafte Schmerz seines Fleisches krankmachen würde. Er ging, von hinten gestoßen, ein unbekannter Nebel, worin sich der Fremde versteckte. ›Ah! Jetzt weiß ich. Er hat sich weder versteckt, noch ist er ertrunken. Er ist dort, an seiner Stelle geblieben. Doch ich habe ihn nicht gesehen, das ist alles, *ich sehe ihn nicht*. Der unsichtbare Mensch. Wenn er mich berührt, erschrecke ich mich, falle ich in Ohnmacht ... Bleiben Sie stehen! Wo sind Sie, Herr? Haben Sie sich versteckt, hey ...? Ich sehe ihn nicht, ich sehe ihn nicht ... Aus einem Meter Entfernung würde ich ihn sehen, denn er ist ein Mensch. Der Mond ist größer, und deshalb sehe ich ihn am Himmel, bleicher und schmutziger, aber immer noch ein Mond, ein dummer. Aber er kann sich nicht in einer Entfernung von einem Meter verstecken, weil ich einen Meter weit sehe, Gott im Himmel?! Und bei zwei Metern? Ich sehe. Bei drei? Ich sehe. Bei vier, fünf, ich sehe, ich sehe, ich sehe! Bei fünfundzwanzig Metern? Ha-ha-ha! Das macht mir nichts; das heißt, er ist weggelaufen. Aber er ist nicht neben mir. Warum soll ich mich erschrecken? Ein Arm nach links, einen nach rechts, ein Vogel auf dem Sand, und nichts kann mich berühren; ich habe keine Angst. *Noli me tangere*...! Gut.‹
Er ging mit ausgebreiteten Armen, während der Wind von

hinten blies. Diese unerwartete Hilfe erleichterte ihm die Bürde. Die krummen Beine bewegten sich leicht. Alle Gelenke waren ausgerenkt, in Unordnung, doch er spürte sie nicht. Er spürte lediglich eine große Schwellung im Fleisch, überall, wie ein verstecktes Geschwür. Eine juckende Belästigung am Steißbein, die ihn nervös machte – und ein großer Ekel vor allen Empfindungen. Der Automatismus der Assoziationen führte ihn wieder von der Furcht vor dem versteckten Mann weg. Die Arme fielen immer gekrümmter und schlaffer herunter. Erstaunt stellte er fest, wie sie gegen seine Oberschenkel schlugen. ›Was sind das? Hände. Meine Arme, meine Hände, Finger, Nägel.‹ Er versuchte, sie in den Taschen festzuhalten. Doch die Hände emanzipierten sich, taten sich auf und breiteten sich auf den Hüften aus, konnten unmöglich in ihrem Kerker bleiben. Je aufgeregter Cesare sie betrachtete und je stärker er versuchte, sie zu beherrschen, desto mehr gerieten die Hände in Aufruhr und schlugen um sich. Fadenförmiges Zittern. ›Sind das meine? Sie sehen wie weiße Schlangen aus. Sie haben alles, was sie brauchen: Rümpfe, Köpfe, Augen – und sie sind böse.‹ Er blieb stehen, um sie sich anzusehen. Er verstand nichts. ›Ein Schwindel: Wer von ihnen ist vorne? Ich oder sie?‹ Doch der Wind stieß ihn voran. Er rang die Hände; sie schaukelten gewiegt und belustigt. Cesare erwartete nicht, daß sie, an den gleichen Schultern hängend, wieder zu ihrem vorsichtigen und bequemen Gleichgewicht zurückfinden würden. »Ich sollte aufhören mit diesen ganzen Analysen!« Der Ausruf erfrischte ihn und ließ ihn den Weg erstarkt wieder aufnehmen.

Die Sonne hatte sich ganz und gar in den Wolken versteckt; starke Winde wehten vom Feld her.

*

»Soll ich dir noch Käse geben?«

»Gib mir welchen, aber keinen Weichkäse. Der ist ungesalzen und ekelt mich.«

»Aber ein Rippchen möchtest du noch haben?«

»Gib her!«
»Seit wann hast du nichts mehr gegessen? Sei ehrlich!«
»Es wird ein Tag, vielleicht zwei her sein ...«
»Und wenn du ins Dorf gehst, warum bist du nicht die Straße entlanggegangen, da es doch der direkte Weg ist?!«
»Ich habe mich verirrt.«
»Am hellichten Tage ...?! Für wie viele Hunderter hast du getrunken, sei ehrlich?!«
Cesare gab sich Mühe zu verstehen, doch der Sinn der vertrunkenen Hunderter erhellte sich ihm nicht. Voller Zweifel betrachtete er den kleinwüchsigen Menschen in weiten Hosen und blauem Überrock, der ihn im Schatten einer Binsenmatte am Melonenfeld bewirtete. ›Ich kenne ihn nicht, ich schwöre, daß ich ihn nicht kenne! Wieso gibt er mir dann zu essen?‹
»Wann bin ich hergekommen?« fragte er plötzlich den Aufseher.
»Jetzt vor zwei, drei Stunden, was, hast du es schon vergessen?«
»Drei Stunden? Aber was habe ich die ganze Zeit über getan?«
»Du hast geschlafen wie ein Stein.«
Er erinnerte sich nicht. Die Nebel, aus denen er gekommen war, die immer noch um seinen Kopf schwirrten – die ihn abermals, vielleicht für immer erfassen sollten –, erschreckten ihn. Er hatte Angst, die Angst eines angeschlagenen Tieres, ein chaotisches, gräßliches Gefühl.
»Es ist nicht zu glauben, unglaublich«, murmelte er.
»Was ist nicht zu glauben?« fragte der Mann, der eine Gurke schälte und sie mit Salz bestreute.
»Das heißt, ich erinnere mich an nichts?«
»Erzähl mir nichts, du bist betrunken!«
»Wirklich nicht. Wie bin ich hierher gekommen? Allein?«
»So, wie ich dich sehe.«

»Ah! Das ist gut. Dann ist er ertrunken!«
»Wer ist ertrunken?« fragte der Aufseher erstaunt mit der gevierteilten, schlaff herabhängenden und vor Salz nassen Gurke in der Hand.
Cesare hörte ihn nicht und gab ihm keine Antwort. Er lächelte mit einer offensichtlichen Befriedigung, lächelte beinahe boshaft. Sein ganzer Kampf mit dem unsichtbaren Fremden hatte jetzt ein Ende gefunden. Er erinnerte sich nur noch an einen Fremden, den er im Morgengrauen getroffen und der ihn seither mit ungestümem Willen verfolgt hatte, der sich überall versteckte, nur seine Schritte hören ließ und seinen Schatten zeigte.
Er hatte so viele Male versucht, seinen Namen und seine Absicht zu erforschen. Der Fremde blieb stumm, ein Felsblock, sobald er ihn befragte. Als er sich auf den Weg machte, hörte er auch den anderen. Manchmal lachte er. Cesare wandte sich bissig nach hinten. »Warum lachst du?« Aber er antwortete ihm niemals. Die krankhaften Assoziationen verlangten nach Antwort. »Sollte es nicht ein Schatten sein?« fragte er sich, von der Suche müde geworden. »Bestimmt ist es ein Schatten. Ich denke nicht mehr daran!« Doch der Fremde verfolgte ihn beharrlich weiter, all seinen Vorsätzen zum Trotz. Und er verfolgte ihn nicht wie ein Schatten, wie eine Einbildung, sondern wie ein verborgener Mensch oder ein Engel.
Aber den Kampf hatte er vergessen. Er hatte das Melonenfeld erschrockenen Blickes erreicht, mit blutigen Knien vom stachligen Unkraut. Er hatte nach Wasser verlangt. Er hatte wie ein Hund getrunken, und als ihn dann der Aufseher gefragt hatte, ob er essen würde, hatte er »ja« geantwortet und sich niedergelegt.
»Und du bist dir sicher, daß er ertrunken ist?«
»Er ist ins Meer gefallen.«
»Wann?«
»Nachdem ich hierher gekommen bin.«
»Dann geh und sag es dem Gendarmen.«

Cesare betrachtete aufmerksam einen kaffeebraunen Koloß am Ende des Hofes. Ein Bär war es nicht, aber auch kein Hund, weil er zu groß war. Er suchte nach der Brille und fand sie von dem vielen nervösen Herumfingern beinahe zerbrochen vor.

»Warum setzt du dir die Gläser auf?! Siehst du nicht?«

»Bei Sonne kann ich nicht sehen.«

»Sind sie deshalb schwarz?«

»Hm ...! Es ist ein Hund, ein Schäferhund ...«

»Ihn hast du dir angesehen? Warum hast du nicht mich gefragt ...?« – ›Demütigung? Soll ich es ihm sagen? Soll ich es ihm nicht sagen?‹ »Darf ich dich alles fragen? Darf ich dich fragen, ob es hell oder dunkel, ob es Frühling ist oder ob es geregnet hat? Was soll ich dann mit meinen Augen anfangen?«

»Bewahr sie dir, bewahr sie dir ...«

Cesare aß sein letztes Stück Speck, während er sich immer bequemer an die Stützen der Laube lehnte. Er hatte die Wollust jener Leute entdeckt, die an den freien, gesunden Menschenverstand und die Ordnungsliebe glaubten. Er sah zerlumpt aus, ohne Schuhe, blutig, mit unrasiertem Gesicht und wirrem, salzigen Haar. Er hatte sich der Länge nach ausgestreckt, einen Arm unter den Kopf gelegt und tastete mit dem anderen, wie es alte Weiber tun, nach den Oberschenkeln. Er nahm die Schmerzen gelassen hin, ohne sich darüber zu wundern oder zu schreien. Seinen angeschlagenen, aufgekratzten Körper bemerkte er sehr wohl, doch ein unwiderstehliches Gefühl der Erfüllung und der Versöhnung gab ihm Halt. Der Schmerz drang von nun an ins Fleisch, in die Knochen ein, und der Albtraum vom verborgenen Fremden ließ langsam nach. Auch er eilte zu den minzumrankten Höhlen der Weisheit hin, aus denen die Gäste vergangene Nacht entflohen waren. Statt dessen ein menschlicher, lokalisierter, mörderischer Schmerz, ohne Fieber; eine bleierne Last unmittelbar auf den Knochen oder mit Ruten gepeitschtes, aufstöhnendes Fleisch.

Seinem Blut lauschend und an nichts denkend, weilte er unter der Laube. Der tatsächliche Schmerz hatte ihn belebt. Der Geruch nach Speck, nach trockenem Brot, Käse und Melonen begann ihm neue, angemessene Assoziationen einzugeben, von Gastgebern und Gärtnern. Er streckte seine Glieder aus und ließ sich von zufälligen Vorstellungen leiten. ›Ich bin der Besitzer eines Gartens. Niemals werde ich wieder in die Stadt zurückkehren. Ich wache in der Morgendämmerung auf, am Meeresufer, ein Buch, ein Leuchtturm. Die Esel gehen an den Strand. Hinten befindet sich die Wassermaschine. Es gibt viel Staub, weißen und dicken, ein Dekor aus Sand und Wüste. Eine Karawane von Kamelen zieht langsam vorbei. Ägypten. Orient, die Flucht des heiligen Kindes nach Beth ... Bethleem oder Beetleen? Wie auch immer, in Palästina. Handgemalte Bilder: die heilige Krippe. Und wenn sie zurückkommt, wenn sie noch einmal kommt, auf dem Esel, mit Strahlen und Palmen ...?‹
Die Sonne senkte sich. ›Sollten es zwei Stunden sein? Ich frage ihn nicht. Wie könnte er besser über die Zeit Bescheid wissen als ich? Selbst wenn er eine Uhr hätte. Ein Dutzend von Rädchen und Gummielastikum zeigen die Zeit an. Gestern war nicht gestern. Nicht vierundzwanzig, sondern zweihundertvierzig Stunden. Und heute; heute war es zuerst Winter, dann Frühling und jetzt ist es Sommer. Was für absurde Dinger, die Uhren ...‹ – philosophierte Cesare, unermüdlich eine weniger schmerzhafte Stellung suchend. Der Mensch hatte ihm geschälte und gesalzene Gurken auf einem schwarzen und triefenden Holzteller gebracht. Er war nun satt. Die weißlichen, vom Salz glitzernden und mit dem Taschenmesser geschnittenen Scheiben lockten ihn nicht.
›Soll ich jetzt ins Dorf gehen oder hier übernachten? Sternennacht, genauso viele im Meer gespiegelte Lichter. Nein, Lichtlein. Der Wind treibt sie von einer Woge zur anderen. Grüne oder goldene Lichtlein. Weit weg. Allein gelassen, denken sie niemals an etwas. Weder spüren sie etwas, noch sterben sie. Am Stein, am Feuer; letztendlich nur ein

Bild, kalt und grün, flackernd. Wie schwer es doch ist zu philosophieren ... Dummheiten ... Soll ich ins Dorf gehen? Es ist weit, es ist warm. Die Leute werden über mich lachen, weil ich barfuß bin. Ein Vagabund; aus dem Kaukasus, aus Kalifornien? Ich war nicht im Krieg; ich war nicht dort. Was habe ich getan? In den Archiven. Schweine – sie haben mich angestellt, um ihre Archive zu bewachen. Ich war nicht im Krieg, das ist meine Sünde. Haruni war und ist gestorben. War es nicht besser so? Die Geschichte durch Explosionen, wie er sich ausdrückte. Wie gut war es damals ... Genügend Geld, keine Angst um die Augen, ich konnte alles tun. Frei. Damals war ich frei – oder jetzt? Das heißt, daß ich alles tun kann, was ich möchte. Alles. Nur daran denken, daß es gut ist und es tun. Nur zu wissen, daß es mir gefällt. Das bedeutet Freiheit. Alles. Ich bin geflohen und fliehe. Niemand hat den Mut gehabt ...‹

Das Selbstgespräch war jetzt monoton geworden, ohne jede Ordnung, Erinnerungen und Befehle, die durch das schlafende Bewußtsein zogen. Allein geblieben, gab Cesare der Versuchung des Schlafes widerstandslos nach. Das Haar war ihm auf dem Arm in Unordnung geraten. An den Schläfen war es grau, fast silbern – aller Anstrengung zum Trotz, sah er jugendlich aus. Lediglich die Augenhöhlen hatten sich vertieft, blau und matt. Die Gesichtsknochen und die Stirn glänzten. Die Brust sprang noch aufgeregt vor Erschöpfung. Die Knie zitterten unmerklich.

Ein Vorübergehender blieb scheu an der stachligen Tür des Gartens stehen und schaute sich überall nach dem Hund um. Allein unter der Laube weilend, erblickte Cesare ihn und erschreckte sich zu Anfang. Unwillkürlich erinnerte er sich an den Fremden aus seinem Fiebertraum. Erneut setzte er die Brille auf. Soweit er aus der Entfernung urteilen konnte, sah der Wanderer nicht wie jener Fremde in der Morgendämmerung aus. Die Brille aufbehaltend und sich die Füße mit einem Sack bedeckend, erwartete er, daß dieser eintreten würde.

Der Mann kam mit unsicherem Schritt näher. In der rechten Hand hatte er einen einfachen Stock, während er mit der linken Faust sein Bündel auf dem Rücken stützte. Er trug einen ungepflegten Bart, eine Arbeiterbrille und Schnürschuhe. Sein Gesicht wirkte erschrocken, wenngleich die Augen eine unnatürliche Stille und Güte ausstrahlten. Cesare erwartete den Unbekannten, während er vage durch die verkleinerten Pupillen schaute.
»Kann ich ein wenig Wasser haben?« fragte der Mann.
Die Stimme kam ihm bekannt vor. Aber nicht jene von heute morgen. Es war auch keine aus Herrn Georges Villa. Eine weiter zurückliegende, vor dem Ereignis. Schauder durchströmten ihn, wie in Erwartung der Auflösung einer Überraschung. Der Mann schaute ihn auf die gleiche Weise an.
»Cesare!« flüsterte er mit einer erstaunlichen Langsamkeit.
»Woher wissen Sie?« fragte Cesare, von seiner Lagerstätte aufspringend. »Woher wissen Sie, daß ich so heiße...?«
Der Mann mußte vor Aufregung oder Freude schlucken. Er stellte seine Last ab. Sein Geheimnis irritierte Cesare ungeheuer.
»Sagen Sie es nicht?« fragte Cesare voreilig und ungeduldig.
»Ich bin Iacob«, sagte der andere einfach.
»Welcher Iacob? Kenne ich nicht!« herrschte ihn Cesare mit der gleichen Härte an, die ihn bei unklaren Verhältnissen immer erfaßte.
»Sie kennen mich gut«, fuhr der andere fort. »Iacob von der Bibliothek...«
Cesare ging ein Licht auf. Er nahm seine Hand, eine Hand, die sich ihre weibliche Eleganz noch bewahrt hatte.
»Dr. Weinrich, Dr. Weinrich...«
»Dr. Weinrich ist gestorben, wissen Sie es nicht? Ich bin Iacob Weinrich, der Bruder Iacob...«
»Gut, aber es ist nicht zu glauben, daß ich Sie ausgerechnet hier antreffe...«

»Ssst!« machte der andere mit geheimnisvollen Augen. »Dich suchen wir. Erkennst du nicht das Zeichen ...?«
Seine Augen waren sanftmütig und tränten, aber Cesare beunruhigten sie. Die Rede des Professors hatte die Undeutlichkeit sektiererischer Mystiker, jener Menschen, die sich von falsch ausgelegten Evangelien oder Heiligenleben nährten. Seine Blicke blieben nicht an den Gegenständen haften und vertieften sich auch nicht in die Augen des Gegenübers, sondern glitten wie auf einer Welle am Horizont entlang. Aufgesogen von einer vagen und illusorischen Ferne, hatten sie nicht die Festigkeit der Kontemplation, der Augen, die global und statisch wahrnehmen. Es waren lose, weibische, müde und exaltierte Blicke. Cesare verstimmten und erschreckten sie wie jede krankhafte Verführung.
»Ich suchte nach Ihnen, um Sie zu benachrichtigen: Unsere Schwester stirbt! Verstehen Sie? Sie stirbt!« sprach Dr. Weinrich im Flüsterton.
»Welche Schwester?« fragte Cesare ausweichend.
»Schwester Melania, Sie wissen sehr wohl. Sie wird im Spital sterben. Gott, oh, Gott, man quält sie! Man quält sie furchtbar im Spital. Haben Sie denn kein Mitleid ...?«
»Melania?«
Ungeahnte Erinnerungen, schwache Gefühle von gestern, Fragen und Schmerzen, das große Rätsel des Brandes und der nackten Melania kamen auf, prasselten hernieder. Melania – dieser Mädchenname gab all den letzten Ereignissen einen Sinn, die andernfalls nur unwahrscheinliche, aus Büchern eingebildete Tatsachen ohne Zweck gewesen wären. Ohne den Namen Melanias wäre sein Leben ein Roman gewesen. Und er hatte sie vergessen. Er war fortgegangen, alles geschah, wie es geschehen mußte. Er hatte vergessen und hatte keine einzige Stunde mehr an die Schlüsselfigur, an den Anfang des Lebens gedacht. Jetzt dachte er daran, von Reue verfolgt. Er dachte an alles gleichzeitig – und er dachte vor allem, daß es zu spät wäre, daß die Tage vergangen waren, daß die Krankheit fortgeschritten war, während er

sich nicht mehr an das Mädchen namens Melania erinnert hatte.

›Ich habe sie vergessen. Ich weiß nicht wieso; sie hat mir gefallen und gleichzeitig habe ich sie gehaßt. Wie sehr habe ich sie gehaßt und sie beschimpft. Sünderin, Hure – oder vielleicht, wer weiß? Ich konnte nichts in Erfahrung bringen. Damals begann alles. Ich habe nichts verstanden und ging fort um zu verstehen. Ich habe Melania verlassen. Das ist meine Sünde. Ich habe sie verlassen, ich wollte sie vergessen. Aber was habe ich mit ihr zu tun? Was habe ich ...?‹

Die Begegnung mit Dr. Weinrich war voller Zufälle, aber Cesares Verstand versuchte nicht, sie zu erklären. Er war bei Melania stehengeblieben. Er stellte sie sich im Spital, im Todeskampf vor. ›Warum quält man sie? Warum quält man sie? Vielleicht betrachten alle sie als Sünderin? Und ist sie denn keine? Gott weiß ...‹

»Sie kommen mit mir, nicht wahr? Und Sie müssen sich beeilen. Sie stirbt, wissen Sie?! Und sie hat mir gesagt: ›Ich möchte Herrn Cesare sehen.‹ Das hat sie mir gesagt ...«

›Warum bin ich fortgegangen? Warum?‹ Er erinnerte sich, daß Marta ihn am Tage der Abreise auf die gleiche Weise zu sich gerufen hatte. ›Wann war das geschehen? Vor einem Jahr oder zwei ... Alles ihretwegen, alles, was ich getan habe, habe ich für sie getan. Melania! Ich kenne ihr Gesicht nicht, ich habe es niemals gesehen. Ich habe sie in den Armen gehalten. Das Haar brannte: knister, knister! Schwerer Geruch, nach Fett, nach Geschlecht. Ich habe sie in den Hof gebracht, Melania! Warum habe ich sie verlassen?! Ich habe mich ihrer geschamt, das ist die Wahrheit. Ich habe mich geschämt, ihnen zu sagen: Ich liebe Melania! Doch nein, nein – woher weiß ich das? Ich möchte sie sehen, das ist alles. Ich möchte sie sehen, denn von ihr ist ausgegangen, was passiert ist. Sie ist der Ursprung. Das Geheimnis, sie wird es lösen.‹

»Wie sind Sie hierhergekommen?« begann Cesare, ihn auszuforschen.

»Ich habe nicht genug Geld gehabt. Ich habe einen Fahr-

schein für zwei Stationen zu wenig gekauft. Ich bin zu Fuß gekommen, der Weg ist nicht lang.«
»Aber woher wußten Sie, daß ich in der Stadt bin?«
»Manoil hat es mir gesagt. Ich wollte in die Hauptstadt gehen. Er hat mir gesagt: ›Nicht in die Hauptstadt‹. Und dann hat er mir gesagt, wo Sie sind.«
»Aber woher weiß Manoil das?« fragte Cesare barsch.
»Er weiß alles«, entgegnete Dr. Weinrich ruhig.
Währenddessen kam der Aufseher mit erdbeschmutzten Händen vom Melonenfeld zurück, Werkzeug und Gürtel in einem Eimer tragend. Mit großem Erstaunen schaute er den Neuankömmling an. Er erwartete nicht, daß dieser so freundschaftlich mit seinem ersten Gast redete, der morgens wie ein Sturm ankam und die ganze Zeit über so mürrisch war.
»Ruhen Sie sich denn nicht ein wenig aus?«
»Ich möchte trinken«, erklärte Dr. Weinrich.
»Es ist nicht allzu kalt, aber es ist gut«, sagte der Aufseher und deutete auf das Wasserfäßchen, das zur Hälfte in den Sand, im Schatten eingegraben war.
Dr. Weinrich ging darauf zu. Er hatte große Schuhe an, mit schlaff herunterhängenden Zungen. Sein Körper war schwach und taumelte. Cesare erinnerte sich an die Gerüchte über seine Beziehung zu Melania. Wie hätte er ihr mit so vielen Haaren auf dem Gesicht, so trocken und unsympathisch gefallen können? Er ertappte sich dabei, wie er voller Neid über ihn nachdachte, und errötete. Dennoch spürte er, daß ihn mehr als Sympathie und Antipathie mit Melania verband. Selbst wenn Fräulein Melania ihn gehaßt hätte, wäre die Verbindung wie ein Geheimnis von Dauer gewesen. Es war eine Tatsache, eine unverantwortliche Vereinigung wie ein Schicksal, das unmöglich sich erfüllen konnte, aber lebendig, objektiv und offensichtlich war. Was auch immer er über seine Beziehungen zu Melania gedacht hätte, er mußte hierher gelangen.
»Wohin führt Ihr Weg?« fragte der Aufseher Iacob Weinrich.

»Ich wollte in die Stadt, aber jetzt kehre ich um. Ich habe dort nichts mehr verloren. Ich habe ihn gefunden«, erwiderte er und deutete dankbar auf Cesare.
Ratlos machte der Aufseher eine Arbeitspause. Cesare versuchte, ihn zu beruhigen.
»Das heißt, ihn suchen Sie?« fragte er und deutete aufgeklärt auf Cesare.
»Genau ihn. Ich suche ihn seit langem. Und jetzt sind wir in Eile.«
Iacob Weinrich betrachtete den Himmel, als bereitete er seinen Aufbruch vor.
Cesare hatte sich entschlossen abzulehnen. Er hätte alles für Melania tun können, aber nicht Weinrichs Gesellschaft ertragen können, jetzt, da er von seinen Märschen noch erschöpft war. Er wollte nicht.
»Jetzt haben Sie keine Zeit mehr, fortzugehen, es wird dunkel. Bleiben Sie die Nacht hier, und machen Sie sich in der Dämmerung auf den Weg«, sagte der Aufseher.
»Mir bleibt auch nichts anderes übrig«, beteuerte Cesare, sich auf die Lagerstatt unter der Laube legend.
Er schaute Dr. Weinrich an. Jener setzte sich mit einer krankhaften Schüchternheit, einer lästigen Sorgfalt, um niemanden zu stören. Cesare verärgerten diese Heiligenmanieren.
»Setzen Sie sich normal hin«, herrschte er ihn an.
»Es ist gut so«, sprach Iacob siegesbewußt.
›Wie er sich verstellt...! Er ist krank, und er gibt sich fromm. Oder ist er vielleicht wirklich ein Mystiker? ›Der flüssige Weg‹, wie Manoil im Brief schrieb.‹ Er schaute ihn an, aufmerksam und zweifelnd, bestimmt würde er ihn demaskieren. Für Cesare hatte der neue Gesichtsausdruck des anderen nichts Natürliches; Hysterie, Psychose, Mystizismus. Das war es jetzt, aber zuvor? Gott, was hatte er zuvor dort gemacht, als er noch gesund gewesen war?
›Was könnte ich von einem Kranken erfahren? Und Manoil ist ein Possenreißer, und Melania liegt im Sterben. Wie könnte ich sie fragen? Wen könnte ich denn fragen?‹

Er hatte die Augen geschlossen, um Iacob Weinrich nicht mehr sehen zu müssen, wie dieser in Ruhe den Himmel betrachtete. Er fühlte sich verändert, wie durch ein magisches Zeichen, verändert durch die Nähe dieses wilden Professors, der noch die Erinnerungen an die Tage aus der Bibliothek und die geflüsterten Worte Fräulein Melanias aus dem Sanatorium mit sich trug. Weinrich war gelassen, ohne jede Anstrengung; alles schien ihm natürlich, unsäglich natürlich. Alle traurigen Ereignisse und Cesares Flucht und ihre unwahrscheinliche Begegnung in einem Melonenfeld waren natürlich. Die krankhafte Ruhe, der Duft dieses byzantinischen Heiligen erzeugten Spott in Cesares Hirn.

Es wurde Abend. Beide waren am selben Ort zurückgeblieben, ohne miteinander zu sprechen, ohne einander Fragen zu stellen. Beide hatten die gleichen Geheimnisse. Cesare brannte darauf, etwas zu erfahren, Iacob Weinrich demütigte sich. Aber keiner von ihnen redete. Cesare schlummerte mit nackten, knochig und staubig auf dem Sack ruhenden Füßen. Iacob Weinrich hatte sich an den angeräucherten Pfahl gelehnt und blickte gen Himmel. Man hörte das Meer, klar und ruhig. Kein einziger Wanderer. Niemand. Zwei Männer in der Einsamkeit, und niemand sprach ein Wort.

Nachdem der Aufseher gekommen war, mußten sie reden. Sie aßen zu dritt und blieben am Feuer. Der Aufseher erzählte ihnen von den Zerstörungen während des Krieges, aber sie hörten ihm nicht zu. Cesare war müde, noch müder als tagsüber. Iacob dachte daran, wie Cesare ohne Schuhe bis nach Hause kommen würde. Geld hatten sie keines, weder der eine noch der andere. Sie würden den Bahnhof erreichen und von dort telegraphieren. Irgendwo würde er schon Geld in der Stadt finden.

›Melania, das Gesicht verbrannt, weiß-rot, die wimperlosen Augen angeschwollen. Ihre Rede ist nur mühsam zu verstehen, weil ihre Lippen zersprungen sind, und wenn sie sich berühren, schmerzt es sie. Aufgrund des brennenden Mundes und der Augen weint sie. Bestimmt erinnert sie sich an vieles. Melania! Ich Sünder! Warum haben wir uns getroffen? Warum haben wir uns versammelt?‹

Iacob Weinrich seufzte auf. Cesare wandte sich um und musterte ihn ahnungsvoll. Aber die sanften und erlösten Augen des anderen überraschten ihn.

›Er denkt an etwas‹, sagte sich Cesare. ›An was wohl?‹

Sie brachen morgens ziemlich spät auf, weil der Aufseher des Gartens sie angehalten hatte, um ihnen warme Milch anzubieten. Er hatte ihnen versichert, daß sie bis mittags nicht nur das Dorf, sondern auch den Bahnhof erreichen würden. Iacob hatte sich nach dem Postamt erkundigt. Cesare betrachtete seine Kleider, die fleckigen, angeschimmelten Hosen, die abgenutzte und schmutzige Jacke. Seitdem er auf das Melonenfeld gekommen war, hatte er seine Kleider nicht mehr gewechselt. Er hatte mit voller Kleidung im Meer gebadet. Der Sand in den Taschen war trocken geworden und kratzte ihn steinig an den Gelenken und auf der Brust. Was er aber am stärksten spürte, war das Fehlen der Schuhe. Die Fußsohlen schmerzten ihn, zerkratzt und zerschnitten, angeschwollen von dem mechanischen Gang. Das Brennen spürte er aber erst nachts.

Iacob Weinrich gab fast komisch zu nennende Äußerungen von sich, gerade als sie los wollten.

»Ich habe ein Paar Schuhe«, sagte er, seinen Rucksack durchstöbernd. »Vielleicht sind sie gar nicht so eng.«

»Warum haben Sie bis jetzt nichts davon gesagt?«

»Ich dachte, Sie würden sie nicht annehmen.«

Sie waren zu groß, und Cesare hatte keine Strümpfe, aber er nahm sie trotzdem an. In den Schuhen und mit den aufgekrempelten Hosenbeinen sah er aus wie ein Arbeiter ohne Arbeit. Sie dankten dem Aufseher und gingen los.

Der Weg war nicht beschwerlich, der Wind sorgte für Kühle und der Staub wirbelte noch nicht auf. Iacob Weinrich schritt lebhaft voran, mit entblößtem Hals, die Jägermütze im Nakken, beladen mit seiner Tasche und den Früchten, die der Aufseher ihm geschenkt hatte. Cesare hinkte, beugte den Kopf und verschränkte die Arme vor der Brust. Dr. Weinrich schritt voran, Cesare blieb immer weiter zurück. Von Zeit zu Zeit machte Weinrich halt, um auf ihn zu warten. In Cesares

Bewußtsein schimmerten immer noch frische Splitter des Spottes. ›Wer ist Sancho Pansa? Wer von uns beiden ist verrückter? Dulcinea gehört ihm, sie ist im Spital...‹ Er runzelte die Stirn. ›Nein; das ist ein Sakrileg, Scherze über Melania zu machen, wenn auch nur in Gedanken. Sie bleibt immer sie selbst, unbefleckt und vom Schicksal geleitet, jenseits jeder Berührung, meiner oder irgend jemandes anderen. Ich liebe sie – aber sie ist in mir, ich lebe in ihr, wir sind Wirklichkeiten, wir beide, wir sind wirklich, solange wir zusammen sind; ansonsten, isoliert, jeder auf sich gestellt, sind wir verrückt, schattige Illusionen. Japanische Schatten; Projektionen der anderen. Ich selbst die Projektion Herrn Georges, die der Fräulein. Sie...‹ Er hielt inne. Sie war die Puppe eines anderen gewesen... Eine unnatürliche, mörderische Scheu, eine Betäubung, die vom Scheitel hinunterkroch. ›Aber es ist gar keine Liebe, ich liebe sie nicht. Was geht es mich dann an, wer mit ihr gespielt hat...?‹
Cesare hob den Blick. Weinrich wartete unter einem Baum auf ihn. Cesare war weit zurückgeblieben. Iacob lächelte und schickte sich an, unverkrampft zu sprechen.
»Und was würden Sie sagen, Bruder, wenn sich auf unserem Weg plötzlich der Engel des Herrn in der Gestalt eines Menschen, wie alle anderen auch, zeigen und uns in unserer Sprache einen guten Morgen wünschen würde...?!«
»Blödsinn«, entgegnete Cesare gelangweilt.
Iacob antwortete nichts, sondern beschleunigte mit gebeugtem Kopf den Schritt. Die Sonne stand hoch, aber es war kühl und der Reif noch nicht geschmolzen. Über ihnen der blau-weißliche Himmel. Cesare schritt eilig mit schwarzer Brille, die den Pfad der Ungewißheiten reinigte.
»Und was würden Sie, Bruder Cesare, sagen, wenn derselbe Engel in Menschengestalt von unserem Brot und unserem Wasser verlangen würde? Gott prüft die Menschen in der Not.«
»Es wird warm, Iacob!« antwortete Cesare ausweichend.
»Und es wird immer wärmer bis Sonnenuntergang. Aber es

ist trotzdem nicht so warm wie in der Glut der Hölle. Erinnern Sie sich...?«

»Ich bin niemals in der Hölle gewesen«, erwiderte Cesare unwirsch. »Und ich werde auch nicht hingehen, denn die Hölle besteht nur in der Einbildung, und wenn die Einbildung verschwindet, verschwinden mit ihr alle Teufel und ihre Behausungen!«

»Schön reden Sie«, bestätigte Iacob Weinrich.

Nach einer Weile fragte er erneut:

»Aber an den Brand der Bücher erinnern Sie sich?«

Cesare sprang erschrocken zur Seite, dann blieb er auf der Stelle stehen.

»Was ist mit dem Brand? Wer hat ihn gelegt?«

»Der Teufel, das Spiegelbild der Hölle. Wer sonst hätte ihn legen sollen?«

Cesare war erregt:

»Nein, Iacob, reden Sie vernünftig. Lassen Sie den Höllenbrand in Ruhe, solange Sie noch am Leben sind.«

»Ich würde ihn schon sein lassen, aber er läßt mich nicht los«, sagte Weinrich mit der erstaunlichen Ruhe eines Weisen oder Kranken.

»Vergessen Sie ihn für eine halbe Stunde... Ich frage Sie im Ernst, ich frage Sie ein letztes Mal. Wissen Sie Bescheid?«

»Über den Brand? Nichts. Vielleicht weiß Manoil etwas, aber er sagt nichts, er ist vom Teufel besessen.«

»Und Melania?«

»Sie weiß nichts.«

»Nein, nein, ich frage Sie nicht nach dem Brand. Woher sollte sie Bescheid wissen? Ich frage Sie: Was hat Melania dort mit euch mitten in der Nacht gemacht...?!«

Cesare hatte die Frage mit zitternder Stimme, präzise wie eine Formel ausgesprochen, und seine Augen waren an den Blicken Iacob Weinrichs haftengeblieben. Man hätte sagen können, daß er seine bedeutendste Stunde erlebte. Das Warten spannte ihn schmerzhaft an, seine Seele befand sich vor der Sphinx. Er wartete. Seit Monaten, seit Wochen stellte er sich den Augenblick vor, da der Zeuge ihm das Geheimnis offenbaren würde. In Gedanken weitete sich die Leere, klar und homogen. Er stand mitten auf dem Weg, und die Hand verweilte noch in der Geste, mit der er die Jacke Iacobs ergriffen hatte, als er ihm die Frage gestellt hatte. Über ihnen brannte die Sonne.

Iacob Weinrich schaute ihn anfangs an, als verstünde er ihn nicht. In seinem bedrückten und von Einbildungen heimgesuchten Gehirn erschien Cesares Neugier auf *ein Ereignis, das er gesehen hatte*, dreist und peinlich.

»Zahllose Sünden. Und dann brach das Feuer los...«

Cesares Herz empfing das Messer und ließ es tief, nach rechts und nach links eindringen. Er blutete, ließ sich aber nichts anmerken. Er gab vor, nichts zu verstehen, Näheres erfahren zu wollen.

»Niemand war schuldig, alle blind, *alle vier* waren wir blind...«

»Was wollen Sie damit sagen?« fragte Cesare verstimmt. »Wieso vier?«

»Sie waren doch dabei.«

»Lügen! Ihr seid alle verrückt geworden«, schrie Cesare plötzlich wütend.

Iacob Weinrich sah ihn heiter an. ›Warum sollte ich lügen? Ich lüge nicht, aber er lügt – oder vielleicht hat er es vergessen, der arme Cesare. Ich habe ihn doch gesehen, wie er die Türe öffnete, als sie sich ausgezogen hatte. Wehe, wehe! Mit welchen Augen sie uns angesehen hat! Niemand von uns konnte auch nur ein Wort herausbringen. Manoil hat gesagt: ›Ruhe! Ich werde ihn aufklären.‹ Doch die Tür war verriegelt. Er hatte die Tür verriegelt, damit wir ihn nicht finden sollten. Und er hat sie nicht geöffnet. Er hat Melania gerettet. Er hat alles gemacht. Er weiß alles. Warum sollte ich lügen? Aber warum lügt er...?‹

»Alle erzählen mir das gleiche, die gleichen Dummheiten: Ich hätte sie gesehen! Was mache ich denn, spiele ich Thea-

ter? Verstehen Sie nicht, daß ich nichts gesehen habe, daß ich nichts weiß?« jammerte Cesare mit jener Schwermut, die ihn jedesmal erfaßte, wenn er sich an seine tragische Lage erinnerte. »Iacob, Bruder, glauben Sie mir! Sagen Sie, Bruder...«
Iacob Weinrich ergriff die Hände, die Cesare wie um Hilfe ausgestreckt hatte, und drückte sie in seinen, ohne auch nur ein Wort zu sagen. Er hatte die Augen geschlossen. Man hätte denken können, daß er betete. Cesare löste sich wieder aus seiner Erstarrung und fragte ihn wiederum:
»Sagen Sie mir...?«
»Es war nichts mehr«, antwortete Weinrich.
»Lügen Sie nicht. Ich weiß, daß es noch etwas anderes gab...«
»Sie haben es doch gesehen.«
»Ich habe gesehen, wie das Feuer ausgebrochen ist.«
»Das war *das zweite Mal*...«
»Sie sind verrückt, Sie sind ganz schön verrückt!« flüsterte Cesare bedrückt, unfähig, seine Wut in Zaum zu halten.
»Wenn ich verrückt bin, warum fragen Sie mich dann? Was soll ich Ihnen sagen? Geschichten wie die Ihren, wie die Manoils? Wenn ich verrückt bin, warum gehen Sie mit mir...?«
»Dann gehen Sie allein, gehen Sie wieder dorthin, wo Sie hergekommen sind«, schrie Cesare.
Iacob Weinrich machte sich allein auf, aber nach ungefähr zehn Schritten blieb er stehen, überlegte es sich anders und kehrte zurück. Cesare gab vor, ihn nicht zu sehen.
»Bruder«, fing Iacob wie selbstverständlich an, »ich bin verrückt, aber ich muß mit Ihnen kommen. Melania stirbt. Und sie hat mich nach Ihnen geschickt, verstehen Sie? Sie hat mich gefragt: ›Wo ist Cesare?‹ Und da ich Sie gefunden habe, wie kann ich ihr erzählen, daß ich Sie nicht getroffen habe?«
Cesare wurde weich.
»Iacob, Sie glauben, daß ich etwas *gesehen habe*!«

»Nein, nein, das glaube ich nicht. Ich glaube, daß Sie nichts gesehen haben«, sagte Weinrich erschrocken.
›Und trotzdem haben Sie etwas gesehen!‹ dachte er, sobald er den Kopf zu dem Feld wandte, das sie durchstreifen mußten.
Sie machten sich auf den Weg, jeder in seinem Schrittempo, jeder mit seinem Geheimnis. Sie redeten nicht. Sie gingen auf staubigem Wege, am Rande des Meeres, unter der Morgensonne.

*

›Durch welches Wunder kann er wieder sehen, wenn er einmal erblindet ist?‹ fragte sich Iacob Weinrich. ›Ganz und gar ins Dunkle getaucht sein und danach wieder zum Licht zurückzukehren, das ist ein gutes Zeichen. Der Dummkopf. Er sieht das Zeichen nicht. Soll ich es ihm sagen? Er hält mich für verrückt. Was geht es mich an? Es ärgert mich nicht. Das heißt, vielleicht bin ich? Und wenn schon ...?‹
»Warum lachen Sie?« fragte Cesare, die Stirn runzelnd, als er seinen Begleiter aus heiterem Himmel loslachen sah.
»Ich habe über meine eigene Dummheit gelacht«, erwiderte Iacob bescheiden und mit einem Male ruhig.
›Er ist verrückt geworden! Er ist bestimmt verloren‹, überlegte Cesare gelangweilt. ›Mit einem Verrückten zu gehen, was für ein Schicksal. Und was für ein feiner und gelehrter Mann er früher einmal gewesen ist. Ob er sich daran noch erinnert?‹
»An der Universität sind Sie immer noch auf demselben Lehrstuhl, Dr. Weinrich?« fragte Cesare höflich.
»Nein. Sie haben mich hinausgeworfen, zu Recht. Es ist besser so.«
»Aber Ihre Bücher, die Arbeiten des Seminars und die Konferenzen an der Sorbonne?« improvisierte Cesare, denn er hatte niemals davon gehört, daß Dr. Weinrich an der Sorbonne gelehrt hätte.
Dieser antwortete mit der gleichen düsteren Stimmung.

»Ich habe alles aufgegeben. Wozu soll das gut sein? Bücher über Bücher, geschwärzte Papiere, Dienst und Rente. Wozu soll das gut sein? Mir sind die Augen aufgegangen, spät zwar, aber sie sind mir aufgegangen.«
»Und Ihre Forschung?«
»Ich habe alles vergessen. Es ist besser so. So hat Gott mir meine ganze Genauigkeit genommen. Ich bin ein Dummkopf geworden.«
Cesare lächelte. ›Er verstellt sich, oder ist er ganz verrückt geworden?‹
»Russisch können Sie noch?«
»Ich kann es sprechen, natürlich«, bestätigte Weinrich überzeugt. »Ich habe es dreißig Jahre lang gesprochen. Aber die Geschichte und die Linguistik und die Literatur, Gott weiß, wohin alles gegangen ist. Nichts ist hängengeblieben. Ich bin verwirrt, aber ich fühle mich gut. Ich denke nicht an die Vergangenheit, darin besteht das Heilmittel.«
»Aber können Sie das?« fragte Cesare forschend und wartete mit einem offenkundigen Interesse auf die Antwort. »Ich kann es nicht...«
»Warum? Vergißt man nicht alles?«
»Wenn wir sterben; aber bis dahin?«
»Es ist nicht mehr weit. Ich bin schon zur Hälfte tot. Doch Sie... Manoil sagte, daß Sie nicht lange leben würden, daß Sie erblinden würden, daß das unerbittlich sei und daß Sie dann den Tod vorziehen würden.«
Cesare blieb wieder auf dem Weg stehen und griff nach Iacob Weinrichs Arm.
»Hat Manoil das gesagt? Hat er's gesagt?«
»Sicher. Alle wissen, daß Manoil oft an Sie denkt.«
Mit einem Mal spürte Cesare, daß er Manoil furchtbar haßte, daß er ihn wie einen körperlichen, unerträglichen Schmerz haßte, der allein durch seine Gegenwart Haß hervorruft, ohne Ausnahme und Verzögerung. Plötzlich enthüllte sich ihm die teuflische Gestalt Manoils, Melanias Verführer und der moralische Urheber für den Wahnsinn des armen Wein-

rich. Lasterhaft und feige, da er in der Brandnacht erschrokken und nach Hilfe schreiend herumlief. Und danach, als die Opfer noch mit dem Tode rangen, schrieb Manoil Faschingsbriefe und gab Prognosen über den Tod eines jeden ab. ›Warum ist dieser Mensch schlecht?‹ fragte sich Cesare haßerfüllt, aber gleichzeitig mit einem nicht zu leugnenden, fast leidenschaftlichen Interesse für das Versteck Manoils.
»Er hat mir gesagt: ›Lauf schnell, wenn du ihn noch lebendig finden willst!‹ Und so habe ich die Verfolgung aufgenommen. Ich habe nicht einmal genügend Geld bei mir.«
»Aber woher wußte er, daß ich mich ertränken wollte?«
»Er sagte es, aber er hat nicht erwähnt, woher er es weiß«, antwortete Iacob Weinrich nachdenklich. »Doch es stimmt, nicht wahr? Alles ist wahr, was er sagt, obwohl er vom Teufel besessen ist...«
»Er ist nicht vom Teufel besessen, seien Sie nicht kindisch!« flüsterte Cesare schnell. »Er ist böse, er ist ein böser Mensch, verflucht, böse zu sein, eine Viper, er kann nicht anders: Er beißt und beißt, spuckt, und derjenige, den er beißt und bespuckt, stirbt. Er tötet mit Gift und Liebe, das ist es. Er ist nicht vom Teufel besessen; er ist ein giftiger Wurm. Und weil er ein Wurm ist, zerdrückt ihn auch niemand...«
»Melania liebte ihn...«
Cesare wurde plötzlich von einer unbändigen Verzweiflung erfaßt. Er wollte weglaufen, laufen bis zur Atemlosigkeit, an nichts denken, nichts spüren und sich an nichts erinnern. Herzstillstand: mit dem Kopf in der Erde, eine Grube, von seinen Armen ausgehoben; ein Sprung in den Lehm, in die Tiefe. Vergessen. Feuermund. ›Warum hast du gesprochen, warum hast du gesprochen, Iacob? Goldmund, Goldmund, Viper.‹ Wie konnte er das wissen? Was sollte er jetzt machen? ›Sie kann ich nicht loswerden, an sie bin ich gebunden. Wenn ich fortgehe, gehe ich zugrunde. Ich habe keine Angst, zugrunde zu gehen, aber ich will es nicht. Ich möchte sie sehen, sie hören. Warum hast du das gesagt, Bruder...?‹
»Ist es wahr? Hat sie ihn geliebt?«

»Sie hat ihn sehr geliebt, doch jetzt haßt sie ihn. Das hat sie mir selbst gesagt: ›Iacob, er ist feige, er ist ein Schurke, ein Betrüger. Ich hasse ihn, diesen Hund! Ich hasse ihn . . .‹«
Cesare lächelte erschöpft. ›Und wenn schon? Sie hat geliebt, einmal, sie hat sehr geliebt, um all das zu machen . . .‹
Abermals legten sie ein gutes Stück des Weges zurück, ohne ein Wort zu wechseln. Der Mittag war schon vorüber. Wärme, der Wind nahm ab. Beide waren versucht, ein Bad zu nehmen – das Meer, bläulich, ruhig, sie mit seinem kalten Schaukeln verlockend –, aber sie schämten sich einer vor dem anderen, wie zwei christliche Asketen. Keiner von ihnen hätte die Nacktheit des anderen ertragen.
Schließlich blieb Iacob unter einer Akazie am Wegrand stehen und legte sich ins Gras, nachdem er es mit der Hand glattgestrichen hatte.
»Sind Sie müde?« fragte Cesare schwer atmend.
»Nicht allzu sehr, aber hungrig.«
»Und ich habe Durst«, sagte Cesare und setzte sich in den Schatten.
Iacob öffnete die Tasche und holte ein Stück Käse heraus, das ihm der Gärtner gegeben hatte, zwei hartgekochte Eier und trockenes Brot. Cesare schaute sich den Proviant mit Ekel an. Er wartete auf die Wasserflasche. Iacob reichte sie ihm, doch bereits nach dem ersten Schluck schüttelte er sich und spuckte aus.
»Salzig! Das ist eher Suppe als Wasser.«
Dem bekümmerten Iacob Weinrich ging ein Licht auf:
»Es ist mein Fehler, ich habe die Flasche gefüllt. Wahrscheinlich habe ich aus dem Faß mit dem Meerwasser geschöpft.«
Cesare schwieg. ›Zu welchem Zweck? Er ist verrückt, ich wußte schon seit langem, daß er verrückt ist. Vielleicht wollte er mich vergiften. Vielleicht bringt er mich nachts um.‹ Die Angst spitzte sich zu. Er schaute ihm beim Essen zu, sah, wie die feinen Finger den schmutzigen Käse ergriffen.

»Hey, haben Sie ein Messer?« fragte Cesare zögerlich.
»Nein.«
»Um das Brot zu schneiden«, provozierte ihn Cesare.
Der andere lächelte verständig.
»Das Brot ist schon geschnitten. Soll ich Ihnen davon geben? Erstechen werde ich Sie wohl nicht, haben Sie keine Angst.«
»Erzählen Sie keine Albernheiten«, tadelte ihn Cesare mit gesenktem Blick.
Dann erschien eine Gestalt an der Wegbiegung, und als sie Cesare und Iacob sah, näherte sie sich ermutigt. Die beiden zuckten zusammen. Cesare setzte die Brille mit den schwarzen Gläsern auf, um ihn besser sehen zu können. Es handelte sich um einen einfachen Wanderer, der offenbar eine kurze Wegstrecke zurückzulegen hatte, ohne Rucksack und ohne Stiefel, lediglich mit einem großen Stock und einem in Papier gehüllten Paket in der Hand.
»Guten Tag«, sagte er. »Bitte, haben Sie nicht ein wenig Wasser?«
Fremdartiger Akzent und ängstlicher Blick.
»Wasser gibt es, es ist aber salzig, es ist vom Meer!« erklärte Cesare belustigt. »Das ist seine Großtat.«
Iacob lächelte verschämt.
»Es ist mein Fehler, verzeihen Sie mir. Aber das Dorf ist nicht mehr weit.«
»Da komme ich gerade her«, sagte der Mann. »Ungefähr fünf Kilometer.«
»Zwei Wegstunden.«
›Und noch weniger, wenn es sich um Männer handelt‹, dachte der Wanderer. Er setzte sich neben die beiden in den Schatten. Iacob wickelte seinen Proviant ein und legte ihn in die Tasche. Cesare behielt immer noch sein amüsiertes Lächeln bei. ›Auch er ist um Wasser gekommen! Und was für ein seltsames Gesicht... Aber was geht es mich an? Der Mann Gottes... *Er*? Wenn er aus dem Dorf kommt, kann es nicht *er* sein. Großes Wunder, wo mag er wohl hingegangen

sein. Er ist auf wundersame Weise verschwunden, in der Erde, im Sand. Das war gestern. Er ist jetzt in der Stadt. Er ist gestern abend angekommen. Doch dieser, wieso hat er mich so starr und ängstlich angeschaut?‹
In der Tat, der Reisende konnte seinen Blick nicht von Cesare abwenden. Er versuchte, etwas zu sagen, zauderte aber immer noch. Cesare begann, sich gestört zu fühlen, und machte Weinrich Zeichen zum Aufbruch.
»Sind Sie nicht hungrig?« fragte Iacob den Fremden.
»Danke, nein. Ein wenig Wasser, das war alles, was ich haben wollte«, antwortete jener, indem er Cesare genauso seltsam anblickte.
»Dann gehen wir los«, entschied Weinrich.
Sie wünschten sich gegenseitig einen guten Tag und machten sich auf. Cesare ging mit eiligem Schritt voran, Weinrich folgte ihm mit einer gewissen Schwere. Nachdem sie sich ein gutes Stück weit entfernt hatten, äußerte Cesare seine Bedenken gegenüber dem Fremden. Iacob gab vor, nichts bemerkt zu haben.
»Diesen Mann habe ich irgendwo schon einmal gesehen, oder er hat mich gesehen. Das kann nicht sein ... Er schaute mich so starr an. Er wollte mich etwas fragen, da bin ich sicher.«
»Und wie schön er uns um Wasser gebeten hat«, unterbrach Iacob Cesare von hinten.
»Zuerst dachte ich, daß *er* es sei, der Mann, der mich gestern verlassen hat.«
»Und was würden Sie dazu sagen, wenn er ein Engel wäre?« unterbrach Iacob Weinrich Cesare erneut.
Cesare beschleunigte den Schritt und hob die Schultern. Weinrich war ein Hirnverbrannter, es wurde immer schlimmer mit ihm. Engel in Menschengestalt, die auf der Landstraße herumlaufen und Wasser verlangen.
»Warum sollte er keiner sein?« nahm Iacob seinen Gedanken nochmal auf. »Denn an seinen Worten erkennt man den Fremden.«

»Viel eher ist es der Mann von gestern, weil er nur mich angesehen hat.«

»Welcher?« wunderte sich Iacob plötzlich.

»Der Mann von gestern. Ich habe Ihnen die ganze Zeit von ihm erzählt, erinnern Sie sich nicht? Er ist mir am Strand begegnet, am Morgen. Er ist eine Weile neben mir hergelaufen, dann war er verschwunden, Gott weiß wohin.«

»Auch dieser ist verschwunden, der Mann von vorhin!« bemerkte Iacob Weinrich, wandte den Kopf um und schaute auf die verlassene Straße.

Abermals bekam Cesare Angst.

»Sind Sie sicher?« schrie er, nach dem Arm des Begleiters greifend. »Sind Sie sicher, daß er verschwunden ist? Sehen Sie nichts? Weder einen Schatten noch eine Rauchsäule, weißen, dicken Rauch, das heißt Staub unter den Bäumen, hinter den Felsen?«

»Nein. Keine Sterbensseele. Er ist verschwunden. Das war ein Zeichen, er war kein Mensch. Wie ich es Ihnen von Anfang an gesagt habe.«

»Vielleicht gibt es einen Weg, rechts durch das Feld. Vielleicht einen Pfad, der uns schneller zur Stadt führt.«

»Vielleicht«, schloß Weinrich friedfertig und ging weiter.

Cesare folgte ihm bestürzt. Seine Augen sahen jetzt noch weniger. Und je stärker er spürte, daß sein Augenlicht abnahm, um so mehr wuchs die Angst in ihm, eine Angst wie eine wirkliche Kralle im Fleisch, in den Knochen, mitten in der Brust, in den Eingeweiden. Die Angst vor den Schatten, vor dem, was er nicht sehen konnte. Der Mann von gestern und jener, dem er gerade eben begegnet war, wechselten vor seinen Augen sinnlos ihre Rollen. Beide wurden zu einer Person, und aus jeder wurden zwei, drei. Krankhafte Spiele, böse Kälteschauer durchschüttelten Cesares Verstand. Um sich keine Gedanken zu machen, um das schwindende Augenlicht nicht zu bemerken, beschleunigte er gebeugten Kopfes den Schritt. Rasch überholte er Iacob Weinrich, der ihm von hinten zurief:

»Bruder! Bruder...!«

Cesare hörte ihn nicht. Stolpernd lief er ohne Socken in den viel zu großen Schuhen, in der vom Wasser eingegangenen Weste.

»Warum fürchtest du dich?« beruhigte ihn Weinrich. »Er ist kein Mensch, er ist ein Engel. Er tut niemandem etwas Böses...«

*

Doch das unerwartete Ereignis geschah, als sie im Dorf ankamen.

Sie hatten die fünf Kilometer schweigend zurückgelegt. Beim ersten Hof blieb Cesare stehen und bat um Wasser. Eine Frau brachte ihm Eimer und Kanne und musterte ihn ängstlich. Als er fertig war, bedankte er sich und setzte seinen Weg fort, ohne auf Weinrich zu warten.

Einige Häuser weiter, auf der Hauptstraße, blieb er wie versteinert stehen und traute seinen Augen kaum. Weinrich holte ihn rennend ein. Der Mann, dem er auf der Straße begegnet war, grüßte ihn höflich und forderte ihn zum Wassertrinken auf. Cesare fand weder die Kraft, abzulehnen noch sich zu bedanken. Weinrich betrachtete die Szene mit einer unerklärlichen Befriedigung.

Das, was folgte, überraschte beide.

Ein staubiges Auto kam von der Dorfstraße herangefahren. Jemand rief:

»Cesare! Cesare...!«

Ein Gendarm erschien aus einem Hof und fragte den Unbekannten mit dem fremden Akzent:

»Ist es dieser?!«

»Dieser.«

»Schau mich an!«

Sie packten ihn wie einen Truthahn. Der Gendarm ging mit dem Gürtel in der rechten Hand auf ihn zu, während der Fremde zusammen mit einem anderen Wanderer ihm von zwei Seiten den Weg abschnitt.

Cesare erriet, was geschah, schrie und wurde bleich.
»Was wollen Sie von mir? Warum halten Sie mich fest?«
»Lassen Sie ihn in Ruhe, meine Herren, er hat nichts getan, er ist mein Freund«, mischte sich Weinrich sanft ein.
Aber der Gendarm schleuderte ihn brutal beiseite. Iacob Weinrich lehnte sich erschöpft an den Zaun. Aus dem Auto stiegen ein Offizier, ein unbekannter Herr und Fräulein Marta. Weinrich schaute sie verwirrt an. Alle schrien: »Cesare!«
Er erkannte Herrn George und Fräulein Marta, und auf einmal erfaßte ihn eine blinde Wut, daß man ihn wieder in den Käfig einsperren würde, und die Demütigung wühlte ihn auf; die Leute würden ihn von nun an für verrückt halten. Verschämt schaute er auf seine bloßen Füße in den viel zu großen Schuhen von Weinrich.
Herr George näherte sich ihm erregt und zugleich freundschaftlich.
»Was haben Sie um Gottes willen getan?! Wir dachten, Sie wären ertrunken. Alle Zeitungen schreiben von Ihnen. Alle weinen um Sie!«
»Ich habe niemals geglaubt, daß Cesare ertrunken wäre«, sagte Fräulein Marta lachend und weinend zugleich.
»Was wollen Sie von mir? Was haben Sie vor?!« schrie Cesare, legte sich in den Staub und hielt die Hände vor die Augen.
Es ging unter, es ging unter... Das Licht verlosch zusehends, ein Wunder, flackernd, Scheiben, Scheiben von Asche sammelten sich in seinem Himmelsraum an. Lichtschimmer und Fäuste überfielen ihn an den Schläfen. Vor seinen Augen spielten Unbekannte, zwei, tausend und abermals zwei.
»Was habe ich getan? Was habe ich getan?« brüllte er wütend und weinend.
Leute hatten sich versammelt. Der Gendarm und der Offizier sperrten sie ab. Fräulein Marta schluchzte laut, während Herr George französisch sprach.

»Bringt ihn ins Auto! Warum quält ihr ihn?!«
»Schnell, ins Auto«, sagte Herr George auf Französisch.
Fräulein Marta dachte: ›Was für ein Schicksal?! Er ist ein Genie!‹ Sie regte sich auf: ›Gott, o Gott, wie soll ich ihn jetzt nennen? Wie soll ich ihn jetzt nennen...?‹ Sie betrachtete Herrn George und weinte abermals. Sie wollte Cesare helfen, wußte aber nicht, wo sie anfangen sollte. Niemand wußte, wo man anfangen sollte.
Der Gendarm scheute sich, den Gürtel zu benutzen, denn der Offizier hatte ihn grob angefahren. Cesare lag im Staub. ›Wer hat recht? Der alte Arzt oder der junge? Ich sehe nichts mehr. Gott, nur nach einem Monat! Ich sehe nichts mehr, ich sehe nicht mehr!‹
Plötzlich erhob er sich mitten auf dem Weg und sagte zu allen, wie eine Offenbarung:
»*Ich sehe nichts mehr*!«
Herr George erstarrte. Fräulein Marta lehnte sich ans Auto. Der Chauffeur stieg aus und packte Cesare am Arm. Dieser wankte wie betrunken, ließ sich aber führen. Das Auto fuhr in einer Staubwolke davon.
Nachdem sich die Leute zerstreut hatten, fand sich Iacob Weinrich, der die ganze Zeit über tatenlos am Zaun gelehnt hatte, vor dem Wanderer mit dem fremden Akzent wieder. Entschlossen näherte er sich ihm. Jener schaute ihn an, noch aufgeregt von dem Gesehenen. Er war ein schüchterner und ängstlicher Mensch. Er bereitete sich darauf vor zu erklären, wie er Cesare, nach den Beschreibungen der Zeitungen, wiedererkannt hatte, wie er einen kürzeren Weg eingeschlagen hatte und zum Gendarmen gerannt war, um ihn zu benachrichtigen, wie dieser in der Stadt angerufen und Herr George mit einem Mal die Nachricht erfahren hatte. Doch Iacob Weinrich ließ ihm keine Zeit für die Antwort. Verwegen näherte er sich ihm und gab ihm auf beide Backen eine Ohrfeige.
»Ohne jeden Grund, verstehst du mich?«
Der Mann schaute ihn versteinert an. Weinrich gab ihm aber-

mals kurze, trockene Ohrfeigen. Der Mann schüttelte sich bleich unter den Schlägen.
»Ohne jeden Grund…«
Befriedigt und heiter ging Weinrich dann zum Bahnhof, wie ein Mann, der seine Pflicht getan hatte.

XI. FRÄULEIN MARTAS ABENTEUER

Fräulein Marta litt unter Nervenschwäche und Schlaflosigkeit seit dem Tag, an dem Cesare die Stadt verlassen hatte. Der Mann, der in die Welt auszog, der Held, der in der Hauptstadt erwartet und überall abgebildet wurde, war für Fräulein Marta ein Unbekannter; er war plötzlich erschienen, nach dem Experiment des Arztes in der Camera obscura und nach der Enthüllung des Schicksals, das ihn erwartete. Dieser nach Freiheit, Abenteuer und Leben dürstende Cesare war für sie ein Fremder. Aber immer noch so anhänglich; die Seele des alten Fräulein wurde durch die unerwarteten Entfesselungen des Helden verletzt, näherte sich ihm jedoch wieder, verstand ihn psychologisch und glich sich ihm an. Cesare war nun auf eine andere Art und Weise in ihrer Einbildung gewachsen, offenbarte sich durch plötzliche Visualisierungen. Stärker, standhafter, männlicher, wenngleich weniger tragisch. Blind, blind – wäre er etwas ganz anderes gewesen. Völlig erblindet mit achtunddreißig Jahren, weil er eine Frau gerettet hatte. Romantische Ergötzungen, die Fräulein Marta ärgerten, weil das Fräulein seit langem mit dem Romantizismus Schluß gemacht hatte und jetzt mit einem modernen Bewußtsein lebte, ein wundersames und erotisches Fluidum, von großen Bewegungen angeregt, von Reformen, von Religiosität, von zerebraler Fruchtbarkeit und ethischer Vergeltung nach der Dummheit des vergangenen Jahrhunderts. Sobald sie sentimentale Stimmungen oder nostalgische Gefühle in ihrer Seele entdeckte, kehrte Fräulein Marta sie belustigt aus oder betrachtete sie als nicht romantisch. Cesare hingegen besaß etwas Besonderes: nämlich einzigartig zu sein, wirklich und nicht rückführbar. An dem asexuellen und sanftmütigen Bibliothekar war die feine, diamantene Maske zum Vorschein gekommen, die verklärt unter dem Schatten der Vorsehung gewachsen war. Fräulein Marta wußte nicht mehr. Deshalb wurde sie nach der Tren-

nung von Cesare von Unruhe und Zweifeln heimgesucht. Verkrampft wartete sie auf seinen Brief und hoffte.
Noch am Abend der Abreise war Julius gekommen und hatte ihr alle Ereignisse vom Bahnhof erzählt. Auch der Bürgermeister schimpfte über das Verhalten des Bibliothekars, so daß am nächsten Tag die ganze Stadt davon wußte, daß Cesare im Gefolge wiederholter Nervenanfälle plötzlich verrückt geworden wäre und sich darauf vorbereitete, mit drei Zügen gleichzeitig abzureisen. Dennoch wiederholten die Zeitungen die Gerüchte nicht; sie erwarteten nicht zu widerlegende Szenen und begnügten sich bis dahin damit, die Prognosen der Autoritäten über Cesares Zukunft vage zu kommentieren und, für vermeintlich Initiierte, Boshaftigkeiten bezüglich der donquichottesken Haltung des Bibliothekars zu verbreiten.
Fräulein Marta litt sehr unter der Wendung, die die Ereignisse genommen hatten und unter dem sinkenden Ansehen ihres Helden in der öffentlichen Meinung. Sie wollte ihn als Revolutionär, als Propheten und stählernen Redner sehen, aber nicht als eine Persönlichkeit, über die die Leute sich in Abwesenheit amüsierten, ihn als harmlos, irgendwie dekorativ erachteten und in deren Gesprächen die Ernsthaftigkeit nicht unerläßlich war. Um die Gerüchte nicht zu verschlimmern, hatte Fräulein Marta deshalb Julius gebeten, kein Wort über das Geld zu verlieren. Julius hatte es versprochen und ihr drei Bündel mit Banknoten gegeben, um sie an Cesares Bank zurückzuerstatten, sobald er dessen Adresse in Erfahrung gebracht hätte.
Am dritten Tag war Fräulein Marta zum Sanatorium gegangen, um Melania zu besuchen. Sie hatte sie fast im Todeskampf vorgefunden. Sie weinte mehr als sie sprechen konnte. Von der Schwester darüber informiert, daß Cesare die Stadt verlassen hatte, begriff Melania, daß sie ihn niemals wiedersehen würde. Die Verzweiflung verschlimmerte ihre Schmerzen, beschleunigte ihre Krankheit. Der diensttuende Arzt machte sich Sorgen. Abermals kamen die Ärzte zusammen,

und abermals wurde der alte Streit aufgenommen: Denn niemand konnte endgültig den Grund für die Agonie Melanias bestätigen. Ihr Herz wurde immer schwächer. Der Zustand der Lungen verbesserte sich nicht. Und der alte Arzt befürchtete Krebs. Trotzdem *durfte* eine Verbrennung nicht so viele Krankheiten hervorrufen, dachten jene vier Herren des Ärzterates. Die Entstellung, selbst das Herzrasen waren natürlich. Doch die Tuberkulose, das kranke Herz, der Krebs in einem vollkommen gesunden Körper waren ein Rätsel.

Melania hatte ihre Freundin nach Cesare gefragt. Fräulein Marta errötete, verwirrte sich, konnte aber nicht lügen. Sie weinte heftig und aus tiefstem Herzen. Sich daran erinnernd, daß sie sich wie eine Heldin aus Werken Henri Murgers benahm, runzelte sie die Stirn und wechselte augenblicklich zum modernen Bewußtsein. In der Tat brachte es Fräulein Marta durch ein einfaches Achselzucken oder einen Augenaufschlag fertig, die Ereignisse so zu sehen und zu fühlen, wie sie es sich vor langer Zeit vorgenommen hatte. Sie konnte jederzeit in den Ozean momentaner Gefühle und diffuser Stimmungen, filigraner Arbeiten und elektrischer Schocks zurückkehren, wo alles akzeptiert wurde, von den Barbaren bis zu den Dekadenten, wo alles geschätzt und geschluckt wurde. Durch dieses plötzliche *volte-face* distanzierte sich Fräulein Marta tatsächlich von Episoden oder Ansichten, die sie wenige Minuten zuvor noch aufgeregt hatten. Deshalb waren ihr die Szenen aus dem Sanatorium, aus Melanias Zimmer unerträglich. Sie bewegten und irritierten sie gleichermaßen.

Melania fragte jedoch zu viel nach Cesare, und sein Fortgang hatte sie niedergeschlagen und offensichtlich bestürzt. Auch Fräulein Marta fühlte sich verwirrt. War es nicht zu viel? Machte sie sich nicht zu viele Gedanken? Im übrigen hatte Cesare ihr in der Bibliothek niemals Beachtung geschenkt; und danach hatte er ihren Namen nicht ein einziges Mal erwähnt. Es war natürlich, daß er sie nicht ausstehen konnte.

Die Ikone der Zukunft. Er würde für sie erblinden. Warum sollte er sie ertragen? Und trotzdem gab Melania nicht auf; sie rief ihn, war von seinem Namen hypnotisiert, wartete auf ihn. Man hätte sagen können, daß selbst der letzte Rest Leben, der ihr noch blieb, ihm gehörte. Nur solange zu leben, bis er zurückkehren würde. Doch Cesare war frei, auf unbekannten Wegen verreist, würde immer weiter reisen. Warum wartete sie auf ihn...? Fräulein Marta glaubte zu ersticken. ›Ich mache mir zu viele Gedanken, sogar ich mache mir zu viele Gedanken. Warum sollte sie nicht das gleiche tun? Er hat ihr doch das Leben gerettet...‹ Aber das Argument schwebte in den Lüften. Der Gedanke kam und verschwand wieder, ohne sie zu beruhigen. Nein, bestimmt war es keine Anerkennung... Sie haßte sie beinahe, als sie sie betrachtete, den verstümmelten, sündigen Körper, das abgeschälte und geschwollene Gesicht. Liebe? Fräulein Marta war versucht zu schreien und zu lachen, um sie dann zu erwürgen. Das war ein schlechter Scherz. Niemand konnte Cesare lieben. Warum sollte man ihn lieben? Aus Respekt, Bewunderung, Furcht – für sie war es genug. Und gerade Melania, nach all dem, was sie getan hatte... Was hatte sie getan? Was hatte sie eigentlich getan...? Auch Fräulein Marta wußte nicht allzu viel, hatte aber genug in Erfahrung bringen können, um sich zu schütteln und auszuspucken. Sie spuckte vulgär aus, was sie niemals zuvor getan hatte, als sie von der splitternackten Melania neben den zwei anderen erfahren hatte. Auf jeden Fall war Liebe seitens des vor Krankheit fiebrigen und angeschwollenen Körpers unvorstellbar, dachte Fräulein Marta stumm, die Tränen der Kranken betrachtend.

Sie mußte bald gehen, denn Melanias Gesellschaft, die Haltung der Schwester und die Atmosphäre des Zimmers quälten sie. Gedankenverloren durchstreifte sie die Gärten des Sanatoriums. An der Westseite des Gebäudes machte sie halt, um sich den Pavillon anzusehen, wo Cesare interniert worden war. Gedankenwirrwarr. Heroische Tage. Zukunftspläne, Bücher, die sie ihm vorlesen würde, die Villa in der

Sonne. ›Lappalien‹, dachte Fräulein Marta plötzlich und kippte mit einem Wimpernschlag das Panorama der Einbildungen um, die die Hoffnungen jener Wochen aufkommen ließen. Beleidigt machte sie sich auf den Weg, beschleunigte feindselig den Schritt und vermied es, die Passanten anzuschauen. Auf der Straße begegnete sie Manoil und Dr. Weinrich. Ersterer hatte immer noch jenen teuflischen Mund und den Tick, sich selbst die linke Wange zu streicheln. Der düstere, schlecht gekleidete Dr. Weinrich hörte ihm zu. Beide grüßten sie mit Respekt und sogar mit einer überraschten Freude, wie bei einer guten Nachricht. Doch Fräulein Marta ignorierte ihren Gruß und überquerte den Boulevard im gleichen forschen Schritt. Man hätte vorhersehen können, daß die beiden Männer sich darauf vorbereiteten, sie zu verfolgen, ihr etwas Bedeutsames und Dringendes zu sagen. Aber Fräulein Marta bemerkte ihren Aufbruch nicht. Manoil beugte sich zu Weinrich und flüsterte ihm wahrscheinlich etwas Geistreiches ins Ohr, was er bestimmt auskostete, doch Weinrich blieb unverändert mürrisch, die Augen auf die Vorbeigehende gerichtet.

Fräulein Marta verbrachte den Tag in großer Unruhe, tausend Pläne wälzend, von denen einige recht absurd, andere romantisch und kindisch waren. Jedesmal, wenn sie wieder zu sich kam, stand sie irritiert vom Kanapee auf und suchte nach Arbeit, fand aber nichts zu tun. Aus dem Regal nahm sie eine Unzahl von Büchern heraus, blätterte darin und las ein paar Seiten, doch sobald sie den Blick von den Zeilen abwandte, wurde sie wieder von der gleichen Unruhe erfaßt. Schließlich zog sie sich an und ging in den Park. Das begeisterte bürgerliche Spektakel beruhigte sie. Sie blieb bis in den späten Abend.

Am Morgen erinnerte sie sich daran, daß sie von zehn bis um zwölf Uhr Unterricht hatte. Sie überlegte hin und her, ob sie gehen oder die Direktorin anrufen sollte. Sie zauderte. Sie hatte so viele Tage gefehlt, und ihre Gründe waren stets sehr zweifelhaft gewesen. Doch die Direktorin war eine Kameradin von ihr. Trotzdem, trotzdem... Zur selben Zeit klingelte der Arzt des Sanatoriums heftig an ihrer Tür. Fräulein Marta bekam Herzklopfen, als sie ihn erblickte. Ist Cesare etwas passiert? Sie sah entgleisende Züge, Waggons, die Betondämme durchbrachen, ohrenbetäubendes Schienenkreuzen, Sturmflut, Elektrizität, Lähmung, Selbstmord. Wieder tauchte dieses Bild auf, bewegt, teuflisch, sich über die Furcht des einzigen Zuschauers, Fräulein Martas Verstand, lustig machend.

»Haben Sie das gelesen?« fragte der Arzt und breitete die Zeitung mit dem Interview von Herrn George aus.

»Ich habe die Zeitungen von heute nicht gelesen«, antwortete Fräulein Marta.

»Es ist unglaublich, wie anormal manche Leute sind«, überlegte der Arzt verwirrt, während Fräulein Martas Blicke eilig über die Kolumnen flogen. »Die Laien, die Sünde der Zivilisation. Überall, wo es eine technische, spezialisierte Kultur gibt, wimmelt es von Laien; und zwar jene von der schlechten Sorte, die Halbgebildeten...«

Fräulein Marta wußte nicht, was sie antworten sollte, da ihre Blicke von den Worten Cesares gefesselt wurden, die sie genau wiedererkannte. Sie las mal hier, mal dort und erregte sich um so mehr, als Herr George seine Beschreibung der tragischen Persönlichkeit vervollständigte. Das im Kult des Schönen aufgewachsene Fräulein leistete der Aufregung, die die sprühende Inspiration Herrn Georges erzeugte, keinerlei Widerstand. Es war in der Tat ein dramatischer Ausbruch in Schwarz und Weiß gewesen, und das Fräulein erkannte siegreich ihren in Stein gehauenen Cesare, ihr Schicksal.

Der Arzt wurde ungeduldig.

»Ich überlasse Ihnen die Zeitung, Sie können sie anschließend lesen. Aber lesen Sie das da...«

Er deutete auf die Passage, in der Herr George ihn bezichtigte, Cesare tödlich getroffen zu haben, indem er ihm direkt das Ende der Erblindung mitteilte. Ein gewaltsamer und siegreicher Ausgang, der von selbst ein Beweis für Cesares

Verhalten und Erklärungen war, sein fatales Übergeschnapptsein, sein unwahrscheinliches Dasein zwischen zwei Welten, in der Erwartung.
»Was sagen Sie dazu?« fragte der Arzt. »Ist es eine Eselei oder Gewissenlosigkeit? Die Herren von der Zeitung glauben das Recht zu besitzen, alles zu sagen und sich überall einzumischen. Allwissenschaft. Es ist schlimmer als krasse Unwissenheit, es ist reiner Spott. Begabt, mächtig, aber halbgebildet, die Schminke springt einem in die Augen, nach der Art und Weise, wie sie Dramaturgie im Falle des armen Cesare anlegen, ein unglücklicher Fall, in den ich ein wenig Leben hineinbringen wollte, indem ich die Dinge so zeigte, wie sie tatsächlich liegen. Der Herr hält mir vor, daß es besser gewesen wäre zu lügen. Ohne Argumente. Sollen wir Medizin mit Zeitungstheorien oder mit Psychoanalyse, Metaanalyse, Pseudoanalyse betreiben? Possenreißer . . .!«
Der Arzt hatte ungewöhnlich erregt gesprochen, sein ansonsten sorgfältig ausgesuchtes wissenschaftliches Vokabular völlig vernachlässigend. Obgleich das Fräulein ihn verstand, konnte sie seine Wut nicht begreifen. Ihr Verstand wurde durch »Das verlöschende Licht . . .« in Knechtschaft genommen, von dem gefesselten Prometheus aus Herrn Georges Feder. Sie hatte ihn akzeptiert, weil er nicht mehr human war, weil er weder Mängel noch Unebenheiten aufwies, weder mittelmäßig noch wechselhaft, sondern tragisch, ganz und gar tragisch war. Der Arzt sprach von einem Eingriff durch den Ärzteverband oder sogar von einem Prozeß. Obgleich das Fräulein noch vor Überraschung Herzklopfen hatte, entschied sie sich, abzureisen, um Cesare zu treffen. Jetzt wußte sie, wo sie ihn finden würde. Sie wußte, daß er kein Geld besaß. Sie wußte, wen er im Zug getroffen und welche Erinnerungen er erzählt hatte. Noch hatte sie seine Beichte über die Pariser Jahre nicht aufmerksam gelesen. Es waren neue, überraschende Dinge für sie.
Erregt hatte der Arzt ihre Aufmerksamkeit auf sich gezogen.

»Und Cesare, Cesare... Er verliert seinen Verstand, der Junge! Lesen Sie die Erinnerungen an Haruni, einen zweifelhaften Orientalen, wahrscheinlich äthersüchtig und lasterhaft bis ins Mark, den die Naivität des armen Cesare zum Mathematiker krönt. Lesen Sie, damit Sie sich davon überzeugen, wie die Erinnerungen eines desorientierten Gehirns funktionieren.«
Aber Fräulein Marta war ungeduldig. Sie faltete die Zeitung zusammen und bedankte sich bei dem Arzt. Sie war verwirrt. Sie bot ihm Tee an, wenngleich es schon zehn Uhr wurde. Auf die Schule verzichtete sie. Dem Arzt gestand sie ihren Gedanken, abzureisen und Cesare zu treffen. Es war ein dringendes Bedürfnis. Sie zeigte ihm das Geld, das Julius bei ihr zurückgelassen hatte. Der Arzt beglückwünschte sie begeistert. Er bedauerte es, daß das Spital es ihm nicht erlaubte, sofort abzureisen, doch würde er es versuchen... Auf gar keinen Fall würde er sich am Ende seiner Karriere von den Zeitungen beleidigen lassen. Er würde sich mit dem Bürgermeister treffen. Er war zu Fräulein Marta gekommen, weil sie Cesare gut kannte und ihn die ganze Zeit über im Sanatorium gepflegt hatte. Ein ausgezeichneter Zeuge, Fräulein Marta, mit ihrem guten Ruf in der Stadt. Sie suchte nach Ausflüchten, dankte ihm errötend. Mit welchem Zug sollte sie abreisen? Sie war so nervös, daß sie nicht beim Bahnhof anrufen konnte. Der Arzt verlangte hustend nach dem Informationsbüro. Ein Schnellzug um elf. Gerade Zeit genug, um einen Koffer zu packen, den Jungen mit dem Telegramm zu Herrn George zu schicken und dann sofort eine Kutsche zu nehmen. Die übereilte Abreise hinderte sie am Denken. Aufgeregt rannte sie durch die zwei Zimmer. ›Soll ich Melania Bescheid geben? Soll ich auch Julius mitnehmen? Es ist besser, wenn er mit dem Doktor nachkommt. Nichts zu lesen? Ich finde etwas am Bahnhof. Ein Paar Hörnchen, Früchte, Zeitungen – bis zum Abend ist es nicht mehr lang.‹ Sie zitterte bei dem Gedanken, allein zu bleiben, das Interview in Muße immer wieder lesen und Cesare zuhören zu können.

Der Arzt entschuldigte sich – das Spital, das Sanatorium. Fast zehn Uhr. Das feuerrot gewordene Fräulein Marta begleitete ihn bis in den Hof. Danach sprang sie die Treppen hoch, kehrte in ihr Zimmer zurück, verriegelte die Tür und dachte sich eine frühlingshafte Toilette aus. Sie puderte sich sorgfältig, ohne jedoch diesmal die rötlichen Schatten der Augenlider und die Fältchen an den Mundwinkeln zu bemerken. ›Vierzig? Nein, nein, viel weniger; sechsunddreißig. Gott, o Gott, manchmal sehe ich so jung aus...! Warum sollte ich heiraten?‹
Martas Geheimnisse.

*

Mit dem selben Zug reiste auch Iacob Weinrich. Fräulein Marta bemerkte ihn nicht.
Sie kam sehr zeitig am Bahnhof an, belegte ein leeres Abteil erster Klasse und begann, das Interview zu lesen. Sie hielt es nicht länger als einen Absatz aus. Dann verflog die Aufmerksamkeit, und sie begann, aus dem Waggonfenster blickend, mit offenen Augen zu träumen. Die selben Weinberge. Sie sah sie nicht. Sie erblickte allerhand schöne und beruhigende Dinge, und auch sie war die Heldin vieler Bücher. Es wurde wärmer. Sie ließ den Vorhang herunter und döste. Schließlich verschloß sie die Tür und legte sich nieder. Nachts hatte sie kaum geschlafen. Versöhnt fiel Fräulein Marta, unterstützt durch die wohlige Wärme, in den Schlaf. Die Früchte und die Zeitungen auf dem anderen Sitz. Niemand. Stark schwitzend und mit Kopfweh wachte sie fast im Morgengrauen auf.
Während Fräulein Marta ohne jede Furcht schlief, zeigte sich eine zwielichtige Person auf dem Gang. Er hatte einen Lederkoffer und einen Stock, den er auf seltsame Art und Weise hinter dem Rücken trug. Es schien, als suchte er nach einem zurückgezogenen Platz, da er sich aufmerksam jedes Abteil ansah. Überrascht blieb er vor Fräulein Martas stehen. Die Vorhänge waren heruntergelassen, dennoch konnte er etwas sehen und sie scheinbar wiedererkennen. Lächelnd versuchte

er, die Türklinge hinunterzudrücken. Obwohl sie verriegelt war, gab die Tür nach einigen vorsichtigen Bewegungen nach. Der junge Mann beobachtete den Gang und schloß dann mit einem Dietrich die Tür auf. Kein einziges Geräusch. Er verschloß die Tür wieder. Das Fräulein schlief tief und fest, sie wachte weder auf, als der junge Mann den Koffer aus dem Netz nahm, noch als er ihn öffnete. Er suchte lange, dann legte er den Koffer vorsichtig wieder zurück. Beim Hinausgehen seufzte das Fräulein. Bleichwerdend beobachtete er sie, während er die Hand in der Luft ausgestreckt ließ. Dann lächelte er. Er nahm zwei Birnen aus der Tasche, ging hinaus und schloß ab. Auf dem Gang begann er wieder, gelangweilt auf und ab zu gehen. An einer Sitzbank blieb er stehen, schälte elegant die Birnen mit einem Taschenmesser und warf nachdenklich die Schalen zum Fenster hinaus. Schließlich wischte er sich mit dem Taschentuch die Hände ab, nahm seinen Stock und ging fort. Am Ende des Waggons traf er den Schaffner. Dieser entschuldigte sich und fragte ihn nach der Uhrzeit.

»Vier Uhr fünfundzwanzig«, antwortete ihm der junge Mann.

Er stotterte ein wenig, doch der Schaffner konnte nicht umhin zu denken, daß er seinen Sprachfehler maßlos übertrieb.

*

Je näher das Meer kam, desto ungeduldiger wurde auch Fräulein Marta. Als es Abend wurde, packte sie ihre Sachen zusammen und trat auf den Gang hinaus, um zu warten. Sie konnte nichts sehen. Sie fragte jeden, wie viele Minuten es noch wären. Schließlich hielt der Zug. Das Fräulein hatte sich entschieden, die Nacht in einer Pension zu verbringen, um Cesare am Morgen einen überraschenden Besuch abzustatten. Sie wählte ein Zimmer mit Blick aufs Meer und ließ sich das Abendessen auf die Veranda bringen. Einige Familien in der Pension brachten ihre Kinder zu Bett und schienen sehr ungeduldig, erkundigten sich über alles und überhäuften das Dienstmädchen mit Nervosität. Fräulein Marta regten die vielen Geräusche auf. Sie drehte sich auf der Chaiselongue um und betrachtete den bestirnten Himmel, um sich zu beruhigen. Mehrere Frauen in durchsichtigen Kleidern und Seidenschuhen streiften ihr Blickfeld. Sie schaute sie abschätzig an. Ein Ball oder eine Verlobung? Mit den Augen suchte sie nach dem Scheinwerfer. Lediglich ein grünliches Öllämpchen, von der Veranda aus betrachtet. ›Wahrscheinlich sind die Lichter alle aufs Wasser gerichtet‹, dachte Fräulein Marta. Dann, zur Linken, der Boulevard zu den Docks, mit den großen Leuchtern. Wo war das Zentrum? Man konnte eine Vielzahl schimmernder Lichter durch die Bäume und zwischen den Häusern sehen. Es würde doch keinen Ball heute abend geben? Was für eine Idee, jetzt zum Ball zu gehen ...

Das Zimmermädchen richtete ihr Bett und brachte Wasser in einer bauchigen Flasche aus rosafarbenem Kristall. ›Geschmacklos, entschieden geschmacklos in einem modernen Zimmer‹, dachte Fräulein Marta. ›Wenn ich sie fragen würde?‹

»Was sind das für Lichter?«

»Das Casino ›Zentral‹, wie wir es nennen ...«

»Oh! Ja, ja«, erinnerte sich Fräulein Marta.

»Heute abend ist Ball«, flüsterte das Zimmermädchen.

Das Fräulein lächelte. Es wurde bald zehn Uhr. Sie konnte nicht schlafen. Lange Zeit heftete sie ihre Blicke auf den Meereshorizont. Als der Wind stärker wurde, zog sie sich in ihr Zimmer zurück. Der Schlaf erfaßte sie nur mühsam und nur für kurze Dauer. Sie begann, das Geräusch der Wellen zu unterscheiden, und dies verärgerte sie. Sie schaltete die Lampe an, sah auf den Wecker: fast zwei Uhr. Sie hatte nichts zu lesen dabei. Sie erinnerte sich an Cesare und erhob sich instinktiv aus dem Bett, nahm das Schlüsselchen aus der Tasche und öffnete den Koffer. Fieberhaft suchte sie nach dem Umschlag mit den Banknoten, Cesares Geld, das ihr Julius gegeben hatte. Da sie es beim ersten Versuch nicht fand, erfaßte sie die Angst. Sie zitterte, und ihre Lippen öffneten sich halb, weiß und trocken. Sie warf alle Sachen aus dem Koffer aufs Bett und schüttelte sie der Reihe nach aus. ›Nirgends. Wo? Wo? Gestohlen, doch wann? Von wo? Sie waren dort, ich habe sie gesehen.‹ Alles drehte sich. Räderrollen, Wiegenrhythmus; das Fleisch der Hände schwoll an, es fühlte sich wie Watte an. Watte, alles, was sie berührte, war Watte. Sie taumelte.

»Cesares Geld! Mama...!«

Keine Zensur der Gedanken. Sie betete, bekreuzigte sich, versprach den Kirchen Andenken und Gaben. Sein ganzes Vermögen, das ganze Vermögen. Diebin. Was für ein Motiv, was für ein Motiv...? Sie weinte, das Kissen vor den Mund haltend.

Im Zug, bestimmt wurde es im Zug gestohlen... Sie schrie, schlug mit der Faust an die Wand. Schließlich läutete sie. Das Zimmermädchen kam schläfrig an.

»Man hat mir hunderttausend gestohlen!« schrie Fräulein Marta.

Das Zimmermädchen verstand nicht, unnötige Suche, Ratschläge. Es kam auch eine alte Dame. Lichter gingen auf dem Flur an. Der Besitzer kam im Schlafanzug. Das Dienstmädchen erklärte alles, da Fräulein Marta im Bett weinte.

»Im Zug? Also *nicht hier,* sondern im Zug?« atmete der Besitzer erleichtert auf.

Dann bot er sich sogleich an, die Polizei anzurufen. Eilig lief er in sein Büro. Die Leute kehrten vom Ball zurück. Die Damen stellten Fragen, bemitleideten sie, schleppten Fläschchen mit Riechsalz heran und versicherten, daß sich das Geld am nächsten Morgen schon finden würde.

»Cesares Geld!« wiederholte Fräulein Marta unaufhörlich. »Sein Geld, jetzt ist er zum Bettler geworden...«

»Welcher Cesare?« fragte eine Dame ratlos.

Der Besitzer wartete lange im Büro. Niedergeschlagen kehrte er zurück.

»Der Polizeichef ist nicht dort. Ich habe dreimal nach ihm verlangt. Nur der Schutzmann und die Nachtwache...«
»Aber wo steckt er denn?« regte sich das weinende Fräulein Marta auf. »Ich gehe ihn suchen. Er soll telegraphieren, irgend etwas tun...«
»Den Polizeichef können Sie jetzt gar nicht finden«, erklärte der Besitzer. »Sie sind alle fort, ein dringender Fall, ein Unglücklicher hat sich ertränkt...«
»Wann? Wann hat er sich ertränkt?« beunruhigte sich das Fräulein.
»Das weiß ich nicht. Wahrscheinlich jetzt, vor ein paar Stunden. Sie suchen noch nach ihm. Auch die Schaluppe befindet sich dort...«
Abermals legte sich Fräulein Marta aufs Bett.
»Was für ein Schicksal! Was für ein Schicksal...!« verfluchte sie sich selbst.
›Cesare, blind, bettelnd. Wo sollte er so viel Geld hernehmen? Wenn ich die Häuser verkaufen würde? Und Mihai und die anderen? Ich muß sie verkaufen; wo soll ich hunderttausend hernehmen? Gott, o Gott...‹
»Regen Sie sich nicht auf«, tröstete sie der Besitzer. »Im Morgengrauen werde ich wieder anrufen, aber jetzt, Sie sehen ja selbst, steht das Leben eines anderen Unglücklichen auf dem Spiel, falls er überhaupt noch am Leben ist... Er wollte sich umbringen...«
›Ob sie noch genügend Geld hat, um diese Nacht zu bezahlen?‹ fragte er sich, den kleinen Koffer des Fräuleins streng musternd.
Alle gingen fort. Das Zimmermädchen stopfte die Sachen in den Koffer zurück und wischte sich Tränen ab, weil auch sie geweint hatte. ›Ein Mann ist ertrunken. Der Leichnam ist stets geschwollen, die Haut glänzend und die Wangen aufgedunsen. Die Augen eines Ertrunkenen habe ich noch nicht gesehen. Aber die Zähne sind immer noch weiß wie Stein...‹

*

›Wie soll ich es ihm sagen?‹ war Fräulein Martas erster Gedanke am Morgen, als sie erwachte und demütig bemerkte, daß sie nach einem solchen Unglück hatte schlafen können. Sie war versucht, wegzulaufen, das Geld zu finden und es ihm telegraphisch zurückzuerstatten. Sie fing an zu weinen. Sie durchsuchte ihre Tasche und stellte fest, daß sie genügend Geld für das Hotel und die Rückreise bei sich hatte. ›Wieso hat dieser Ruchlose nicht mein Geld gestohlen?!‹ jammerte das Fräulein. Doch sie entschied, sich anzuziehen. Das Zimmermädchen brachte ihr Tee ohne Zitrone und süße Biskuits, die das Fräulein jedoch nicht anrührte. Gedankenverloren hörte sie der Geschichte über den Ertrunkenen zu, die das Zimmermädchen detailliert schilderte. Wie er beim Ball gewesen wäre, wie er mit jenen Leuten gesprochen hätte, wie er vorgegeben hätte, nach Hause zurückzukehren, aber dann doch an den Meeresstrand gegangen wäre, auf einen Felsen gestiegen und sich ins Meer geworfen hätte. Dort gab es einen Felsen, von dem sich so viele das Leben nahmen. Wer sich hinabstürzte, konnte sich nicht mehr retten. Das Wasser war dort wie in einem Kessel, es brodelte zwischen den Felsen.

›Soll auch ich mich ertränken? Feigheit, Feigheit. Bettlerin, doch ich werde Geld sammeln gehen. Vielleicht wird man den Dieb fangen, vielleicht ist er schon gefangen worden.‹ Das Fräulein schüttelte sich vor Zweifel und Hoffnung.

»Er war jung«, fuhr das Zimmermädchen erbarmungslos fort. »Anfangs dachte ich, er wäre ein Knecht, so hatte er erzählt. Aber Herr George ...«

Mit einem Mal zuckte das Fräulein zusammen. Bleich geworden, stellte sie die Teetasse auf das Tablett zurück.

»Welcher Herr George? Der Direktor?«

»Der von der ›Villa Lucia‹.«

»Aber was hat er dort mit dem Selbstmörder zu tun?«

»Er war sein Freund, er wohnt bei ihm ...«

»Cesare!!«

›Hunderttausend? Die Häuser werden nicht verkauft, ich

werde Mihai nichts erzählen. O weh! Cesare... Nein, nein, es ist absurd. Es ist ein Mißverständnis. Nach einem prächtigen Interview, was hat ihn gepackt? Cesare tot. Wie im Spital, reglos, ohne Blumen, weil er sich ins Meer gestürzt hat. Wie sieht er aus? Gelb, seine Kleider verfaulen, durch die Haare kriechen Schnecken. Tod. Er fror, er fror. Ein Tunnel, durch die Tiefe, das Kissen sprang im Rhythmus der Räder. Gott, dieser Weg nimmt kein Ende mehr. Und wenn ein anderer Zug kommt, am anderen Ende, eine Maschine mit einem einzigen Auge? Fiuuu...! Es bleibt keine Zeit mehr, um anzuhalten. Stop. Alarm. Zu spät, bestimmt. Wie viele Tote. Sie werden sie in der Scheune zählen. Alle in der Scheune, die Verletzten und die Toten. Halten Sie sie nicht mehr fest, drücken Sie sie nicht mehr...! Oh, Fräulein, es ist nur die Hand eines Toten...‹

»Was ist los mit Ihnen, Fräulein?«

»O weh! Ihn habe ich gesucht...«

»Und das Geld?«

»Laß es sein. Laß es...«

›Ich sage nichts. Warum sollte ich? Er ist ertrunken. Julius weiß es, und er wird mir glauben. Das Geld aus der Tasche, die Zimmerrechnung, danach zurück. Was für eine Tragödie!‹

An Absurditäten denkend, stand sie auf. Die Gedankenspiele, die unwahrscheinlich optimistischen und egoistischen Assoziationen gerade zu dem Zeitpunkt, da sie von Cesares Tod erfuhr, ekelten sie wirklich an. Das Fräulein regte sich auf. Sie versuchte lauthals zu weinen, konnte aber nur aufschluchzen. Die Gedanken führten sie zu einem Dryadenreigen, zurück zu den Mauern und Kirchen, die sie als Studentin gesehen hatte, zurück zu den Pensionatskolleginnen, nach Hause, in die Ferien, in die Freiheit. Ein grotesker und ohrenbetäubender Ansturm, in dessen Mitte ihr Ruf nach Cesare ängstlich und entstellt knisterte. ›Cesare! Cesare...! Um Gottes willen, bin ich verrückt?! Er ist gestorben, tot, tot, ich werde ihn nicht mehr wiedersehen, ich werde ihn nicht mehr sprechen hören! Tot, tot... Einige Tränen. Ein Anflug von wahrer Traurigkeit, aber beruhigt und versöhnt. Es ist himmelschreiend, es ist himmelschreiend...! Mein einziger Freund ist gestorben, der einzige Mann, den ich... Lügen, Lügen, warum erzähle ich Lügen? Das Amphitheater von Syrakus. Oh! Ja, ja, auch er war noch jung, aber ich... Volles, blendendes Sonnenlicht, ein von Akazien und Eile vergifteter Morgen. Ein Architekt? Sie ging noch zur Schule in Rom. Und ich, ich... Wie er mich damals geküßt hat... Seine Hand in den Haaren, bog er meinen Kopf zurück. Wer hat dich bis jetzt geküßt? Niemand, niemand, du, du... Lachen, Donner auf der Mauer. Er schüttelte den Kopf, die Faust bändigte die Lockenpracht. Was tat er, um Gottes willen...?! Was hatte Gott mit unserer Liebe zu tun...? Und er hat geheiratet. In einer anderen Stadt, drei Kinder, ein Auto, eine blonde Gattin... Diese Elenden... Cesare, Cesare...!‹

Aber sie konnte nicht weinen. Das Zimmermädchen forschte sie voller Neugier aus. Fräulein Marta war unfähig, sich vor ihren Fragen zu schützen und unfähig, ihre eigenen Gedanken zu beherrschen. Sie dachte: ›Tot, tot!‹ Und stellte sich herzzerreißende Szenen vor. Ihre Seele blieb wie versteinert. Zurück, ungezügelte, wilde und unmenschliche Freude. Sie begann, sich Vorwürfe zu machen und sich zu tadeln. Die ruhige Selbstversöhnung hielt an. Es war ihr unmöglich, sich in Verzweiflung und Weinen aufzulösen. Die Tränen blieben aus, und sie rieb sich die Augen, weil sie nicht wußte, was sie mit den Händen anfangen sollte.

Schließlich entschied sie, sich mit Herrn George zu treffen. Niedergeschlagen und eine falsche Miene aufsetzend, ging sie los und zählte ihre Schritte, um den Hotelgästen nicht in die Augen sehen zu müssen. Der Besitzer rief sie ins Büro, und das Fräulein schilderte ihm gleichgültig die Einzelheiten des Diebstahls. Der Mann wunderte sich über ihren veränderten Zustand.

*

Nur unter Mühen traf sie Herrn George, nachdem sie dem Dienstboten einen Zettel gegeben hatte, auf dem sie erklärte, daß sie eine Freundin Cesares wäre. Im Salon wartend, las das Fräulein mit eingeschnürtem Herzen die Berichte der Lokalpresse. Sie beendete jedoch rasch ihre Lektüre und begann, das Mobiliar des Salons zu bewundern. Mit Erstaunen bemerkte sie, daß sie gelöst und ruhig über die Tatsache nachdenken konnte, daß Cesare einige Tage zuvor in der Villa gewohnt hatte. Sie lächelte und überlegte: Alles vergeht, das gleiche herakleitische Kontinuum. ›Alles vergeht, nichts bleibt. Nur der Wahnsinn der Leute, Körper und Seele dem Zufall zu überlassen, nur dieser Wahnsinn würde nicht vergehen, alles würde man vergessen. Ich werde wieder zu leben anfangen, ich werde neue Bücher lesen, mich neuen Menschen anschließen.‹ Sie fand sich wieder. In ihrer plötzlichen Klarheit entdeckte sie erneut die alte, kontemplative Gleichgültigkeit und die schnell von einer anderen abgelöste Leidenschaft. Sie freute sich nicht über diese Rückkehr, bereute sie aber auch nicht. Sie war bei sich zu Hause, in einer Seele mit Tausenden von Augen für Tausende von unendlichen Dingen – aber bewahrt vor der rauhen und dauerhaften Wirklichkeit eines einzigen Gegenstands, der Jahr für Jahr der gleiche blieb, in der Seele wuchs und auf die Lebenslichter Schatten warf.

Herr George erschien bleich, übernächtigt und unrasiert. Das graue, nachlässig auf dem Schädel gekämmte Haar beeindruckte Fräulein Marta angenehm. Ein hochgestellter Mann. Der Freundschaft Cesares angemessen.

Herr George rauchte unaufhörlich und sprach nur ab und zu. In Übertreibungen schwelgend, faßte das Fräulein ihre Beziehung zu Cesare zusammen. Herr George fragte sie, ob der Verstorbene jemals von seiner Absicht gesprochen hätte, seinem Leben ein Ende zu setzen, wenn die Erblindung bevorstände. Fräulein Marta verneinte dies. Herr George schwieg. Das Fräulein schämte sich und fragte, ob man den Körper gefunden hätte.

»Noch nicht«, antwortete Herr George nachdenklich. »Man wird Suchmannschaften ans Ufer schicken, das hat mir der Hafenvorsteher gesagt.«
»Oh, ja!« sagte das Fräulein Marta.
»Beabsichtigen Sie, in der Stadt zu bleiben, bis der Körper gefunden sein wird?« fragte er.
»Sicher«, entgegnete Fräulein Marta mit Entschiedenheit.
»Er wird ein Staatsbegräbnis bekommen, glaube ich«, sagte Herr George wiederum.
Fräulein Marta wischte sich die Tränen ab. ›Was für ein schöner Salon, was für ein Frühjahrsstil! Gourmont auf dem Kanapee zu lesen, das Meer vor den Augen. Oh! Gott, o Gott...‹
»Leben Sie allein hier?« fragte Fräulein Marta verlegen.
»Meine Frau wird heute oder morgen ankommen«, erwiderte Herr George.
»Dann haben Sie jemanden, der Sie tröstet...!« meinte Fräulein Marta.
»Wozu soll das noch gut sein?« sagte Herr George traurig lächelnd.
Das Fräulein fing an zu weinen.
»Grämen Sie sich nicht unnötig.«
Dann, nach einer Pause:
»Ich werde Sie umgehend anrufen, sobald ich Nachrichten bekomme, wenn es denn welche geben wird. Falls man den Leichnam finden sollte, komme ich vorbei und hole Sie mit dem Auto vom Hotel ab.«
»Sehr freundlich von Ihnen«, bedankte sich Fräulein Marta.
Herr George hielt das Gespräch für beendet und erwartete, daß auch das Fräulein dies verstehen würde. Sie begriff schnell, stand auf und entschuldigte sich.
»Ich glaube, daß Sie etwas Schönes schreiben werden anläßlich seines Todes«, warf sie, schon fast an der Türe, noch ein.

»Wozu soll das noch gut sein?« dachte der traurige Herr George laut nach.
»So ist es«, sagte Fräulein Marta und öffnete die Tür. Sie ging durch den Kieshof. Als sie die Straße erreichte, beobachtete sie zwei Fräulein, die zögerten einzutreten. Eine von ihnen weinte hemmungslos. ›Was für eine schöne Brünette!‹ überlegte Fräulein Marta, sie mit Sympathie anschauend.
»Maura, du hast den Verstand verloren!« tadelte sie die andere. »Ich gehe nicht mit dir hinein, wenn du weinst...«
Fräulein Marta wandte überrascht den Kopf. Das Mädchen weinte unaufhörlich, sich am Gitter festhaltend. ›Ob sie auch wegen Cesare gekommen sind?‹ fragte sich Fräulein Marta.

*

Sie verbrachte den Tag in einer unermeßlichen Leere, so wie es jenen passiert, die sich plötzlich ihrer Ruhe bewußt werden. Sie wußte nicht, was sie anfangen sollte. Vor sich hindösend, lag sie auf der Chaiselongue. Der Kommissar setzte sie darüber in Kenntnis, daß alle Maßnahmen getroffen worden seien, um den Dieb zu fangen. Im übrigen würden sich Diebstähle in Schnellzügen auf dieser Urlaubslinie regelmäßig ereignen. Bestimmt handelte es sich um eine organisierte Bande, informierte sie der Kommissar. ›Vielen Dank. Cesare. Wozu soll das gut sein? Leere, Leere, nichts hat mehr einen Sinn. Warum lebe ich noch? Feigheit, nichts. Cesare hatte den Mut.‹ Fräulein Marta stand auf und schaute aufs Meer. ›So passieren die Selbstmorde, wenn der Lebenssaft verbraucht ist. Asche und Mattigkeit. So zeigt sich manchmal das Leben. Und die Vergangenheit erscheint wirklich als Traum. Nichts, an das ich mich halten könnte...‹
Deprimiert kehrte sie ins Zimmer zurück.
Gegen Abend hörte sie Gerüchte, daß Cesare sich gar nicht ertränkt hätte. Ein in die Stadt gekommener Mann sagte, daß er ihn durchs Wasser hatte laufen sehen. Wahrscheinlich war er verrückt geworden, so sagte der Mann. Gerüchte. Sie rief

Herrn George an. Herr George wußte nichts davon. ›Nur Gerüchte‹, dachte das Fräulein. Sie verbrachte eine qualvolle Nacht. Sobald sie die Augen schloß, bedrängten sie Tausende von Bildern. Angst. ›Und ich bin allein hier‹, entsetzte sich Fräulein Marta. Wiederum schaltete sie die Lampe an. Sie sah eine Ikone. Obwohl sie nicht an Gott glaubte, nahm sie die Ikone, legte sie auf ihre Brust und zog die Decke hoch.

Am Morgen ging sie los, um Herrn George zu treffen. Sie fand ihn nicht zu Hause. Niedergeschlagen kehrte sie zurück, kaufte alle Zeitungen und las jene, die über Cesare berichteten. Ihr Name wurde oftmals erwähnt. Es wurde warm. Mit einem vergrämten Gesichtsausdruck betrat sie das Hotelrestaurant. ›Ich muß ihnen zeigen, wie ich wegen des armen Cesare leide‹, dachte sie; danach empörte sie sich darüber, so gedacht zu haben. Sie setzte sich an einen Tisch und bestellte ein reichhaltiges Mittagessen. Wenn der Kellner zugegen war, aß sie sorgsam und gedankenverloren. Sobald sie jedoch allein blieb, bediente sie sich aus dem Vollen und schluckte es gefräßig hinunter. Mit der Hand nahm sie einen Hühnerrücken. ›Wie unverschämt ich doch bin! Aber es ist wunderbar hier, kühl und schön hergerichtet. Die Gurken haben nicht genügend Essig, gut für Familien‹, überlegte sie amüsiert. Eine Gurkenscheibe glitt auf das Tischtuch. Fräulein Marta packte sie mit den Fingern, verschluckte sie und wischte den Fleck mit der Serviette weg. Dann verdeckte sie ihn mit dem Salzstreuer.

*

Im Laufe des Nachmittags hielt ein Auto vor dem Hotel. Herr George war im Begriff, die Treppen hochzusteigen, doch Fräulein Marta ging gerade hinaus.

»Cesare lebt!« schrie Herr George atemlos.

»Gott!« Plötzlich klärte sich Fräulein Martas Gemütszustand auf.

Er ließ ihr keine Zeit für Fragen. Das Auto raste wie verrückt die staubige Straße entlang. »Wie? Wie?« Fräulein Marta war jetzt wie ausgewechselt; sie vergaß ihre Selbstversöhnung und die Philosophie der Vergänglichkeit. Die Nachricht nahm Gestalt an. Gediegen kaute Herr George an seinen Nägeln. Er verriet eine große Unruhe, versteckte seine Tapferkeit. Mehr aus einzelnen Satzfetzen heraus verstand Fräulein Marta, wie die Dinge passiert waren. Eine frische, verrückte, panische Freude erfaßte sie. Sie hätte die Höchstgeschwindigkeit gewählt, wäre zwischen anderen Wagen und über Felder gerast, um ihn zu sehen, den von den Toten auferstandenen Mann. ›Wie soll ich es ihm sagen? Wie soll ich es ihm *jetzt* sagen? Mihai, die Häuser. Von den Toten auferstanden, Christian Science. Oh! Was für ein Blödsinn! Er ist nicht ertrunken, hat den Mut nicht aufbringen können.‹

»Aber ich glaube, daß er verrückt ist«, flüsterte Herr George beunruhigt.

»Schon möglich«, sagte Fräulein Marta und schüttelte sich.

Das Auto wirbelte Staubwolken auf. Bis sie ins Dorf kamen, sprach keiner mehr ein Wort.

XII. SCHWARZ

Wenn er ein Auge schloß, drängte sich das Dunkel zu jener Seite. Schloß er beide, war es Nacht. Mit offenen Augen schien er etwas zu sehen, an den Rändern der Pupillen, lichtvolle Fetzen, die den Ölflecken in der Sonne ähnelten, zuweilen glänzend und undurchdringlich, dann wieder bunt gesprenkelt und schmutzig. Die Übung ermüdete ihn, aber er nahm sie unaufhörlich wieder auf, sich Möglichkeiten und Wunder vorstellend und in der Hoffnung, bei jedem Aufschlag der Lider dem Licht zu begegnen. Manchmal hob er sie plötzlich an und tastete sie erschrocken ab, um sich physisch davon zu überzeugen, daß er die Augen auch tatsächlich geöffnet hatte. Nichts. Ein anderes Mal hob er sie nur zur Hälfte an, langsam und aufmerksam versuchte er, durch die Wimpern hindurchzuschauen, jede Ecke ausspionierend, kostete ein neues, unentwickeltes Gefühl aus, geistig verschiedene Punkte in seinem schwarzen Raum zu fixieren. Nichts. Er drehte den Kopf, erhob sich zur Hälfte aus dem Bett, suchte mit den Händen tastend nach dem Verband. Nie konnte er ihn finden. Fräulein Marta oder Herr George oder die Schwester brachten ihn vom Nachttisch und befestigten ihn mit Häkchen an der Schläfe. Mit dem dicht auf den Augenhöhlen liegenden Verband konnte er nach Belieben denken, die Ereignisse filmen und sie kontemplieren. Ansonsten wäre er versucht gewesen, die Augen zu öffnen, abermals zu suchen und zu hoffen.

Hier war er frei, viel freier als in dem anderen Sanatorium. Er konnte machen, was er wollte. Er konnte aus dem Bett steigen und am Arm von Fräulein Marta oder der Schwester im Garten spazierengehen oder auf der Chaiselongue schlafen. Der Wind war salzig und trocken. Er konnte mit Bestimmtheit sagen, ob es klar oder bewölkt war, sogar ohne dabei aus dem Zimmer hinauszugehen. Und er war froh darüber, daß man nicht allzu viel mit ihm redete. Anweisung des jungen

Arztes. Die Worte, die aus dem Raum auf ihn eindrangen, erschreckten ihn. Er lokalisierte und erkannte die Person genau. Die Worte verstand er, aber diese zogen ihn hinaus, in den Raum, und er fürchtete, sich im Dunkeln zu verirren. Er hatte Angst, sein Kino mit dem immerwährenden, aber stets neuen und bedeutsamen Film zu verlassen. Nichts anderes tat er, als zuzusehen. Selbst Gedanken überwältigten ihn nicht. Es gab Stunden, in denen er an nichts dachte, nicht einmal an die gefilmten Szenen vor ihm. Manchmal erinnerte er sich nicht an bestimmte Szenen, die er gedreht hatte, und sog sie überrascht auf, darüber erstaunt, wie er sie einst so gleichgültig gelebt hatte, daß er sie vergessen konnte. Und abermals gab es Umstände, die er nicht mehr *spürte*, die ihm jetzt als einfache, formale Gesten vorkamen, bar jeden Inhalts, atonal. Er wußte von der unbeschreiblichen Tonalität, die alle Handlungen seines Lebens durchdrang und durch die er sich unvermittelt erkannte, sich spürte, solidarisch mit dem vervielfältigten Cesare in allem, was er jetzt sah.
Doch in der Tiefe, irgendwo in den Gräben der Seele, harrte ein unermeßliches und seltsames Unverständnis aus. Ein formloses, diffuses Gefühl, das er verzaubert, erstaunt und stumm durchlebte. Etwas Seltsames, Unerwartetes. Er verstand nicht, er konnte ganz einfach nicht begreifen, warum sich alles wie in einem Traum, wie in einem Buch hatte ereignen können. Er versuchte, jeden Gedanken, jede Erinnerung und jedes parasitäre Gefühl zu vertreiben – und tauchte aufmerksam ins Erleben. Er versuchte zu leben, sich leben zu hören, sich geistig zu befühlen und sich zu überzeugen. Wenn alles nur ein Traum wäre? Keinerlei Beweis, daß diese Dinge wirklich waren. Sie sammelten sich ungeduldig an, bestiegen, zerrissen sich gegenseitig. Alles hatte sich widersprochen, alles hatte sich verändert. Er war ein anderer, und trotzdem wunderte er sich, wie er derselbe hatte bleiben können. Wo war das Leben? Er suchte es; er atmete rhythmisch und aufmerksam und versuchte, sich selbst zu überraschen, er hätte schreien wollen: ›Ich bin, ich bin!‹ Aber nach

jedem Atemzug bemerkte er, daß sein Gedanke immer noch leer blieb, immer noch in Erwartung fixiert war. Der Augenblick ging an ihm vorüber. Der Gedanke hatte ihn angeschaut, ohne ihn zu spüren, ohne ihn zu verstehen. Demnach blieb er etwas Unerklärliches, Unverstandenes. ›Wo? Wo? Warum sollte es kein Traum sein und all die anderen Schatten? Beweise, wenn ich nur Beweise hätte... Was ist ein Beweis? Etwas, etwas... Beweis durch Vervielfältigung, Beweis durch Teilung. Die Logik: Ein Handbuch mit weißen Deckeln, auf dem Inhaltsverzeichnis »modus operandus« unterstrichen. Lateinisch, lateinisch, logisches Instrument. Beweis...‹ Seine Gedanken verwirrten sich.

Es war das gleiche mit allen, alle wurden von einer unsichtbaren Lüge bezaubert, die niemand erforschen konnte, in ihnen und außerhalb von ihnen. Sie vermochten sie nicht zu betasten, sie war derart im Innern versteckt, daß jeder fürchtete hinabzusteigen, derart transparent, daß jeder sie streifte, ohne es zu wissen. Denn sie war unbeschreibbar, ohne Anfang und ohne Ende. Ohne Sinn; wer begriff, daß nichts einen Sinn hatte, näherte sich jener zentralen Lüge, jenem verborgenen Samen, aus dem pflanzengleich Einbildungen, Hoffnungen und Ideale entsprangen. Aber es war schwer. Die Nichtigkeit lenkte einen für einen Augenblick oder eine Stunde ab, machte die Seele weich, enthüllte ihr die allgemeine Nutzlosigkeit – dann verlor sie sich. ›Ich schüttelte mich, alle schüttelten sich. Die Stunde der Wahrheit verging. Ich ging zu Bett, andere schliefen oder tranken. Und wieder erwachten sie, gefangen im Spinnennetz. Ein unsichtbares Netz, aber im Innern, in der Tiefe – niemals außen. Und die Spinne webte. Wenn sie ihre Arbeit unterbrach, erzitterte das Netz im Wind, sahen die Augen verschwommen, und draußen auf den Straßen erschienen die Leute wie Schatten. Und abermals begann ich. Ich, ich...‹

Je tiefer er in sein Geheimnis eintauchte, um so ratloser und verzauberter wurde er. Irgendwo mußte er doch auf den Kern treffen. Der Schlüssel zu allen Ereignissen, in die er mit einem Mal hineingerissen worden war. Er dachte an all das, was er vor dem Brand gesagt hatte, und er zweifelte daran, ob es eine Farce, ein Spiel oder ob es Wirklichkeit gewesen war. Bis jetzt waren sie ihm wie die Worte eines Fremden vorgekommen, doch nun betrachtete er sie wie die Worte eines Bewußtlosen, eines Träumenden. Alle seine Handlungen nach dem Verlassen des Sanatoriums, alle Äußerungen und selbst die Gedanken, die sie begleiteten, waren aus Wachs, Puppen oder Illusionen. Sie hatten keinen Saft; hatten doch einen, aber ihnen fehlte etwas, etwas Unsichtbares, Unhörbares, im Innern ... Sie waren hohl. Er spürte die furchtbare Faszination ihrer Leere. Er schüttelte den Kopf, warf die Gedanken um, doch das unbestreitbare Gefühl der Leere trotzte ihm abermals, objektivierte sich sanft in bleiche Marionetten. Seine Gegenwart war real und ruhig, ließ ihn nicht wie vor einem Abgrund schwindlig werden, machte ihn nicht wie etwas Vergangenes traurig. Es war nicht der Tod, er begriff genau, daß es nicht der Tod war, sondern die Leere, das wirkungsvolle, nicht exaltierte Vakuum. Ein neues Gefühl, das sich aber ohne Zögern, global und sofort offenbarte und sein ganzes Bewußtsein überschwemmte. Nach einer Zeit konnte er es in seiner Seele gar nicht mehr unterscheiden, weil seine ganze Seele davon vergiftet worden war. Aber Cesare suchte weiterhin beharrlich nach dem Schlüssel, nach dem Namen jenes nie gesehenen und nie gehörten Knotens, um den sich alles bis zu einem gewissen Zeitpunkt gedreht hatte und dann plötzlich sinnlos stehengeblieben war, um sich in seiner offenkundigen und ewigen Nichtexistenz kontemplieren zu lassen.

Bendieff, Balaief oder Bendeleieff? Oder mit M? Mendief? Ein junger abgemagerter Mann mit welkem Gesicht und vorzeitiger Kahlköpfigkeit. Im Geiste schrieb er seinen Namen: mit M oder mit B? Er war einer der ersten in der Bibliothek, er war Slawe und in Philosophie eingeschrieben – beides deutete auf einen zweifelhaften Charakter hin. ›Warum denke ich an ihn? Eine Mappe voller Bücher, unten Zigaretten. Bücher mit angeräucherten Umschlägen. Komm, komm, aber warum denke ich an ihn? Im letzten Jahr trug er eine Brille; er begann, wie ein Deutscher auszusehen. Mit B, mit B.‹ Er buchstabierte sorgfältig. Bestimmt mit B. Hohe, rundliche Stirn. Schopenhauer? Aber es war mit B, und in der Mappe gab es nur dicke Bücher, gelesene und unterstrichene. Oh! Ja, die anderen sagten: »Il a compris le mystère!« Was für ein Blödsinn. Eine Farce? Wie konnte er es verstehen? Vielleicht hatte er nächtelang seine dicken Bücher im Lichtkreis der Lampe gelesen und unterstrichen. Und schließlich verstanden. Männer mit Roben und bloßen Füßen, auf dem Schotterweg gehend, im Schatten der Akademie. Alles, was sie und viele andere gedacht haben, einige in Klöstern – Regale zwischen den kalten Steinmauern –, andere an der Universität, in Hütten, er hatte es verstanden, die Bücher mit blauem Bleistift lesend. Er wunderte sich, wie er in die Tiefe vordringen und den Knoten aller Dinge berühren konnte, er hatte ihn ans Licht gehoben mit jenem blauen Bleistift und verkündet: »Jetzt weiß ich alles, verstehe ich alles ...« Vielleicht hat er nur die anderen verstanden, ohne in die Tiefe vorzudringen. Wie ist er hinuntergekommen? Er kniff die Augen zusammen, atmete langsam. »Ich denke an nichts, schau, ich denke an nichts, aber ich steige hinunter.« Blitzschnell glitt er hinab, entlang seiner Jahre, bis er sich an nichts mehr erinnerte. Aber das war die Vergangenheit, es war nur seine Vergangenheit, sie war nicht tief – er täuschte sich. Er versuchte es abermals, schüchtern atmend, als fürchtete er, das Wunder des Abstiegs wegzublasen. Er blieb stehen, wie in der Luft. Er dachte an nichts. Dunkel, in der Tiefe wie in der Höhe, rechts und links, vorne, die Kamera filmte mit Erschütterungen und Unterbrechungen. Jetzt dachte er an etwas völlig anderes, die Gedanken wie eine Horde von Pferden peitschend und ihnen eine einzige Idee anschirrend. Aber auch sie verschwand. ›An was dachte ich? Was um Gottes willen dachte ich? Etwas Verborgenes, etwas Unbeschreibliches, Nichtzuverstehendes – und alle anderen betrunken. Warum erwache nur ich? Woher weiß ich, daß ich aufwache …? Bestimmt träumte ich damals. Nein, es war kein Traum. Ein Streich oder ein Exzeß des Vertrauens, Selbstbefriedigungen, Kindereien. Es war kein Traum …‹

*

Fräulein Marta wurde es erlaubt, im Sanatorium zu wohnen, nicht aber die ganze Zeit über mit Cesare zu verbringen. Das Fräulein holte sich Bücher aus der Stadt, weil sie nachts unter Schlaflosigkeit litt. Sie las unter dem grünlichen Schatten des Lampenschirms, der die elektrische Birne umgab. Niemand hätte gesagt, daß Cesare verrückt wäre, und dennoch war er es. Wie ruhig er aussah … Der Wahnsinn eines überlegenen Menschen, so hatte es der junge Arzt ausgedrückt. Ein Wahnsinn ohne organische Verletzungen, eine subtile Krankheit, so wie die Mystiker, die Neurastheniker und die anderen überlegenen Nervenkranken litten – so hatte der Arzt gesagt. Ein intelligenter Junge, der seinen Beruf leidenschaftlich liebte. Er wußte alles. So viele Gespräche mit dem Fräulein über Literatur, immer siegreich, Katharsis, Libido, der Aufstand des Unbewußten und eine perfekte Logik, eine kristalline Klarheit. Jetzt verstand sie im Detail, warum Cesare verrückt geworden war. Auch die Behandlung schätzte sie, weil der Arzt voller Hoffnung war. Cesare sollte frei sein, ungestört, Diät, keinerlei Zensur im geistigen Leben, Musik im oberen Saal, klare, frühlingshafte, jeden Morgen leise wiederholte Harmonien. Der Verrückte selbst spürte den friedenstiftenden Einfluß. Fräulein Marta war so beunruhigt beim ersten Spaziergang durch den Park mit einem blinden Nervenkranken am Arm … Doch er sprach nicht. Er betrank sich an den Düften und stand lange Zeit mit dem Gesicht zum Meer, als betrachtete er es. Aber alle wußten, daß er nichts sah. Es baute sich ein neues Bewußtsein auf, die Reste des normalen Bewußtseins wurden verbrannt – das war es. Deshalb stand er mit dem Gesicht zum Meer. Es schien, als erinnerte er sich an etwas; in Wirklichkeit erinnerte er sich an nichts Genaues. Späterhin, wenn die Behandlung ihre Wirkung getan haben würde, dann würde er sich Schritt für Schritt an alles erinnern und die Stimmen wiedererkennen, die Personen identifizieren. Keine Bange. Es war harmlos. Er war ein überlegener Verrückter, verrückt geworden aufgrund seines eigenen Unterbewußtseins, das durch einen Schock in den lichten Umkreis des Bewußtseins eingedrungen war.

Das Fräulein schüttelte den Kopf und verjagte die Unzahl verdorbener Gedanken. Sie kehrte zu ihrer Lektüre zurück. Und trotzdem hätte niemand es geglaubt. Cesare war derart ruhig, derart gesund und derart gefeit gegen die Krisen des modernen Bewußtseins gewesen. Und als er fortgegangen war, hatte das Leben in ihm geradezu gekocht. Ein Ritter, ein Prophet, das war er gewesen. Aber er war verrückt geworden. Wiederum schüttelte sich das Fräulein. ›Der Mensch plagt sich nur in seinem weißen, langen Hanfhemd. Laßt ihn frei, er hat doch nichts getan! Er ist verrückt, gnädige Frau... Was für Dummheiten! Cesare ist überlegen, vielleicht sogar ein Genie... Wie wird er jetzt wohl denken? Er denkt nichts, weil er verrückt ist. Nur die gesunden Menschen denken. Im Gegenteil, im Gegenteil. Diese Verrückten denken zuviel, habe ich irgendwo darüber gelesen. Monoideismus, nennt man es so? Eine einzige Idee, Tag und Nacht ein und dieselbe. Überall sehen sie das gleiche. Aber er sieht nicht. Was er zu tun hat, sieht er unter den Augenlidern. Wird es so sein? Er kneift die Lider zusammen. Dunkel, dann brechen brennende Planeten auf, Nordlichter, Gesichter, Gebäude, ein Universum. Aber wenn er blind ist?! Das heißt der Sehnerv... Nein, nein, ich werde den Arzt fragen: Was sieht er? Er hat keine Erinnerungen. Und er kann nicht denken, weil er verrückt ist. Aber nein, eine einzige Idee. Eine Idee, eine Idee – eine weißliche Amöbe. Ich bin die Idee. Eine einzige. Aber wie sieht er sie? Nein, sie ist im Gehirn, er denkt sie nur. Eine einzige? Gott, oh Gott, deshalb ist er verrückt geworden.

Der Mensch klettert und klettert. Der Berg ist hoch, und auf dem höchsten Gipfel gibt es Wolken und Nebel. Von dort stürzt er sich hinunter, wird er verschluckt. Er fällt und fällt, und der Abgrund nimmt kein Ende. Wohin soll er fallen, da alles nur in Gedanken geschieht? In die Tiefe, in die Tiefe, zwischen die Nebel unten. Unten und oben, wo? Alles, absolut alles passiert in Gedanken.‹

Fräulein Marta erschauderte. Sie schlug das Buch zu. ›Wenn ich etwas Religiöses lesen würde? Es ist nicht nötig zu glauben. An was soll man denn glauben? Gott und die Jungfrau Maria und all die anderen Heiligen ...‹ Sie wandte den Kopf und sah das zur Nacht hin geöffnete Fenster. Fröstelnd schloß sie es. ›Es ist nicht nötig zu polemisieren, aber ich kann nicht glauben. Trotzdem beruhigen die religiösen Bücher den Geist.‹ Sie suchte, fand aber nur Bücher, die man gut am Tage, in der Morgensonne oder im Schatten des Ganges auf der Chaiselongue lesen konnte. Sie war nicht schläfrig, sie entschied, daß sie nicht schläfrig war. ›Angst? Warum sollte ich Angst haben? Lassen Sie mich in Ruhe, Herr, ich bin im Nachthemd! Und wenn schon? Er ist auch im Nachthemd. Idiot. Cesare, ein überlegener Verrückter. Und trotzdem, niemand würde es glauben ...‹

Betend und zitternd schlief sie nur mühsam unter der Sommerdecke ein.

*

Das Auto raste auf der Straße oberhalb des Strandes zur Stadt. Herr George war über Fräulein Martas Offenbarungen bezüglich Cesares Geld verwundert. Sie enthüllte ihm alles ganz genau, weil Herr George vom Kommissar vage etwas über den Raub gehört hatte. Doch jetzt kannte er alle Einzelheiten, und je mehr er darüber nachdachte, um so stärker verzauberte ihn eine unerklärliche Freude. ›Das gestohlene Geld, Cesares Geld. Eine Hoffnung. Etwas Verlorenes, vielleicht bietet sich mir jetzt die Gelegenheit, es wieder zu bekommen. Ruhe? Es war etwas anderes.‹ Herr George atmete schwer durch. Es war etwas anderes, das ihn seit der Nacht von Cesares Flucht bedrückte. Die Gattin war so in Sorge. Ein Nervenanfall? Wenn es nur das wäre... Aber Herr George lebte seit jener Nacht ein verloschenes Leben, wer weiß schon, seit wann? Er lebte zwischen Phantomen und erschrak nicht einmal darüber. Nervöse Depressionen, das sagten die Ärzte. Er hatte Cesare zu sehr geliebt. ›Idiot, ich habe ihn niemals geliebt‹, überlegte Herr George traurig. Damals... Wann war das? Nur ein paar Tage, ein, zwei Wochen zuvor. Niemals hätte er gedacht, daß ein gebildeter und überlegener Mann wie er von einer Idee derart hypnotisiert werden könnte. Eine Idee: Sünde. Wessen Sünde? ›Ich habe ihn verrückt gemacht. Eigentlich? Wenn ich gewußt hätte, daß es ihn so beeinflußen würde... Wer hätte es gedacht? Cesare, ein Romantiker mit geheimnisvoller Vergangenheit; Tausende von Zufällen haben an seinem Schicksal mitgewirkt. Ein Auserwählter, natürlich ist er ein Auserwählter. Und ich habe alles geschrieben, das war es. Ich habe alles geschrieben, was ich über ihn wußte. Recht? Jeder hat das Recht zu schreiben. Wer schön und beschwingt schreiben kann, hat das Recht, alles zu schreiben... Als ob es Moral gäbe...?! Ich schreibe, was ich glaube und was ich gehört habe. Alles. So sind wir Modernen, wir nehmen kein Blatt vor den Mund. Als ob es eine allgemeingültige Moral gäbe...?! Einige sagen dies, die anderen jenes. In jedem Jahrhundert ändert sich die Moral. Wir, die Modernen. Wer soll mich schon bestrafen? Die Sünde: eine christliche Misere. Ich bin frei davon, ich bin frei...‹

Herr George atmete abermals schwer durch. An was für Kindereien er dachte. Und er dachte sie ununterbrochen seit jener Nacht, als wenn er ein Sünder wäre. ›Es gibt keine Sünde. Doch gibt es sie. Sie sagen, daß es keine gäbe, aber ich weiß es. Wenn ich es früher gewußt hätte... Auf der Veranda zu rauchen, ohne Sorgen, nichts lesend und nichs schreibend. Der Redaktionssekretär? Ich bin gelangweilt, Herr, lassen Sie mich in Ruhe. Frei, in Frieden. Warum habe ich das

geschrieben? Wer hat mir das Recht gegeben, in die Seele des Menschen einzudringen, allen zu zeigen, was ich gesehen habe? Er hat mich empfangen: Bruder, Bruder. Aber ich, hündisch, schurkisch... Hör auf, du übertreibst, George. George, George soll ich heißen! Was für ein blöder Name... Das paßt nicht zu einem Sünder. Aber ich habe doch nichts getan, Herr, was habe ich getan? Ich habe einen Artikel verfaßt. Wenn er verrückt geworden ist, heißt das, daß... Der kalte Wassertropfen auf den Scheitel, jede Minute – so bin ich gewesen. Ich, oben, schütte Wasser mit dem *compte-gouttes*, dem Tropfenzähler. Er, unten, im erhitzten Zimmer. In welchem Zimmer? Was für ein stupider Vergleich! Hamlets Vater, wie, um Gottes willen, heißt er? Ihn haben sie umgebracht, indem sie ihm Gift ins Ohr geträufelt haben. Was für eine Grausamkeit. Durchs Ohr, während der Mann friedlich im Garten schlief. Er ist verrückt geworden. Wie ruhig, was für ein braver Verrückter. Nicht durchs Ohr, sondern durchs Hirn. Ein seltsames Gift, ganz und gar aus Gedanken. Gedanken... Sie nehmen niemals mehr ein Ende. Solange der Mensch lebt, kommen sie... Hören Sie mit dem Blödsinn auf, Herr...!‹
Er versuchte, das Ackerland zu betrachten. ›Eine Hoffnung. Das gestohlene Geld. Wenn ich etwas geben würde... Warum wollte er das Geld nicht nehmen? Wenn er das Geld genommen hätte... Zu wissen, daß ich es ihm gegeben habe, daß ich ihm geholfen habe, daß er ohne mich vor Hunger gestorben wäre. Sollte ich ihm Geld gegeben haben, zu wissen, daß er das Geld von mir bekommen hat. Eins auf den Rücken, Gesundheit, Bursche! Geh jetzt, marsch...! Was für alberne Gedanken...‹ Herr George versuchte, sich selbst zu verspotten. Wozu sollte das gut sein? Es gab etwas Totes in ihm, und seit jener Nacht trug er den Toten in seiner Seele mit sich herum. Hatte er sich verändert? Er war derselbe geblieben, aber mit einem Toten mehr. Bis jetzt hatte er sich unzählige Male gefragt: ›Was ist mit mir passiert?! George, George soll ich heißen...! Den Namen ändern, was für

Dummheiten. Was hat der Name mit dem Toten zu tun? Pardon, jetzt ist er verrückt. Er war tot, und es war besser so. Er ist verrückt geworden, ich ... Warum ich? Was habe ich getan?‹ Es gelang ihm nicht, seine Sünde zu identifizieren. Aber er wußte und spürte, daß er, Herr George von der Villa Lucia, etwas Frevelhaftes getan hatte. Vergeblich überlegte er hin und her, da er weder den Namen noch die Form erfahren konnte. Er ärgerte sich und ließ sich mitreißen, doch das änderte nichts an der Tatsache. Er beschimpfte sich selbst, konnte jedoch nicht darüber lachen. Er entschied, daß er nicht lachen konnte. Wenn man allein bleibt, mutterseelenallein, ist das Herumstöbern erbarmungslos. Er schloß die Augen und zog den Zigarrenrauch lange ein. »Elend, was für ein Elend«, jammerte Herr George. Doch wußte er, daß alles auch hätte gut sein können. Der vermeintliche Wahn des Guten quälte ihn. ›Wenn ich das nicht getan hätte, wenn ich ihm nicht begegnet wäre ... Oder, selbst als ich ihm begegnet war, hätte ich ihn zu mir rufen sollen, und selbst wenn, hätte ich nicht über ihn schreiben sollen ... Wenn, wenn ... Wenn ich nicht geboren worden wäre ... Wie absurd!‹ Alles erschien Herrn George absurd. Und stets mündete jeder Gedanke in der Erkenntnis des Absurden, auf welchem Wege er ihn auch begann. Doch jetzt keimte Hoffnung auf. Das Auto raste, und Herr George träumte, führte Cesare im Traum in Versuchung. Das Geld war gestohlen, das sagte Fräulein Marta, die asexuelle Heilige. Wahrscheinlich liebte auch sie Cesare. Auf jeden Fall handelte es sich um die unbestimmte Liebe eines alten Mädchens. ›Das geht mich nichts an, aber das Geld ist gestohlen. Fräulein, arrangieren wir etwas für Cesare, aber ärgern Sie sich nicht. – Sehr gerne, Herr George. – Sagen Sie ihm nichts, haben Sie mich verstanden? – Sicher, Herr George. Das Geld ist gestohlen, verloren, der Unglückliche wird vor Hunger sterben. O weh! O weh! – Verzehren Sie sich nicht unnötigerweise, Fräulein. Machen wir es kurz. Offen gesagt, ich möchte jene Summe Cesare zurückerstatten. – Ist das möglich, Herr George?! – Sie sagen nichts, ich arrangiere alles. Jene Hunderttausend werden mich auch nicht arm machen. Ich möchte dem armen Cesare helfen, ich, der ich unbestreitbar zu seinem Unglück beigetragen habe. Protestieren Sie nicht, alle protestieren, aber die Wahrheit ist, daß ich ihn verrückt gemacht habe. – Sie gehen zu weit, Herr George. – Das Mädchen erschrak, dann überdachte er nachts alles, was er gesagt hatte, vielleicht der Prokurist, der Arzt, wer weiß? Schön, bei der Justiz, wegen eines moralischen Attentats beschuldigt, aber alle verteidigen mich. Für Herrn George, vivat! Freispruch... –Wo bin ich stehengeblieben? – Korrekt nahm er den Dialog mit dem Fräulein wieder auf und betrachtete sich, in Gedanken redend. Wie schön er über seine Freundschaft mit Cesare spricht... Aber ihm darf ich nichts sagen. Er ist verrückt, Herr George. Er ist ein überlegener Verrückter, auf alle Fälle. Kein Zweifel. Was für ein Schicksal, der Arme. Aber ich helfe ihm, ich muß ihm helfen. Jene Hunderttausend, und er wird anständig umsorgt sein. Ihm sollen Sie nichts sagen. Nur eine Quittung: Das Geld erhalten, im Namen Cesares, für die Behandlung Cesares, ich unterzeichne, Marta, weil Cesare verrückt ist, und für die Behandlung Cesares, Cesare, Cesare...‹

»Die Löcher, Idiot! Du machst das Auto kaputt...!«

›Die Idioten bringen mich noch um.‹ Haßerfüllt blickte er den Chauffeur an. Gelangweilt und verärgert schneuzte er sich. Wiederum atmete er lang, als seufzte er. ›Aber ich habe Cesare das Geld gegeben. Hunderttausend, ich habe ihm sie doch gegeben. Was wollt ihr Herren jetzt noch von mir?! Lassen Sie mich in Ruhe...! Hunderttausend, hunderttausend. Ich habe die Quittung von Cesare, für Cesares Behandlung. Ich habe die Quittung über hunderttausend.‹

Stolz fuhr das Auto durch die Pforte der Villa.

XIII. MANOILS ERINNERUNGEN

Ich bin ein seltsames Exemplar und zumindest in diesem Jahrhundert einzigartig. Mein Geheimnis ist erschreckend: Ich bin leer, vollkommen verlassen; meine Leere ist unermeßlich und vorherbestimmt. Aus diesem Grund konnte ich außergewöhnliche Ereignisse herbeiführen. Bestimmte Freunde haben begonnen, sich ernsthaft für mein Schicksal zu interessieren, und in letzter Zeit wurde mein Name offiziell mit dem »wohlriechenden« Namen Cesares in Verbindung gebracht. Bestimmte Ereignisse aus meinem Leben werden, da bin ich mir ganz sicher, seltene Dokumente in den modernen Archiven sein. Das, was ich schreibe, ist kein Tagebuch, aber alles, was ich bisher geschrieben habe, kann als autobiographisch gelten. Das ist eine fatale Folge der Leere. Ich habe immer geschrieben, um zu zeigen, wie ich andere über jene Unwirklichkeit meiner Taten in die Irre geführt habe, oder um jene achtzehn Nuancen (so viele konnte ich zählen) der Selbstdarstellung auszudrücken. Ich bin ein Meister des Bluffs, und ich konnte aufgrund meiner Struktur und dieser unverständlichen Leere sogar eine Metaphysik schaffen. Meine Metaphysik des Nichts war nicht ganz neu. In meiner Dialektik der gegensätzlichen Identitäten konnte ich mich dem Pseudo-Areopagitus, den Upanishaden und den wohlbekannten christlichen Mystikern nähern. Es ist lehrreich zu wissen, daß mir von daher alles erlaubt ist, mir jede Tür offensteht. Wenn es ein Himmelreich gäbe, würde ich ins Himmelreich eingehen. Ich kenne keine Sünde; nichts kann mich aufhalten, wo kann ich mit meinen Sünden hin? Auch Erinnerungen habe ich keine. Ich erinnere mich an die Ereignisse meines Lebens, als würde ich mir die Seiten eines gelesenen Buches ins Gedächtnis rufen. Ich *spüre* nicht, daß ich dort bin. Ich spüre mich niemals, weder in der Vergangenheit noch in der Gegenwart. Das ist ein seltenes Privileg; zu leben ohne das Gedächtnis des Lebens; wie eine Uhr zu

leben, mit jeder aus der Leere erwachsenen und in der Leere sich wieder verlierenden Sekunde, ohne organische Kontinuität, ohne Ich.
Ich habe mehrere Bücher geschrieben, Gedichte und eine kulinarische Ästhetik. Das Motiv dieser Arbeit ist mir noch nicht ganz klar. Zuweilen wollte ich einen Skandal anzetteln. Das Lärmen ist zusammen mit dem Sakrileg meine Nahrung. Einst habe ich mich selbst bemitleidet. Das Mitleid ist die erste Stufe der Gemeinheit, und vor diesem Instinkt kann sich selbst die Elite nicht retten. Aus Selbstmitleid haßte und vergiftete ich die anderen; nicht alle, weil nicht alle es verdienen, beneidet zu werden. Aber es gibt ein paar: die Volksschullehrer, die Jockeys, die Fischer mit der Angel und die unverheirateten Millionäre.
Ich glaube an nichts. Deshalb überlebe ich, denn wenn ich an etwas geglaubt hätte, hätte ich mich vor Verzweiflung, es nicht zu erreichen, umbringen müssen. Ich glaube an nichts, und alles ist mir gleichgültig. Viele sagen dasselbe, aber unter meinen Bekannten habe ich etliche mehr oder weniger anständige Leute getroffen, die an eine Vielzahl von Idolen glauben. Einer von ihnen glaubte an die Vagina, ganz einfach an die Vagina, obwohl er sich sonst von allem befreit wußte. Er hatte sich von der Liebe befreit, er hatte sich sogar von der Wollust befreit, doch seine Instinkte hatten ihm ein Idol bewahrt, einen Empfänger für die Hingabe und den Aberglauben. Der Name dieses Mannes ist Adolphe R. Er lebt in Triest. Eine erstaunliche Intelligenz. Er kann jedem die Nichtexistenz sämtlicher Dinge beweisen. Ein buddhistischer, nihilistischer Kopf. Er verdiente sehr viel mit seinem Cello und wahrscheinlich durch die Prostitution seiner Gattin. Jemand behauptete empört, daß die Gesellschaft des unmoralischen und lasterhaften Adolphe mich beeinflußt habe. Das sind Dummheiten, gegen die mich zu verteidigen, ich keine Notwendigkeit sehe. Adolphe ist ein verdorbener Mensch, aber er glaubt an die Vagina. Er hat eine unendliche Serie von Praktiken zu ihrem Kult erfunden. Er ist schmut-

zig, er ist genial, aber er interessiert mich nicht. Ich habe ihn lediglich erwähnt, um die Verwirrungen zu illustrieren, die es in meinem Umkreis gibt.

Man muß mich genau als das betrachten, was ich bin: ein natürliches, nicht degeneriertes Exemplar. So war ich immer. Ich bin weder amoralisch noch lasterhaft, weil ich weder das Laster noch die Tugend fühle und verstehe. Ich stehe in einem gewissen Sinne über ihnen, oder bescheidener gesagt, neben ihnen. Wenn ich unsterblich wäre, wäre ich Gott. Ich bin ruhig wie die Götter, eigentlich bin ich unermeßlich, verfügbar, kalt und leer. Ich kann nicht lieben, und ich glaube nicht, daß es ein Verbrechen gibt, das mich einschüchtern könnte. Niemals bin ich ängstlich, ungeduldig, begeistert oder selbstgefällig gewesen. Kein einziger Instinkt der Humanität hat mich geprägt. Und ich bereue das auch nicht. Mein Leben ist, obgleich es mich nicht glücklich gemacht hat – weil ich ohne den Aberglauben des Glücks aufgewachsen bin –, sehr interessant gewesen. Ich konnte es mit einer königlichen Ruhe betrachten. Ich habe mich niemals verloren, weil ich nie etwas zu verlieren hatte. Aus diesem Grund hielten mich einige für außergewöhnlich reich. Wiederum die Geschichte von der Identität des Gegensätzlichen. Doch ich bereue nicht, daß ich so bin, und glaube nicht, daß der gegensätzliche Zustand besser wäre.

Der Fall Ada (ein Fall, den niemand verstanden hat, weil alle ihn wie einen Roman gelesen haben): Sie war Jungfrau, weil diese Dinge sie niemals interessiert hätten, so behauptete sie zumindest. Sie war schön und modisch gekleidet. So kannten sie die Leute. Ich habe sie nicht oft getroffen; anfangs in Ausstellungen, dann in der Redaktion, schließlich ist sie zu mir gekommen. Sie liebte mich nicht. Sie hat mich niemals geliebt, und ich habe ihr dafür gedankt. Einmal, an einem Abend nach dem Tee, habe ich sie bis auf die Haut ausgezogen. Ihr brauner Körper auf dem Kanapee. Sie gefiel mir. Ich rauchte und betrachtete sie. Sie fing an, sich aufzuregen, sich zu schämen. Ich gab ihr die Kleider: »Geh nach Hause.«

Sie wurde wütend. Nackt kam sie zu mir.
»Du beleidigst mich!«
»Ich? Was für eine Idee...! Du bist schön, Ada. Aber du bist nackt; du wirst dich erkälten.«
»Willst du mich nicht nehmen?«
»Warum?«
»Gefalle ich dir nicht?«
»Natürlich.«
»Nimm mich!«
»Das nicht.«
»Warum hast du mich dann ausgezogen?«
»Um dich zu bewundern.«
»Ist das alles?«
»Ist das nicht viel?«
»Gut. Du wirst mich nehmen. Ich möchte die deine sein, verstehst du nicht...?!«
Sie schmiegte sich an mich, was mich langweilte. Ich legte das Buch auf den Tisch. Ein wunderbares Buch, wahrscheinlich Meredith.
»Ich möchte lesen, Ada. *Jetzt* möchte ich lesen!«
»Und danach?«
»Danach werde ich essen, du weißt doch, Omelette mit Früchten, mein Abendessen, und danach werde ich wieder lesen, und wenn ich mich auch diese Nacht nicht umbringe, werde ich zu Bett gehen.«
»Gut, wirst du mit mir schlafen?«
Ich antwortete nicht. Ich las bis zum Abendessen. Sie weinte auf dem Kanapee. Sie verstand mich nicht. Ich jedoch erriet ihre Gedanken. Moralischer Leichtsinn: Ich sollte sie nehmen, weil ich sie nackt gesehen hatte, weil sie sich meinen Blicken dargeboten hatte, weil sie sich geschämt hätte, mir später auf der Straße zu begegnen – Angst vor sich selbst.
Ich rief sie zu Tisch.
»Nein, danke. Ein Glas Champagner.«
»Ziehst du dich nicht an?«

»Ich schlafe mit dir.«
»Im selben Bett?«
»Ja.«
»Wenn du willst.«
Niedergeschlagen aß ich zu Abend. Ich dachte, was für eine unangenehme Bürde, jeden Tag um sechs, die Nächte würden nicht mehr frei sein, sie würde mir die Bücher vorlesen und sich dabei in der Nase bohren, sie würde ins Büro des Direktors kommen, würde sich mit dem Verleger streiten. Beinahe wäre ich wütend geworden. Ich wollte sie fortjagen, doch fand ich sie weinend vor. Ich sagte mir: morgen früh und zog mich aus. Sie trank den Champagner wie ein Glas Kamillentee, gut gegen Husten vor dem Zubettgehen. Unsere erste Nacht. Sie wie eine Braut, eine Braut im Sinne des letzten Jahrhunderts.
Ich blieb derselbe. Ich jagte sie nicht fort, weil ich damals genügend Geld für zwei hatte. Aber ich ignorierte sie. Wenn sie kam und ich gerade etwas Interessantes las, bat ich sie zu warten. Sie rauchte und trank Likör. Manchmal weinte sie, manchmal machte sie Szenen, Neurasthenie. Eines Tages zerschlug sie das Tintenfaß und die Mosaikpapageien. Das Etui mit den Schreibfedern schlug sie mir auf den Kopf.
»Das war das letzte Mal«, sagte ich zu ihr.
»Du bist unmenschlich, aus Stein, aus Terrakotta, siehst du das denn nicht?!«
»Vielleicht«, antwortete ich, mir die Stirne verbindend. »Das ist von keinerlei Bedeutung. Hauptsache, ich erlebe keine Szenen dieser Art mehr. Ich bin nervös.«
»Bist du?« fragte sie mich auf Englisch, wahrscheinlich, weil sie es besser konnte als ich. »Bist du nervös? Komm, laß dich anschauen!«
Ich las. Dann bot ich ihr ausgezeichnete Zigaretten an.
»Weißt du, was ich tun werde?«
»Ich bin nicht neugierig.«
»Du wirst es sein, wenn du es erfährst. Ich schlafe mit deinem Kollegen, dem Sekretär.«

»Schlechte Wahl«, erwiderte ich. »Er ist zu fett und glatzköpfig. Von anderen Details einmal abgesehen.«
»Woher weißt du das?«
»Eine Frau hat es uns erzählt. Die ganze Stadt weiß darüber Bescheid. Schlecht für die erste Erfahrung.«
Türeschlagend lief sie davon. Ich dachte, sie würde nicht mehr wiederkommen. Hatte ich sie beleidigt? Ich wollte Ruhe, um das Buch beenden zu können.
Zwei Tage später kam sie. »Bist du nicht eifersüchtig?« fragte sie mich blaß werdend.
»Warum sollte ich es sein?« fragte ich zurück und bot ihr Bonbons an.
»Glaubst du, ich mache Scherze?«
»Überhaupt nicht. Ich bin über die letzte Nacht informiert, ich weiß, daß du dir die Gesellschaft des Sekretärs ausgesucht hast.«
»Und was hast du gemacht?«
»Ich habe gemächlich an meinem Artikel geschrieben, weil ich wußte, daß der Sekretär mit einer Stunde Verspätung kommen würde.«
»Du bist unerträglich!« Sie weinte.
»Ich beglückwünsche dich nicht für die Feststellung«, sagte ich ihr im Vorbeigehen, ihre Bluse betrachtend.
Sie gefiel mir. Ich rief sie zu mir. Nackt bat sie mich um Verzeihung.
»Warum denn, Ada? Ich bin nicht böse auf dich.«
»Liebst du mich denn?«
»Nein, warum sollte ich lügen?«
»Gefalle ich dir?«
»Sicher, aber nicht im eigentlichen Sinne. Du gefällst mir wie ein intelligent geschriebenes Buch, wie ein Likör, wie ein schöner Tag. Annehmlichkeiten. Aber ich würde mich nicht für dich erwürgen lassen. Für dich würde ich nicht auf das Omelette verzichten. Wenn du sterben würdest, täte es mir bestimmt leid; aber nur für kurze Zeit. Wahrscheinlich würde ich dich binnen einer Woche vergessen.«

»Hör auf! Um Gottes willen, hör auf!« Sie zitterte nackt und angsterfüllt am Ende des Kanapees. Sie suchte und suchte nach Worten – bis sie schließlich das passende fand:

»Du bist ein Monster!!«

»Warum ein Monster? Ich hänge keinem Aberglauben nach, das ist alles, Ada, ich bin frei von Aberglauben. Ich bin frei, absolut frei, null, absolut! Hahaha...!«

Ich lachte und zog mich an.

Eines Tages kam sie mit einem Revolver an. Wahrscheinlich war er geladen, aber ich fürchtete mich nicht. Tot oder lebendig, ich kann den Unterschied kaum benennen. Sie fragte mich:

»Liebst du mich?«

Ich sagte ihr die Wahrheit: in einem bestimmten Sinne. Im absoluten Sinne liebe ich nichts, nicht einmal mich selbst.

»Warum lebst du dann?«

»Weil es mir gleichgültig ist.«

»Warum stirbst du nicht?«

»Weil es das gleiche ist, genau das gleiche.«

»Und wenn ich dich töte?«

»Ich würde weder Zeit haben, dir zu danken noch dich zu verfluchen. Wie auch immer, es ist die gleiche Sache. Das ist das Rätsel der Unsterblichkeit, Ada. Es ist ein orientalisches Geheimnis, ein chinesisches. Die Sanftmütigkeit, stärker als der Olymp, sanftmütig und aus Terrakotta, wie du schon sagtest...«

»Aber sie haben doch Seelen, Herzen!«

»Oh! Oh! Das ist der Unterschied, siehst du? Ich habe nichts. Ich bin absolut frei, leer, die ganze Zeit über.«

Sie nahm den Revolver von meiner Brust. Kino? Wir zündeten uns Zigaretten an.

»Weißt du, daß ich eine gefallene Frau bin?« fragte sie mich elegisch.

»Gefallen? Warum?« interessierte ich mich.

»Ich war rein, Jungfrau, frei, ich liebte einen Maler in Paris, wir schrieben uns wöchentlich, wir wollten uns im Herbst verloben. Was hast du aus all dem gemacht? Eine Frau fürs Bett. Was willst du noch mehr?«

Ich schaute sie an, ohne zu wissen, was sie wollte. Sie verschluckte sich am Zigarettenrauch und hustete und weinte heftig. Ich streichelte sie.

»Warum möchtest du nicht, daß ich deine Frau werde?« fragte sie mich sanftmütig.

Mit einem Mal sprang ich auf und entfernte mich. Ruhig legte ich die Zigarette in den Aschenbecher. Ich glaube, daß ich ein wenig bleich war.

»Das ist eine Falle, Ada.«

»Nur das?« flüsterte sie plötzlich mit einer ersterbenden Stimme.

Was folgte, war erstaunlich. Der Revolver lag auf dem Tischchen. Sie betrachtete ihn und sein Magazin. Sie öffnete die Tasche, wechselte die Kugeln und lud ihn.

»Was machst du, Ada?« fragte ich sie.

»Kugeln für uns beide!« entgegnete sie.

»Was für eine Idee! Das alles ist wie im Roman.«

Doch gerade als ich verwirrt an die Situation dachte, gab es einen Knall. Absicht oder Ladefehler? Unter die linke Brust. Sie war wütend, den Mund voller Blut. Ich telephonierte. Der Prokurist und die Ambulanz kamen sofort. Leute in meinem Zimmer, Leute auf der Straße. Ich fühlte mich unbehaglich. Ich fragte mich, ob ich noch rauchen könnte. Hatte ich meine Freiheit bereits verloren? Ich schilderte alles, wie es passiert war. Doch Ada log: »Er hat mich erschossen! Er hat mich entehrt und umgebracht!!« Sie fing an zu lachen. Wie kann jemand im Sterben lügen? Die Redensart, daß man auf dem Totenbett immer die Wahrheit sagt, ist eine weitere Illusion. Ich ging ins Büro, um die Lüge Adas aufzuzeichnen. Aber ein Herr sagte zu mir:

»Es ist verboten, ich bitte Sie. Sie sind verhaftet.«

»Kann ich rauchen?« fragte ich ihn.

»Soviel sie wollen!«

»Ausgezeichnet.«
Sie starb in der Ambulanz. Aber mich haben sie laufen lassen. Die Selbsterschießung war offensichtlich. Und in bezug auf unser Verhältnis, wer hätte sich schon einmischen können? Der Sekretär entließ mich; er liebte sie. Jemand aus Paris schrieb mir, bestimmt war es ihr Verlobter. Er nannte mich »Vampir«. Das hat mich nicht eingeschüchtert, aber ich mußte die Stadt verlassen. Ich hatte einige Wochen des Ruhms. Frauen schrieben mir, folgten mir ins Kino. Ich bekam verbotene Photos und Bücher. Sie betrachteten mich als Lasterhaften von Rasse, als sadistischen Verbrecher, als ein Exemplar für die Klinik oder das Boudoir, als unwahrscheinlichen Liebhaber. Ich wurde müde. Ehrbezeugungen von Neurasthenikern und sexuell Degenerierten. Also ging ich fort.
Im Zug, ein intelligentes Gespräch mit einem braunhaarigen Fräulein. Sie fuhr nach Zypern, einer paradiesischen Insel, wie sie sagte. Die schönste Dämmerung in jener Zeit. Sie kannte meinen Fall und arbeitete eine sorgfältige Theorie aus, um ihn zu erklären. Doch sehr viel Mystifikation, weibische Geheimniskrämerei, Elektrizität und schwarze Katzen in dunkler Kammer. Sie sagte, daß ich virtuell ein Verbrecher wäre. Und sie fragte mich, ob ich morden könnte.
Oh! Wiederum Gide, wieder Lafcadio, selbstlose Tat, Erfahrung, Freiheit, Galvanotropismen ...! Warum sollte ich morden? Diese Freiheit spüre ich ganz einfach, ich muß sie mir nicht beweisen. Und es gibt noch so viel anderes auszuprobieren, gegen das sich die Instinkte stemmen ... Das Sakrileg, das ist eine würdige Tat. Das Sakrileg, das heißt der Aufstand gegen die Gemeinschaft, gegen das Heilige; augenblickliche Kraftentladung, elektrischer Schlag durch einfache Berührung, Magie. Das Sakrileg, das kurzerhand bestraft werden muß, weil es selbst zu einer heiligen Macht geworden ist. Eine mutige Tat, jenseits von Gut und Böse, kosmischer, schöpferischer Ritus. Heidentum. Heidnische Morgenröte,

vor Kraft, vor Willen und Magie schillernd – das ist das einzige Medium, das mir paßt. Selbst ein Gott, suche ich weder Bewunderer noch Opfer, sondern Anlässe, mir meine eigene Göttlichkeit zu bestätigen, Augenblicke der Selbstbekräftigung. Ich sage niemandem etwas. Sie alle sind vollgestopft mit den christlichen Ideen vom unsichtbaren und monotonen Gott. Und die Götter sind in ihren Augen Teufel. Weil diese Macht besitzen, weil diese sie selbst sind, gleichgültige Demiurgen ...

Ich habe viel nachgedacht und hätte viel über die Verklärung zu schreiben, aber ich möchte die Theologie hier meiden. Andernfalls würden sich diese autobiographischen Notizen rasch in einen Traktat »Über die Natur der Götter« verwandeln. Doch ich habe der Reisenden – nach Zypern, der paradiesischen Insel – beteuert, wieso mich ihre literarischen Farcen, ihre inhaltslosen Laster und ihr Amoralismus nicht in Versuchung brachten.

Schreckliche, wilde, unmenschliche Taten, die die Mitmenschen versteinern lassen, während man selbst ihnen ruhig und unerschütterlich begegnet. Das ist die Bedeutung des monströsen Ritus, der menschlichen Opfer, des Blutes, das den Altar rötet. Man provoziert ein Prinzip, man bekräftigt das Menschliche, das Mütterliche. Daher die Kindsopferung; die Ohrfeige des vielgelobten mütterlichen Instinktes, die Befreiung. Befreiung durch Sakrileg – das machen die Götter seit Anbeginn der Zeiten. Die Götter, die weder Symbole noch barbarische Überbleibsel noch Träume noch Statuen sind, sondern energiegeladene, magnetische, klare, blendende Körper. Um die Götter zu entdecken, muß man sich den Mystizismus, die christliche Moral, die metaphysischen, theosophischen und rauschhaften Mystifizierungen vom Halse schaffen. Die Welt sehen, wie sie wirklich ist: unermeßlich leer und verlassen, eisige, steinerne Einsamkeit. Mächtige Population, stumme Rätsel, die einem nicht helfen werden. Man ist allein. Man muß den Mut aufbringen, zu *spüren*, daß man allein ist, endgültig und völlig allein, daß die

Bekanntschaften Illusionen waren, daß die Gemeinschaft mit anderen objektivierte Projektionen der eigenen Schwäche waren. Allein in einem Ozean aus Träumen. Das ist das erste Zeichen der Götter. In Kürze wird man sie sehen. Lichter und Blitze umschwärmen mich. Jeder für sich alleine. Wir alle sind für sie nur Schatten. Und sie selbst sind alle für mich nur Formen, Illusionen. Ein geschlossenes System, Null. Millionen von Nullen, jede von ihnen ein selbstbegrenzter Kosmos, in den niemand je wird eindringen können.

Diese Vision des Heidentums ist erfrischend; lebendige, kalte Silberbarren nach dem sanften Terror des Christentums. Doch man muß ein absoluter Heide sein, nahezu absurd vor Heidentum. Eigentlich ein Gott, frei, heilig, an der Justiz der Steinigung teilnehmend. Das Sakrileg – ein Spiel der Götter. Spiel, Tanz, Technik – nichts anderes. Das Spiel, das sicherste Instrument der Befreiung, das göttliche Privileg. Aber die Götter befreien sich nicht, indem sie aufgeben, sondern indem sie besitzen, schaffen; der Tanz Shivas. Das Universum, geschaffen mit seinen Schritten, mit den Bögen seiner Beine, die den Raum kreieren, mit den Girlanden seiner Arme, die den Rhythmus, die Zeit hervorbringen. Wie einfach, wie einfach doch ...! Aber man muß groß, grenzenlos sein, ein und derselbe, stets man selbst, ohne Wellen, ohne Zaudern, ohne Gewissensbisse – Leere, non sens, jenseits von Kategorien. Ich, ich.

Jene Miss, die nach Zypern, der paradiesischen Insel reiste, kannte die Einzelheiten der Furcht im leeren Zugabteil, in der Dämmerung. Unsere Vereinigung war ein Meisterwerk, sie haßte mich, ich blieb gleichgültig. Aber kein Kunstwerk, kein literarisches, romantisches, sondern Technik, Kunst, eigentlich Handwerk – Vereinigung des Meisters mit dem Material, Schöpfung, Ritual. Sie schrie, aber ich zählte ihr die Gefahren auf, denen sie sich aussetzte, und sie schwieg. Der Zug fuhr am Fluß entlang, Bergrücken zur Rechten. Auf den Gipfeln lag noch Schnee, gelbes, trübes, in den Schluchten angesammeltes Wasser, starke Düfte der Abenddämmerung.

Ich wußte, welchen Umweg der Zug machen mußte. Keine einzige Station bis zur Brücke, fast eine halbe Stunde. Die Tür des Abteils verriegelt. Ich bewies ihr, daß Tötung nicht die letzte Tat ist, daß es andere, größere, ungeahnte gäbe – Täter tötet man mit Steinen; das ist alles, sie werden mit Steinen getötet, weil sie von heiligen Kräften aufgeladen sind und die Menschen sich vor ihrer Berührung wie vor dem Blitz fürchten...

Der Abschied war enthüllend. Eine Kraft entfesselte sich zwischen uns. Jemand wurde auf mystische Weise zum Knecht. Jene Vereinigung, jenes mutige Ritual umgab sie mit einer unpersönlichen, objektiven, außerhalb von uns beiden gelegenen Kraft – und sie schenkte sie mir. Die Miss verzichtete auf Zypern. Sie wollte mit mir gehen, wohin auch immer. Auch sie verlangte Absurditäten wie Ada, aber sie erschoß sich nicht, drohte nicht. Sie begleitete mich, und vom Fenster des Zuges machte sie mir mit einem weißen Taschentuch mit Monogramm Zeichen. Der Bahnhof war öde, der Morgen vereist. Ich saß auf demselben kirschroten Koffer. Ich erinnere mich daran, wie niedergeschlagen ich war. Danach sah ich sie niemals wieder.

*

Wenn das Dasein einen Sinn hätte, wäre es der, uns zu verändern, zu vergessen, jedesmal etwas anderes, Neues, Unerwartetes zu beginnen und die Vergangenheit ganz und gar zu vergessen. Es ist offensichtlich, daß das Leben so sein müßte. Aber niemand achtet darauf. Die meisten leben vorzugsweise blödsinnig in Horden zusammen, während jene, die Gelegenheit haben, das andere, Fremdartige, Unerwartete, Außergewöhnliche zu leben, unheilbar sentimental sind. Sie bringen Philosophie, Lyrik, Dramen über die Vergänglichkeit des Lebens, über seinen Genius hervor. Sie beweinen das Leben, nachdem sie es kennengelernt haben. Sentimentalismen, vorsätzliche, diffuse, glänzende Krankheiten. Für die Toten, für das Vergangene leben; der Kult der Freunde, Hingabe an die Gräber, an die Erinnerungen, der Respekt vor der Verlobten eines anderen, Platonismus, moralische Kraft, die Elegie der Ruinen – überall das falsche und idiotische Gefühl der menschlichen Würde, der moralischen Reinheit, des Aberglaubens an das Überleben, als ob *alle* Menschen überleben würden ...!

Bedenkt, bedenkt! (Das ist die einzige Geste aus der Predigt oder dem Zarathustra, die ich akzeptiere). Ich rede nicht von der »Änderung« der Philosophie, Schöpfung durch Addition, Schneeball, das gleiche und stets etwas anderes, der Strom, dessen Wasser jeden Augenblick ein anderes ist. Änderung nicht im Sinne des Lebens, sondern des Todes. Es sammelt sich nichts an, weil es keine Reihen gibt. Leere, Diskontinuität; tik-tak, wenn ich »tak« sage, ist »tik« schon im Chaos, in mir verschwunden; ich habe es vergessen, ich habe es meiner neuen Seele nicht hinzugefügt. Ich habe keine Erinnerungen, kann aber über Erinnerungen nachdenken, kann über die Vergangenheit nachdenken, ohne sie zu spüren. Wie über eine unpersönliche Episode, seit jeher. Ich nenne es nicht Loslösung, weil es mehr ist; ich war niemals an etwas gebunden. Veränderung – Puppe mit Triebwerk, die sich rhythmisch dreht, die mit jedem Schritt eine andere ist und niemals weiß, ob sie eine andere oder dieselbe ist, ob sie Vergangenheit oder Gegenwart ist, weil sie immer *ist*, weil sie sie selbst ist, Puppe ohne Seele, ohne Gedächtnis.

Basta! Ich philosophiere zuviel. Und glaube nicht daran. Alles, über das ich theoretisch schreibe, ist zweifelhaft. Ich verlange von niemandem, daß er daran glaubt. Das Privileg jener, die sich einst als Götter gefühlt haben und es auch waren, bestand darin, daß sie jederzeit an der Wirklichkeit des Göttlichen zweifeln konnten. Und dieser Zweifel löst die Tat nicht auf; er ist von zweiter Ordnung, er kommt *nach* der Tat, fließt über sie hinweg wie ein elektrischer Strom. Ich möchte damit sagen, daß der Zweifel, das Dogma, die Theorie, die Dialektik sekundäre Momente sind, ohne jede Bedeutung, weil sie zu der Schöpfung, der Realität nichts beigetragen haben. Amüsement; ich amüsiere mich, indem ich mir widerspreche, meine eigenen Behauptungen verspotte, doch ich weiß, daß diese Ausgelassenheit die Tat, das Objekt, meinen Besitz nicht ausräumen kann. Es ist die Leere selbst. Wer könnte sie mir nehmen? Nur ich selbst, indem ich mich bekehren ließe.

Dunkel? Bestimmt. Und schwer zu verstehen. Ich bin nicht wie ihr, das heißt, ich bin nicht angepaßt, ich habe kein Bedürfnis nach einem Rückgrat. Ich besitze Arme, Vorderarme, Millionen von Arme. Ich bin ich, wie immer man mich auch betrachtet. Wenn man mich hochhebt, bin ich es, wenn man mich umwirft, bin ich es immer noch. Ich bin nichts, ich habe Bücher geschrieben, aber sie sind nichts wert, ich habe viel gelesen, aber weniger als jeder auf der Universität. Wie immer man mich auch betrachtet, ich bin nichts, null. Und trotzdem wird meine Gegenwart bemerkt, meine Leere stört eure Wirklichkeit, *ich bin* überall und ihr müßt mich akzeptieren. Andernfalls passieren solche Sachen. Ich habe Ehefrauen getroffen, die für die Liebe ihrer Gatten lebten, andere mit Nachkommen, andere fromme, asexuelle, kirchentreue und gebildete. Ehefrauen, Ehefrauen, Bekannte aus dem Büro, von Stempeln und von Solomon bewacht, verschlossene Türen, Türen aus Kristall, isolierte, engagierte, protegierte – ich war überall, habe alle gekannt. Sie haben mir nicht gefallen. Ich habe sie gehabt, loser Besitz, kostenloses Angebot, Ritus. Nichts hat mich davon abgehalten. Ihre Moral und ihre Kirche, die Kinder und die Verlobten, nichts hat mich abgehalten. Haltlos, wie alle es sind, die die Wirklichkeit akzeptieren. Ihre Leere ist nicht wirksam und allumfassend, ist weder Grundlage noch Richtschnur, sondern okkasionell und augenblicklich. Sie fallen und richten sich wieder auf, die Dummköpfe. Sie verzeihen einander wie Rindviecher. Sie sündigen, obwohl sie keine Sünder sind. Sie sündigen, weil sie einen Tag – oder einen Monat lang ihren Verstand verlieren. Sie sündigen, wenn sie kein Geld oder keine Zerstreuung haben. Schweinische Sünde. Danach waschen sie ihren Mund, bekreuzigen sich, enthüllen, verzeihen und segnen einander. Leere Huldigungen. Wenn die Anlässe ausgehen, festigen sie sich auf moralische Art und Weise. Mit der Leere verschwindet auch die Sünde. Wir sind Fleisch und Knochen, Kronen aus Stahl, tapfer und keusch, predigen wir. Impotenz. Eingekapselte, alte Kieselsteine. Sie gewinnen Festigkeit und Stabilität an der Schwelle des Verschwindens. Wir sind ängstlich, fürchten uns vor dem Tod. Das ist die große Leere. Dort werden sie alleine bleiben. Sie würden einen zweiten Tod vorziehen.

*

Ich widerspreche mir. Na und? Ich habe niemals etwas behauptet, um es danach nicht widerlegen zu können. Diese logischen Unterschiede erfreuen mich nicht. Im übrigen messe ich ihnen keinerlei Bedeutung bei, und ich erwähne sie hier nur, weil meine Gegner sie siegesbewußt wiederholen. Es gibt viele von ihnen, Kompagnons und Legionäre. Wenn ich nichts bin, warum greifen sie mich dann an? Ich habe von Anfang an beteuert: Ich tue Böses; sie sollen mir das Gute vorstellen. Ich dürste nicht nach Erfolg. Ich kenne nicht einmal seine Befriedigung. Ich setze mein Spiel fort. Warum stoße ich nicht auf den Widerstand der Materialien? Niemand, niemand. Ich habe keinen einzigen ruhigen Mann, keine einzige keusche Frau angetroffen. Ihre Waffe ist die Beleidigung und der Haß, wenn man aber jenseits von Beleidigung und Haß steht, sind sie entwaffnet, gefangen. Sie haben nichts in sich, unwiderrufliche Objekte; sie nehmen nicht an der Sphare der festen Körper teil. Sie sind fest aufgrund der Umstände; deshalb lösen sie sich natürlich in jeder anderen Lage auf. Wenn man sich ihnen nähert, entdeckt man: nichts, Worte und Beleidigungen, danach Ohrfeigen, Fäuste, Stöcke; manchmal Ideen. Na und? Aber nichts Reales, Objektives. Sie haben keine Felsen, keine Abgründe. Wenn sie wenigstens leben würden.

*

Man wirft mir vor, daß ich nicht traurig sei (Genie und Melancholie, ihr wißt schon; die Überlegenheit der Kranken, der Invaliden, der Lymphatiker). Warum sollte ich auch? Meine Leere ist der einzige Weg, der sicher zur vollkommenen, eisigen, ruhigen, losgelösten Freude führt, zum Spiel. Wenn man die Leere des Ganzen und die Konsistenz des eigenen Ich behauptet, ist das eine negative, pessimistische Haltung, eine kraftlose, metaphysische, endgültige Isolation. Diese Leute sind traurig und inaktiv. Sie verschwenden ihr Leben mit der Kontemplation des Illusorischen, denn was könnten sie in den Formen der Illusionen auch betrachten? Und sie selbst, wie könnten sie über sich denken...? Ich hingegen stehe zu meiner Leere, und das ist positiv, ist optimistisch. Ich kann überall eindringen, kann mir alles einverleiben. Ich stoße auf keinen Widerstand, ich habe weder einen Panzer noch eine Vergangenheit. Ich spiele mit ihnen, und niemand kann mich umbringen. Dampf über den Wassern, den Seelen; Schöpfung. Warum sollte ich traurig sein? Aber auch panische Freuden erfassen mich nicht, weil mich nichts überrascht und die Besitztümer mich nicht verändern. Ich bin immer derselbe, wie jeder, der kein Gedächtnis hat...

Eines meiner Bücher handelte von der Einsamkeit. Die Menschen können nicht allein sein, können nicht allein bleiben. Ihre Einsamkeit besteht aus dreierlei: Frauen, Erinnerungen, Gott. Die Feuerprobe: Leere, du, du selbst, denke an nichts, trenne dich von dem Gefühl, allein, allein... Die Schlaffen werden verrückt. Die Mehrzahl der Leute geht schlafen und hat erotische Träume.

Und wenn das alles Illusionen wären? Wenn *sie* in der Wahrheit wären, ich aber in der Lüge...? Seht nur eine Art des Zweifelns: verwirrend, wirksam, philosophisch – doch nichts darunter, nichts anderes als ein Vorschlag und ein überflüssiger Gedankenerguß. Das Fehlen der Gewißheit einer Realität ist das Hauptargument ihrer Wirklichkeit. Das ist jenseits meines Verständnisses. Ich hege Zweifel. Na und?

Sie existiert, sie existiert, selbst wenn ich nicht an sie glaube, wenn ich an nichts glaube. Eigentlich glaube ich auch an nichts, niemals. Das ist mein einziges Dogma, aber weil es negativ ist, ist es undogmatisch. Leere. Wenn man sie in der Seele hat, wenn man weiß und spürt, daß man nichts ist, daß man nichts tun kann und alleine ist und alle verehrten Götter weibische Illusionen sind, wer kann es wagen, sich mit einem zu messen? Dann versteht man: Ich.

*

Um mich zu verstehen, lesen die Leute in mir wie in einem Buch. Manchmal ist dieses Buch der Antichrist oder wer weiß was für ein anderes literarisches Possenspiel, Gide oder Nietzsche; Impotente, die in den Büchern jene Gedanken niederschrieben, die sie im Leben nicht ausleben konnten. Die Freunde – junge Leute, die ihren Mut und ihre soziale Gleichgültigkeit dadurch erproben, daß sie mir auf der Straße die Hand schütteln – erklären mich, indem sie meine literarische Herkunft ermitteln. »Hast du jenes Buch gelesen? Das bist du!« sagen sie zu mir. Vielleicht. Ich habe viele Bücher gelesen (wenngleich nicht so viele, wie sie glauben), aber ich habe niemals jene Bücher gelesen, die sie veranlassen, mit dem Zeigefinger auf mich zu deuten. Ich habe viel über kulinarische Kunst, über Sport und Numismatik gelesen. Desgleichen eine beträchtliche Zahl an frommen Romanen, angelsächsischen Romanen und romantischen Werken. Nirgendwo habe ich mich wiedererkannt, denn es ist eine blödsinnige Sache zu glauben, daß man sich in einem Buch wiedererkennen kann. Und trotzdem tun sie seit dem Prozeß nichts anderes, als meine Ursprünge abzuleiten. Sie werden nicht ruhig schlafen können, bis sie sich nicht davon überzeugt haben, daß ich von Wilde beeinflußt worden bin, einem Possenspieler mit Talent, der seine sexuelle Begierde ausgelebt und anstelle des Klosters die Homosexualität gewählt hat. Die jungen Leute haben eine schmutzige Phantasie. Sie zählen mich unter alle lasterhaften Spezies, gerade weil sie selbst Gefallen daran finden, in den Wassern des Lasters zu baden. Es ist die alte Geschichte vom Prediger, der Enthaltung in geschlechtlichen Begriffen predigt, um ständig einen Anlaß zu haben, das Sexuelle zu denken und auszusprechen. Man sagt, ich sei lasterhaft, aber ich denke niemals ans Laster und praktiziere es auch nicht. Ich wiederhole, ich kenne das Laster nicht. Warum sollte ich denn sündigen, ohne Versuchung und ohne Befriedigung? Mein Dasein ist wirklich frei von Laster. Das, was sie unter diesem Begriff verstehen, ist in meinem Fall nichts anderes als eine spirituelle Übung meines Temperaments. Der Masse zu trotzen, birgt kein Risiko, weil die Masse unhaltbar ist. Sie können mich schlagen, mich einsperren oder aufhängen, aber sie können nichts an dem ändern, was ich glaube. Ein Anarchist? Idiotische Frage. Formeln interessieren mich nicht. Ich folge ganz einfach meinem Weg. Eines jeden Pflicht ist es, seinen eigenen zu gehen. Ich bin die Zukunft der Humanität, ich lehne mich nicht gegen die Gesellschaft auf, ich predige nichts Besseres und hasse die wiedergeborene, nicht geschaffene Leere. Ich habe die Chance bekommen, die Semi-Solidität des modernen Bewußtseins zu transzendieren, Gott zu sein. Das ist meine persönliche Angelegenheit. Wenn ich die anderen berühre, bin ich nicht schuld daran, weil ich auf keinen Widerstand stoße. Es ist die plötzliche und kräftige Illustration des Unterschiedes zwischen Menschen und Göttern.

»Übermensch!« werden einige ausrufen. Vielleicht. Man muß jedoch bemerken, daß ich meinen Willen nicht überspanne und keine Hymnen auf die brutale Transzendierung der Moral verfasse. All diese Dinge sind mir völlig gleichgültig. Ich habe keine Vorläufer, weil die Leere von nirgendwoher geboren werden kann, nicht einmal aus der Leere selbst. Sie ist sie selbst, seit Anbeginn der Zeiten. Wenn seltene Exemplare auftreten, nehmen sie spontan an dieser Leere teil. Der Akt der Teilnahme findet nicht in der Zeit statt, nur dessen Manifestation.

Und jetzt, treibe ich keinen Mißbrauch mit der Philosophie und der Polemik? Bestimmt tue ich das. Ich irritiere und kann mich nicht, ich will mich nicht von dieser Angewohnheit trennen, nicht einmal um den anonymen Leser der vorliegenden Erinnerungen zu verschonen. Wer wird es sein? Wahrscheinlich der wohlriechende Cesare (falls seine Augen noch ihren Dienst tun) oder das fade Fräulein Marta. Verzeihen Sie mir. Ich kenne alle Beiworte, mit denen Sie mich definieren. Es sind sieben, nicht? Sie werden diese Seiten zerreißen und sie Cesare nicht vorlesen, obgleich er vor Sehnsucht brennt, den Ritus des *anderen* zu kennen. Sie werden sie verbrennen. Na und? Eine Kopie habe ich bei mir, eine andere befindet sich bei einem Dieb in luxuriösen Bahnwaggons, einem guten Freund von mir. Bin ich vorsichtig? Nein, nur ganz einfach konservativ – ein einziges Mal in meinem Leben.

Konservativ, weil *Sie* es von mir verlangen, weil Sie wissen wollen, was sich am 24. April nachts ereignet hat.

Ich habe diese Memoiren als Vorwand begonnen, um alle Bedeutungen jenes Rituals niederzuschreiben. Jetzt denke ich darüber nach, ob es sich eigentlich schickt, daß ich dies tue, ich, der Ausführende und Vollender des Rituals. Nur ein Zeuge könnte es tun. Und der einzige Zeuge ist Cesare, der erstaunliche, neben dem Wunder seines Jahrhunderts eingeschlafene Bibliothekar. (Ich lasse mich mitreißen. Ich fange an zu schreiben, als ob diese Blätter für den Druck bestimmt wären; ich schreibe irritiert und belustigt, mich über die Irritation der Leser amüsierend. Doch fürchtet euch nicht. Mein Schreiben ist eine Farce, ihr wißt es).

Auf meinen Brief hat Cesare nicht geantwortet. Wahrscheinlich hat er ihn gar nicht zu Ende gelesen. Ich verlangte eine kurze Antwort von ihm, die mich aufklärt. Es ist die einzige Sache, die ich nicht verstanden habe, und *ich kann nicht vergessen, daß ich es nicht verstanden habe.* Doch die Verflechtungen reichen weiter. Eigentlich ist Cesare der einzige, der die Bedeutung meiner Handlung kannte. Die beiden anderen waren lediglich Instrumente. Weinrich, ein armer Professor, der seine Ohren jedem Geheimnis öffnete (der jetzt die Offenbarung erfahren hat!) – und Melania, ein frigides Mädchen, ein eisiges, gleichgültiges und vollkommenes Molekül. Beide haben alles vergessen und sich in ihr Unglück gestürzt. Das Gefühl und das Ereignis haben sie verschluckt. Sie hatten weder die Vorbereitung noch die Kraft, sich dadurch selbst zu übersteigen. Die Welle kam, magisch und erschrekkend. Die Chance zum Transzendieren hatten sie. Aber sie verstanden es nicht, sich von der Welle hochreißen zu lassen. Sie ließen sich auf ihr treiben und zerschellten. Das ist der Schlüssel für Weinrichs Irrweg. Aus einem Sakrileg machte er eine göttliche Offenbarung. Er entdeckte die Sünde, wo es nur Mut gab, nacktes Geschehen. Er ist ein Mystiker, folglich unheilbar verloren in dem Gefühl für die Gegenwart des anderen, hypnotisiert von der Erregung, gepeitscht von der Gestalt des anderen, die er mittels seines eigenen Unvermögens erst hochgebracht hat. Er ist auf dem »flüssigen Weg«, dem mystischen; der Devotion. Das ist das Risiko meiner Tat. Es gibt nur eine einzige Pforte: der Sieg, die Verwirklichung, die Beherrschung. Das Scheitern bedeutet Wahnsinn oder Erschöpfung. Nur der Brand hat die beiden vor dem Wahnsinn gerettet. Er hat sie jedoch genauso schlimm erwischt.

Und trotzdem wußte Cesare Bescheid. Er verbrachte nämlich jene Nacht in der Bibliothek. Nicht als Zuschauer. Er kam lediglich, um die Ergebnisse einer Handlung festzustellen, bei der er nicht den Mut aufgebracht hatte, sie zu erfüllen. Die Theorie hatte er ein anderes Mal gehört und wahrscheinlich hatte er sie auch nicht vergessen. Haruni – das mutigste Gehirn im feigsten Körper. Ein von der Mathematik befriedigter Held, ein spiritueller Asket und eine ehebrecherische Person, die vielschichtigste Persönlichkeit, die ich bislang angetroffen habe – Haruni hatte ihm, *als erstem*, das Experiment enthüllt. Wenngleich soviel über das »Geheimnis« geschrieben worden ist, handelte es sich lediglich um ein einfaches Experiment, sicherlich ein mutiges und explosives, aber nichts Okkultes, nichts Geheimnisvolles. Ein Ritual, das war es. Ein Ritual, durch das man die unsicherste Funktion unserer Spezies vergöttlicht, »fixiert«: den Sex. Die Aufhebung der Wollust, das habe ich versucht und verifiziert. Die Wollust, die den Mann überwältigt, die ihn beherrscht, die ihn aus sich herausholt und ihn verspottet, indem sie ihn im Unbewußten ertränkt. Ich wollte die Wollust aus meinen Handlungen vertreiben, sie beherrschen, sie mit meinen Fersen treten wie der Erzengel den Drachen. Nicht weil sie amoralisch ist (ich kenne dieses Wort nicht), sondern weil sie von außen kommt, die Seele erobert, den Körper auflöst, das Bewußtsein zerstückelt. Wollust, das heißt Selbstverlust (im metaphysischen Sinne durch die Gegenwart eines anderen neben dem Ich), Gewalt, Raub. Kein Sklave der Funktion sein und trotzdem nicht auf sie verzichten, das ist die simple Wahrheit des Geheimnisses, aus dem alle einen Detektivroman gemacht haben. Die Funktion nicht durch Askese, sondern durch ruhiges, konzentriertes Transzendieren beherrschen. Nicht ängstliches Verzichten, Kastration oder Moral, sondern Beherrschung. Was meine Zeitgenossen unter Beherrschung verstehen, ist lediglich eine mündliche Lizenz. Sie beherrschen überhaupt nichts, sondern lassen sich von ihrem eigenen Vergnügen beherrschen, um danach geschlagen und geköpft wie geopferte Tiere wegzusacken. Es gibt allerorten ein Geheimnis, denn aus einer dunklen Funktion habe ich einen Ritus gemacht. Als Heide und Gott zugleich begnüge ich mich nicht damit, harmonisch zu denken, sondern handle wie ein Heide, schöpfe wie ein Gott. Transzendenz durch den Körper selbst, nicht durch seine Unterdrückung – ein altes Geheimnis, das niemand mehr praktiziert, gerade weil sich alle vor ihm fürchten. In meinen Handlungen breche ich alle Brücken des Rückzuges ab. Eigentlich ist nur noch jene Tat eine, bei der das Überleben Sieg bedeutet, mittels derer ich mich erheben oder verlieren kann, aus der ich aber nicht mehr als *Mensch* zurückkehren kann. Weil alle anderen Handlungen, bei denen die Rückzugsmöglichkeiten nicht abgeschnitten sind, mit dem gleichen traurigen und mittelmäßigen Ergebnis enden. Und das einzige Mittel, um seine Würde zu behalten, besteht dann darin, durch eine skandalöse Konversion à la Papini ins feindliche Lager überzuwechseln. Wir hatten eine Konversion, aber zufälligerweise war Weinrich bereits verrückt, als er konvertierte. Er kann kein belehrendes Beispiel sein.

Und trotzdem wußte er Bescheid. Haruni hatte ihm ein Schöpfungsexperiment vorgeschlagen, das aber mit seinen historischen Absurditäten übereinstimmte, ein sinnloses Experiment. Cesare – ein einzigartiges Exemplar, auf natürliche Art und Weise von der Welt losgelöst und in sich die unbestreitbare Kraft der Keuschheit und der Teilnahme an der Wirklichkeit bewahrend. Der einzige realistische Mann, der die Dinge so betrachtete wie sie sind, nicht ihre flüchtigen Beziehungen, frei von Intellektualismus und Niedergang der europäischen Philosophie, ein Parsifal in den Ketten der Gleichgültigkeit. Sein Geheimnis: die Indifferenz, die Routine, die bewußte Mittelmäßigkeit, die Bescheidenheit, die Wirksamkeit. Ein Mann, der auf ehrliche Art und Weise in einem anderen Jahrhundert lebte. Ein Mann ohne Erinnerungen, ohne Familie und ohne Traurigkeit. Niemals von Leidenschaften überwältigt. Überlegen, er war niemals verliebt. Er lebte nach einem antiken Konzept, einem Roman, des modernen Bewußtseins verlustig gegangen: seine Pflicht, seine Arbeit. Freude durch unnachgiebige und natürliche Bewahrung der Keuschheit. Ein Mann ohne Versuchungen. Ein Mann, der dem Leben keine Aufmerksamkeit schenkte; das Geheimnis der Unsterblichkeit. Ein Mann, der nach einem Stundenplan dachte, indem er eine Palme fixierte. Ein Wunder.

Vielleicht gab es noch andere Gründe, die ihn an der Ausführung hinderten. Vielleicht hatte ihn die mystifizierende Philosophie des Feiglings Haruni abgestoßen. Cesare, ein von Dialektik befreites Gehirn.

Haruni sagte es mir. Er lachte damals.
»Ich schlug es einem einzigen vor, dem Archivar Cesare. Er kommt aus Ihrem Land. Sie werden ihn schnell erkennen, auch ohne Personenbeschreibung. Der wundersamste Junge, den ich je getroffen habe, ein Mann ohne Ehrgeiz und ohne Versuchungen, Geist, reine Tat. Mittelmäßig, frei von Persönlichkeit, nur ist seine Kraft unterirdisch, formlos. Wenn ich sie nur entfesseln könnte ...«
Und das kann ich nicht vergessen, kann ich nicht verstehen. Er wußte Bescheid. Ob unbewußt oder halbbewußt, das interessiert mich nicht. Er allein war dazu fähig. Er ignorierte den Ritus, aber er allein hätte ihn vollbringen können, der Mann aus Eis. Trotzdem verstehe ich nicht, und dieser Umstand trübt die ganze Ruhe und die in mir angesammelte Kraft der vollbrachten Tat. Ich habe sie vollbracht, aber *ein anderer* hätte sie genauso gut wie ich vollbringen können.
Er kam, er wohnte ihr taub und blind bei, er wird angesichts des Wunders seines Jahrhunderts in alle Ewigkeit stumm bleiben. Doch dieser Zufall ist schrecklich. Seine Loslösung ist überlegen. Er ist nicht nur von der Funktion, sondern auch von jeder Versuchung, diese zu transzendieren, losgelöst. Er ist ruhig, vollkommen ruhig. Er steht höher als ich. Ich bin aufgestiegen, er war schon seit langem dort. Er sah mir beim Steigen zu. Keinerlei Versuchung.
Er ruht in sich selbst, in seiner mittelmäßigen aber unerbittlichen Wirklichkeit. Er ist unerbittlich, er ist diamanten. Es übersteigt meine Möglichkeiten, seine Kraft zu verstehen, doch ich spüre sie, um mich, in mir. Auch seine Kraft ist ein Wunder, denn ein mittelmäßiger Realist, wie er einer ist, hätte sie nicht haben müssen und nicht haben können. Demnach ist er ein Auserwählter. Doch meine Pflicht besteht jetzt darin, ihn umzubringen. Und ich werde ihn durch seinen eigenen Willen beseitigen. Ich werde ihn in Versuchung führen.

*

Ich bin nicht leichtgläubig und glaube nicht an Symbole, aber Cesares Erblindung hat eine Bedeutung. Er erblindete, weil er nicht sehen wollte oder weil er Melanias Leben gerettet hatte, das Leben eines Opfers, das er nicht berühren durfte. Alle diese Kuriositäten beweisen indirekt den Erfolg meiner Handlungen. Aber ich sammle sie nicht für eine Lobrede. Vielleicht sind es einfache Koinzidenzen, und dann ist es meine Pflicht, sie zu tilgen. Ich berücksichtige lediglich den nackten Aspekt des Ereignisses. Andernfalls können die Begebenheiten, die Cesare kürzlich verschlungen haben, nur eine einzige Erklärung finden: seine Anwesenheit beim rituellen Sakrileg. Er ist jetzt ein Mann ohne Sinn und Zweck, so habe ich erfahren. Er ist beinahe verrückt, wenngleich nicht im Sinne des medizinischen Wahnsinns. Die Grundlage, auf der er steht, ist ihm entzogen, seine Dogmen sind erschüttert worden, und da er nicht mehr zurück kann (er ist zu alt, um noch elastisch zu sein), hängt er in der Luft. Ein einziger kann ihn retten: Ich. Nur ich habe Macht über seine Seele. Doch wenn er überleben sollte, würde mein Unverständnis fortdauern. Wir beide sind aneinandergebunden, denn einem ist es versprochen worden und er hat abgelehnt, während der andere das Versprechen selbst errungen hat. Ich bin leer und unhaltbar, und trotzdem konnte er als einziger aus dem Feindeslager mir widerstehen. Wir sind einander ein Verhängnis, einer verliert sich durch den anderen. Doch er verliert sich Tag für Tag mehr aufgrund der Entfesselung meiner Kraft. Wenn er tot sein wird, ein toter Mann, kaltes, gelbes Fleisch, werde ich bestimmt die Leere der Einsamkeit verspüren. Keine Trauer, sondern das Gefühl, allein zu sein, ohne *den anderen*, der dieselbe Sache wie ich hätte vollbringen können. Stärkendes Gefühl. Nur nach seinem Tod werde ich wieder handeln können. Bis dahin lebe ich von den Früchten des alten Rituals. Unschlüssig in der Ausführung anderer. Ich fürchte mich nicht, spüre aber auch ihre Verlockung nicht. Meine ganze Seele ist von dem Verschwinden Cesares verführt. Der Tod wird sicher sein, weil wir beide Anti-Romantiker sind. Durch ihn selbst, durch seinen Willen und seine Hand. Selbstmord – ein anderes Opfer für einen einzigen. Zwei, drei, tausend – numerische Promiskuität. Ein einziger; alles für ihn; alle Opfer für ihn. Das habe ich aus der Geschichte meines Daseins gelernt.

*

Cesare befindet sich jetzt in der medizinischen Grotte. Ich versuche, ihn zu sehen, doch es ist mir nicht gestattet – die Zerberusse und Fräulein Martas Diplomatie. Das Sanatorium ist für seine Nerven unheilvoll, aber so wollen es die Ärzte. Ich kann nichts über ihn in Erfahrung bringen. Wahrscheinlich lebt er wie ein Wurm, in der Gesellschaft von Fräulein Marta. Er, der einzige Zeuge. Er ist jetzt fast blind. Wer wird es wagen, ihm diese Memoiren vorzulesen? Und trotzdem lebt er nur, um mich zu verstehen. Sein Leben ist seit langem beendet, seit der Brandnacht. Er lebt in Erwartung der Lösung. Was für einen anderen Sinn hätte sein agonales, unwahrscheinliches Dasein sonst inmitten der beklagenswerten Rückgratlosen? Mich hat das Mitleid nie in Versuchung gebracht. Doch für Cesare nähre ich noch ein tieferes und männlicheres Gefühl in meiner Seele. Er, vor Ratlosigkeit isoliert, fremde und lächerliche Rollen spielend, Gast eines Schwachsinnigen und Freund einiger Studenten.

Seine Tragik: sich wie die Menschen zu benehmen, nachdem er seinen letzten menschlichen Kern eingeäschert hat. Deshalb ist seine Geschichte lächerlich, enttäuschend. Nichts Großes, nichts Außergewöhnliches und nichts Unnatürliches in seinem Verhalten. Er ist mit Zügen gereist, hat in Villen geschlafen und ist ins Sanatorium eingeliefert worden. Die Leute rächen sich an ihm, weil er sie überholt hatte. Sie zwingen ihn, an ihrer Seite zu bleiben. Sie lieben ihn, sie versetzen ihn in Aufregung, sie internieren und kaufen ihn.

Das ist sein Leben jetzt: die Unterwürfigkeit der Menschen. Aber sie sind ihm nahe, und sie werden ihn retten. Sie werden ihm die Freiheit zurückgeben. Sie werden ihm sagen: »Die Komödie ist beendet, Stiefbruder. Das Geheimnis kannst du nicht enthüllen. Schließe dich ein, Cesare!«
Er, die Pforte, die aus dem Unsichtbaren der anderen zu meinem führt.
»Schließe dich ein, Cesare!«

›Sie empfängt mich, sie empfängt mich nicht... Sie empfängt mich, sie empfängt mich nicht?! Zwei Reihen von Blütenblättern, kalte Blütenblätter... Was wünschen Sie, Fräulein? Ich antworte nicht. Ich habe ein Billett von Herrn George. Der Kranke Zimmernummer...? Ich kenne seine Nummer nicht. Es tut mir leid, das ist unmöglich. Aber das ist doch kein Gefängnis...! Der arme Junge, der arme Junge...‹
Maura klopfte an. Die Salontür ging auf. Fräulein Marta, die hagere Jungfer, mit der zum Fächer gefaltenen Zeitung in der linken Hand.
»Was wünschen Sie, Fräulein?«
›Hat sie das gesagt? Gott, das hat sie gesagt, oder schien es mir nur so? Wie häßlich sie ist, sie pudert sich, sie ist alt...‹
»Kann ich ihn sehen?«
›Hat sie geantwortet? Das ist Fräulein Marta, ich bin allein – hat sie aber geantwortet?‹
»Ich habe erfahren, daß ich ihn sehen kann.«
»Wen, Cesare?«
›Was schaust du mich so an, du häßliches Weib?! Altes, verliebtes Mädchen – wie hat sie wohl Cesare geküßt? Hat sie ihn überhaupt geküßt? Abstoßend...‹
»Sicher.«
»Es wird sehr schwer sein... Cesare befindet sich noch in der Krise...«
»Vielleicht wird er mich wiedererkennen.«
»Cesare ist noch in der Krise, die Ärzte sind sehr streng. Der Erfolg der ganzen Behandlung steht auf dem Spiel...«
»Wie auch immer, Herr George...«
›Das Mädchen wird dickköpfig. Diese Augen eines verliebten Schulmädchens. Wo sie ihn wohl getroffen hat? Was für eine Idee, ihn verrückt sehen zu wollen...
Idol. So sind sie alle, sie sind verrückt nach Exzentrizitäten.

In der ganzen Stadt wird sich das Gerücht verbreiten: Ich habe Cesare gesehen, den verrückten Helden, das blinde Genie usw. Wenn ich die Erlaubnis hätte: Marsch, Mädchen … Aber Herr George, Herr George ohne Ende.
Und wie sie mich anschaut … Ist sie eifersüchtig?‹
»Wann haben Sie ihn kennengelernt …? Aber warum setzen Sie sich denn nicht?«
»Danke. Wir sind gute Freunde … Oh! Ja … Wir haben ihn am Strand kennengelernt, aber wir kennen ihn seit langem, aus den Zeitungen …«
›Wie sie lügt …‹
Ein interessanter Herr, häßlich und suggestiv, irgendwie geheimnisvoll, irgendwie sarkastisch. Ihre unerwartete Begegnung und die Kapitulation. Der junge Mann rieb seine linke Wange, als scheute er sich, seine Verwirrung zuzugeben.
›Sie möchten zu Cesare, nicht wahr? Wie konnte er wissen … Auch er wollte ihn besuchen. Alte Freunde. Er mußte ihn sehen, aber die Anordnung des Sanatoriums wäre derart streng … Sie haben den Mythos von Cesares Wahnsinn erfunden, um ihn zu isolieren. Der arme Junge, der arme Junge … Der junge Mann führte sie zum Garten. Ich vertraue mich Ihnen an, Frau … So schnell …? Ein Geheimnis; bestimmt bindet ein Geheimnis den häßlichen jungen Mann an den unglücklichen Cesare. Zweifel und Hoffnungen durchzogen sie. Etwas Verborgenes würde geschehen. Etwas Seltsames, über das die Zeitungen schreiben würden. Soll ich mich Ihnen anvertrauen, Frau …? Woher weiß er, daß ich genau das machen werde, was er will? Daß ich ihm zuhören werde? Suggestion, vielleicht eine Laune – doch ich tue es, ich tue es …‹ Der junge Mann vertraute ihr den Briefumschlag an. Hier sind meine Aufzeichnungen, Tatsachen, die er nicht kennt, die Lösung des Rätsels, das ihn zermürbt. ›Einige große Worte und eine von Geheimnissen umrankte Rhetorik … Etwas bindet die beiden aneinander. Soll ich ihm helfen, soll ich ihm nicht helfen …? Schließlich habe ich ein Billett von Herrn George. Ich werde Cesare sehen. Und

ich habe nur zu sagen: Hier sind die Aufzeichnungen eines Brandzeugen. Zeuge. Wer könnte er sein? Wer sind Sie?‹
»Wir kennen ihn seit langem, aus den Zeitungen, von einem Freund.«
»Demnach ...«
»Ich kann ihn doch sehen, nicht wahr?«
›Oh! Die Ungeduldige ... Was würde der Arzt dazu sagen? Der Arzt wiederholte: Ruhe, Einsamkeit, zuerst die Behandlung des Wahnsinns und dann die der Erblindung. Was für eine Bedeutung können schon zwei Augen haben, wenn das Gehirn zerrüttet ist und im Innern Nacht herrscht? Märtyrer; oh! Wir beide sind Märtyrer, der Arzt und ich. Wieviel Liebe, wieviel Hingabe ...‹
»Mit wieviel Hingabe und Liebe wir ihn hier umsorgen, während der Arzt auf so viele Schwierigkeiten stößt ...«
›Was wollte der Typ? Sicherlich, die Aufzeichnungen werde ich ihm geben.‹
»Ich möchte ihn nur sehen ... Ich werde ihn überhaupt nicht ermüden.«
»Ich verstehe sehr gut ...«
›Soll ich ihr die Papiere geben? Sie wird sie lesen, aber sie muß sie ihm vorlesen. Am Bettrand – das Zimmer ist weiß wie Kreide, wie Salz – sie wird lesen und Cesare ... Aber was schreibt er auf vierzig Seiten? Der Umschlag ist schwer, es ist eher ein Manuskript.‹
»Noch eine Sache ... Ein Freund von ihm hat mir diese Papiere anvertraut. Würden Sie die Güte haben, sie Cesare vorzulesen ...«
›Was für eine Idee, dieser Auftrag ... Der arme Cesare, verrückt ... Bewunderer mit umfangreichen Briefen ...‹
»Aber die Sache ist unmöglich, ist unmöglich ...«
»Sie werden sie später lesen. Sein Freund ... Ich weiß nicht, wie er heißt, aber es war ein intimer Freund ...«
›Wie ich lüge, wie verlogen ich doch bin ... Doch ich lasse mich nicht dabei ertappen. Ich schaue ihr in die Augen, jetzt schaue ich ihr in die Augen. Siehst du etwas?‹

»Und er hat die *wahre* Geschichte des Brandes niedergeschrieben ...«

»Welcher Brand?«

Sie gab vor, es vergessen zu haben ... Sie verstellte sich ohne jeden Sinn und ohne jede Eleganz.

»Einen Augenblick, bitte ... Der Arzt ruft mich ...«

›Oh! Ja! Ja! Ja ...! Oh! Ja! Ja ...! Der Arzt ruft nach ihr, der Arzt ruft nach ihr ...‹

Maura erhob sich vom Kanapee, sobald sich die Tür hinter Fräulein Marta geschlossen hatte. Allein. Das Kabinett war wie ein Salon, doch das Licht schien hell herein und die medizinischen Zeitschriften bekamen eine pariserische Frivolität. ›Ich ersticke, ich ersticke!‹ Sie lachte. ›Aber es wird nicht lange dauern. Ich sehe ihn, *bonjour, bonsoir, et fillons Nanette* ...! Es gibt keine Frau hier, es gibt keine zarte Hand, die die Vasen, die das Drehgestell richtig plaziert, die diese geschmacklose Büste entfernt ... die Büste dieses Herrn ... Herrn ... Oh! Oh! Er ist der Gründer des Asyls ...‹

Sie nahm einen Brieföffner und kratzte sich die Schläfe, dann strich sie sich damit sanft durchs Haar. ›Was für einen Tag haben wir heute? Vier Tage seitdem ich mir die Haare gewaschen habe, und sie sind so staubig, so staubig ...‹ Träumerisch legte sie sich auf das Kanapee. ›Der Mann ist interessant, aber er nimmt eine affektierte Haltung ein. Warum so viel Geheimniskrämerei? Weiß er Bescheid? Oder weiß er nichts? Bestimmt weiß er nichts über den Brand. Der Professor kann es nicht sein, denn er trägt keinen Bart, und Manoil kann es auch nicht sein, weil er überhaupt nicht teuflisch aussieht. Der Teufel! Ada, Ada ... Sie ist gestorben ... Ada in dem Blumenzimmer und der Bruder in Paris ...‹ Sie hatte geweint; vielleicht beweinte sie als einzige Adas Tod. Damals war sie noch eine Schülerin mit blauer Schürze und kurzem Haar gewesen, die kleine Freundin der wunderbaren Ada. Sie liebte sie, sie schrieb ihr Briefe und trug Gespräche in ihr »Tagebuch« ein. Belle-soeur, belle-soeur. Der Bruder in Paris, die Verlobten. ›Wie glücklich hätte ich mit Ada an meiner

Seite sein können. Sourri, warum wird sie mir wohl den Spitznamen Sourri gegeben haben? Und sie starb ...‹ Von der Pension rannte sie auf die Straßen, mit Feuer auf den Wangen und unter den Lidern: Ada stirbt! Sie ließen sie nicht hinein. Doch nachdem sie angefangen hatte zu schreien, nahmen sie sie in den Arm – ihre weißen Kittel voller Tinkturen –, und seitdem sah sie Adas Gesicht nicht mehr. Sie erfuhr dann alles von Kolleginnen und aus den Zeitungen. Man nannte ihn Satyr, Verbrecher, man suchte ihn überall, um ihn umzubringen, um ihn umzubringen ...
Dann ... Die Seite aus dem »Tagebuch«, von Tusche umflort. Die letzten gepreßten Veilchen ...
Aber die Dame verspätete sich zu sehr mit dem unbestechlichen Arzt. Die Vasen ohne Blumen und so viele Blumen im Garten. Das Gesicht des Mannes war nicht allzu regelmäßig. Sein Freund; Cesare hatte so viele Freunde ... Und der Umschlag mit dem mysteriösen Siegel ... ›Einigen Leuten steht etwas ins Gesicht geschrieben. Unsympathische, Häßliche, aber sie gefallen, gefallen ... Seine Augen schweiften nach allen Richtungen hin, doch er war nicht schüchtern. Als er mich ansah, einmal, ein einziges Mal ... Soll ich mich ihnen anvertrauen? Floskel? Jeder hat seine Floskel. Aber was wollte der Mann wirklich?‹
Sie wog den Umschlag in den Händen.
›*C'est trop, mademoiselle Martha*!‹ Belustigt betonte sie ihren Namen auf französisch. Sie erhob sich aus dem Sessel und sah zum Fenster hinaus. Man konnte kein Geräusch hören. Das Sanatorium war öde.
Sie hörte Schritte auf dem Korridor und setzte sich aufgeregt in den Sessel. ›Bleib ruhig, Maura. Tu deine Pflicht, Maura ...‹
Der Arzt öffnete die Tür und ließ Cesare an Fräulein Martas Arm eintreten. Schwarze Brille, das Gesicht abgemagerter, bleicher – matte Stirn mit denselben grauen Schläfen. ›Gott, wie alt er geworden ist ... Ist er verrückt?‹
»Ausnahme, eigentlich Ordnungswidrigkeit«, sagte der Arzt

spöttisch. »Nein, Fräulein, auf den anderen Sessel, weg vom Licht. So... Setzen Sie sich, Cesare.«
›Wie gleichgültig er erscheint... Der arme Junge, der arme Junge. Ein Invalide und eine senile Schwachsinnige mit beschützerischen Allüren...‹
»Kann ich zu ihm sprechen, Doktor?«
»Erkennen Sie die Stimme, Cesare?«
Der Arzt fragte, indem er den vermeintlichen Redeschwall der Besucherin mit dem Finger stoppte.
»Ist es Fräulein Maura, oder ist sie es nicht?«
»Bravo, Cesare!«
›Der Blödmann; Zirkuskomplimente. Und er glaubt, daß ich verrückt sei. Na und?‹
Der Patient lächelte mit derselben sanft auf dem Gesicht erkaltenden Gleichgültigkeit.
›Er hat gelächelt! Er ist nicht verrückt, er erkennt mich. Gott...!‹ Sie wollte reden, aber der Finger des Arztes hielt sie wieder davon ab.
Fräulein Marta wohnte all dem gelangweilt bei.
»Erinnern Sie sich, wann Sie das Fräulein kennengelernt haben, Cesare?« fragte der Arzt strategisch.
›Bestimmt schauen mich alle an, und der Arzt macht sich Notizen für die Behandlung. Niemand hält mich für gesund. Na und...? Lächelt er wieder?‹
›Er erinnert sich nicht!‹ überlegte der Arzt siegreich.
»Kann es sein, daß Sie mich vergessen haben, Cesare?!« fragte Maura überstürzt, die Zeichen des Arztes mißachtend.
»Wozu soll das gut sein, Fräulein? Ich erinnere mich an alles genau, *alles*, aber die Herren denken das Gegenteil davon. Wozu soll es also gut sein...?«
»Regen Sie sich nicht auf, Cesare!« mischte sich Fräulein Marta ein.
›Verfolgungswahn? Es wird schlimmer, es wird schlimmer. Seltene Art. Interessanter Fall.‹
»Es ist unnötig! Es ist *un-nö-tig*...!«

»Cesare, ich bin sicher, daß Sie nichts haben! Ich bin mir sicher, daß Sie gesund sind ...«
»Fräulein!« erregte sich der Arzt, indem er aufstand.
»Oh! Sind Sie sicher? Sicher?« fragte Cesare lachend, zum ersten Mal belustigt seit den Tagen der Gefangenschaft.
›Sie erschreckt sich, die Frau! Sie hatte schöne Augen und war kokett. Damals ...‹
Maura erregte sich abermals, feuerrot werdend. ›Soll ich ihm jetzt den Brief geben? Sie werden mich niemals mehr empfangen. Jetzt, jetzt ...‹
»Es ist besser, wenn wir uns zurückziehen, Cesare.«
›Soll ich ihn ohrfeigen?! Er sitzt neben dem Tisch. Ich ohrfeige ihn, und er soll mich hinauswerfen. Harmloser Verrückter ... Was können sie mir schon anhaben? Ein wenig Mut, ein wenig Mut, zwei, drei Fäuste, Schreie ... Sie werden die Musik im Stockwerk abstellen, und in der Zelle wird mich keiner mehr stören. Was geht es mich an?‹
»Aber ich habe ihm nicht gesagt, weswegen ich gekommen bin«, flehte Maura.
»Ein Auftrag«, sagte Fräulein Marta boshaft lächelnd.
»Absolut verboten, Frau, absolut verboten! Wir haben Anordnungen und Regeln!« erwiderte der Arzt ungeduldig.
»Oh! Ohne Lärm, ohne Lärm, Herr Doktor!« entgegnete Cesare verbittert.
»Cesare!«
»Letztendlich *langweile* ich mich! Verstehen Sie mich?«
›Sag, sag noch mehr! Sag, daß alle Dummköpfe und Feiglinge sind. Der Bürgermeister an erster Stelle, dann die Ärzte und die Medikamente ... Sag noch mehr!‹
»Wenn Sie glauben, daß ich verrückt bin, schließen Sie mich doch ein!«
›Katastrophe. Wie unvorsichtig, wie unvorsichtig ich doch war, das Fräulein anzuhören. Aber Herr George zahlt. Herr George bringt das Geld am Montag. Herr George, Herr George ... Der arme Junge ist in einem schlechteren Zustand als ich dachte, er ist verloren, er ist ungestüm ...‹

»O weh, Cesare!«
»Reden Sie, Fräulein … Was für ein Auftrag?«
›So, so? Wenn ich mich die ganze Zeit über so verhalten kann, werden sie mich laufen lassen. Was wollen sie? Was wollen sie?‹
»Ein Herr, der Sie kennt, hat mir diesen Umschlag gegeben …«
Der Arzt schaute verwirrt drein, ergriff keinerlei Initiative. Maura sprach auf natürliche, entschiedene Art und Weise. Fräulein Marta lächelte gleichgültig.
»Ein Herr, der ein Freund von Ihnen ist. Seine oder eines anderen Memoiren, ich weiß es nicht. Aber es handelt sich um wahrhaftige Aufzeichnungen über den Brand …«
»Fräulein!«
»Sag, Maura!«
»Die ganze Geschichte, *die wahre*, über …«
»Es ist Manoil!«
»Nein, Cesare … Er konnte es nicht sein.«
»Er allein weiß Bescheid, er ist es. Gib mir den Brief.«
»Es ist kein Brief, Cesare.«
»Lies ihn vor.«
»Was machen Sie, Fräulein? Das hier ist ein Sanatorium!«
»Lies, *habe ich gesagt*!«
»Fräulein Marta wird dir vorlesen.«
»Gib mir den Umschlag. Er ist von Manoil, ich weiß es. Nur er kennt sich aus. Er wird mir sagen …«
›Manoil, Manoil? Derselbe … Es ist absurd. Es ist absurd! Er träumt. Ada!‹
»Er ist von Manoil, ich wiederhole es!«
›Ada …! Auch er ist verrückt. Der arme Junge, auch er ist verrückt.‹
»Es sind dreißig, vierzig Seiten, Cesare. Fräulein Marta wird sie dir vorlesen …«
»Es ist verboten, Fräulein, verstehen Sie mich nicht?!«
»Ich bin fertig, Herr Doktor!«

»Geben Sie mir den Brief, *mir*!«
Er schrie. Bestimmt eine Krise.
Es klingelte. Der Arzt drückte nervös auf den Knopf, sich nach allen Seiten umschauend. Fräulein Maura wurde verwirrt. Cesare näherte sich tappend dem Tisch.
›Gott, was soll ich tun? Was habe ich getan, was habe ich getan ...!‹
»Geben Sie mir den Brief. Er ist ...«
Die Klingel ertönte schrill auf den Korridoren.
»Er ist von Manoil, ich weiß es ...«
»Nein, Cesare, nein ... Manoil ist ein Verbrecher, er hat Ada umgebracht, ich kenne ihn, er ist nicht von ihm ...«
»Lies rasch vor ... Maura!«
Die Klingel ertönte seit zwölf Jahren. Zwölf Jahre lang eine metallische Klingel in einem weißen, langen Korridor, einem Tunnel aus Terrakotta. Die Schienen dröhnten. ›Es ist verboten, zum Fenster hinauszusehen, Fräulein, es ist ein Tunnel. Wie lange wird es um Himmels willen noch dauern! Dieser Weg nimmt kein Ende mehr. Und wenn ein anderer Zug ... Die Klingel, Herr Doktor, macht mich wahnsinnig ...‹
»Bitte, bitte ...«
Cesare stolperte, hielt sich aber mit den Händen an der Lehne des Sessels fest.
»Sie werden mich einsperren, Maura!«
»Cesare!«
»Sie werden mich im Gefängnis einsperren ... Hast du kein Mitleid? Hast du denn gar kein Mitleid? Hast du ...? Lies!«
›Der Brand. Melania nackt. Er weiß, nur er weiß Bescheid. Er kennt alles. Ich werde ihn umbringen, aber erst nachdem er es mir erzählt hat. Melania ...!‹
Er fing an zu weinen, aber seine Tränen konnte man nicht sehen. Fräulein Marta näherte sich ihm, um seinen Arm zu ergreifen. Maura erstarrte am Ende des Kanapees. ›Zwei Vasen mit Blumen, nur zwei Vasen. Es gibt so viele Blumen im Garten.‹

Das Klingeln hörte auf. Pause.
»Sie werden es später lesen, Cesare. Fräulein Marta wird es Ihnen vorlesen. Schnell, den Brief, Fräulein Marta.«
»Ich habe ihn ihr gegeben, Cesare, glaube nicht, daß ich ihn ihr nicht gegeben habe.«
Sie ging zur Türe.
»Cesare, der Umschlag ist bei Fräulein Marta.«
»Lesen Sie vor! Warum wollen Sie nicht lesen?«
›Was habe ich getan? Was wollt ihr alle von mir? Was wollt ihr von mir ...?‹
›Er ist ein harmloser Verrückter.‹
Zwei Türen gingen auf. Maura lief davon. Zwei Vasen und das Drehgestell ... Männer in weißen Kitteln. Einigen Leuten stand etwas ins Gesicht geschrieben ... Cesare sträubte sich nicht.
›Er ist ein harmloser Verrückter.‹ Der Arzt wischte sich die Stirn ab. Fräulein Marta weinte mit dem Taschentuch vor dem Mund.
»Die Pforten!«
»Aber sperren Sie ihn doch um Gottes willen nicht ein!«
»Lassen Sie Gott aus dem Spiel, Fräulein. Sehen Sie denn nicht, was er macht?«
›Wo wird die Unglückliche hergekommen sein? Was für ein seltsamer Umschlag ... Ob er von Manoil ist? Warum ist sie gekommen, warum nur ...?‹
»Die Pforten, habe ich gesagt!«

XV. DAS BOUDOIR

Ein Packen weißen Papiers wurde korrekt und ohne zerfranste Ränder gevierteilt. Die Blätter wurden im Karton eines Albums, in einer verschlossenen Schublade aufbewahrt. Fräulein Marta nahm sich die intimen Aufzeichnungen wieder vor. Intimität – narzistische Wollust, Spiegel. Perverses Geschenk eines absurden, asexuellen, weißen Liebhabers. Die Blätter – völlige Mattigkeit, Protoplasma. Der Himmel, eine kristallene Nichtigkeit. Auf den Blättern und am Himmel ließen sich Trugbilder einkerben, von Launen oder von Müdigkeit beseelt.

›*Au diable*! 19. August, heute ist der 19. August.‹ Das Fräulein hob den Blick und stieß auf Kartons, von einer Sonne erhellt, die irgendwo links, hinter den Vorhängen, hinter dem Rathaus unterging. Ein seltsames Licht auf jenen hohen, durch und durch backsteinernen Flügeln. Ein anderer, bescheidenerer Karton erfaßte die Telegraphenleitungen mit einem hängengebliebenen Papierdrachen und den Zeichen der Kastanienzweige. Fräulein Martas Würde, vage überrascht von dem unbestimmten Himmel. Der Ruf nach Ordnung. Ein unsichtbares Glöckchen und das Fräulein stützte ihre Ellenbogen auf das Tischchen. Der Bleistift kritzelte: »19. August«. Danach unterstrich sie es.

›Soll ich mit Cesare anfangen? Ich habe schon seit drei Tagen nichts mehr geschrieben; und alles, was ich erfahren habe ... Ich muß ehrlich sein; ich schreibe nur unmittelbare Eindrücke auf, ich male nicht, ich mische keine Farben. Und auf gar keinen Fall werde ich künstlich, im Rückblick schreiben. Ich kann nicht ehrlich sein, wenn ich mich in Einordnungen und Werturteilen versuche. Und trotzdem, wieviel Wahrheit können flüchtige, trügerische Eindrücke erfassen ...?‹

Das Dilemma verlor den scharfen Geschmack, sobald das Fräulein ihren Kopf auf die Sessellehne legte. Das Dilemma war alt und dessen Geschichte hatte einen guten Teil der letzten Hefte in Anspruch genommen. Aber jetzt verwirrte es sie nicht länger. Wiederum stützte sie sich auf das Tischchen und griff aufmerksam nach dem Bleistift. »Morgens, nichts Wichtiges. Ich wartete auf den Brief von George, doch den Inhalt hatte ich bereits vorweggenommen ...« Schritte, die die Treppen hochstiegen. Ängstlich sprang sie auf, als der Postbote sich zeigte (höfliches Klopfen und asthmatisches Atmen). »Unter die Tür durch, Marin!« So rasch, schon der dritte Brief ... Unter Herzklopfen riß sie den oberen Umschlagrand auf und las atemlos die ersten Zeilen, indem sie jede Minute innehielt, um sich auszuruhen. Wie edel, wie gut, wie menschlich, George, die schrecklichen Enthüllungen der ersten Briefe. Und sie stellte sich ihn vor, wie er in dem gleichen Zimmer der Villa Lucia unruhig, in Übertreibungen schwelgend schrieb, wie jedermann unfähig, seine Bürde allein zu tragen. Eine Beichte, warum nicht? George, auch er hatte sich verändert. Seine Gattin war in die Hauptstadt zurückgekehrt, und selbst wenn sie an seiner Seite geblieben wäre, wie hätte sie ihm helfen können? Sie verstand ihn nicht, eine Ehefrau konnte einfach nicht verstehen. Sie konnte nichts für sich behalten, selbst wenn sie über Feinheit, Elastizität, Intuition für den anderen verfügt hätte. Sie sah ihn ständig, sie sah ihn von Mal zu Mal ungenauer, gerade weil sie sich ihm zu sehr näherte. Und die ganzen Enttäuschungen, die wiederholten, unüberlegten Schocks seiner Freundschaft mit Cesare. Seitdem Cesare eingesperrt worden war ...

In demselben Salon, man hätte denken können, daß der Morgen derselbe war ... Nur sie, Marta, sah ganz anders aus als früher. Vielleicht hatte sie geweint, weil die Augen sich trauriger, zahmer öffneten. Und trotzdem gab es eine undeutliche Sicherheit in ihrem Gesicht, welche Entschiedenheit verriet. So wartete sie, den Blick aufs Meer gerichtet, auf ihren Instinkt, um sich mit einer kosmischen, azurblauen Dimension zu verbinden.

»Warum ist es denn um Gottes willen passiert?«

»Sie mußten ihn einsperren, ich habe Ihnen gesagt...«
»Wer hat das angeordnet?«
»Der Arzt. Noch bevor es zu spät gewesen wäre...«
Der Dialog blieb in der Erinnerung des Fräuleins lebendig, wenngleich die Furcht und die Verzweiflung von damals sich verloren hatten. Sie sah Herrn Georges bleiches, nervöses Gesicht, als er eilig ihre Hand ergreifen wollte. Er hatte sie unzählige Male gefragt, ob es wahr wäre. Natürlich. Wie ruhig sie hier, vor ihm, antwortete. ›Wie verlogen ich mich ihm gegenüber benehme, indem ich ihm zu verstehen gebe, daß ich mich genauso in Cesares Zelle benommen habe...‹
Im oberen Zimmer, jemand, der sanftmütiger war, kurz vor dem Urlaub, ein harmloser Verrückter, der sich an Stellen aus Märschen und Romanzen erinnerte, scheue Finger auf einem perfekten Klavier. Aber Cesare befand sich jetzt unten, in der Hölle, allein in der Zelle für einige Tage. So sagte es der Arzt; nur für eine äußerst kurze Zwischenzeit. Er redete, er redete ruhig und entschlossen, und obgleich Herr George all das kannte, stellte er ihr ununterbrochen Fragen. ›Aber ich habe Ihnen doch schon alles gesagt, er wird in der Zelle so lange zurückgehalten, bis man ihn von neuem untersuchen wird...‹
»Aber ist es nicht absurd? Ist es nicht grausam? Sie werden es noch fertigbringen, ihn zum Wahnsinn zu treiben, letztendlich werden sie es noch schaffen...«
»Wer kann das sagen?« überlegte das Fräulein abwesend.
»Wie sieht er *jetzt* aus?« fragte Herr George mit seltsamer Stimme.
»Das könnte ich nicht sagen... Das könnte ich nicht mit Bestimmtheit sagen.«
»Glauben Sie...?!«
›Ich weiß, was Sie sagen wollen, George, oh! Ich errate Ihre Gedanken genau, *vieux renard*. Wenn er verrückt ist, nicht wahr? Wenn er für alle Zeiten unbeweglich in einem Kerker, in einem Irrenhaus bleiben würde und Sie...‹
Wie sie sich doch getäuscht hatte... George, er lebte nur, um

das Gegenteil zu sehen, um Cesare gesund sehen zu können. Er hatte es ihr in der darauffolgenden Minute gesagt; sie gab sich nie wieder irgendwelchen Illusionen hin. Es war so offensichtlich, daß George sich vor dem Wahnsinn Cesares mehr fürchtete als vor dessen Tod. Neben dem Zeugen zu überleben ... Ungenau, ein ungenauer Begriff. Was könnte er schon bezeugen? Viel Schlimmeres als ein Zeuge. Stummheit und trotzdem der Ausdruck des Dramas. Das Wort klingt schlecht, sogar metallen. Aber ein Drama hatte es mit Sicherheit zwischen Cesare und George gegeben, so wie es eins zwischen Cesare und Manoil, Cesare und Melania gegeben hatte ...

Das Fräulein schüttelte sich. Der Name der Freundin entrüstete sie, machte sie krank. *Das* hatte sie Herrn George nicht gesagt. Wie viele andere Dinge hatte sie vor Herrn George verborgen. Oh! Sie konnte nichts sagen, auf gar keinen Fall konnte sie *ihm* etwas darüber sagen, er, der sie bestürzt fragte, ob sie hunderttausend für Cesare, Cesare, Cesare annehmen würde ... Hunderttausend und niemand würde etwas wissen.

»Jetzt ist es zu spät, Herr George.«

»Aber ich, was mache *ich*?« stöhnte er.

Ein Fall von schlechtem Gewissen, der durch Geld gelöst wurde, so verstand es Fräulein Marta, die der Morgenglanz in ihrem spiegellosen Salon überfiel. Doch sie täuschte sich auch dieses Mal, sie wußte genau, daß sie sich in jener Stunde täuschte. Es waren weder hunderttausend noch hundert mal hunderttausend, die Herr George ihr schenken wollte. Denn Herr George redete irgendwie zu theatralisch für ihre raffinierte Feinfühligkeit.

»Ich möchte frei sein, verstehen Sie das nicht? Ich möchte diese Last von meinen Schultern abwerfen, diese Freundschaft, die versteckte Menschlichkeit in seiner Gesellschaft, wie Sie es auch nennen wollen! Ich möchte mich lösen, verstehen Sie nicht? Sie werden glauben, ich sei verrückt, aber ich ersticke, ich denke ununterbrochen an ihn, und er ist manchmal Cesare, manchmal eine unpersönliche Bestie, ein Trugbild, etwas, das mir fremd ist und das mich bedrückt, mich bindet, mich verzaubert.«

Das Fräulein schaute ihn mit reizenden Augen an. Herr George weitete mit den Fingern seinen Kragen, mit hochrotem Kopf und von Mal zu Mal nervöser werdend.

»Ich bin von ihm besessen, von *ihm*. Da ich Ihnen schon soviel erzählt habe, kann ich Ihnen noch mehr sagen. Ich fange an, mich vor mir selber zu fürchten. Wenn ...«

›Um Gottes willen, Herrn Georges Blicke. Was wollte er damit sagen?‹

»Wenn es wirklich so um ihn steht, wird es auch mit mir ...«

Das Fräulein sah ihn mit eisigem Blick an. Danach scholt sie sich, weil sie kein Wort der Aufmunterung und des Trostes gefunden hatte, nicht ein einziges. Aber sie konnte nicht sprechen. Sie verstand nichts. Vielleicht verstand sie auch etwas, konnte dem aber nicht beipflichten. Ein distanziertes Verständnis, wie ein Chirurg, der die Operation versteht, jedoch nicht spürt. Mehr, noch viel mehr. Vergleichbar einem Menschen, der etwas mit den Augen wahrnimmt, erkennt, sich aber nicht erinnert, sich nicht erinnern kann, sondern gelähmt, isoliert stehenbleibt, mit einem Abgrund zwischen Augen und Seele, wissend, daß, wenn er es wagen würde, ihn zu überspringen, er hinabstürzen müßte. Sie wagte nicht, die Augen zu schließen, und konnte es nicht begreifen.

Herr George kam zu einem Ende, weil er enden mußte.

»Ich möchte frei sein, ich selbst, Sie verstehen mich jetzt, nicht wahr?«

»Nein? Oh! Ja. Nein. Nein ...? Ja, oh! Ja, ja, ja ... Hören Sie auf ...!«

Den Schock von damals spürte sie mit alter Frische. Fräulein Marta wollte sich gegen die Flut auflehnen, die sie jeden Tag und jeden Abend an jene Stunden seiner Flucht erinnerte. Aber die Zensur war vergeblich. Sie blieb von dem, was sie damals gesehen und gehört hatte, verzaubert. Alles wirbelte an jenem Tag durcheinander. Sie blieb von den Enthüllungen Cesares verzaubert, konnte in den Augen Herrn Georges nicht lesen, die sie schüchtern fragten: ›Warum gehen Sie? Warum müssen Sie ausgerechnet jetzt gehen, wenn ich ...? Letztendlich mußte es doch ein Motiv geben ...‹

»Oh! Er existiert, Herr George ...«, beteuerte sie, indem sie zu lächeln versuchte.

»Und das Geld?«

Sie wollte antworten: »Was kann ich tun?« oder »Jetzt ist es zu spät, Herr George« – erwiderte jedoch nichts, sondern zuckte nur mit den Achseln.

19. August. Kein einziger Gedanke von Wert, keine neue Offenbarung. August, Kartons im Licht und im Schatten, das Leitmotiv der »Unvollendeten Symphonie« eher in der Seele als in den Ohren. Auch er mußte leiden, *pauvre* Schubert. Sie sah sein junges Gesicht, irgendwie aufgedunsen, mit Nickelbrille, armer Grundschulpädagoge. Kein einziger Gedanke; und trotzdem, vielleicht könnte sie hinter der Unruhe und den Vorahnungen Gedankenschwärme entdecken, die sie von der Erinnerung isolierten, die sie aus der Routine der Lektüre und der unvermeidbaren Träumereien in der Dämmerung herausrissen.

Sie blätterte in den Seiten, die sie vergangene Woche geschrieben hatte. Die Blicke legten sich blitzschnell auf die Linien, betrachteten Worte. Die Selbstgespräche im Kauderwelschton kamen ihr jetzt lächerlich vor. Manchmal hatte sie fasziniert, mit einer verführerischen, hinreißenden Flüssigkeit, ein anderes Mal langsam, quälend geschrieben, sich an dem Gefühl berauschend, das die Unfruchtbarkeit überwältigt, das sie mit Überlegungen über die Kunst von Proust erleuchtete und sie mit der widerwärtigen Erinnerung des *Tristram Shandy* emporhob, der ihr immer schon unlesbar und trotzdem genial erschienen war ... Um in solchen Stunden der sterilen Sikkidität* schreiben zu können, rief das

* Lateinisch »siccitas«, Einfachheit des Stils, Unfruchtbarkeit. A. d. Ü.

Fräulein nach der Hilfe aller Autoren ohne Inspiration, verfluchte Arbeiter, die unter Qualen gebaren. Doch anstatt das niederzuschreiben, was undeutlich, wenn auch lebendig hinter ihrer Stirn und ihren Augen herabstieg, richtete sie die Sätze nach dem Tonfall Prousts aus, suchte sie nach einem neuen, ersterbenden Rhythmus, den sie wie einen Triumph des Stils über die ausweichenden Empfindungen genoß. Die Verzauberung dauerte einige Minuten an. Als sie den Absatz beendet hatte, gönnte sie sich ein gemütliches Wiederlesen. Die Enttäuschung betrübte sie ein weiteres Mal. Doch das Fräulein zerriß die geschriebenen Blätter nicht. Sie fügte lediglich hinzu: »Ich bin unfähig, all das auszudrücken, was in mir vorgegangen ist. Aber das, was ich bisher geschrieben habe, reicht aus. Im übrigen ist das Heft ja kein Roman.« Sicher nicht, wiederholte Fräulein Marta. Warum sollte es auch ein Roman sein? Aber sie wünschte, daß es vielerlei sein möge, daß es in jeder Beziehung alles widerspiegeln sollte, vor allem ihr Herumzappeln im Netz der Ereignisse, die sie unerwarteterweise von ihrer Welt und von ihrer Vergangenheit isoliert hatten. Manchmal sehnte sich Fräulein Marta wirklich leidenschaftlich danach, schreiben zu können, wenigstens mit der Leichtigkeit Manoils schreiben zu können. Stoff hätte sie genügend gehabt. Das Heft war übervoll von Ereignissen, Verrücktheiten und Selbstmördern. Diese Kadaver stellten eine Last dar. Leichname, die sie anfangs als Schrullen betrachtet hatte, von denen sie sich aber nicht mehr lösen konnte und die sie dazu verdammten, sie die ganze Zeit über im Gedächtnis herumzutragen, die ihr die Ruhe raubten, nachdem moralische Krisen die humanistischen Wonnen des Herrn George untergraben hatten. Und all das durch oder vielleicht für Cesares Drama. Sie schrieb, sie analysierte und beurteilte alle Zeichen, die sie in den Ereignissen des Sommers erkannt hatte. Im Sanatorium, wohin sie sich so viele Bücher mitgebracht hatte. Sie machte eine Pause, legte das Buch auf die Armlehne und öffnete aufgeregt das Heft mit den glatt durchschnittenen Blättern. Es war eine Art Inspiration, eine Manie, ein Fieber, zu schreiben, zu analysieren, zu verstehen und sich zu spiegeln. Gerne hätte sie sich selbst von Angesicht zu Angesicht gesehen, da sie sich sehr nahe, aber unsichtbar fühlte. Unsichtbar, irgendwo hinter ihr oder vor ihr befand sich die alte Marta, deren Gegenwart sie erriet und die sie begreifen, sie umklammern und sie danach auf Papier kopieren wollte, um sich wiederzulesen und – sooft es auch nötig gewesen wäre – wiederbegegnen zu können. Sie wähnte sich in jenen Augenblicken nur einen Schritt weit von ihrer wahren Seele entfernt, alles war hell und leicht erforschbar. Alles würde eine Lösung finden, wenn sie die Dinge nur konzentriert und in einem Augenblick betrachten könnte, um den Zauber nicht zu zerstören. Cesares Geheimnisse, Herrn Georges Krisen, Melanias Sünde, Iacobs Wahnsinn, Manoils Rätsel, ihre, Martas Begeisterung – alles würde sich lösen. Jene unsichtbare, bedeutsame Gegenwart, ihre vollkommen enthüllte Seele, eine unverhoffte Gnade.

Sie begann zu schreiben, unentzifferbare Zeilen, die ihr wie inspirierte Aphorismen vorkamen, absolute Voraussagen oder Enträtselungen. Der Bleistift glitt dahin. Und plötzlich: deprimierende Unfruchtbarkeit, Erwachen auf einem öden, unmenschlichen Plateau, Einsamkeit neben Masken, beladen mit Vorahnungen, die grundlos ihr Verständnis verloren hatten und mineralisch in jeden Winkel des Bewußtseins hinunterhingen. Nichts blieb von ihrer großartigen Einsicht, ihrer augenblicklichen Elektrisierung übrig, jetzt herrschte nur noch Niedergeschlagenheit. Sie schloß mit einer oder zwei Zeilen: »Weiter fortzuführen«, oder: »Ich verstehe allzugut, was ich sagen möchte, aber ich bin unfähig, es genau auszudrücken«. Ungenau, verlogen; sie verstand nichts, das war es. Mit einem Mal hatte sie den roten Faden verloren, und die augenblicklichen Offenbarungen ließen in ihrem Gefolge keine Geheimnisse, sondern lediglich amorphe, sinnlose, uninteressante und tote Mischungen zurück.

21. Juli, 23. Juli. Eine Seite hatte ein Eselsohr. Die Finger des

Fräuleins entfernten es, und dabei blieben ihre Blicke an den Zeilen haften. »Enttäuschung, wie immer durch die männliche Abgeschmacktheit hervorgerufen. Ich bin sehr, sehr anspruchsvoll geworden. Ist es meine Schuld? Alle meine Lieblingsautoren sind Männer. Wir Frauen haben noch nicht angefangen zu schreiben. Und das ist auch besser so. Andernfalls würden wir ein superlativisches Bild schaffen und die Erwartung der Männer hochschrauben, ihre Enttäuschungen würden unsere bei weitem übersteigen. Daher meine ewige Desillusion: die männliche Abgeschmacktheit. Es ist seltsam, mit welcher Genauigkeit ich sie, die manchmal Herrscher, manchmal Sklaven meiner schönen Freundinnen sind, verstanden habe. Schließlich kenne ich sie seit langem. Kein einziger hält stand, kein einziger. Die besten unter ihnen sind anpassungsfähige Tintenfische. Sie passen sich an, doch wenn sie in die Enge getrieben werden, verspritzen sie Tinte. Ihre Tinte, *on y est compris*. Ich frage mich immer, warum sie lesen. Die Bücher werden eigentlich für uns geschrieben und gedruckt.«

›Oh! Nein, das ist vulgär‹, ekelte sich Fräulein Marta. ›Wieviel Unstimmigkeit, wieviel Anarchie...‹ Sie blätterte zurück und las die ersten Zeilen nochmals. Die männliche Abgeschmacktheit, das wollte sie ausdrücken. Sie erinnerte sich genau an den Abend. Sie war aus der Stadt zurückgekehrt, wo der junge Arzt ihr im Sanatoriumswagen Gesellschaft geleistet hatte. Der Arzt, ihre letzte Begeisterung, ein Akt zwischen Cesares Tragödie und dem wachsenden Interesse für Herrn Georges Geheimnisse. Auch ihn, den aufpolierten, schalen und gemeinen Emporkömmling hatte sie mit nachdrücklicher Spitzfindigkeit enthüllt, welche sie mit dem Finger betonend unterstrich. Die Relativität der Werte, das Nichterkennbare, *ars longa vita brevis*, das Unbewußte, die Traumdeutung, das Minderwertigkeitsgefühl, alle universitären, parlamentarischen und dilettantischen Binsenweisheiten – das steckte hinter seiner Persönlichkeit, die sie für kinetisch und therapeutisch gehalten hatte. Sie selbst fühlte sich von seiner Leere deprimiert, auch sie spiegelte sich in seiner Nichtexistenz wider. Aufrichtig gab sie sich dem Fieber der Selbstanalyse und der Beichten hin. Sie wollte sich ins Zimmer einschließen und schreiben. Weinen konnte sie nur aufgrund äußerer Schocks. Wenn der Schmerz aus der Tiefe aufstieg, spürte sie lediglich einen grenzenlosen Kummer. So fühlte sie sich an jenem Abend. Sie wollte sich eingestehen, was für ein künstliches Leben sie selbst fristete, wie sehr sie sich, Cesare, Herrn George und die anderen belog. Cesare verstand sie nicht mehr, und sie fing an, sich auch nicht mehr für ihn zu interessieren. Sie hatte versucht, sich durch Opferbereitschaft, durch Schulden und durch Verzichtleistungen zu vergiften, doch es war ihr nicht gelungen. Zweifellos konnte sie dafür kein Interesse mehr aufbringen. Wenn es jenes verfluchte Geld und die Zudringlichkeit Herrn Georges nicht gegeben hätte ... Wie sehr hatte sie es sich doch gewünscht, zurückzukehren, ihre Schule und ihr Zimmer mit dem Fenster zum Ratshof wiederzusehen. Und an jenem Abend deprimierten sie diese Sehnsüchte noch mehr, demonstrierten ihr die Sinnlosigkeit ihrer Karriere als Dilettantin von unbegrenztem Wert. Sie begriff, daß selbst ihre Verzichtleistungen mittelmäßig waren, unheilbar durchschnittlich. Und sogar ihre Hoffnungen oder Sehnsüchte waren fahl, durchsichtig und kläglich. In die Stadt zurückzukehren, sich pädagogische Pflichten aufzubürden, zu versuchen, an der Sensibilität einiger Dutzende von lasterhaften und albernen Jugendlichen zu arbeiten. Stets andere Bücher zu lesen, im Geiste Autoren oder Persönlichkeiten mit jugendlichem Auftreten zu vergewaltigen, um sich danach, neben irgendeiner anderen Einsamen, mit dem nächtlichen Laster zu begnügen, gefolgt von dem immer gleichen Ekel und dem animalischen Schlaf bis in die späten Morgenstunden hinein ... Das war alles, das würde bis an ihr Lebensende so sein, und all das, was darüber hinaus ginge, wäre in einem negativen Sinne zu verstehen; wahrscheinlich müßte sie in fünf, sechs Jahren eine Brille aufsetzen und nach zehn Jahren schwarze Straßenkleider tragen. Sie würde alt sein. Es tat ihr nicht leid. Doch die vergangenen Wonnen bereute sie nicht, weil es nicht viele gegeben hatte, und selbst wenn sie sie vermehrt hätte, wozu wäre es gut gewesen? Immer und immer wieder die gleiche Sache. Sogar im Alter von zwanzig Jahren wußte sie, was sein würde. Sie log und belog sich selbst fortwährend. Damals war sie so jung gewesen und hatte alle bewundert: Degas, Picasso, Strawinsky, Moore, Croce, le Coq, Seite an Seite, Dichter und Maler und Gelehrte und Philosophen und Possenspieler und Musiker und Don Juans. Sobald sie verstanden hatte, daß sie frei war, begannen das Abenteuer und die Lehrzeit in den großartigen Techniken des Hochgenusses, wie sie es betrachtete. Der Held jener ersten Idyllen heiratete. Na und? Alle waren wie er, mit oder ohne Ehe. Jene erste Liebesnacht, ein einziger Ausdruck hätte sie beschwören können, und das auf Englisch: *excruciating agony*, das war es gewesen. Der Don Juan hatte sich gleichsam als ein Schiff erwiesen, das von seiner eigenen Schwülstigkeit getragen wurde, während seine Einflüsterungen über die Liebestechniken, in denen er vorgab, ein Meister zu sein, sich als Farce entpuppten. Sie war niemals sinnlich gewesen, das könnte vielleicht die Desillusionierungen erklären; doch das Laster hätte anfangs ihre Gefühle wieder ins Gleichgewicht gebracht, wenn sie bei ihm geblieben wäre. Manchmal bereute sie es, daß sie auf die Freuden der Jungfräulichkeit verzichtet hatte, um derart unbestimmte Wonnen und unaussprechliche Schmerzen zu sammeln; Enttäuschungen, Verrücktheiten. Ihr Don Juan, von einer weiteren Eintragung ins Register seiner galanten Abenteuer befriedigt, unterschied sich in keinster Weise von der Männerhorde, die sie an jeder Ecke im Leben, jedoch niemals in Büchern angetroffen hatte. Noch bevor sie ihre Selbstachtung verlor, hatte sie jenen unduldsamen Zerberus getroffen, der den Zauber brach und das Gift tilgte. Die ersten Schauder vereisten unter Krämpfen, sobald sie ihn, Don Juan, sah, einen durchschnittlichen und egoistischen Rohling, vor An-

strengung und Wollust entstellt, taub für ihren Schmerz und hastig in der Befriedigung seiner Gier. Zu jener Zeit konnte sie noch viel in ihrer Einsamkeit weinen, und sie weinte heftig, als der Don Juan einen Vorwand fand, um sie zu verlassen. Sie war von einer wilden, unmenschlichen Klarsicht besessen und versuchte, sich davon zu überzeugen, daß sie den Verlust, die Reinheit, vielleicht das Ideal beweinte.
Sie versuchte, sich auf dogmatische Art und Weise anzuklagen, aber es war so offenkundig, daß sie weder die Reinheit noch das Dogma der Reinheit bereute, sondern lediglich deshalb weinte, weil sie verstanden hatte, daß es dort nichts gab, wo ihre einfache Vorstellung vom Phallus tropische Wonnen erzeugt hatte, daß es nichts gab, daß sie nicht einmal die Hälfte der verschwendeten Zeit wertschätzen könnte, sondern nur die beschmutzte Würde und die gefährdete Ehrlichkeit empfand. Nichts, nichts, selbst als sie den ersten Liebhaber gewechselt und sich dem Fremden geschenkt hatte, der ihr die Grenzen der Perversität enthüllte; ihre Klarsicht hatte sie nicht verloren. Sogar wenn Champagner und erregendes Streicheln und all die anderen einleitenden Rituale ihre Rolle mit einer unzweifelhaften Perfektion gespielt hatten, herrschte immer die gleiche Enttäuschung, das gleiche deutliche, erschreckende Verstehen der jenseitigen Leere.
Jenseits, nämlich in den unerforschten, unbekannten, archaischen, launischen Abgründen ihres Körpers – wie die Rätsel des anderen Körpers, den sie streichelte, der sie jedoch nicht mehr täuschen konnte, der sich als trügerische, von einer Welle getragenen Maske herausstellte. Das war alles. Eine Welle oder eine Reihe von Wellen, größere oder kleinere, aber niemals gefährlich, niemals tödlich. Sie hatte sich selbst nicht verloren, doch gefunden hatte sie auch nie etwas. Niemals. Weil es dort nichts gab und auch niemals etwas geben würde. Wie könnte es auch etwas geben, im Fleisch, in den Gefühlen? Oh! Nein, hier sprachen weder die Moral noch die Askese noch die Spiritualität. Es war ihr Fleisch, es be-

trachtete sich als unnütz, nicht weil es sich mit einem absoluten Wert verglich, sondern ganz einfach, weil es sich mit nichts vergleichen konnte, es war selbst ein Nichts, das alle enttäuschte und trotzdem jeden fesselte. Ein absurdes Absolutes, unnötig und ohne Ursache, ohne jeden Sinn und Zweck. So war es. Fräulein Marta verstand, daß sie sich nicht empören mußte, doch sie empörte sich nach jedem neuen gescheiterten Abenteuer. Jedesmal sagte sie sich, daß er vielleicht der *chevalier sans peur et sans pudeur* sein würde. Weder haßte noch verachtete sie die Männer, weil nicht sie die Schuldigen waren. Wahrscheinlich waren andere Frauen glücklich, wahrscheinlich. Viele unter ihren Liebhabern aus Rußland und von der Riviera hätten jede sinnliche und freidenkende Frau eifersüchtig gemacht. Aber sie war anders, unglücklicherweise ganz anders ...

›Was war mein Ausgangspunkt? *Mon Dieu*, wie träumerisch ich doch geworden bin. Das habe ich damals gedacht und es nicht aufgeschrieben. Ich habe mich, *spiritoso*, zu Polemiken hinreißen lassen, die niemand je lesen wird oder nur *la cousine Bette*. Polemiken mit dem schönen Geschlecht; schön bestimmt, wenngleich durch einen Sarkasmus *mauvais goût* das starke Geschlecht genannt ...‹

Sie lächelte, während sie mit dem Bleistift spielte und gedankenverloren den Azurhimmel betrachtete, der zu erblassen begann. Sie gab sich jetzt ohne jeden Widerstand dem Tempo ihres Gedächtnisses hin. Die retrospektiven Filme amüsierten sie naturgemäß nicht, weil sie kalt und fahl ankamen. Aber sie hatte nichts Besseres zu tun. Es gab so viele ungelesene Bücher, doch die langweilten sie. Im übrigen erwies sie sich seit dem Tag der Rückkehr als immer unempfindlicher angesichts der Annäherungs- und Verführungsversuche der Bände. Alles, was sie begann, ekelte sie an. Sie hatte es mit Abenteuerromanen versucht, doch hatte sie sich noch nicht von der Obsession des Stils lösen können, und ihre einfältige Sprache hatte sie erstickt. Sie las nur Gazetten. Sie wäre glücklich gewesen, wenn sie ihre Zeit in der Schule hätte totschlagen können, aber die Ferien waren noch nicht zu Ende. Gespräche und Besuche erfüllten sie in der Tat mit Angst, weil sie sich stets auf Melania, Cesare und die anderen konzentrierten. Also mußte sie ihrer verlorenen Zeit nicht nachweinen. Sie verlor sie mit einer schamhaften Begeisterung, indem sie sich alle zehn Minuten daran erinnerte, daß sie Zeit verschwendete und daß sie dennoch unfähig war, sich für etwas anderes zu entscheiden.

20. Juli, 21. Juli ... Bestimmt hätte sie auf den Stufen der Enttäuschung anders schreiben können. Jene kritische Ehrlichkeit war ein ausgezeichneter Anlaß, sich selbst zu begreifen, indem man sich sezierte. Nach einigen Stunden hatte sie es wieder vergessen und vertiefte sich ohne Begeisterung in die Lektüre. Was hätte sie sonst auch tun können? Natürlich war die Grausamkeit der Selbstanalyse von damals gemeinsam mit jenen Stunden verschwunden. Deshalb wäre es dumm, wenn jemand unwiderrufliche Entscheidungen in solcherlei Krisen getroffenen hätte, philosophierte Fräulein Marta. Es ist absurd, sich umzubringen. Gleich am darauffolgenden Tag würde jeder verstehen, daß es absurd war. Doch wäre es irgendwie interessant gewesen, *damals* zu schreiben, jenes damals Gefühlte und Gedachte. Es war mehr, viel mehr, als das, was ihr durch den Kopf ging. Die sexuelle Enttäuschung war eigentlich nicht so wesentlich gewesen. Sie resignierte leicht und lichtete ihre Abenteuer immer mehr, die sie allein schon in Gedanken anekelten. Sie begnügte sich damit, immer mehr zu lesen, und für ihre vorübergehenden fleischlichen Verwirrungen kannte sie von jetzt an unzählige Auswege, die sie weder in Verlegenheit brachten noch sie gefährdeten. Seitdem sie sich, eine Lehrerin, die ihr Vermögen auf Reisen ausgegeben, in der Stadt niedergelassen hatte, hatte sich ihr Dasein verändert. Ihre Abenteuer blieben philosophische Abenteuer, Gespräche und Hymnen über das Risiko des Daseins; eine neue Philosophie, elastisch und eklektizistisch, in der man viele Widersprüche nebeneinander stellen und viel Unhaltbares maskieren konnte. Doch es war

ihre Philosophie, eine Apologie des Verschiedenen, des Augenblicklichen, der Erregung, der Bewegung, in der sie sich stets wiedererkannte und die im übrigen ihre einzige Rechtfertigung darstellte. Die Enttäuschungen verließen sie trotzdem nicht. Sie waren jedoch anderer Natur, und die Antennen der Feinfühligkeit und der Mentalität des Fräuleins nahmen sie immer noch mit der gleichen Genauigkeit wahr. Sie litt von nun an unter den Enttäuschungen durch Persönlichkeiten, nachdem sie bislang unter jenen durch Personen gelitten hatte. Einen Musikprofessor, einen genialen Künstler, enthüllte sie als Satyr. Nein, nein, sie war nicht moralisch; aber etwas anderes, ein instinktiver, verborgener Anstand litt darunter, begreifend, daß die Musik der Verklärung nicht fähig war, zumindestens nicht der Modifizierung, der Reinigung und der Spiritualisierung. Wozu sollte sie dann gut sein, wenn das Ende unheilbar stets das gleiche war? Wozu sollte dann der Verzicht, die Anstrengung, sich zu isolieren und zu transzendieren, gut sein, wenn jeder, früher oder später, der gleichen Horde beitreten würde...? Und noch viele andere Enttäuschungen. Doch sie erschöpften sie nicht. Fräulein Marta verfügte über eine erstaunliche Elastizität, und kein Sturz war endgültig. Nach einigen Wochen nahm sie die Arbeit in der Bibliothek wieder auf, ohne jeden akademischen Nutzen, lediglich um der Freude an der seichten Lektüre willen, wegen der Leichtigkeit, mit der sie ihre Vorstellung ermüdete und ihre tausendfachen zerebralen Launen befriedigte.

Cesare war nach dem Karneval der Gehirne und der Geschlechter ein erfrischendes Rätsel gewesen.

›Oh! Nein, es ist unmöglich, mich *jetzt* zu verstehen‹, unterbrach sich das Fräulein selbst, den Bleistift auf dem Umschlag des intimen Heftes anhaltend. ›Wieder eine Enttäuschung? Mehr noch, noch mehr und noch undeutlicher, ein mystisches Geheimnis, das war es‹, theoretisierte Fräulein Marta. Abermals hielt sie inne. Sie hörte den Straßenlärm. Jämmerliche! Nur die Kastanienbäume und die fahle Dämmerung lebten ehrlich und vollständig in dieser Ecke der Provinz mit kultureller Vergangenheit. Die Selbstgespräche kamen ihr genauso abgeschmackt vor wie die Konversationen, die Liebe und die Lügen der Leute aus ihrer Umgebung. Alles war fade an diesem 19. August. Das Fräulein las das wieder, was sie eine Stunde zuvor geschrieben hatte, und lächelte gelöst. ›Ich habe keinerlei Veranlagung für vertrauliche Mitteilungen; heute jedenfalls‹, fügte das Fräulein nach einigen Sekunden hinzu.

Sie wollte sich daran erinnern, was genau einen Monat zuvor passiert war; am 19. Juli, als sie sich noch im Sanatorium am Golf aufgehalten hatte. Sie blätterte zwei, drei Seiten zurück, denn das Heft war bei dem Datum des 21., 22. Juli offengeblieben. Einige Seiten wurden vom 20. Juli eingenommen, dann der 17. Juli, der 15., 14., 11. Am 19. Juli hatte sie nichts geschrieben. An jenem Tag hatte sie nichts gespürt, nichts gedacht, und nichts hatte sie erfreut. Nichts. Genauso wie heute. Ein wahrer 19. August. Perfekt. Vorher und danach – die gleiche Sache. An der Seite Cesares oder für immer von ihm getrennt, erstarrt von der gleichen Sache ...

Sie lachte einsam. Dann schloß sie die Augen und lehnte sich in den Stuhl zurück. Am 19. Juli hatte sie nichts getan. Wie gut, wie gut ...

Cesare war etwas ganz anderes gewesen. Einzigartig. Er allein, in allen Spiegeln der erwartungsvollen Einbildungen des Fräuleins verdoppelt. Diesmal weder eine fleischliche Hoffnung noch eine idyllische Naivität, sondern eine seltsame, desinteressierte Freundschaft. Manchmal spürte sie, daß ein Ruf, ein Rufen außerhalb und innerhalb ihrer selbst, sie ansporte, sich hinzugeben, jedoch nicht in körperlicher Hinsicht – denn weder sie noch der andere hätten das gewünscht –, keine platonische, sentimentale Hingabe, vielmehr ein vollkommen neuer Akt. Halluzinationen ... Das Fräulein lächelte jetzt, da sie ihre Aufregungen und Aufstiege auf einer Leiter der Hoffnung von göttlicher Frische und Neuheit wiedererlebte. Nun stürzte alles zusammen.

›Oh! *Sie stürzten zusammen*‹, betonte das Fräulein. Zitternd hörte sie sich zu. Schon zum zweiten Mal führte sie an diesem Nachmittag ein Selbstgespräch. Und sie hatte in der letzten Stunde sooft alleine gelacht... ›Was wird wohl mit mir los sein?‹
Dann überkam sie ein seltsames Gefühl, das sie vergeblich als Enthusiasmus und als Opfer für den besten Freund zu benennen versuchte. Vergeblich, da jedes Mal, wenn sie unmittelbar von ihm Kenntnis nahm, die Freude erdrückt wurde, eine seltsame Freude, weil sie stets dann ungestüm hervorsprudelte, wenn sie sich daran erinnerte, daß sie entschlossen war, sich für alle Zeiten für Cesare zu opfern. In jenen heimlichen Augenblicken des Taumels und der Entzückung glaubte sie für sich, von nun an ein Ziel, einen positiven und realen Sinn gefunden zu haben. Unmotivierte, desinteressierte, vollkommene Hingabe – an ihn, ihn allein. Und sie fühlte sich aufgrund dieser Selbstaufgabe auch nicht minderwertig. Es quälten sie keine Zweifel bezüglich des Erfolges. Sie fragte sich nicht, ob er sie auch empfangen würde, oder ob diese Handlung auch rational wäre. Sie spürte lediglich jenen unklaren Ansporn, auf alles zu verzichten, Eisenzäune zu überspringen, jenen verzauberten Kreis zu durchbrechen, der sie von Geburt an fesselte, den Ansporn, sich für jene unausgesprochene Glückseligkeit der nichtfleischlichen und nichtspirituellen Hingabe aufzugeben, ein einfacher Sprung vor oder hinter sich, wohin auch immer, nur außerhalb ihrer selbst. Ein Magnetismus, ein Geheimnis – jener undeutliche Ruf, den sie Liebe zu nennen sich scheute, gerade weil sie jenes Wort in allen Bedeutungen wiederholt hatte und jedesmal gänzlich enttäuscht worden war.
Danach spürte sie, daß der Wahnsinn, der sie durchdrang, sich nicht nur ihr offenbart hatte, daß er vielleicht alle erfaßt hatte oder sie erwartete. Sie begriff, obgleich undeutlich und trügerisch, daß alle sich in ihren Kreisen herumschlugen, und spürte in ihrer Umgebung den tauben Erdgeist, die Agonie des Traumes, die Anstrengung aller, loszubrechen, zu sprin-

gen – und sie fühlte die Leere in ihrer Umgebung, sie erriet sie im Umkreis aller, doch sie fürchtete, sich zu fragen, wohin sie fallen würden, sie alle, nachdem es ihnen gelungen sein würde, sich endgültig von ihren transparenten, verfluchten, aber komfortablen Gefängnissen zu befreien. Sie erriet, daß ihr Versuch andere enttäuscht hatte, wie jeder andere Versuch auch. Manchmal ahnte sie, daß er verrückt war und ihre Kräfte überstieg, wie er über die Kräfte eines jeden ging. Doch glaubte sie blind daran, daß sie allein dort erfolgreich sein würde, wo die anderen gescheitert waren. Sie verstand nicht, was Erfolg bedeutete, wohin er sie bringen würde. Sie begriff es nicht, mal verstand sie, dann wieder nicht – wie immer. Wie immer schon.

Cesare war etwas ganz anderes gewesen.

Hatte sie jetzt oder jene Marta von früher gesprochen? Keine von beiden. Sie lächelte, sie lächelte nur. Sie wollte sich verstellen, sich betrügen, sich sagen, daß sie wegen der ganzen Dummheiten und Kindereien lächelte. Sie wollte sich verstellen, vor allem angesichts ihrer selbst. Sie wußte, wie seltsam jene Marta war, *sie selbst*. Manchmal fürchtete sie sich vor sich selbst. Die meiste Zeit vergaß sie es aber. Sie war eine Meisterin im Handwerk des Vergessens. Wiederanfangen. Aber was? Er, ein zweiter er, dann ein dritter. Jeder war gut. Zynismus?

Cesare war auf jeden Fall ...

Oh! Was für ein absurder Refrain! So hatte sie *früher* gedacht.

Was für ein Unterschied zwischen früher und jetzt? 19. Juli = 19. August. Nichts unterm Strich: Wo war der Unterschied? Heute so, wie einen Monat zuvor. Wann hatte sie sich getäuscht? Denn jetzt war sie eine andere, eine Veränderte, und sie verstand, das die Veränderung *bleiben würde*. Eigentlich verstand sie nichts, doch spürte sie, daß etwas, etwas Undeutliches ...

Und trotzdem wußte sie, daß sie morgen früh, oder vielleicht noch in jener Nacht, zu dem stets wohlbekannten Fräulein

Marta zurückkehren würde. Rückkehr, Verriegelung mit dem Schlüssel, von innen.
›Kreis? Oh!‹ entrüstete sich Fräulein Marta lächelnd. Dieser Ausdruck verfolgte und amüsierte sie zugleich.
Woher war er wohl zu ihr gekommen?
Sie war so erschöpft, so unversöhnt, so leer, sie war derart niedergeschlagen, daß sie die ersten Sterne glücklich betrachtete, indem sie sich weich zurücklehnte. Eine animalische, schläfrige Glückseligkeit. Gerne hätte sie jemandem, irgendeinem eine »gute Nacht« gewünscht, um danach einzuschlafen, glücklich darüber, daß jemand ihr dabei zusah. Doch sie schlief nicht ein. Aufmerksam, sich selbst tadelnd, betrachtete sie die schrägen Zeilen, beinahe ängstlich, sich daran zu erinnern. Sie erinnerte sich an so vieles, daß es sie schauderte. Wenn sie die Augen schlösse, wenn sie sie nur für eine Sekunde, eine einzige Sekunde schlösse.
Und trotzdem erinnerte sie sich. Sie suchte einen Tag. Einen einzigen Tag. Sie suchte ihn in ihren Archiven, dort, wo sich alles befand, Gedanken, Tänze, Worte, Geheimnisse. Alles. Sie suchte mit kundigen, geweiteten Augen. Wie sonderbar kam ihr doch jener Durst nach einer derart offensichtlichen und trotzdem unverschämt ausdauernden Chimäre vor. Durst, Fieber. Sie suchte mit anderen Augen, und danach wieder mit anderen, neuen, anderen, anderen Augen, 22. Juli, 21. Juli, 20., 18., 15., 14., 11.... Nichts. Sie wußte, daß es nichts geben würde, aber vielleicht hätte es doch etwas geben können... Aber es gab nichts.
Nichts am Tag des 19. Juli, so wie es auch am ... nichts geben würde. Wie an jedem anderen Tag auch...
›Wie absurd doch diese Träume waren... Ich?‹
Eine trockene Brise bließ Leben in die Seiten des Heftes. Sorgfältig drückte sie sie zusammen. Die letzte war fast gänzlich weiß geblieben. Lediglich eine Linie, oberhalb derer stand: 19. August. Das Fräulein war so glücklich, so verzaubert. Sie riß die Seite heraus und tötete sie langsam in ihrer Faust, sie richtete sie grausam hin, zerknüllte sie mit Genuß.

Dann verschwand die Freude wieder genauso schnell, wie sie aufgekommen war. Sie fühlte nichts. Es tat ihr nicht einmal leid. Sie wartete. Nichts. Wärme, aber trotzdem nichts. Und dann warf sie lässig das Knäuel in den Ratshof. Bestimmt hätte sie etwas Interessantes über die Kastanienbäume, Zeichen auf dem Himmel, denken können; Kastanien, die sie vielleicht gesehen hatte. Es wäre interessant, ein wenig über sie nachzudenken, einen Sinn, eine Bedeutung zu finden. Doch das Fräulein war in der Tat unfähig, etwas zu denken, sie wußte und bereute dies auch, aber sie war gänzlich unfähig dazu.
Leere, Taubheit; sie legte sich flach auf den Stuhl mit den überaus bequemen Armlehnen hin.

Sie würde genau das tun, was Herr George von ihr verlangt hatte. Und weil sie das Sanatorium verlassen mußte, fürchtete sie auch nicht die neue Szene, die sie stürmisch oder deprimierend vorauskommen sah. Der Arzt konnte ihrer Eindringlichkeit natürlich nicht widerstehen. Der Wächter öffnete die Zellentür wie die eines Tempels. Das war ihr prägnanter und beharrlicher Eindruck gewesen. Eleusis, die Geheimnisse erwarteten sie. ›Ich werde in ihm leben, ich werde in Bacchus leben, ewig, ewig!‹ Die Rufe der Koribanten...

Das Denken zerstörte die Erscheinung Cesares. ›Wie kommt es, daß es keinerlei Zweifel, absolut keinen Zweifel gibt?‹ Seine Augen schauten sie an, als ob sie sehen könnten. ›Aber sie sehen vielleicht etwas anderes, das ihn erfreut und ihn erwürgt.‹

»Melania.«

Er redete wirr. Er erinnerte sich an die Szene *von damals.*

»Ich weiß, was du denkst«, beteuerte er lächelnd.

Doch sie konnte ihn nicht anschauen, so daß sie sein Lächeln nicht bemerkte.

»Es tut mir so leid, ehrlich, es tut mir...«

»Aber du hast doch nichts getan«, sagte sie.

»Ich habe sie nur davon überzeugt, nur...«

»Wen?«

»Oh! Du weißt doch... Ich habe alle davon überzeugt, daß mein Platz hier ist. Und alle sind zufriedengestellt. *Exeunt omnia...*«

»Cesare!«

Er runzelte die Stirn. Gerne wäre er näher getreten, wenn er nur gewußt hätte, wo sich Fräulein Marta befand. Aber er flüsterte.

»Jetzt kannst du es mir erzählen, wir sind hier alleine...«

Das Fräulein, das nichts begriff, wartete.
»Du kannst mir alles sagen, denn er hat alles niedergeschrieben, hat nichts im Dunkeln belassen, ich weiß...«
Die Szene bestand zweifellos nur in der Einbildung. Wenn sie nicht lediglich eine Einbildung gewesen wäre, wie hätte sie sich dann ihre Ruhe und Gleichgültigkeit erklären können, angesichts der Agonie des anderen? Sie konnte an alles denken, obwohl Cesare sie nach einer einzigen, präzisen und wesentlichen Sache fragte. Sie dachte an jenes Interview mit der Direktorin über das Festival am Jahresende und an alles andere, alles mögliche. Manoil, der in die Stadt gekommen war, um auf Cesare zu warten. Dr. Weinrich, der schließlich interniert worden war, dem ein großzügiger Unbekannter die Milch, die Hörnchen und die Schokolade im Irrenhaus bezahlte... Wie phantastisch doch der Verstand arbeitete, wie er sich um einer Nichtigkeit willen ängstigte, in ungefährlichen Situationen erstarrte und trotzdem frech und geschwätzig in den seltsamsten Umgebungen daherfaselte. Wie ruhig und abwesend sie jetzt war, als sie kam, um Cesare ein letztes Mal zu sehen und sich von ihm zu verabschieden. Der begonnene Dialog erschien ihr sinnlos, ja geradezu dumm.
»Ich habe seine ›Erinnerungen‹ nicht gelesen«, antwortete sie schließlich.
Auf ein ungestümes Schreien Cesares war sie nicht gefaßt gewesen. Der Wächter würde kommen, natürlich war es seine Pflicht, einzuschreiten und das Interview zu unterbrechen, wenn Cesare schreien würde. Diese Sicherheit irritierte sie. Der Wächter war so unangebracht... Aber er kam nicht. Die Wände waren so dick, vielleicht hatte er nichts gehört.
»Demnach hast du sie nicht gelesen?«
»Nein. Niemand hat sie gelesen...«
»Wo befinden sie sich jetzt?«
»Ich weiß es nicht. Vielleicht hat sie der Arzt verbrannt...«

»Du lügst!«
Er war verrückt. Doch hatte er eine präzise Vorstellungskraft. Warum sollte sie auch nicht lügen? Warum sollte sie ihm die Wahrheit sagen, ausgerechnet *ihm*...?
Doch Cesare betrübte sich wieder, war fast nicht mehr wiederzuerkennen. Sie verstand ihn nicht mehr, er war so krank, oder er verstellte sich derart gut... Sein falsches und naives Flehen brachte sie zum Erröten. Auch er übertrieb und war so linkisch, wenn er log. Es war alles so falsch, was er sagte, über Manoil und über Melania...
»Melania...!«
Er hatte eine seltsame, melodiöse Aussprache, als nähme er ein heiliges Wort in den Mund. Aber alles klang so falsch, und seine Versuche, sich normal und konventionell zu benehmen, gutgelaunt und gleichgültig auszusehen, waren so jämmerlich. Ein schlechter, naiver Schauspieler. Warum log er? Er sagte ihr, daß er alles erfahren wollte, so wie es tatsächlich passiert war, daß er erfahren wollte, warum es sich *gerade so* zugetragen hatte...
»Kommt es dir nicht seltsam vor, daß sich so viele merkwürdige, äußerst merkwürdige Dinge ereignet haben...?«
Eine dumme Frage. Was sollte sie ihm entgegnen? Sie war vergleichbar mit seinen naiven Fragen in der Bibliothek. Aber jetzt waren sie noch jämmerlicher, noch falscher. Und sie hatten keinerlei Grund, keinen einzigen – wiederholte sie sich eindringlich, aufgebracht und angeekelt. Warum log er, warum verstellte er sich auf so dumme Weise?
Er redete ununterbrochen mit einer übertriebenen Zungenfertigkeit, bemühte sich, ein falsches Bild von sich abzugeben. Seltsam, er erwähnte weder seine Erblindung noch seine Krisen noch seine Zukunft. Er fragte weder nach Herrn George noch beleidigte er den Arzt, so wie er es viele Male zuvor getan hatte. Gleichgültig sprach er über Manoil und Melania, indem er vorgab, daß ihre Verbindung ihn interessierte, daß es das einzige Rätsel wäre, das zu lösen ihm nicht gelänge. Gefaßt beklagte er den Verlust der Erinnerungen. Er

versuchte sich in Strategien, die sie bei Widersprüchen überraschen sollten. Und er spielte seine Rolle derart schlecht und mit so viel Emphase, daß das Fräulein nicht umhin kam, ihn zu bedauern. Bestimmt war er sich selbst seiner Ungeschicklichkeit bewußt, denn sie ertappte ihn manchmal dabei, wie er sich linkisch benahm und schwieg. Wie er sich jetzt verändert hatte. Und sein Elend vermochte sie nicht mehr aufzuregen. Es erschien ihr mittelmäßig, wie eine Verstümmelung im Krieg. Atemberaubende Gase oder ein Schrapnell – ein Krüppel. Nichts Tragisches. Sie fragte sich, wo jener heroische Cesare war, der sooft über ihre Begeisterung und Schlaflosigkeit geherrscht hatte. Er war so durchschnittlich, so falsch. Er glich einem Drama, das verspricht, Akt für Akt prächtiger zu werden – und das schließlich platt endet, ohne tragische Lösung, platt wie ein beliebiges anderes Ereignis. Vielleicht würde es noch Ereignisse und Einzelheiten geben, aber die Aufmerksamkeit der Zuschauer wurde bereits zu stark beansprucht, und wenn jene sich erfüllten, würden sie niemanden mehr interessieren.

Das war Cesares Drama. Es war so enttäuschend, so ermüdend. Es zerschmolz so vieles in ihrer Depression, deshalb leistete sie keinen Widerstand, deshalb versuchte sie nicht, es abzuschütteln. Sie ließ sich treiben, den Erklärungen Cesares zuhörend und ihn vage dabei betrachtend, ohne zusammenzufahren, ja beinahe ohne Bedauern. Denn ihr Bedauern ging über Cesare hinweg, war irgendwie unpersönlich, vorherbestimmt, natürlich.

Sie bereitete sich darauf vor, ihn zu unterbrechen, um ihm den Verlust des Geldes und all das, was Herr George ihr zugeflüstert hatte, zu gestehen. Und wie stürmisch war doch sein Geständnis gewesen, stotternd, zugespitzt und danach unerwartet kraftlos ...

Sie hörte sein Schreien und Jammern, als ob sie vor einem neuen Menschen erwacht wäre. Sie war verzaubert, fasziniert. Und wie sehr sie doch litt, ohne jeden Grund, fleischlich litt, mit Krämpfen im Gedächtnis und im Hirn,

feindselig von seinen Offenbarungen überfallen. Wie hatte sie bislang nur jene Melodie, jenen seltsamen Ton nicht wahrnehmen können, mit der er Melanias Namen aussprach ... Wie gut wußte er doch Bescheid – und wie unnötig alle Lügen bisher waren ... Was wollten sie verbergen, bewahren? Was würde sich wohl in seinem Dunkel befinden? Wie sehr und wie absurd würde er sie, die andere, lieben ... Es war mehr als Schmerz, mehr als alles andere. Es war neu, neu und wahr, und die Wahrheit war alt, sie hatte sie sooft erkannt, aber niemals war sie so wahr gewesen wie jetzt, sondern lediglich Einbildung, Furcht oder Ironie. Die andere, die andere. Soviel Leidenschaft und Wahnsinn in jenem, den sie für unmenschlich und heroisch erachtete ... Sie dachte an nichts. Sie verzichtete sogar darauf, das Leiden aufzunehmen. Sie dachte lediglich an eine unvermeidliche, blitzschnelle Vertiefung, nach der nichts mehr überleben würde. Eine albtraumhafte Wüste, und alles hätte sich durch jenes Geheimnis erfüllt, das sie jetzt unverschämt, ausdauernd und stark beleuchtete. Alles blieb verwüstet, ohne jede Verbrennung, ohne jedes Geschrei. Mehr als seine Übergabe, mehr als das Desaster. Alles wurde vergraben. Natürlich. Sie hätte alles verstehen können, wenn sie akzeptiert hätte, daß er verrückt war. Doch sie hatte Cesare immer schon als Helden, als ihren Helden betrachtet. Und der Wahnsinn konnte auf gar keinen Fall der Wahnsinn von jetzt sein, jener wahre, die Leidenschaft ...
Grundlos hielt er inne. Doch sie fuhr fort, fuhr fort, so wie sie es von ihm zu glauben vermeinte. Das Schweigen behinderte nur ihn. Nicht sie. Für sie war es kein Schweigen, dort in der Zelle, sondern Beifallsstürme, Herden von weißen Pferden, Getrampel, Detonationen, Verführung. Cesare redete ununterbrochen, seine Rede bewahrheitete sich. Und es war unnötig, daß ein blindes Männlein versuchte, ihn, Cesare, zu erklären. Unnötig, zu erklären, unnötig, zu sprechen. Das Schweigen bedrückte sie nicht.

*

Herrn Georges Brief, die aufgrund der Enthüllungen übertriebenen Obsessionen. Jeder, der schreibt, übertreibt, lügt, verdichtet und bläht mit Gleichgültigkeit und krimineller Frechheit auf. Sie durchschaute ihn, sie stellte ihn sich ohne jede Schwierigkeit vor, wie er sich von dem befreite, was er Sünde nannte, sich dabei selbst verurteilend und beweinend. Herr George war naiv geworden. Fräulein Marta las den Brief bewegt und überstürzt, doch bei der zweiten Lektüre konnte sie ein Lächeln nicht unterdrücken. Seine Geständnisse waren rührend und peinlich zugleich, Herr George wußte dies und sagte es auch, es schmerzte ihn, aber er fuhr damit fort. Fräulein Martas familiäre Manie. Es irritierte und verzauberte sie zu gleicher Zeit. Aber ihre Antworten an Herrn George waren genauso ausweichend wie Herrn Georges Informationen über jedwedes Ereignis, von dem er besessen war. Beiläufig schrieb er ihr, daß Cesare das Sanatorium verlassen hätte und jetzt irgendwo in der Stadt mit Manoil zusammenwohnen würde. Diese Tatsache, die Fräulein Marta erbleichen ließ, glich einem bündigen, wichtigen Postskriptum, nachdem er unzählige Seiten geschrieben hatte, um zu erklären, warum er sich davor fürchtete, Cesare zu begegnen, obgleich er wußte, daß jener ihn nicht sehen könnte. Im letzten Brief war er noch umständlicher. Cesare wäre gar nicht verrückt, die Ärzte hätten dies festgestellt. Und weil niemand das Sanatorium hätte bezahlen können, wäre er entlassen worden. Herr George hatte angerufen und eine Summe von mehreren tausend angeboten. Jemand hatte entgegnet, daß die Summe zu hoch wäre, daß er sie nicht annehmen könnte. Herr George hatte geschrien, daß er nur hunderttausend geben könnte, für Cesare, für Cesares Behandlung. Doch die Stimme hätte gesagt, daß es nichts mehr zu behandeln gäbe; Cesare wäre gänzlich geheilt worden und vollkommen blind. Er könnte nicht mehr im Sanatorium festgehalten werden und hunderttausend wären zuviel. Herr George hatte den Hörer niedergeworfen.
Sogar aus seinem Schlupfwinkel schrieb er, versuchte er, sich

eines unsichtbaren Aases zu entledigen, sich zu rechtfertigen, indem er sich versteckte. Fräulein Marta sah ihn mit dem gleichen Tick und den gleichen Zigarren, etwas unruhiger und unachtsamer, die Zeitungen nicht lesend, mit niemandem sprechend, nur dem Monolog seiner verirrten Einbildung zuhörend. »Cesares Fähigkeit, gleichzeitig zwischen mehreren Welten hängenzubleiben, ist seltsam. Er widersetzte sich jedweder Lösung; weder wurde er blind, noch verrückt, noch tötete er sich selbst. Und trotzdem schwieg er. Obwohl man ihn beleidigte und unterdrückte, protestierte er nicht und gab auch nicht auf. Ich wähne ihn in ständiger Auferstehung, und trotzdem enthüllt er sich niemals. Man könnte glauben, daß er auf die Gegenwart eines anderen, eines letzten Akteurs warte. Ich übertreibe nicht, wenn ich Ihnen gestehe, daß diese Ablehnung, sich einer Lösung hinzugeben, welcher auch immer, mir Furcht einflößt. Ich habe vor allem, was passieren könnte, Angst. Und trotzdem ziehe ich alles diesem halluzinogenen Fieber vor.«

Fräulein Marta verstand jedes Wort. Sie las die Briefe wieder, alle waren gleich. Obsessionen, Analysen, Phantasmen – dem Heiligenbild des Herrn George so unwahrscheinlich. Doch er machte keinen Fehler; Cesare wartete; der Widerstand, mit der er an der Monotonie klebte, erstaunte sie. Ein einziges Ereignis hätte die müde Neutralität Cesares durchbrechen können. Fräulein Marta kannte es, doch überstieg es ihre Kräfte, es mitzuteilen. Sie wartete darauf, daß ein anderer, ein Gleichgültigerer, oder der Zufall, es Cesare enthüllen sollte. Und seitdem sie erfahren hatte, daß er von nun an frei war, zusammen mit Manoil, wurde Fräulein Marta von diesem abwartenden Fieber Herrn Georges angesteckt. Früher oder später würde Cesare es erfahren, es würde fatal sein. Sie wußte nicht, was er dann tun würde, aber zweifellos würde es sich zeigen, die geheimnisvolle Verklärung, das Geheimnis seiner Seele. Doch Fräulein Marta hatte keinerlei Kraft. Weder unternahm sie etwas, noch leistete sie Widerstand. Starr, in einer totalen willenlosen Schwäche verharrte sie, wie es auch Herr George tat. Auch nährte sie keinerlei Hoffnung, denn eines Tages mußte Cesare doch Wind davon bekommen...

Sie verstand, warum er, Cesare, *damals* nichts sehen wollte. Es war natürlich, nur die in Brand gesetzte Puppe begriff das nicht. Sie spürte, wie jener bittere Taumel sie durchdrang, der sie jedesmal überfiel, wenn sie sich einer Tatsache bewußt wurde, die bis dahin im Azur der Hypothese oder des Aberglaubens verweilt hatte. Sie fühlte neue Schläge in ihrem Innern, als wollte etwas zerreißen. Und trotzdem zerbrach nichts. Die Tatsache leuchtete immer stärker, rückte näher und drang in sie ein. Anfangs leerte eine animalische Angst ihr Wesen aus, sie verschluckend und ihre Augen verschleiernd. Doch die Angst machte einem undeutlichen, winzig kleinen Bedauern Platz, das ihr zu Beginn derart oberflächlich erschienen war, daß sie es allein durch ein Gleiten der Hand über Stirn und Scheitel abzuschütteln vermeinte.

›Und trotzdem hatte Melania gar nichts verstanden. Wenn sie begriffen hätte... Doch woher weiß ich das? Sie konnte sich meisterhaft verstellen, in ihren Abgründen versteckte sich so vieles, von Frigidität und Bitterkeit maskiert, von anderen geliehene Masken, die sie selbst vielleicht ignorierte.‹

»Ich möchte ihn sehen, ihn ein einziges Mal sehen...!« Jeder hätte das ausgerufen. Sie wußte, wie schwer eine nichteingestandene Dankbarkeit lastete. Der Dank wird sauer, wenn er nicht mitgeteilt wird, das wußte auch Fräulein Marta. Um die Last abzuwerfen, um sich von seinem Opfer zu befreien, rief ihn Melania. Und der andere, Cesare, *offensichtlich*... Alles war offensichtlich. Sie hörte ihn schreien und erkannte die Musik seines ausgesprochenen Namens. Er betonte ihn linkisch, schüchtern, als fürchtete er sich davor, daß Melania ihn hörte. Geheimnisse an beiden Enden, eine unendliche Reihe von Zufällen und Gesprächen, die ohne jeden Sinn, ohne jedes Verständnis begonnen wurden und absurd, im Dunkeln und Rätselhaften zu enden drohten.

Am gleichen Tag fielen alle über sie her, einer nach dem anderen stiegen sie nervös die Treppen hoch, ihr eiliges Klopfen hörte sie noch in den akustischen Erinnerungen, die sich ins Zimmer ausgegossen hatten, und danach hinten in der Schachtel ihres Verstandes. Allen voran der Direktor mit so vielen Einzelheiten über den Unbekannten, der Herrn Weinrich Hörnchen, Milch und Schokolade schickte. Aber diese Dinge hatten keinerlei Bedeutung, bestimmt hatten sie keine, gestand der Direktor ausweichend ein, indem er zu der Geschichte von der Toten zurückkehrte.
»Sie war zu lange in der Agonie, deshalb ... Auf jeden Fall eine seltsame, äußerst seltsame Sache ...«
»Erzählen Sie sie mir nicht, Herr Direktor ...?«
»Natürlich, natürlich. Wir haben keine Geheimnisse. Schließlich hatte sie ihr Gedächtnis der letzten Monate völlig verloren und erlebte an jedem Tag, zu jeder Stunde die *gleiche Szene von Anfang an*, ohne sich daran zu erinnern, ohne zu wissen, daß sie immerzu die gleiche Sache erlebte ... Zum Schluß war es allen peinlich ... Verstehen Sie mich nicht? Jetzt weiß man alles, und als sie von dem Schuldigen hörten, war es zu spät, viel zu spät. Übrigens starb sie vor ...«
»Wie seltsam ...«
Traurig und banal dachte sie darüber nach. Selbst der Direktor war angesichts ihrer Ruhe überrascht. Sie antwortete und unterbrach ihn auch nicht. Sie wartete, ohne jedes Entgegenkommen. ›Du bist erstaunt, natürlich, aber ich? Herr Direktor ...‹
Sie fragte nichts. Und trotzdem wußte er jetzt viele Dinge von denen, die der Agonie beigewohnt hatten. Was könnte es sein? Vieles. Vielleicht nicht so viele Dinge, aber tiefe, schmutzige, wahnsinnige. Na und?
»Natürlich, natürlich, Herr Direktor ...«
»Sie fing *immer* mit dem Ausruf Manoils an, nachdem die drei sich im Büro eingeschlossen hatten. Und endete *immer* mit dem gleichen Namen: Cesare ... Ein einziges Mal hatte sie mehr gesagt: Cesare, laß mich nicht allein! Rette mich

zuerst, Cesare, mein Lieber...! Aber das, wie ich es Ihnen schon sagte, nur ein einziges Mal. Vielleicht hatte sie sich eingebildet, daß sie ihn Lieber nannte...«
»Vielleicht...«
Alles, was der Direktor wußte, war die Wahrheit. Durch ein Wunder, durch eine Gnade wußte der Direktor jetzt alles, zweifellos alles. Während das, was sie wußte, zur Hälfte aus Lügen und Einbildungen bestand. Ein einziges Wort und sie würde die wahre Wahrheit kennen.
»Oh! Natürlich, natürlich, Herr Direktor... Ich danke Ihnen so sehr, daß Sie sich bemüht haben...«
Doch sie konnte nicht alleine bleiben. Sogleich war ein zweiter gekommen. Die Akustik wiederholte das Klopfen.
»Wissen Sie schon? Melania ist gestorben...«
»Oh! Ja, Melania ist gestorben.«
Luftwellen schlugen gegen den Raum. Melania ist gestorben.
»Ich weiß...«
»Wissen Sie?«
»Der Herr Direktor hat es mir gesagt.«
»Oh! Natürlich.«
›Wenn ich *alles* sagen würde, was ich weiß? Und mit den Worten schließen würde: *De mortuis nihil*... Wunderbar, wunderbar! Etwas tun, etwas loswerden, etwas schreien. Ich muß etwas Schreckliches, Monströses tun. Und ich werde ihnen alles, *alles, was ich weiß*, sagen. Cesare in der Zelle, das, was er mir gesagt hat, weiß niemand, sogar *sie* weiß nichts davon. Und wenn sie gestorben ist? Für ihn, für ihn ist alles gleich, seine Melania ist nur eine Phrase, ein Klang.
De mortuis nihil nisi bene! Perfekt, perfekt!‹
»Sie ist gestorben, Melania, wissen Sie?«
»Oh! Ist sie gestorben?«
»Oh! Ja, ja, Melania ist gestorben...«
›Demnach, demnach...‹
Verzaubert nahm sie die Akustik des Raumes wahr. Und sie wußte, daß sie mühelos vergessen würde, die anderen jedoch nicht. Oh! Ja, *die anderen*...

XVII. DIE VERSUCHUNG

›Wenn ich um sechs Uhr fortgegangen bin, muß es jetzt fast acht Uhr sein. Einige Minuten nach sechs, denn ich habe die Fabriksirene gehört.‹ Dann öffnete Manoil die Türe und blieb stehen: »Eine Sekunde, ich muß die Zigaretten mitnehmen.« Er wartete, an die Wände des Korridors lehnend. Der andere schloß unter metallischen Geräuschen eine schwere Schublade auf. Große Schachteln, bestimmt aus Blech. »Du rauchst zuviel... Die Pädagogik und das Schweigen sind deine Stigmata«, antwortete der andere, wahrscheinlich irritiert lächelnd wie immer. »Aber ich ziehe das letztere vor«, fügte er hinzu. ›Demnach muß ich schweigen‹, dachte Cesare, sich grundlos erheiternd. Der andere redete ununterbrochen, man hätte glauben können, daß ihn keine einzige Sprache außer des vulgären und theologischen Lateins befriedigte, dessen er sich jedesmal bediente, wenn er eine logische Absurdität zu demonstrieren versuchte. Wie seltsam doch sein Benehmen war, kulinarische Traktate zu lesen, lateinisch zu sprechen und Zigaretten in teuren Schachteln aufzubewahren, aber in einer stets offenen Schublade... »Komm!« Er spürte den freundschaftlichen Arm und hörte den Stock, der die Stufen zählte. An der neuen Treppe war der Nagel, der den Teppich aus Wachsleinwand befestigte, verrostet. Der Teppich blähte sich dort auf. Jeder konnte ausrutschen, wenn er die Sohle zu nahe an den Rand der Stufe setzte... Elf, zwölf... Jetzt war es eine Fliese aus bläulichem Stein (sie konnte nur bläulich sein, er sah sie), zwei Schritte, wenn er sie mit dem rechten Fuß berührte, zweieinhalb Schritte, wenn er sie mit dem linken Fuß berührte. Die Tür öffnete Manoil, doch auch er hätte sie genausogut öffnen können. Es war warm heute, ein trockener Wind wehte von den Bergen her, doch im Garten war es kühl, die Blumen wurden gespritzt und der Gehweg gewaschen. ›Eliza. Ich habe ihr gesagt, daß sie ihren Jungen ins Krankenhaus einliefern sollte, wenn er schon seit Mai Fieber hat. Ein Fieber, das ...‹

»Nein, es ist besser, wenn wir zu Fuß gehen ...«

›Er schämt sich mit mir, das ist es. Deshalb läßt er immer das erste Taxi anhalten, weil er Angst hat, daß ihn die Leute mit einem Blinden am Arm sehen, der die Fliesen mit dem Stock zählt. Doch ich könnte auch ohne seine Hilfe genauso gut laufen. Wenn ich es ihm sagen würde ...‹

Es war fast acht Uhr, der Wind hatte gedreht und wehte vom Meer her. Die Wellen wurden heftiger, aber nicht zu hoch. Lediglich der Schaum wurde trüber, und die tiefen Schichten kamen an die Oberfläche, denn die Algen rochen jetzt noch stärker. So mußte es sein. Ein viel stärkerer und frischerer Geruch. Sie wurden aus Schichten herausgerissen, wo es fast immer dunkel war. Doch jetzt war es überall dunkel.

»*Quod?*«

Er wandte den Kopf um, antwortete aber nicht.

»*Credo ut vos in malo humore estis*«, sagte der andere böse.

»*Sed istae inclinationes subjacent judicio rationis, cui obedit inferior appetitus...*«

»*Si voluntas in omnibus sequatur ductum intellectus, destruitur libertas.*«

»*Melius pereat libertas quam pereat...*«

»*Quod?*«

»*Omnia humana quibusque aliis...*«

»Plagiat?« fragte der andere lächelnd.

»*Et vos?*«

»*Ita et quae mei sunt, nemo cognovit, nisi tu...* Ha, ha, ha...! *Nisi tu...!*«

»Du zitierst den Heiligen Paulus falsch«, bemerkte Cesare gelassen.

»*Ubi sacrilegium est, ibi ego sum*«, entgegnete der andere nervös.

Beide schwiegen. Auch Manoil war heute schlechtgelaunt. Bestimmt. Außerdem gab er kein Zeichen zur Rückkehr, obgleich die Zigaretten auszugehen drohten. Doch sein Latein war heute gewagt. ›Jedesmal wenn er das Neue Testament erwähnt, ist er verärgert, ich kenne ihn...‹

»Errätst du, wie spät es ist?«

»Acht Uhr und fünf Minuten.«

»Falsch. Acht Uhr und elf Minuten. Ich habe dir doch schon immer gesagt, daß du üben mußt... Andernfalls verlierst du den Kontakt zu der Wirklichkeit, *amice*.«

»Die Zeit ist keine Wirklichkeit«, erwiderte Cesare und gähnte gelangweilt.

»Von Mal zu Mal besser, von Mal zu Mal besser. Du neigst zu einem linken Idealismus, zu einem extrem linken. Und das einzig gerechtfertigte Ende ist der Solipsismus. So-lip-sis-mus...«

»Vielleicht«, schloß Cesare.

»*Non dubito, amice*«, wiederholte Manoil, »*non dubito*. Aber diese Zigaretten sind gräßlich.«

»Ich hab dir doch gesagt, daß du zuviel rauchst.«

»Hör zu, Cesare, deine Ratschläge *quomodo sint interpretanda, equidem me non intelligere confiteor...*«

Er hörte nicht zu. Sein Kopf war dem Meer zugewandt; es schien, als hörte er etwas, als mühte er sich zu sehen. Manoil sog an der Zigarette, bis sie ihn fast verbrannte, dann erst warf er sie fort.

»*O esca vermium, o massa pulveris!*« sagte er und spuckte angeekelt aus.

Cesare hörte ihm nicht zu, sondern sah im Dunkeln auf das Meer hinaus, zu jenem flüssigen, grenzenlosen Leben, das ihn rief, das sich auf den Sand verstreute, ihm unsichtbare Arme entgegenstreckte, um ihn zu packen, um ihn niederzureißen. Dieses Heranrollen der Wellen übte einen unwiderstehlichen Zauber aus, isolierte ihn, rief ihn, unermüdlich und ohne Scheu. Manoil konnte soviel deklamieren, wie er wollte.

Jetzt war es stockdunkel, acht Uhr und sechzehn Minuten. Wenn er jetzt nur nicht weggehen würde...

»Ich glaube, du hast noch keinen Hunger«, sagte Cesare, der ihn zu ergründen suchte.
»Beeilst du dich?«
»Ich nicht. Aber ich dachte daran, daß wir kein Auto finden würden, für die Rückfahrt...«
»*Daß wir kein*...? Ha-ha-ha...!«
»Du scheinst sehr gut gelaunt zu sein, *jetzt*«, bemerkte Cesare.
»Wohl? *Nunc*? Ha-ha-ha...! Ich lachte, weil du einen äußerst unsicheren Plural vorwegnimmst, einen *äußerst unsicheren*, ich wiederhole...«
Cesare versuchte seinen Kopf abermals den Rufen zuzuwenden, doch der andere packte ihn am Arm. Er zitterte, denn die Finger krallten sich in den Arm, als ob er eine Stütze suchen würde. Cesare sah ihn plötzlich erstaunt an.
»*Amice*, heute wird nur einer von uns beiden nach Hause zurückkehren, nur einer...«
Er verstand nicht. Ein Schatten, ein einziger, schritt schweigend am mondfarbenen Strand entlang, ging ziellos vorwärts und dahinter sein Schatten und andere, die Schatten der Schatten, ein Umzug... Er zitterte.
»Ich habe dir doch gesagt, was ich seit langem weiß: daß ich dir eine Last bin; ich hab es dir schon sooft wiederholt...«
Plötzlich ließ Manoil seinen Arm wütend los. Der andere wartete, regte sich auf. Es würde bestimmt passieren. Er spürte einen Aufruhr in der Tiefe, aus der die frischen, losgerissenen Algen herkamen. Aber es würde kein Sturm sein, sondern nur ein Wellenbrechen. Nur sie würden folgen, sich brechen und vorübergehend Pseudopodien* losreißen, bis an den Anfang des Unterstandes, wo die beiden sich befanden. Und trotzdem...
»Cesare...«
›Ich bin hier. Warum ruft er nach mir? Er kann mich mit dem

* Scheinfüßchen von Einzellern. A. d. Ü.

Arm berühren, er kann seine Hand auf meine Schulter legen, aber er schreit, als wäre ich weit weg.‹

»Dann hast du fast alles erraten, oh! *Fast* alles…«

Cesare wurde plötzlich unruhig, ängstigte sich beinahe: *Dann*; seitdem wußte er alles, was passiert war, als ob sich eine Wolke aus seinem Gesichtskreis hinweggehoben hätte, als er Manoil getroffen hatte. Donnernde Fragen, seine Stimme. Und der andere, mit seiner zermürbenden Taktik, mit seinen Versuchen, ihn zu irritieren, ihm Geheimnisse und Grausamkeiten einzuflößen.

»… ohne irgend etwas verstanden zu haben, absolut nichts.«

»Melania…«

Ihr Körper war eine Statue aus Marmor, ihre Waden waren nackt, und sie drückte, umarmte, erstickte ihn. Und danach, im Feuerregen; mein Lieber, mein Lieber… Wirbel und sogleich feuchte, müde Aufhellung. Wenn er *jetzt* davon erfahren würde…?

»Melania…«

Die Stimme aus dem Dunkel kam näher, und sein Ohr hörte ängstlich zu. Arme stießen ihn aus der Menge, Pfiffe und Züge eilten über Brücken, die ganz und gar aus Stahl bestanden. Marsch! Doch das Ohr war ein Sklave, seine Seele geknechtet, er selbst war fasziniert, verseucht von dem Gift der Enthüllungen, die der andere siegreich hineinträufelte, indem er sprach. Jetzt kam die seit Jahren erwartete Stunde. ›Für sie bin ich geboren worden. Was haben sie *gemacht*, was haben sie gemacht? Und sie, warum hat sie nicht geschrien und weshalb hat man alles *ihm* gesagt, dem Beherrscher der Jungfrau, dem Herrscher des dritten Schreckens, dem das Dunkel gleichgültig war und der sich als rechtmäßige Feuerquelle verstand? Für diese Stunde habe ich gelebt, ihren Traum habe ich überall wiedererkannt, sein Schloß, ihr Schloß.‹ Marsch! Andere stießen ihn an, und die Szenen stürzten zusammen, Staubwellen bedeckten sie, irgendwo kamen Geräusche her und verloren sich dann wieder. Die

Brücken erbebten und krümmten sich, sanft elastisch nach rechts, mehr nach rechts und mehr nach links. Der Zug aus Stahl fuhr vorbei, die Brücken brachten ihre dicken, kugelförmigen Gummifüße ins Gleichgewicht. Melania war nackt, unendlich nackt. Der große Leuchter erhellte sie jungfräulich, während der andere mehr, *noch mehr* flüsterte. Das Schweigen von damals, als er die Statue umarmte und kein einziger Muskel zusammenzuckte und auch kein heuchlerisches Rotwerden, ein rosa Schatten stattfand. Das Streicheln des Steins, weißer und rosa Stein, ohne Geheimnisse, denn die Finger kannten alles, die gefalteten Finger. Das war der Anfang des Ritus, des siegreichen Ritus, des anderen, die beseelte und danach in den Teich aus Teer zurückgeworfene Statue, zusammen mit den anderen – und er vorne, vorne ... Marsch! Marsch! Seine Worte sickerten giftig herab, und das Gift war nicht die Feuchtigkeit der Lippen, die er als fahl und falsch empfand, sondern der Geist war vergiftet, in Kräutern gekocht, die Luft, die er einsog, war vergiftet. Taumel aus der kranken Jugend erfaßten ihn, aber keine Hand senkte sich auf seine Stirne, sondern nur Worte, die geflügelte Trugbilder mit sich führten, und jene schwebten phantastisch über den Brücken mit ihren dicken Füßen, die im Gummischritt schaukelten und die Wasser zu überqueren versuchten, zu ihr hin, die ganz und gar nackt war, kein Schrei, nichts, eine Statue, Stein, Eis, und je vereister sie wurde, um so stärker wurde auch der Zauber, Totenhand, Asche und Bindfaden, um die Füße der Kröte gebunden, doch nicht jener, sondern ein Zauber von oben, von jenseits, eine Statue aus Stein, Melania genannt ...

»Melania ...!«

Der andere hörte sein Rufen und erhob sich flink, um ihn zu stützen. ›Rühr mich nicht an, rühr mich nicht an ...!‹ Ungeahnte Schwindel, Seekrankheit, jetzt, als er wie angewurzelt im Sand stand. Er wog sich hin und her. Die Wasser hatten ihn damals festgehalten, ihn nicht fallengelassen. Nur als sie über seine Brust gegangen waren, fingen sie an, ihn räube-

risch zu schlagen, und er spürte den Ekel von damals, er ließ ihn sich krümmen. Doch der andere stützte ihn. Vergeblich hätte er sich dagegen gewehrt, der Arm des anderen trug ihn.
Der Sand wurde noch fester, war feucht.
»Melania!«
Die Wasser schlugen an beide, sie umhüllten ihre Waden. Der Arm ließ ihn los. Er würde wanken.
»Melania...!«
Sein Schrei erschauderte ihn. Er selbst war es, der geschrien hatte, und trotzdem zog ein reines Gesicht vor seinen Augen vorbei.
»Von nun an gehst du alleine, Cesare! Heldenhaft, *amice*! Gute Reise...!«
Er wollte sich gern ins Wasser stürzen, doch eine seltsame Macht rief ihn wieder zum Leben.
»Melania!«
»Du gehst alleine, vorwärts!«
Damals war es genauso gewesen, er war auch damals an seiner Seite gewesen. Alles, was er getan hatte, hatte der andere befohlen, immer war er neben ihm gewesen, immer. Er kehrte zum Ufer zurück, die Dunkelheit mit den Armen abtastend. Der andere rief ihm zu, spornte ihn an.
»Du hast Angst, *amice*! Hast du Angst...?«
Der andere lachte, lachte wie ein Wahnsinniger. Danach, Ermutigungen, Kriegsgebrüll. »Beende alles mit einem einzigen Sprung, mit einem einzigen Eintauchen. Erlöse dich, befreie dich, Cesare...!«
»Ich fürchte mich nicht! Wenn du willst, kannst du mich hineinwerfen, kannst du mich untertauchen, du bist stärker als ich.«
»Kein Verbrechen, *amice*. *Selbstvernichtung*, oh! Ja, Selbstvernichtung...!«
»Du kannst mich töten, wenn du willst...«
»Du dich selbst, Cesare!«
»Melania!«

Der Fuß glitt ihm weg, und sein Körper fiel der Länge nach linkisch ins Wasser. Der Sand spritzte ihm ins Gesicht, und nur mühsam grub er seine Hände aus dem Grund heraus. Doch er richtete sich auf und tastete mit zitterndem Fuß nach dem Ufer. Der andere brüllte, spornte ihn an. Er schritt vorwärts. Der Strand.

»Warte nur, Bestie! Impotenter Verliebter! Proxenet... Ich habe Melania gehabt, Bestie, ich habe sie gebrochen und *du* liebst sie. Feigling...!«

Er schüttelte sich müde, nackt. Damals war das reine Trugbild an seinen Augen vorbeigezogen, und er hatte es gesehen.

Der andere näherte sich ihm und stieß ihn um. Sein Körper fiel weich auf den Sand, seine Beine zitterten. Er bekam Schläge, die er nicht spürte. Die Beine des anderen erdrückten ihn, seine Sohlen traten ihm auf die Hände, zerkratzten ihm die Wangen. Das Blut floß ihm sanft in die Augenbrauen, aber er spürte es nicht. Er spürte nichts. Sondern murmelte nur: »Melania...«

»Melania? *Ich* habe sie gehabt, du weißt sehr wohl, daß ich sie gehabt habe...«

»Wenn du willst, kannst du mich umbringen. Komm, es macht mir nichts aus...«

»Natürlich, du hast Angst, allein... Ein anderer hat dich gemacht, ein anderer muß dich auch umbringen, immer ein anderer, ein anderer... Feigling!«

Die Schläge ließen nach, aber er spürte seinen Körper zerdrückt, nackt, schwächlich. Die Worte des anderen hörte er zwar, sie ärgerten ihn aber nicht. Sie hatte nicht geschrien, nein. Sie hatte ihn empfangen, sie, in den Armen einer Statue. Auch ein anderer war dort gewesen, und auch er hatte nichts gesagt, auch er nicht. Manoil konnte machen, was er wollte, er war stark. ›Aber es macht mir nichts aus. Soll er mich doch umbringen, wenn er will. Es macht mir nichts aus, nichts.‹

Er hörte das Lachen und wunderte sich. Vielleicht war er

verrückt, vielleicht war *der andere* verrückt, und der Schrekken ließ ihn zu Stein erstarren. Er hörte zu, ohne zu verstehen. Er lachte und beleidigte ihn, aber Cesare hörte nur das Lachen. Dann, unversehens, ein Knall und ein Winseln. ›Ich, ich sterbe, ich, so sterbe ich, so sterben alle Leute, eine Kugel, ich spüre sie nicht, aber sie ist in mir, eine Kugel, Stahl, Blei, irgendwo, im Herzen, und es scheint mir, aber es ist kein Traum, ich sterbe, die Leute sterben, auf einmal, auf einmal.‹ Er spürte, wie das Blut ausfloß, während das Herz wartete, zu Eis geworden. Er hatte Angst, die Hände zu bewegen. ›Ich sterbe, vielleicht bin ich schon tot.‹ Doch das Herz schlug wieder, fühlte sich verrückt und feurig an.

Der andere sagte nichts. Er hörte das Lachen, aber kein einziges Wort. Danach auch kein Lachen mehr. Dann hörte er es wieder. Es kam irgendwo her, aus dem Verstand, aber es verlor sich und die Wellen brachten es zurück.

Er ängstigte sich.

»Manoil!«

Er war weggelaufen, nachdem er versucht hatte, ihn umzubringen, er war weggelaufen. Jetzt war er allein. Er versuchte, die Beine zu bewegen. Einige wacklige Schritte, dann stolperte er. Manoil war dort, unbewegt, warm. Er befühlte ihn. Warme Tropfen klebten an seinen Händen, starker und warmer Geruch, Blut, er wußte, daß es Blut war, aber er wollte es nicht glauben, sondern rief nach ihm, umarmte ihn, Abel, seinen Bruder. Die Hand stieß auf den fest von der Faust umschlossenen Revolver. Er riß ihn los und rief ihn, ihn. Er verstand, jetzt verstand er alles. Von nun an war er allein, verlassen. Er wußte, daß ohne ihn die Nichtigkeit ihn begraben würde, ohne Manoil. Brücken verbanden ihn mit ihm, und er war tot. Alle Bedeutungen kamen von ihm her. Ohne ihn war er nichts, nichts. Der Strom der Bedeutungen ertränkte ihn, trug ihn. Alles erschloß sich ihm jetzt, er wußte, wie sich alles Verborgene zugetragen hatte.

Er erhob sich ohne Furcht, kräftig, traurig, die Finger auf dem Revolver gespreizt. Er hob die Hand zum Meer aus dem

Dunkeln, zu den Wellen, die ihn riefen, und feuerte einen Schuß nach dem anderen ins Meer, in dessen Dunkel. Abel! Die Kugeln zischten über das Wasser und erloschen. Abel!

Er stand festgewurzelt, entschlossen auf dem Sand, und alle Ängste zerstreuten sich. Wasser aus Gold, Trugbild aus Gold, rein, rein. Keine Furcht mehr vor ihm, in dem lebendigen, dunklen Meer. Die letzte Kugel erlosch weit weg.

Er wartete standhaft, und kein einziger Gedanke trübte ihn, keine einzige Erinnerung verdunkelte die Gegenwart. Er war so alleine, aber die Einsamkeit bedrückte ihn nicht, und kein einziger Geist plagte sich vor seinen Augen ab. Die Blicke legten sich sanft zur Ruhe, Dunkelheit nach Dunkelheit.

Die Geräusche näherten sich, er erkannte sie wieder. Sie brachten bestimmt Lichter mit sich. Sie kamen bestimmt, um ihn zu fassen. Sie suchten ihn, sie riefen ihn, sie schrien, Bestien mit Lichtern. Er erkannte sie wieder. Damals hatte er ein weißes, reines Trugbild auf seinen Armen getragen.

Sie näherten sich ihm und griffen nach seinen Armen, entwaffneten ihn. Erstauntes Gebrüll, Stöße, dann eine Stimme, eine einzelne Stimme, die ihn fragte. Er antwortete nicht. Sie erkannten ihn wieder, die anderen, sie erkannten ihn wieder und weckten ihn.

»Cesare! Cesare . . .!«

Sie wußten alles. Sie riefen ihn unaufhörlich, obgleich er sich in ihrer Mitte befand. Sie brüllten, als ob er weit weg gewesen wäre, aber er war bei ihnen, an ihrer Seite, gefangen.

Danach wieder die Stimme desjenigen, der redete und entschied. Alle fragten ihn, und ihre Lichter liefen am Strand entlang, ein Totentanz. Doch ohne ihnen Zeit zum Erraten zu lassen, enthüllte sich Cesare ihnen.

»Ich habe meinen Bruder getötet . . .«

1930-1931